Conan Doyle

Die Memoiren des Sherlock Holmes

—

Sherlock Holmes
Werkausgabe in neun Einzelbänden
nach den Erstausgaben neu und getreu
übersetzt

—

Erzählungen
Band II

SIR ARTHUR CONAN DOYLE

Die Memoiren des Sherlock Holmes

NEU ÜBERSETZT VON
NIKOLAUS STINGL

HAFFMANS VERLAG

Titel der Originalausgabe:
»The Memoirs of Sherlock Holmes«,
London und New York 1894,
Umschlagzeichnung von
Peter Neugebauer

1.–6. Tausend, Frühling 1985

Satz aus der Baskerville von Mühlberger, Augsburg
Druck: Wiener Verlag, Wien
ISBN 3 251 20016 X

Inhalt

SILBERSTERN

Ich fürchte, Watson, ich werde doch fahren müssen«, sagte Holmes, als wir eines Morgens zu unserem gemeinsamen Frühstück Platz nahmen.

»Fahren! Wohin?«

»Nach Dartmoor – nach King's Pyland.«

Ich war nicht überrascht. Eigentlich wunderte es mich nur, daß er nicht schon längst in diesen außergewöhnlichen Fall verwickelt war, der in England landauf landab *das* Gesprächsthema bildete. Einen ganzen Tag lang war mein Gefährte mit auf die Brust gedrücktem Kinn und gerunzelter Stirn durchs Zimmer gestrichen, seine Pfeife wieder und wieder mit dem stärksten schwarzen Tabak stopfend und völlig taub für jede meiner Fragen oder Bemerkungen. Die neuesten Ausgaben sämtlicher Blätter waren von unserem Zeitungshändler heraufgeschickt worden, nur um überflogen und in eine Ecke geworfen zu werden. Aber so schweigsam er auch war, wußte ich doch ganz genau, worüber er brütete. Von den Problemen, die derzeit die Öffentlichkeit beschäftigten, gab es nur eines, das seine analytischen Fähigkeiten herausfordern konnte, und das war das eigenartige Verschwinden des Favoriten für den Wessex Cup und der tragische Mord an dessen Trainer. Als er daher plötzlich seine Absicht ankündigte, sich zum Schauplatz des Dramas zu verfügen, tat er damit nur, was ich sowohl erwartet als auch erhofft hatte.

»Ich wäre überglücklich, Sie begleiten zu dürfen, wenn ich Ihnen nicht im Wege bin«, sagte ich.

»Mein lieber Watson, Sie würden mir einen großen Gefallen erweisen, wenn Sie mitkämen. Und ich glaube, Sie werden Ihre Zeit nicht vergeuden, denn es gibt Umstände an diesem Fall, die ihn zu einem absolut einzigartigen zu machen versprechen. Ich denke, wir haben eben noch Zeit, in Paddington unseren Zug zu erreichen, und ich werde während der Reise ausführlicher auf die Angelegenheit eingehen. Ich wäre Ihnen sehr verbunden, wenn Sie Ihren ausgezeichneten Feldstecher mitnähmen.«

Und so geschah es, daß ich mich etwa eine Stunde später, auf dem Wege nach Exeter dahinfliegend, in der Ecke eines Erster-Klasse-Abteils befand, während Holmes, das scharfgeschnittene, gespannte Gesicht von seiner Reisemütze mit Ohrenklappen umrahmt, rasch das Bündel neuer Zeitungen durchblätterte, die er sich in Paddington besorgt hatte. Wir hatten Reading weit hinter uns gelassen, als er die letzte unter den Sitz schob und mir sein Zigarrenetui anbot.

»Wir kommen gut voran«, sagte er, indem er aus dem Fenster sah und einen Blick auf seine Uhr warf. »Unsere Geschwindigkeit beträgt derzeit dreiundfünfzigeinhalb Meilen pro Stunde.«

»Ich habe nicht auf die Viertelmeilen-Pfosten geachtet«, sagte ich.

»Ich auch nicht. Aber die Telegraphenmasten auf dieser Strecke stehen im Abstand von sechzig Yards, und so ist die Rechnung einfach. Ich nehme an, Sie haben sich schon mit dem Mord an John Straker und dem Verschwinden von Silberstern beschäftigt?«

»Ich habe gelesen, was der *Telegraph* und der *Chronicle* dazu zu sagen haben.«

»Es handelt sich um einen jener Fälle, wo der Denkende seine Kunst eher daran wenden sollte, die Einzelheiten zu sichten, anstatt neues Beweismaterial zu beschaffen. Die Tragödie war so außergewöhnlich, so total und von solch persönlicher Bedeutung für so viele Leute, daß wir an einer Überfülle von Vermutungen, Annahmen und Hypothesen leiden. Die Schwierigkeit besteht darin, den Rahmen der Tatsachen – der absoluten, unleugbaren Tatsachen – von den Ausschmückungen der Theoretiker und Berichterstatter zu trennen. Stehen wir erst einmal auf dieser soliden Grundlage, so ist es unsere Aufgabe, festzustellen, welche Schlüsse sich ziehen lassen und welches die Besonderheiten sind, von denen das ganze Rätsel abhängt. Dienstag abend erhielt ich sowohl von Colonel Ross, dem Besitzer des Pferdes, als auch von Inspektor Gregory, der sich mit dem Fall befaßt, Telegramme, in denen ich um meine Mitarbeit gebeten wurde.«

»Dienstag abend!« rief ich aus. »Und jetzt haben wir Donnerstag vormittag. Warum sind Sie nicht schon gestern hingefahren?«

»Weil ich einen Schnitzer gemacht habe, mein lieber Watson – was, wie ich fürchte, häufiger vorkommt, als jemand annehmen würde, der mich nur durch Ihre Memoiren kennt. Tatsache ist, daß ich es einfach nicht für möglich hielt, daß das bemerkenswerteste Pferd Englands lange verborgen bleiben könnte, zumal in einer so spärlich besiedelten Gegend wie dem nördlichen Dartmoor. Gestern rechnete ich Stunde um Stunde mit der Nachricht, es sei gefunden worden und sein Entführer sei der Mörder von John Straker. Als aber ein weiterer Morgen angebrochen war und ich feststellte, daß man außer der Verhaftung des jungen Fitzroy Simpson nichts erreicht hatte, bekam ich das Gefühl, es sei an der Zeit für mich, tätig zu werden. Und doch habe ich in mancherlei Hinsicht das Gefühl, der gestrige Tag war nicht vergeudet.«

»Also haben Sie eine Theorie aufgestellt?«

»Zumindest habe ich die wesentlichen Tatsachen des Falles im Griff. Ich werde Sie Ihnen aufzählen, denn nichts erhellt einen Fall so sehr, als wenn man ihn jemand anderem darlegt, und ich kann kaum mit Ihrer Mitarbeit rechnen, wenn ich Ihnen nicht aufzeige, von welcher Sachlage wir ausgehen.«

Ich lehnte mich, an meiner Zigarre paffend, in die Polster zurück, während Holmes sich vorbeugte und mir, indem er mit seinem langen, dünnen Zeigefinger die einzelnen Punkte auf seiner linken Handfläche abhakte, einen Überblick über die Ereignisse gab, die zu unserer Reise geführt hatten.

»Silberstern«, sagte er, »stammt von Isonomy ab und hält einen ebenso glänzenden Rekord wie sein berühmter Stammvater. Er ist jetzt fünf Jahre alt und hat Colonel Ross, seinem glücklichen Besitzer, nacheinander sämtliche Rennpreise eingebracht. Bis zum Zeitpunkt der Katastrophe galt er, bei einer Quote von drei zu eins, als erster Favorit für den Wessex Cup. Für das Rennpublikum war er allerdings schon immer der Hauptfavorit und hat es bisher nie enttäuscht, so daß auch bei niedrigen Quoten enorme Summen auf ihn gesetzt wurden. Es ist daher offenkundig, daß es sehr viele Leute gab, die das stärkste Interesse daran hatten, zu verhindern, daß Silberstern nächsten Dienstag am Start ist, wenn die Flagge fällt.

Dieser Tatsache war man sich in King's Pyland, wo der Trainingsstall des Colonel liegt, natürlich bewußt. Jede Vorsichtsmaßnahme wurde ergriffen, um den Favoriten zu beschützen. Der Trainer, John Straker, ist ein ehemaliger Jokkey, der für Colonel Ross' Farben geritten ist, ehe er für die Waage zu schwer wurde. Er hat dem Colonel fünf Jahre als Jockey und sieben als Trainer gedient und sich stets als diensteifriger und ehrlicher Angestellter erwiesen. Ihm waren drei Burschen unterstellt, denn die Anlage ist klein und umfaßt insgesamt nur vier Pferde. Einer dieser Burschen wachte jede Nacht im Stall, während die anderen auf dem Futterboden schliefen. Alle drei haben einen ausgezeichneten Leumund. John Straker, der verheiratet ist, wohnte in einem kleinen Haus etwa zweihundert Yards von den Ställen entfernt. Er hat keine Kinder, beschäftigt ein Hausmädchen und ist leidlich gut gestellt. Das umliegende Land ist sehr einsam, aber eine halbe Meile weiter nördlich liegt eine kleine Gruppe von Landhäusern, die ein Unternehmer aus Tavistock gebaut hat für Gebrechliche und andere, die die reine Luft von Dartmoor genießen wollen. Tavistock selbst liegt zwei Meilen westlich, und jenseits des Moores, gleichfalls etwa zwei Meilen entfernt, befindet sich das größere Trainingsgelände von Capleton, das Lord Backwater gehört und von Silas Brown geleitet wird. Nach jeder anderen Richtung ist das Moor eine einzige Wildnis, bewohnt nur von einigen umherstreifenden Zigeunern. Das war die allgemeine Lage vergangenen Montagabend, als sich die Katastrophe ereignete.

An diesem Nachmittag waren die Pferde wie gewöhnlich bewegt und getränkt worden, und die Ställe wurden um neun Uhr verschlossen. Zwei der Burschen gingen zum Haus des Trainers hinüber, wo sie in der Küche zu Abend aßen, während der dritte, Ned Hunter, auf Wache blieb. Ein paar Minuten nach neun brachte ihm das Mädchen, Edith Baxter, sein Abendessen, das aus einem Currygericht mit Hammelfleisch bestand. Sie nahm kein Getränk mit, denn im Stall befindet sich ein Wasserhahn, und es war Vorschrift, daß der diensthabende Bursche nichts anderes trinken durfte. Das Mädchen nahm eine Laterne mit, da es sehr dunkel war und der Weg über offenes Moorgelände verläuft.

Edith Baxter war noch etwa dreißig Yards vom Stall entfernt, als aus der Dunkelheit ein Mann auftauchte und sie anrief, stehenzubleiben. Als er in den von der Laterne geworfenen, gelben Lichtkreis trat, sah sie, daß er das Auftreten eines Gentleman hatte und mit einem grauen Tweedanzug und einer Tuchmütze bekleidet war. Er trug Gamaschen und hatte einen schweren Stock mit Knauf. Am meisten beeindruckte sie jedoch sein überaus bleiches Gesicht und sein nervöses Gebaren. Sein Alter, glaubte sie, liege wohl eher über als unter dreißig.

›Können Sie mir sagen, wo ich bin?‹ fragte er. ›Ich hatte mich schon fast entschlossen, im Moor zu schlafen, als ich das Licht Ihrer Laterne sah.‹

›Sie sind bei den Trainingsställen von King's Pyland‹, sagte sie.

›Ach, tatsächlich! Was für ein Glückstreffer!‹ rief er aus. ›Wie ich höre, schläft dort jede Nacht ein Stallbursche allein. Sie bringen ihm wohl gerade sein Abendessen. Sie sind doch sicher nicht zu stolz, sich den Preis für ein neues Kleid zu verdienen.‹ Er zog ein zusammengefaltetes Stück weißes Papier aus der Westentasche. ›Sorgen Sie dafür, daß der Junge das noch heute abend bekommt, und Sie werden das hübscheste Kleid besitzen, das man für Geld kaufen kann.‹

Sie war von der Ernsthaftigkeit seines Verhaltens erschreckt und lief an ihm vorbei zum Fenster, durch das sie gewöhnlich die Mahlzeiten hineinreichte. Es stand bereits offen, und Hunter saß drinnen an dem kleinen Tisch. Sie hatte gerade begonnen, ihm zu erzählen, was vorgefallen war, als der Fremde erneut auftauchte.

›Guten Abend‹, sagte er, indem er zum Fenster hereinschaute, ›auf ein Wort.‹ Das Mädchen hat beschworen, sie habe, während er sprach, aus seiner geschlossenen Hand eine Ecke des kleinen Papierpäckchens herausschauen sehen.

›Was haben Sie hier zu suchen?‹ fragte der Bursche.

›Was ich suche, bringt Ihnen vielleicht etwas ein‹, sagte der andere. ›Sie haben zwei Pferde für den Wessex Cup gemeldet – Silberstern und Bayard. Geben Sie mir den sicheren Tip, und es soll Ihr Schaden nicht sein. Trifft es zu, daß Bayard dem anderen bei gleichem Gewicht auf fünf Furlongs hundert Yard vorgeben konnte und daß der Stall sein Geld auf ihn gesetzt hat?‹

›Sie sind also einer von diesen verdammten Rennspionen‹, rief der Bursche. ›Ich werde Ihnen zeigen, wie wir in King's Pyland mit denen umgehen.‹ Er sprang auf und rannte durch den Stall, um den Hund loszumachen. Das Mädchen flüchtete zum Haus, blickte aber im Laufen zurück und sah, daß der Fremde sich zum Fenster hineinbeugte. Wenig später allerdings, als Hunter mit dem Hund nach draußen stürzte, war er verschwunden, und obwohl der Bursche um sämtliche Gebäude herumlief, fand er nicht die geringste Spur von ihm.«

»Einen Augenblick!« bat ich. »Hat der Stallbursche, als er mit dem Hund nach draußen lief, die Stalltür unverschlossen gelassen?«

»Ausgezeichnet, Watson; ausgezeichnet!« murmelte mein Gefährte. »Die Bedeutung dieses Umstandes sprang mir so eindringlich ins Auge, daß ich gestern eigens ein Telegramm nach Dartmoor geschickt habe, um den Sachverhalt zu klären. Der Bursche hat die Tür verschlossen, bevor er loslief. Das Fenster, darf ich hinzufügen, ist nicht groß genug, daß ein Mann einsteigen könnte.

Hunter wartete, bis die anderen Stallknechte zurück waren, worauf er den Trainer benachrichtigen ließ und ihm mitteilte, was vorgefallen war. Straker war erregt, als er den Bericht vernahm, obgleich er dessen eigentliche Bedeutung nicht recht zu erfassen schien. Doch er hinterließ in ihm ein vages Unbehagen, und als Mrs. Straker morgens um eins erwachte, sah sie, daß er sich gerade ankleidete. Auf ihre Fragen meinte er, die Sorge um die Pferde lasse ihn nicht schlafen und er wolle zum Stall hinübergehen, um nachzuschauen, ob alles in Ordnung sei. Sie bat ihn, zu Hause zu bleiben, denn sie hörte den Regen gegen die Fenster prasseln, aber trotz ihrer inständigen Bitten zog er seinen weiten Regenmantel an und ging aus dem Haus.

Mrs. Straker erwachte morgens um sieben und stellte fest, daß ihr Mann noch nicht zurückgekehrt war. Sie kleidete sich hastig an, rief das Mädchen und begab sich zu den Ställen. Die Tür stand offen; drinnen saß, auf einem Stuhl zusammengesunken, Hunter im Zustand völliger Betäubung, die Box des Favoriten war leer, und von seinem Trainer fehlte jede Spur.

Rasch wurden die beiden Burschen geweckt, die auf dem Futterboden über der Sattelkammer schliefen. Sie hatten in der Nacht nichts gehört, denn beide haben einen gesunden Schlaf. Hunter stand offensichtlich unter dem Einfluß irgendeiner starken Droge, und da nichts Vernünftiges aus ihm herauszubekommen war, ließ man ihn erst einmal ausschlafen, während die beiden Burschen und die beiden Frauen auf der Suche nach den Vermißten nach draußen liefen. Sie hegten immer noch die Hoffnung, der Trainer habe das Pferd aus irgendeinem Grunde zur Morgenarbeit herausgeholt, doch als sie die Hügelkuppe in der Nähe des Hauses erstiegen, von der aus sich das ganze angrenzende Moorgelände überblicken läßt, fanden sie nicht nur keinerlei Spur von dem Favoriten, sondern bemerkten überdies etwas, das die Anzeichen einer Tragödie andeutete.

Etwa eine Viertelmeile von den Ställen entfernt flatterte John Strakers Mantel lose von einem Ginsterbusch. Direkt dahinter befand sich im Moor eine schalenförmige Senke, und auf deren Grund fand man den Leichnam des unglücklichen Trainers. Sein Kopf war von einem fürchterlichen Schlag mit irgendeiner schweren Waffe zerschmettert worden, und sein Oberschenkel wies eine lange, glatte Schnittwunde auf, die ihm offensichtlich mit einem sehr scharfen Instrument zugefügt worden war. Es war jedoch deutlich, daß sich Straker heftig gegen seine Angreifer gewehrt hatte, denn in der rechten Hand hielt er ein kleines Messer, das bis zum Griff blutbeschmiert war, während er mit der Linken ein rot-schwarzgemustertes Seidenhalstuch umklammerte, das von dem Mädchen als das des Fremden erkannt wurde, der am Vorabend die Ställe aufgesucht hatte.

Auch Hunter war, nachdem er sich von seiner Betäubung erholt hatte, völlig sicher, was den Besitzer des Halstuchs anging. Er war gleichermaßen überzeugt, daß eben dieser Fremde, während er am Fenster stand, sein Hammelcurry mit der Droge versetzt und die Ställe so ihres Wächters beraubt habe.

Von dem vermißten Hengst aber fand sich im Schlamm auf dem Grunde der fatalen Mulde eine Fülle von Anzeichen dafür, daß er zum Zeitpunkt des Kampfes dort gewesen war. Doch seit diesem Morgen ist er verschwunden; und obwohl eine hohe Belohnung ausgesetzt worden ist und alle Zigeuner von Dartmoor auf dem Quivive sind, hat man nichts mehr von ihm gehört. Schließlich hat eine Analyse der von dem Stallburschen übriggelassenen Reste des Abendessens ergeben, daß es ein bemerkenswertes Quantum Opiumpulver enthielt, wohingegen die Leute im Haus am selben Abend ohne irgend welche üblen Nachwirkungen dasselbe Gericht teilten.

Dies sind die wichtigsten Fakten des Falles, aller Mutmaßungen entkleidet und so nüchtern wie möglich berichtet. Nun möchte ich rekapitulieren, was die Polizei in dieser Angelegenheit unternommen hat.

Inspektor Gregory, dem der Fall übertragen worden ist, ist ein überaus fähiger Beamter. Besäße er nur die Gabe der Phantasie, so könnte er es in seinem Beruf sehr weit bringen.

Nach seiner Ankunft fand und verhaftete er unverzüglich den Mann, auf den naturgemäß der Verdacht fiel. Es kostete nur geringe Mühe, ihn ausfindig zu machen, denn er war in der Gegend durchaus gut bekannt. Sein Name, so scheint es, ist Fitzroy Simpson. Er ist ein Mann von ausgezeichneter Herkunft und Bildung, der auf der Rennbahn ein Vermögen durchgebracht hat und jetzt davon lebt, daß er sich in den Sportklubs von London in aller Stille ein bißchen als vornehmer Buchmacher betätigt. Eine Überprüfung seines Wettbuches ergab, daß er Wetten in Höhe von fünftausend Pfund gegen den Favoriten abgeschlossen hat.

Bei seiner Verhaftung sagte er freiwillig aus, er sei nach Dartmoor gefahren in der Hoffnung auf einige Informationen über die Pferde von King's Pyland sowie über Desborough, den zweiten Favoriten, der unter der Obhut von Silas Brown im Stall von Capleton stand. Er versuchte nicht zu leugnen, daß er sich am Vorabend wie geschildert verhalten hatte, erklärte jedoch, er habe keine finsteren Absichten gehabt, sondern sich lediglich Auskunft aus erster Hand verschaffen wollen. Mit dem Halstuch konfrontiert, wurde er sehr bleich und war gänzlich unfähig zu erklären, wie es in die Hand des Ermordeten geraten war. Seine feuchte Kleidung bewies, daß er sich während des Unwetters in der Nacht zuvor im Freien aufgehalten hatte, und sein Stock, ein mit Blei beschwerter Rohrstock, war genau so eine Waffe, wie sie dem Trainer die schrecklichen tödlichen Verletzungen zugefügt haben könnte.

Andererseits wies sein Körper keine Wunde auf, wohingegen der Zustand von Strakers Messer darauf schließen ließ, daß er zumindest bei einem seiner Angreifer Spuren hinterlassen haben mußte. Da haben Sie das Ganze in nuce, Watson, und wenn Sie mir irgendwie Erleuchtung bringen können, werde ich Ihnen unendlich verpflichtet sein.«

Ich hatte mit größtem Interesse der Darstellung zugehört, die Holmes mir mit charakteristischer Klarheit vorgetragen hatte. Obwohl mir die meisten Fakten vertraut waren, hatte ich weder ihre relative Bedeutung noch ihre Verbindung untereinander ausreichend gewürdigt.

»Ist es nicht möglich«, schlug ich vor, »daß die Schnittwunde an Strakers Körper während der konvulsivischen Zuckungen, die auf jede Gehirnverletzung folgen, von seinem eigenen Messer verursacht worden ist?«

»Es ist mehr als möglich; es ist wahrscheinlich«, sagte Holmes. »In diesem Fall wird einer der wichtigsten Anhaltspunkte zugunsten des Beschuldigten hinfällig.«

»Und trotzdem«, sagte ich, »verstehe ich auch jetzt einfach nicht, welche Theorie die Polizei haben kann.«

»Ich fürchte, gegen jedwede Theorie, die wir aufstellen, gibt es sehr schwerwiegende Einwände«, entgegnete mein Gefährte. »Die Polizei, nehme ich an, stellt sich vor, dieser Fitzroy Simpson habe, nachdem er den Burschen betäubt und sich zuvor irgendwie einen Zweitschlüssel verschafft hat, die Stalltür geöffnet und das Pferd hinausgebracht, offenbar in der Absicht, es kurzerhand zu entführen. Sein Zaumzeug fehlt, also muß Simpson es ihm angelegt haben. Dann, nachdem er die Tür hinter sich offengelassen hatte, führte er gerade das Pferd übers Moor weg, als er plötzlich auf den Trainer traf oder von ihm überrascht wurde. Es kam natürlich zu einem Streit, Simpson schlug dem Trainer mit seinem schweren Stock den Schädel ein, ohne von dem kleinen Messer, das Straker in Notwehr benutzte, eine Verletzung davonzutragen, und dann führte der Dieb das Pferd entweder zu irgendeinem geheimen Versteck, oder aber es ist vielleicht durchgegangen und irrt jetzt draußen im Moor umher. So liegt der Fall, wie er sich der Polizei darstellt, und so unwahrscheinlich das auch ist, sind doch alle anderen Erklärungen noch unwahrscheinlicher. Dennoch werde ich die Sache sehr rasch überprüfen, wenn ich mich erst einmal am Schauplatz befinde, und bis dahin vermag ich wirklich nicht zu erkennen, wie wir wesentlich weiter kommen könnten.«

Es wurde Abend, ehe wir das kleine Städtchen Tavistock erreichten, das wie der Buckel eines Schildes inmitten des weiten Runds von Dartmoor liegt. Zwei Gentlemen erwarteten uns am Bahnhof; der eine ein hochgewachsener Mann mit löwenartigem blondem Haar und Bart und merkwürdig durchdringenden, hellblauen Augen, der andere ein kleiner, lebhafter Mensch, sehr gepflegt und adrett, in Gehrock und Gamaschen, mit sauber gestutztem Backenbart und Monokel. Letzterer war Colonel Ross, der berühmte Sportsmann, der andere Inspektor Gregory, der auf dem besten Weg war, sich bei der englischen Kriminalpolizei einen Namen zu machen.

»Ich bin erfreut, daß Sie gekommen sind, Mr. Holmes«, sagte der Colonel. »Der Inspektor hier hat alles getan, was man irgend vorschlagen könnte, aber ich möchte nichts unversucht lassen, den armen Straker zu rächen und mein Pferd zurückzugewinnen.«

»Hat es irgendwelche neuen Entwicklungen gegeben?« fragte Holmes.

»Es tut mir leid, sagen zu müssen, daß wir nur sehr geringe Fortschritte gemacht haben«, sagte der Inspektor. »Wir haben draußen einen offenen Wagen, und da Sie sich zweifellos den Schauplatz ansehen möchten, ehe das Tageslicht schwindet, könnten wir während der Fahrt darüber sprechen.«

Kurz darauf saßen wir alle in einem bequemen Landauer und ratterten durch die malerische alte Devonshire-Stadt. Inspektor Gregory war von seinem Fall erfüllt und sprudelte einen Schwall von Kommentaren hervor, während Holmes gelegentlich eine Frage einwarf. Colonel Ross lehnte sich mit verschränkten Armen und über die Augen geschobenem Hut zurück, und ich lauschte voll Interesse dem Gespräch der beiden Detektive. Gregory entwickelte seine Theorie, die fast genau dem entsprach, was Holmes im Zug vorausgesagt hatte.

»Das Netz hat sich ziemlich eng um Fitzroy Simpson zusammengezogen«, bemerkte er, »und ich selbst glaube, daß er unser Mann ist. Gleichzeitig bin ich mir darüber im klaren, daß es sich um reine Indizienbeweise handelt und daß eine neue Entwicklung alles umwerfen kann.«

»Was ist mit Strakers Messer?«

»Wir sind letztlich zu dem Schluß gekommen, daß er sich im Fallen selbst verletzt hat.«

»Mein Freund Dr. Watson hat auf der Herfahrt mir gegenüber diese Vermutung geäußert. Wenn das zuträfe, würde es gegen diesen Simpson sprechen.«

»Zweifellos. Er hat weder ein Messer noch das geringste Anzeichen einer Wunde. Die Beweise gegen ihn wiegen wirklich sehr schwer. Er hatte großes Interesse am Verschwinden des Favoriten, er steht unter dem Verdacht, den Stallburschen vergiftet zu haben, er war ohne Zweifel während des Unwetters im Freien, er war mit einem schweren Stock bewaffnet, und sein Halstuch wurde in der Hand des Toten gefunden. Ich glaube wirklich, wir haben genug, um vor eine Jury zu gehen.«

Holmes schüttelte den Kopf. »Ein geschickter Anwalt würde das alles in Fetzen reißen«, meinte er. »Warum hätte er das Pferd aus dem Stall holen sollen? Wenn er es verletzen wollte, warum konnte er das nicht drinnen tun? Hat man in seinem Besitz einen Zweitschlüssel gefunden? Welcher Apotheker hat ihm das Opiumpulver verkauft? Vor allem, wo könnte er, dem diese Gegend fremd ist, ein Pferd verstecken, noch dazu ein solches Pferd? Wie lautet seine eigene Erklärung für das Stück Papier, das das Mädchen dem Stallburschen übergeben sollte?«

»Er sagte, es sei eine Zehn-Pfund-Note gewesen. Man hat in seiner Börse eine gefunden. Aber Ihre anderen Probleme sind nicht so unüberwindlich, wie sie scheinen. Die Gegend ist ihm nicht fremd. Er hat im Sommer zweimal in Tavistock logiert. Das Opium hat er wahrscheinlich in London gekauft. Den Schlüssel wird er, nachdem er seinen Zweck erfüllt hatte, weggeworfen haben. Das Pferd liegt vielleicht auf dem Grunde einer der Gruben oder stillgelegten Minen im Moor.«

»Was sagt er zu dem Halstuch?«

»Er gibt zu, daß es ihm gehört, und behauptet, er habe es verloren. Aber es hat sich in dem Fall ein neuer Umstand ergeben, der vielleicht erklärt, warum er das Pferd aus dem Stall geführt hat.«

Holmes spitzte die Ohren.

»Wir haben Spuren gefunden, die beweisen, daß Montagnacht eine Schar Zigeuner weniger als eine Meile von der Stelle entfernt lagerte, wo sich der Mord ereignete. Am Dienstag waren sie verschwunden. Einmal angenommen, es hätte eine Absprache zwischen Simpson und diesen Zigeunern gegeben, wäre es dann nicht denkbar, daß er gerade dabei war, das Pferd zu ihnen zu bringen, als er überrascht wurde, und daß sie es jetzt haben?«

»Das ist gewiß möglich.«

»Das Moor wird nach diesen Zigeunern abgesucht. Außerdem habe ich jeden Stall und jede Scheune von Tavistock überprüft, und zwar im Umkreis von zehn Meilen.«

»Wie ich höre, gibt es ganz in der Nähe noch einen Trainingsstall?«

»Richtig, und das ist ein Faktor, den wir gewiß nicht außer acht lassen dürfen. Da ihr Pferd Desborough nach den Wetten auf dem zweiten Platz stand, hatten jene Leute ein Interesse am Verschwinden des Favoriten. Von Silas Brown, dem Trainer, weiß man, daß er für das Rennen hohe Beträge gesetzt hat; und er war kein Freund des armen Straker. Wir haben die Ställe allerdings überprüft, und es gibt nichts, was ihn mit der Affaire in Verbindung brächte.«

»Und auch nichts, was diesen Simpson mit den Interessen des Capleton-Stalles in Verbindung brächte?«

»Überhaupt nichts.«

Holmes lehnte sich im Wagen zurück, und das Gespräch brach ab. Ein paar Minuten später hielt unserer Fahrer vor einem schmucken, kleinen, roten Ziegelsteinhaus mit vorspringenden Dachtraufen, das an der Straße stand. Ein Stück weiter weg lag jenseits einer Koppel ein langgestrecktes Nebengebäude aus grauen Ziegeln. Nach jeder anderen Richtung erstreckten sich bis zum Horizont die flachen, vom welkenden Farn bronze gefärbten Hügel des Moors, unterbrochen nur von den spitzen Giebeln von Tavistock und einer Häusergruppe weit im Westen, den Stallungen von Capleton. Wir sprangen alle vom Wagen, mit Ausnahme von Holmes, der zurückgelehnt sitzen blieb, den Blick auf den Himmel vor ihm gerichtet und ganz und gar in Gedanken vertieft. Erst als ich ihn am Arm berührte, schreckte er heftig auf und stieg aus dem Wagen.

»Entschuldigung«, sagte er, indem er sich an Colonel Ross wandte, der ihn einigermaßen überrascht angesehen hatte. »Ich war in Gedanken woanders.« In seinen Augen zeigte sich ein Glanz und in seinem Verhalten eine unterdrückte Erregung, die mich, der ich ja mit seiner Art vertraut war, davon überzeugten, daß er auf eine Spur gestoßen war, wiewohl ich mir nicht vorstellen konnte, wo er sie gefunden hatte.

»Vielleicht würden Sie es vorziehen, sich sogleich zum Schauplatz des Verbrechens weiterzubegeben, Mr. Holmes?« sagte Gregory.

»Ich denke, ich würde es vorziehen, ein wenig hier zu verweilen und das eine oder andere Einzelproblem genauer zu untersuchen. Straker wurde hierhergebracht, nehme ich an?«

»Ja, er liegt oben. Die gerichtliche Leichenschau findet morgen statt.«

»Er stand schon seit einigen Jahren in Ihren Diensten, Colonel Ross?«

»Er war mir stets ein ausgezeichneter Angestellter.«

»Ich nehme an, Sie haben ein Verzeichnis dessen angelegt, was er zum Zeitpunkt seines Todes in den Taschen trug, Inspektor?«

»Ich habe die Sachen selbst im Wohnzimmer, wenn Sie sie gern sehen möchten.«

»Das wäre mir sehr lieb.«

Wir traten alle nacheinander ins Vorderzimmer und nahmen um den Tisch in der Mitte Platz, während der Inspektor eine viereckige Blechkassette aufschloß und ein kleines Häufchen von Gegenständen vor uns ausbreitete. Es handelte sich um eine Schachtel Streichhölzer, eine zwei Inch lange Talgkerze, eine A.D.P.-Bruyèrepfeife, einen Seehundsfellbeutel mit einer halben Unze Cavendish-Grobschnitt, eine silberne Uhr an einer goldenen Kette, fünf Sovereigns in Gold, ein Bleistiftkästchen aus Aluminium, einige Papiere und ein Messer mit Elfenbeingriff und sehr feiner, starrer Klinge, die die Aufschrift Weiss & Co., London, trug.

»Das ist ein sehr eigenartiges Messer«, meinte Holmes, indem er es in die Hand nahm und eingehend musterte. »Da ich Blutflecken darauf erkenne, nehme ich an, es ist dasjenige, welches man in der Hand des Toten gefunden hat. Watson, dieses Messer schlägt gewiß in Ihr Fach.«

»Wir bezeichnen dergleichen als Starmesser«, sagte ich.

»Das dachte ich mir. Eine sehr feine Klinge, für sehr feine Arbeit vorgesehen. Seltsam, daß jemand so etwas auf einen ungemütlichen Gang mitnimmt, zumal man es nicht zusammengeklappt in der Tasche tragen kann.«

»Die Spitze war mit einem Korkscheibchen geschützt, das wir neben dem Leichnam fanden«, sagte der Inspektor. »Strakers Frau sagt uns, das Messer habe einige Tage auf der Anrichte gelegen und er habe es mitgenommen, als er aus dem Zimmer ging. Es war eine klägliche Waffe, aber vielleicht die beste, die er gerade finden konnte.«

»Sehr gut möglich. Was ist mit diesen Papieren?«

»Drei davon sind quittierte Rechnungen von Heuhändlern. Eines ist ein Brief mit Anweisungen von Colonel Ross. Das hier ist eine Putzmacherrechnung über siebenunddreißig Pfund und fünfzehn Shilling, ausgestellt von Madame Lesurier in der Bond Street für William Darbyshire. Mrs. Straker sagt uns, Darbyshire sei ein Freund ihres Mannes, und gelegentlich sei seine Post hierhergeschickt worden.«

»Madame Darbyshire hat einigermaßen kostspielige Neigungen«, bemerkte Holmes, als er die Rechnung überflog. »Zweiundzwanzig Guineen sind ziemlich üppig für ein einziges Kostüm. Hier scheint sich allerdings nichts weiter in Erfahrung bringen zu lassen, und so können wir nun zum Schauplatz des Verbrechens hinübergehen.«

Als wir das Wohnzimmer verließen, trat eine Frau, die im Flur gewartet hatte, auf uns zu und legte dem Inspektor die

Hand auf den Ärmel. Ihr Gesicht war verhärmt, abgezehrt und ängstlich besorgt, gezeichnet von jüngst erlittenen Schrecken.

»Haben Sie sie gefaßt? Haben Sie sie gefunden?« stieß sie hervor.

»Nein, Mrs. Straker; aber Mr. Holmes hier ist aus London gekommen, um uns zu helfen, und wir werden alles Menschenmögliche tun.«

»Ich habe Sie doch kürzlich in Plymouth auf einer Gartenparty getroffen, Mrs. Straker«, sagte Holmes.

»Nein, Sir, Sie irren sich.«

»Meine Güte; ich hätte wahrhaftig darauf schwören können. Sie trugen ein Kostüm aus taubengrauer Seide mit einem Besatz von Straußenfedern.«

»Ein solches Kleid habe ich nie besessen, Sir«, antwortete die Dame.

»Aha; damit hat sich das wohl erledigt«, sagte Holmes; und mit einer Entschuldigung folgte er dem Inspektor nach draußen. Ein kurzer Gang übers Moor brachte uns zu der Senke, in der man den Leichnam gefunden hatte. An ihrem Rand stand der Ginsterstrauch, an dem der Mantel gehangen hatte.

»In jener Nacht herrschte kein Wind, wie ich hörte«, sagte Holmes.

»Nein; aber sehr heftiger Regen.«

»In diesem Fall ist der Mantel nicht gegen die Ginstersträucher geweht, sondern hingehängt worden.«

»Ja, er wurde über den Strauch gebreitet.«

»Sie wecken mein Interesse. Wie ich sehe, ist der Boden ganz erheblich zertrampelt worden. Zweifellos sind seit Montagnacht viele Füße darübergelaufen.«

»Man hat hier nebenan eine Matte hingelegt, und auf der haben wir alle gestanden.«

»Ausgezeichnet.«

»In dieser Tasche habe ich einen von den Stiefeln, die Straker trug, einen von Fitzroy Simpsons Schuhen und ein altes Hufeisen von Silberstern.«

»Mein lieber Inspektor, Sie übertreffen sich selbst!«

Holmes nahm die Tasche und schob, indem er in die Senke abstieg, die Matte etwas weiter zur Mitte hin. Dann streckte er sich der Länge nach darauf aus, stützte das Kinn auf die Hände und unterzog den zertrampelten Erdboden vor ihm einer sorgfältigen Untersuchung.

»Hallo!« sagte er plötzlich, »was ist denn das?«

Es war ein halbverbranntes Wachsstreichholz, das so schmutzbedeckt war, daß es zunächst wie ein kleiner Holzspan aussah.

»Ich kann mir nicht erklären, wie ich das übersehen konnte«, sagte der Inspektor mit ärgerlichem Gesicht.

»Es war nicht zu sehen, im Schlamm versunken. Ich habe es nur gesehen, weil ich danach gesucht habe.«

»Was! Sie haben erwartet, es zu finden?«

»Ich hielt es für nicht unwahrscheinlich.« Er nahm die Stiefel aus der Tasche und verglich die Abdrücke beider mit den Spuren auf dem Boden. Dann stieg er zum Rand der Senke hinauf und kroch zwischen den Farnsträuchern und Büschen umher.

»Ich fürchte, es gibt keine weiteren Spuren«, sagte der Inspektor. »Ich habe den Boden hundert Yards nach jeder Richtung sorgfältig abgesucht.«

»Sieh da!« sagte Holmes und stand auf. »Dann werde ich nicht die Unverschämtheit haben, es noch einmal zu tun, nach dem, was Sie sagen. Aber ich würde gern einen kleinen Spaziergang übers Moor machen, bevor es dunkel wird, damit ich morgen das Gelände kenne, und ich denke, ich werde als Glücksbringer dieses Hufeisen einstecken.«

Colonel Ross, der wegen des bedächtigen und systematischen Vorgehens meines Gefährten gewisse Anzeichen von Ungeduld hatte erkennen lassen, schaute auf seine Uhr.

»Es wäre mir recht, wenn Sie mit mir zurückkämen, Inspektor«, sagte er. »Es gibt da einige Punkte, zu denen ich gern Ihren Rat hätte, insbesondere dazu, ob wir es der Öffentlichkeit nicht schuldig sind, den Namen unseres Pferdes von der Starterliste für den Cup zu streichen.«

»Ganz und gar nicht«, rief Holmes mit Bestimmtheit. »Ich würde den Namen stehen lassen.«

Der Colonel verbeugte sich. »Es freut mich sehr, Ihre Meinung gehört zu haben«, sagte er. »Sie finden uns im Hause des armen Straker, wenn Sie Ihren Spaziergang beendet haben, und dann können wir gemeinsam nach Tavistock fahren.«

Er kehrte mit dem Inspektor um, während Holmes und ich gemächlich übers Moor gingen. Die Sonne schickte sich an, hinter den Ställen von Capleton zu versinken, und die weite, abfallende Ebene vor uns war von einem Goldton angehaucht, der sich zu einem satten Rotbraun vertiefte, wo die welken Farne und Brombeersträucher das Abendlicht einfingen. Aber die Herrlichkeiten der Landschaft waren an meinen Gefährten, der tief in Gedanken versunken war, ganz und gar verschwendet.

»Es verhält sich so, Watson«, sagte er schließlich. »Wir können die Frage, wer John Straker ermordet hat, einstweilen außer acht lassen und uns darauf beschränken, herauszufinden, was aus dem Pferd geworden ist. Einmal angenommen, es ist während oder nach der Tragödie durchgegangen, wohin könnte es dann gelaufen sein? Das Pferd ist ein ausgesprochenes Herdentier. Wenn man es sich selbst überließe, würde es instinktiv entweder nach King's Pyland zurückkehren oder nach Capleton hinüberlaufen. Warum sollte es im Moor herumirren? Gewiß wäre es mittlerweile gesehen worden. Und warum sollten Zigeuner es entführen? Diese Leute machen sich stets davon, wenn sie von Scherereien hören, denn sie wollen nicht von der Polizei belästigt werden. Sie hätten keine Hoffnung, ein solches Pferd verkaufen zu können. Sie würden ein großes Risiko eingehen und nichts gewinnen, wenn sie es raubten. So viel ist sicher klar.«

»Wo ist es also?«

»Ich habe bereits gesagt, daß es nach King's Pyland oder nach Capleton gelaufen sein muß. Es ist nicht in King's Pyland, mithin ist es in Capleton. Lassen Sie uns das als Arbeitshypothese annehmen und sehen, wohin es uns führt. Dieser

Teil des Moors ist, wie der Inspektor bemerkt hat, sehr hart und trocken. Aber gegen Capleton hin neigt es sich, und von hier aus können Sie erkennen, daß dort drüben eine langgestreckte Senke liegt, die Montagnacht sehr feucht gewesen sein muß. Wenn unsere Annahme richtig ist, dann muß das Pferd sie durchquert haben, und wir sollten an dieser Stelle nach seinen Spuren suchen.«

Wir waren während dieses Gesprächs flott weitermarschiert und erreichten binnen weniger Minuten die fragliche Senke. Auf Holmes' Bitte ging ich an ihrem rechten und er an ihrem linken Rand entlang, aber ich hatte noch keine fünfzig Schritte getan, als ich ihn einen Ruf ausstoßen hörte und sah, wie er mir zuwinkte. In der weichen Erde vor ihm zeichnete sich deutlich die Spur eines Pferdes ab, und das Hufeisen, das er aus der Tasche zog, paßte genau in die Abdrücke.

»Da sehen Sie den Wert der Phantasie«, sagte Holmes. »Das ist genau die Eigenschaft, die Gregory fehlt. Wir haben uns vorgestellt, was hätte passiert sein können, sind von dieser Annahme ausgegangen und sehen uns bestätigt. Gehen wir weiter.«

Wir überquerten den sumpfigen Grund und gingen über eine Viertelmeile trockenen, harten Grasbodens. Wieder fiel das Gelände ab, und wieder stießen wir auf die Spuren. Dann verloren wir sie für eine halbe Meile aus den Augen, nur um sie recht nahe bei Capleton wieder aufzufinden. Es war Holmes, der sie als erster sah, und er blieb stehen und deutete mit einem Ausdruck des Triumphs darauf. Neben der Spur des Pferdes war die eines Menschen erkennbar.

»Vorher war das Pferd allein«, rief ich aus.

»Ganz recht. Vorher war es allein. Hallo! Was ist das?«

Die Doppelspur bog scharf ab und führte in Richtung King's Pyland. Holmes pfiff, und wir folgten ihr. Er hatte den Blick auf die Fährte gerichtet, doch ich schaute zufällig ein Stückchen nach einer Seite und sah zu meiner Überraschung dieselben Spuren in der Gegenrichtung wieder zurückführen.

»Eins zu null für Sie, Watson«, sagte Holmes, als ich darauf aufmerksam machte; »Sie haben uns einen weiten Weg erspart, der uns nur wieder auf unsere eigenen Spuren gebracht hätte. Wir wollen der zurückkehrenden Fährte folgen.«

Wir mußten nicht weit gehen. Sie endete bei der asphaltierten Auffahrt, die zu den Toren der Capleton-Stallungen führte. Als wir nähertraten, kam ein Stallbursche aus einem Gebäude gerannt.

»Hier wird nicht rumgelungert«, sagte er.

»Ich wollte nur eine Frage stellen«, sagte Holmes, Daumen und Zeigefinger in die Westentasche gesteckt. »Wäre ich zu zeitig dran, um Ihren Vorgesetzten, Mr. Silas Brown, anzutreffen, wenn ich morgen früh um fünf Uhr vorspräche?«

»Meine Güte, Sir, wenn jemand da ist, dann er, denn er ist immer als erster auf den Beinen. Aber da ist er, Sir, und kann Ihre Fragen selbst beantworten. Nein, Sir, nein; das kostet mich die Stellung, wenn er sieht, daß ich von Ihnen Geld annehme. Hinterher, wenn's Ihnen recht ist.«

Während Sherlock Holmes die Half-crown, die er aus der Tasche gezogen hatte, wieder einsteckte, kam ein grimmig dreinschauender, älterer Mann, der eine Jagdpeitsche schwang, durchs Tor geschritten.

»Was ist los hier, Dawson?« schrie er. »Kein Getratsche! Geh an deine Arbeit. Und Sie – was zum Teufel wollen Sie hier?«

»Zehn Minuten mit Ihnen reden, Verehrtester«, sagte Holmes mit seiner allersüßesten Stimme.

»Ich habe keine Zeit, mit jedem Rumtreiber zu reden. Wir wollen hier keine Fremden. Scheren Sie sich weg, sonst haben Sie plötzlich einen Hund am Hals.«

Holmes beugte sich vor und flüsterte dem Trainer etwas ins Ohr. Dieser fuhr heftig zusammen und errötete bis zu den Haarwurzeln.

»Das ist eine Lüge!« brüllte er. »Eine infernalische Lüge!«

»Sehr wohl! Sollen wir uns hier in aller Öffentlichkeit darüber streiten oder lieber in Ihrem Wohnzimmer darüber sprechen?«

»Na gut, kommen Sie herein, wenn Sie wollen.«

Holmes lächelte. »Ich werde Sie nicht länger als ein paar Minuten warten lassen, Watson«, sagte er. »Alsdann, Mr. Brown, ich stehe ganz zu Ihrer Verfügung.«

Es vergingen volle zwanzig Minuten, und alles Rot war zu Grau verblaßt, ehe Holmes und der Trainer wieder auftauchten. Nie habe ich bei einem Menschen eine solche Veränderung gesehen, wie sie in dieser kurzen Zeit bei Silas Brown bewirkt worden war. Sein Gesicht war aschfahl, Schweißperlen glitzerten auf seiner Stirn, und seine Hände zitterten so sehr, daß die Jagdpeitsche wie ein Zweig im Wind schwankte. Auch sein tyrannisches, anmaßendes Gebaren war restlos verschwunden, und er kroch an der Seite meines Gefährten her wie ein Hund neben seinem Herrn.

»Ihre Anweisungen werden ausgeführt. Es wird ausgeführt«, sagte er.

»Und daß mir ja kein Fehler vorkommt«, sagte Holmes und sah sich nach ihm um. Sein Gegenüber winselte, als er die Drohung in seinem Blick las.

»O nein, es wird kein Fehler vorkommen. Es wird da sein. Soll ich es vorher noch verändern oder nicht?«

Holmes dachte einen Moment nach und brach dann in Gelächter aus.

»Nein«, sagte er. »Ich werde Ihnen deswegen schreiben. Keine Tricks jetzt, sonst –«

»Oh, Sie können mir vertrauen, Sie können mir vertrauen!«

»Sie müssen an dem Tag darum besorgt sein, als wäre es Ihr eigenes.«

»Sie können sich auf mich verlassen.«

»Ja, ich glaube, das kann ich. Nun denn, Sie werden morgen von mir hören.« Er wandte sich auf dem Absatz um, wobei er die zitternde Hand, die der andere ihm hinhielt, nicht beachtete, und wir machten uns nach King's Pyland auf.

»Eine vollkommenere Mischung aus Tyrann, Feigling und

Heimtücker als Meister Silas Brown ist mir nur selten begegnet«, bemerkte Holmes, während wir zusammen zurückwanderten.

»Dann hat er also das Pferd?«

»Er hat sich herauszuwinden versucht, aber ich habe ihm so genau geschildert, was er an jenem Morgen getan hat, daß er überzeugt ist, ich hätte ihn dabei beobachtet. Natürlich haben Sie die eigenartig viereckige Spitze der Fußabdrücke bemerkt und daß seine Stiefel ihnen genau entsprachen. Ferner hätte natürlich kein Subalterner so etwas zu tun gewagt. Ich habe ihm geschildert, wie er, seiner Gewohnheit entsprechend, als erster auf den Beinen war und ein fremdes Pferd übers Moor irren sah; wie er zu ihm hinging und wie erstaunt er war, als er an dem weißen Stern, der dem Favoriten den Namen gegeben hat, erkannte, daß der Zufall das einzige Pferd in seine Gewalt gebracht hatte, das jenes, auf das er sein Geld gesetzt hatte, schlagen konnte. Dann habe ich ihm geschildert, wie es seine erste Regung war, es nach King's Pyland zurückzubringen, und der Teufel ihm gezeigt hatte, auf welche Art er das Pferd bis nach dem Rennen verstecken konnte, und wie er es nach Capleton geführt und dort verborgen hatte. Nachdem ich ihm jede Einzelheit erzählt hatte, gab er auf und dachte nur noch an seine eigene Haut.«

»Aber seine Ställe sind durchsucht worden.«

»Ach, ein alter Roßtäuscher wie er kennt manche Schliche.«

»Aber haben Sie keine Angst, das Pferd weiter in seiner Gewalt zu lassen, wo er doch jedes Interesse daran hat, es zu verletzen?«

»Mein lieber Freund, er wird es hüten wie seinen Augapfel. Er weiß, daß er nur dann auf Milde hoffen kann, wenn er Silberstern unversehrt herausgibt.«

»Colonel Ross hat mir nicht gerade den Eindruck gemacht, als würde er je Milde walten lassen.«

»Die Angelegenheit liegt nicht in Colonel Ross' Händen. Ich folge meinen eigenen Methoden und sage so viel oder so wenig, wie es mir beliebt. Das ist der Vorteil, wenn man nicht in amtlichem Auftrag handelt. Ich weiß nicht, ob Sie es bemerkt haben, Watson, aber das Verhalten des Colonel mir gegenüber war ein klein wenig herablassend. Ich bin mittlerweile dazu aufgelegt, mir auf seine Kosten einen kleinen Spaß zu machen. Sagen Sie wegen des Pferdes nichts zu ihm.«

»Gewiß nicht, ohne Ihre Erlaubnis.«

»Und natürlich ist all das ein ziemlich unbedeutender Fall, verglichen mit der Frage, wer John Straker ermordet hat.«

»Und der wollen Sie sich jetzt widmen?«

»Ganz im Gegenteil, wir beide fahren mit dem Nachtzug nach London zurück.«

Ich war wie vom Donner gerührt von den Worten meines Freundes. Wir waren erst seit ein paar Stunden in Devonshire, und daß er eine Untersuchung aufgab, die er so brillant begonnen hatte, war mir völlig unbegreiflich. Ich konnte ihm kein weiteres Wort entlocken, bis wir beim Haus des Trainers angelangt waren. Der Colonel und der Inspektor erwarteten uns im Wohnzimmer.

»Mein Freund und ich kehren mit dem Mitternachtsexpress in die Stadt zurück«, sagte Holmes. »Es war bezaubernd, in Ihrem vortrefflichen Dartmoor-Klima ein wenig frische Luft zu schnappen.«

Der Inspektor riß die Augen auf, und des Colonels Lippen kräuselten sich zu einem verächtlichen Lächeln.

»Sie geben es also auf, den Mörder des armen Straker dingfest zu machen«, sagte er.

Holmes zuckte die Achseln. »Dem stehen gewiß große Schwierigkeiten entgegen«, sagte er. »Dennoch bin ich voller Zuversicht, daß Ihr Pferd nächsten Dienstag starten wird, und bitte Sie, Ihren Jockey bereitzuhalten. Dürfte ich um eine Photographie von Mr. John Straker bitten?«

Der Inspektor nahm eine aus einem Umschlag in seiner Tasche und reichte sie ihm.

»Mein lieber Gregory, Sie nehmen alle meine Wünsche vorweg. Wenn ich Sie bitten dürfte, einen Moment hier zu warten, ich habe noch eine Frage, die ich dem Dienstmädchen stellen möchte.«

»Ich muß sagen, daß ich von unserem Londoner Berater ziemlich enttäuscht bin«, sagte Colonel Ross rundheraus, als mein Freund aus dem Zimmer gegangen war. »Ich sehe nicht, daß wir irgendwie weiter gekommen wären als vor seiner Ankunft.«

»Zumindest haben Sie seine Zusicherung, daß Ihr Pferd laufen wird«, sagte ich.

»Ja, seine Zusicherung habe ich«, sagte der Colonel mit einem Achselzucken. »Aber das Pferd wäre mir lieber.«

Ich wollte gerade etwas zur Verteidigung meines Freundes entgegnen, als er wieder das Zimmer betrat.

»Nun denn, Gentlemen«, sagte er, »ich bin dann soweit für Tavistock.«

Als wir in die Kutsche stiegen, hielt uns einer der Stallburschen die Tür auf. Holmes schien plötzlich ein Gedanke zu kommen, denn er beugte sich vor und berührte den Burschen am Ärmel.

»Sie haben da ein paar Schafe in der Koppel«, sagte er. »Wer kümmert sich um sie?«

»Ich, Sir.«

»Haben Sie in letzter Zeit bemerkt, daß ihnen etwas fehlt?«

»Nun ja, Sir, nichts sehr Bedeutendes; aber drei von ihnen lahmen seit kurzem, Sir.«

Ich erkannte, daß Holmes äußerst befriedigt war, denn er kicherte und rieb sich die Hände.

»Ein Glückstreffer, Watson; ein ausgesprochener Glückstreffer!« sagte er und kniff mich in den Arm. »Gregory, darf ich Ihrer Aufmerksamkeit diese außergewöhnliche Epidemie bei den Schafen anempfehlen. Fahren Sie los, Kutscher!«

Colonel Ross trug immer noch eine Miene zur Schau, die seine geringe Meinung von den Fähigkeiten meines Gefährten zeigte, aber dem Gesicht des Inspektors sah ich an, daß seine Aufmerksamkeit aufs höchste erregt war.

»Sie halten das für wichtig?« fragte er.

»Überaus.«

»Gibt es noch irgendeinen anderen Umstand, auf den Sie meine Aufmerksamkeit lenken möchten?«

»Auf das merkwürdige Ereignis mit dem Hund in der Nacht.«

»Der Hund hat in der Nacht nichts getan.«

»Genau das *war* eben das merkwürdige Ereignis«, bemerkte Sherlock Holmes.

Vier Tage später saßen Holmes und ich wieder im Zug nach Winchester, um uns das Rennen um den Wessex Cup anzusehen. Colonel Ross holte uns verabredungsgemäß am Bahnhof ab, und wir fuhren in seiner vierspännigen Kutsche zur Rennbahn außerhalb der Stadt. Sein Gesicht war ernst und sein Verhalten äußerst kalt.

»Ich habe keine Spur von meinem Pferd gesehen«, sagte er.

»Ich nehme an, Sie würden es erkennen, wenn Sie es sähen?« fragte Holmes.

Der Colonel war sehr ärgerlich. »Ich bin schon zwanzig Jahre auf der Rennbahn, aber so eine Frage hat man mir noch nie gestellt«, sagte er. »Ein Kind würde den Hengst mit seiner sternförmigen Blesse und der weißen Vorderfessel erkennen.«

»Wie stehen die Wetten?«

»Das ist ja das Merkwürdige. Gestern hätten Sie fünfzehn zu eins bekommen, aber die Quote ist niedriger und niedriger geworden, und mittlerweile gibt es kaum noch drei zu eins.«

»Hm!« sagte Holmes. »Jemand weiß etwas, das ist klar!«

Als die Kutsche bei der Tribüne anhielt, warf ich einen Blick auf die Startertafel. Dort stand:

> WESSEX-POKAL. Einsatz 50 Sovs. pro Starter, halb Reugeld. Alle Einsätze zuzüglich 1000 Sovs. dem Sieger. Für Vier- und Fünfjährige. £ 300 dem Zweiten, £ 200 dem Dritten. Neue Bahn (1 Meile und 5 Furlongs).
>
> 1. Mr. Heath Newtons The Negro (rote Kappe, zimtfarbene Jacke).

2. Colonel Wardlaws Pugilist (rosa Kappe, blauschwarz gestreifte Jacke).
3. Lord Backwaters Desborough (gelbe Kappe, schwarze Jacke mit gelben Ärmeln).
4. Colonel Ross' Silberstern (schwarze Kappe, rote Jacke).
5. Duke of Balmorals Iris (gelbe Kappe, gelbschwarz gestreifte Jacke).
6. Lord Singlefords Rasper (purpurne Kappe, rote Jacke mit schwarzen Ärmeln).

»Wir haben unser zweites Pferd zurückgezogen und uns ganz auf Ihr Wort verlassen«, sagte der Colonel. »Nanu, was ist denn das? Silberstern Favorit?«

»Fünf zu vier gegen Silberstern!« tönte es vom Buchmacherplatz. »Fünf zu vier gegen Silberstern! Fünfzehn zu fünf gegen Desborough! Fünf zu vier auf das Feld!«

»Da, die Nummern auf der Startertafel«, rief ich. »Sie sind alle sechs da.«

»Alle sechs da! Dann läuft mein Pferd«, rief der Colonel in großer Aufregung. »Aber ich sehe ihn nicht. Meine Farben sind noch nicht vorbeigekommen.«

»Es sind erst fünf vorbeigekommen. Das muß er sein.«

Als ich das sagte, fegte ein mächtiger Brauner aus dem Führring und kanterte an uns vorbei, auf dem Rücken das wohlbekannte Schwarz und Rot des Colonels.

»Das ist nicht mein Pferd«, schrie der Besitzer. »Dieses Tier hat kein einziges weißes Haar am Körper. Was haben Sie da getan, Mr. Holmes?«

»Gemach, gemach, wir wollen sehen, wie er sich anstellt«, sagte mein Freund ungerührt. Er schaute ein paar Minuten durch meinen Feldstecher. »Kapital! Ein ausgezeichneter Start!« rief er plötzlich aus. »Da kommen sie durch den Bogen!«

Von unserer Kutsche aus hatten wir eine prachtvolle Aussicht, als das Feld in die Gerade bog. Die sechs Pferde lagen so dicht beieinander, daß man sie mit einem Teppich hätte zudecken können, aber nach halbem Einlauf schob sich das Gelb-Schwarz des Capleton-Stalls nach vorn. Bevor sie jedoch auf unserer Höhe waren, wurde Desboroughs Vorstoß abgefangen, und das Pferd des Colonels löste sich plötzlich und passierte den Pfosten gute sechs Längen vor seinem Rivalen, während Duke of Balmorals Iris gerade noch den dritten Platz belegte.

»Jedenfalls ist es mein Rennen«, keuchte der Colonel und strich sich mit der Hand über die Augen. »Ich gebe zu, daß ich daraus einfach nicht schlau werde. Meinen Sie nicht, Sie haben Ihr Geheimnis lange genug für sich behalten, Mr. Holmes?«

»Gewiß, Colonel. Sie sollen alles erfahren. Lassen Sie uns zusammen hinübergehen und einen Blick auf das Pferd werfen. Da ist er«, fuhr er fort, als wir den Waagring betraten, zu dem nur Besitzer und ihre Freunde Zutritt haben. »Sie müssen ihm lediglich Stirn und Vorderfessel mit Spiritus abwaschen, und Sie werden feststellen, daß er immer noch der gute alte Silberstern ist.«

»Sie rauben mir den Atem!«

»Ich fand ihn in den Händen eines Fälschers und nahm mir die Freiheit, ihn so starten zu lassen, wie er hierhergeschickt wurde.«

»Mein lieber Sir, Sie haben Wunder gewirkt. Das Pferd sieht sehr fit und gesund aus. Es ist in seinem ganzen Leben noch nicht besser gelaufen. Ich muß Ihnen tausendmal Abbitte tun, daß ich Ihre Fähigkeiten in Zweifel gezogen habe. Sie haben mir einen großen Dienst erwiesen, indem Sie das Pferd wiedergefunden haben. Sie würden mir einen noch größeren erweisen, wenn Sie den Mörder von John Straker zu fassen bekämen.«

»Das habe ich bereits«, sagte Holmes gelassen.

Der Colonel und ich starrten ihn verblüfft an. »Sie haben ihn! Wo ist er denn?«

»Er ist hier.«

»Hier? Wo?«

»Eben jetzt in meiner Gesellschaft.«

Der Colonel errötete vor Ärger. »Ich anerkenne durchaus, daß ich Ihnen verpflichtet bin, Mr. Holmes«, sagte er, »aber was Sie eben gesagt haben, kann ich nur als sehr schlechten Scherz oder als Beleidigung auffassen.«

Sherlock Holmes lachte. »Ich versichere Ihnen, daß ich Sie nicht mit dem Verbrechen in Verbindung gebracht habe, Colonel«, sagte er; »der wirkliche Mörder steht unmittelbar hinter Ihnen!«

Er ging an ihm vorbei und legte die Hand auf den schimmernden Hals des Hengstes.

»Das Pferd?« riefen der Colonel und ich gleichzeitig.

»Jawohl, das Pferd. Und es verringert vielleicht seine Schuld, wenn ich sage, daß es in Notwehr gehandelt hat und daß John Straker ein Mann war, der Ihr Vertrauen nicht verdiente. Aber da ertönt die Glocke; und da ich beim nächsten Rennen gewiß eine Kleinigkeit gewinne, möchte ich eine ausführlichere Erklärung auf einen passenderen Zeitpunkt verschieben.«

An diesem Abend hatten wir die Ecke eines Pullman-Wagens für uns, während wir nach London zurückbrausten, und ich bilde mir ein, daß die Reise sowohl für Colonel Ross als auch für mich recht kurzweilig war, während wir der Erzählung unseres Begleiters von den Ereignissen lauschten, die sich in jener Montagnacht bei den Trainingsställen von Capleton zugetragen hatten, und von den Mitteln, mit denen er sie enträtselt hatte.

»Ich gebe zu«, sagte er, »daß alle Theorien, die ich aufgrund der Zeitungsberichte aufgestellt hatte, gänzlich falsch waren. Und doch gab es darin Hinweise, wenn sie auch von anderen Einzelheiten überlagert wurden, die ihre wahre Bedeutung verschleierten. Ich fuhr in der Überzeugung nach Devonshire, daß Fitzroy Simpson der wahre Übeltäter sei, obgleich ich natürlich erkannte, daß das Beweismaterial gegen ihn keineswegs vollständig war.

In der Kutsche, gerade als wir beim Haus des Trainers anlangten, fiel mir mit einemmal die immense Bedeutung des

Hammelcurry auf. Sie erinnern sich vielleicht, daß ich zerstreut war und sitzen blieb, nachdem Sie alle schon ausgestiegen waren. Ich wunderte mich insgeheim, wie um alles in der Welt ich einen so offen zutageliegenden Hinweis hatte übersehen können.«

»Ich muß zugeben«, sagte der Colonel, »daß ich auch jetzt noch nicht erkenne, inwiefern uns das weiterhilft.«

»Es war das erste Glied in der Kette meiner Überlegungen. Opiumpulver ist keineswegs geschmacklos. Sein Geschmack ist nicht unangenehm, aber er ist wahrnehmbar. Mischte man es unter irgendein gewöhnliches Gericht, so würde der Essende es zweifellos herausschmecken und wahrscheinlich nicht mehr weiteressen. Ein Curry war genau das Mittel, mit dem sich dieser Geschmack überdecken ließ. Aber es gibt keine vorstellbare Möglichkeit, wie dieser Fitzroy Simpson, ein Fremder, hätte bewirken können, daß an diesem Abend in der Familie des Trainers Curry serviert wurde, und daß er wie von ungefähr gerade an dem Abend mit Opiumpulver zur Stelle war, als ein Gericht auf den Tisch kam, das den Geschmack unkenntlich machen würde, wäre ein zu ungeheuerlicher Zufall, als daß man ihn annehmen dürfte. Das ist undenkbar. Somit scheidet Simpson als Verdächtiger aus, und unsere Aufmerksamkeit konzentriert sich auf Straker und seine Frau, die beiden einzigen Menschen, die sich an diesem Abend Hammelcurry als Nachtessen hatten aussuchen können. Das Opium wurde hineingemischt, nachdem die Mahlzeit für den Stalljungen beiseitegestellt worden war, denn die anderen aßen ohne üble Nachwirkungen dasselbe zu Abend. Wer von ihnen hatte also Zugang zu dem Gericht, ohne von dem Mädchen bemerkt zu werden?

Bevor ich diese Frage entschied, war mir die Bedeutung der Tatsache aufgegangen, daß der Hund nicht angeschlagen hatte, denn ein richtiger Schluß zieht unvermeidlich andere nach sich. Der Vorfall mit Simpson hatte mir gezeigt, daß man in den Ställen einen Hund hielt, aber obwohl jemand hineingegangen war und ein Pferd herausgeholt hatte, hatte er nicht laut genug gebellt, um die beiden Burschen auf dem Futterboden zu wecken. Offensichtlich war der mitternächtliche Besucher jemand, den der Hund gut kannte.

Ich war bereits überzeugt, oder fast überzeugt, daß John Straker mitten in der Nacht zu den Ställen hinübergegangen war und Silberstern herausgeholt hatte. In welcher Absicht? Offensichtlich keiner ehrenhaften, denn warum sollte er seinen eigenen Stallburschen betäuben? Und doch wußte ich einfach nicht, warum. Es hat schon Fälle gegeben, wo Trainer sich große Summen Geldes verschafft haben, indem sie durch Mittelsmänner gegen ihre eigenen Pferde gesetzt und dann durch Betrug dafür gesorgt haben, daß sie nicht gewannen. Manchmal ist es ein Jockey, der das Pferd verhält. Manchmal ist es ein sichereres und subtileres Mittel. Was war es hier? Ich hoffte, daß mir sein Tascheninhalt zu einer Schlußfolgerung verhelfen könnte.

Und so war es auch. Gewiß erinnern Sie sich noch an das eigenartige Messer, das man in der Hand des Toten fand, ein Messer, das kein vernünftiger Mensch als Waffe wählen würde. Es handelte sich, wie Dr. Watson uns gesagt hat, um ein Messer, wie man es für die heikelsten Operationen verwendet, die die Chirurgie kennt. Und in dieser Nacht sollte es für eine heikle Operation verwendet werden. Bei Ihrer umfassenden Erfahrung im Renngeschäft wissen Sie bestimmt, Colonel Ross, daß es möglich ist, einen winzigen Einschnitt in die Sprunggelenksehne des Pferdes vorzunehmen, und zwar so, daß bei geschickter Ausführung nicht die geringste Spur zu sehen ist. Ein so behandeltes Pferd geht geringfügig lahm, was man auf Überanstrengung beim Training oder einen leichten Anfall von Rheumatismus, jedoch niemals auf unsaubere Machenschaften zurückführen würde.«

»Schurke! Schuft!« schrie der Colonel.

»Da haben wir die Erklärung, warum John Straker das Pferd ins Moor hinaus führen wollte. Ein so feuriges Geschöpf hätte bestimmt den größten Tiefschläfer geweckt, wenn es den Stich des Messers gespürt hätte. Es war absolut notwendig, es im Freien zu tun.«

»Ich war blind!« rief der Colonel. »Natürlich, deswegen brauchte er auch die Kerze und zündete das Streichholz an.«

»Zweifellos. Aber bei der Überprüfung seiner Habseligkeiten hatte ich das Glück, nicht nur die Methode des Verbrechens, sondern auch dessen Motive zu entdecken. Als Mann von Welt wissen Sie, Colonel, daß man nicht die Rechnungen anderer Leute mit sich herumträgt. Wir haben größtenteils schon genug damit zu tun, unsere eigenen zu begleichen. Daraus folgerte ich, daß Straker ein Doppelleben führte und ein zweites Domizil unterhielt. Die Art der Rechnung bewies, daß eine Dame in den Fall verwickelt war, und zwar eine mit kostspieligen Neigungen. So großzügig Sie gegenüber Ihren Angestellten auch sind, erwartet man doch kaum, daß diese für ihre Frauen Ausgehkleider für zwanzig Guineen kaufen können. Ich habe Mrs. Straker nach dem Kleid befragt, ohne daß es ihr auffiel, und als ich mich vergewissert hatte, daß es nie bis zu ihr gelangt war, notierte ich mir die Adresse der Putzmacherin mit dem Gefühl, bloß dort vorsprechen zu müssen mit Strakers Photographie, und der sagenumwobene Darbyshire würde sich von selbst erledigen.

Von da an war alles ganz klar. Straker hatte das Pferd in eine Senke geführt, wo man sein Licht nicht würde sehen können. Simpson hatte auf der Flucht sein Halstuch fallen lassen, und Straker hatte es aufgehoben, vielleicht in der Absicht, damit dem Pferd das Bein festzubinden. In der Senke war er hinter das Pferd getreten und hatte ein Streichholz entzündet, doch Silberstern, von dem plötzlichen Aufleuchten erschreckt und aus dem seltsamen Instinkt heraus, der Tiere spüren läßt, wenn jemand Übles im Sinn hat, schlug aus, und das Hufeisen traf Straker voll an der Stirn. Trotz des Regens hatte er schon seinen Mantel ausgezogen, um sein heikles Vorhaben auszuführen, und so schlitzte das Messer seinen Oberschenkel, als er fiel. Habe ich mich verständlich ausgedrückt?«

»Wunderbar!« rief der Colonel aus. »Wunderbar! Als wären Sie dabeigewesen.«

»Mein letzter Schuß war, das gebe ich zu, ein ausgesprochener Glückstreffer. Es kam mir in den Sinn, daß ein geriebener Mensch wie Straker etwas so Heikles wie das Anschneiden einer Sehne nicht ohne ein wenig Übung wagen würde. Woran konnte er üben? Mein Blick fiel auf die Schafe, und ich stellte eine Frage, die, sehr zu meiner Überraschung, ergab, daß meine Vermutung zutraf.«

»Sie haben es vollkommen klar gemacht, Mr. Holmes.«

»Als ich nach London zurückkam, sprach ich bei der Putzmacherin vor, die Straker sofort als ausgezeichneten Kunden namens Darbyshire erkannte, der eine höchst elegante Frau mit einer großen Vorliebe für kostspielige Kleider habe. Ich zweifle nicht daran, daß diese Frau ihn bis über beide Ohren in Schulden gestürzt und so zu diesem nichtswürdigen Komplott verleitet hat.«

»Sie haben alles erklärt, mit einer Ausnahme«, rief der Colonel. »Wo war das Pferd?«

»Ach, es ging durch, und einer Ihrer Nachbarn hat sich seiner angenommen. In dieser Hinsicht sollten wir eine Amnestie ergehen lassen, denke ich. Das ist Clapham Junction, wenn ich mich nicht irre, und wir werden in weniger als zehn Minuten in Victoria sein. Sollten Sie Lust haben, in unseren Räumen eine Zigarre zu rauchen, Colonel, würde ich mich glücklich schätzen, Ihnen alle weiteren Details zu erläutern die Sie vielleicht noch interessieren.«

DAS GELBE GESICHT

Bei der Veröffentlichung dieser kurzen Skizzen, die auf den zahlreichen Fällen beruhen, an denen ich, dank den einzigartigen Fähigkeiten meines Freundes, als Zuhörer und in manch seltsamem Drama gar als Akteur teilhatte, ist es nur natürlich, daß ich eher auf seine Erfolge denn auf seine Mißerfolge eingehe. Und dies geschieht nicht so sehr um seines Rufes willen, denn tatsächlich waren seine Energie und Vielseitigkeit immer dann am bewundernswertesten, wenn er mit seinem Latein am Ende war, sondern weil es dort, wo er scheiterte, sehr oft vorkam, daß auch kein anderer Erfolg hatte und die Geschichte für immer ohne Abschluß blieb. Dann und wann allerdings geschah es, daß die Wahrheit, selbst wenn er fehlging, trotzdem ans Licht kam. Ich habe Aufzeichnungen von einem runden halben Dutzend derartiger Fälle, von denen die Affaire des zweiten Flecks und die, von der ich jetzt berichten will, wohl die interessantesten Merkmale aufweisen.

Sherlock Holmes war ein Mensch, der sich selten um der Bewegung willen Bewegung machte. Wenige Männer waren zu größeren Kraftanstrengungen fähig, und er war in seiner Gewichtsklasse zweifellos einer der besten Boxer, die ich je gesehen habe; doch er betrachtete zweckfreie körperliche Betätigung als Energieverschwendung, und er rührte sich selten, außer wenn es irgendeinem beruflichen Ziel diente. Dann war er absolut ausdauernd und unermüdlich. Daß er sich unter solchen Umständen in Form halten konnte, ist bemerkenswert, andererseits war seine Kost überaus kärglich und seine Gewohnheiten einfach bis an die Grenze der Selbstkasteiung. Bis auf den gelegentlichen Gebrauch von Kokain hatte er keine Laster, und er nahm seine Zuflucht zu der Droge nur aus Protest gegen die Monotonie des Daseins, wenn die Fälle rar und die Zeitungen uninteressant waren.

Eines Tages zu Beginn des Frühjahrs hatte er sich so weit entspannt, daß er mich auf einen Spaziergang in den Park begleitete, wo auf den Ulmen die ersten zarten, grünen Schößlinge sprossen und die klebrigen Speerspitzen der Kastanien gerade zu fünffingrigen Blättern aufzuplatzen begannen. Zwei Stunden lang bummelten wir umher, zumeist schweigend, wie es zwei Männern ansteht, die miteinander vertraut sind. Es war schon fast fünf, als wir in die Baker Street zurückkehrten.

»Verzeihung, Sir«, sagte unser junger Hausdiener, als er die Tür öffnete; »da ist ein Gentleman dagewesen und hat nach Ihnen gefragt, Sir.«

Holmes warf mir einen vorwurfsvollen Blick zu. »Das hat man von Nachmittagsspaziergängen!« sagte er. »Dann ist dieser Gentleman also gegangen?«

»Ja, Sir.«

»Hast du ihn nicht hereingebeten?«

»Doch, Sir; er ist hereingekommen.«

»Wie lange hat er gewartet?«

»Eine halbe Stunde, Sir. Es war ein sehr unruhiger Gentleman, Sir, die ganze Zeit herumgelaufen und -gestampft, solange er da war. Ich hab vor der Tür gewartet, Sir, und ich hab ihn hören können. Schließlich geht er auf den Flur hinaus und ruft: ›Kommt denn dieser Mensch nie?‹ Das waren genau seine Worte, Sir. ›Sie brauchen nur noch ein bißchen zu warten‹, sage ich. ›Dann warte ich an der frischen Luft, denn ich bin schon halb erstickt‹, sagt er. ›Ich bin gleich wieder zurück‹, und damit springt er auf und geht hinaus, und was ich auch sagen konnte, hielt ihn nicht zurück.«

»Schon gut, du hast dein Bestes getan«, sagte Holmes, als wir unser Zimmer betraten. »Es ist freilich sehr ärgerlich, Watson. Ich brauchte dringend einen Fall, und das sieht aufgrund der Ungeduld des Mannes so aus, als wäre es etwas Wichtiges. Sieh da! Das ist nicht Ihre Pfeife auf dem Tisch! Er muß seine liegengelassen haben. Eine hübsche alte Bruyère, mit einem guten langen Mundstück aus dem, was die Tabakhändler Bernstein nennen. Ich frage mich, wieviel echte Bernsteinmundstücke es in London gibt. Manche meinen, eine darin eingeschlossene Fliege sei ein Zeichen dafür. Dabei ist das Einfügen imitierter Fliegen in imitierten Bernstein ein regelrechtes Gewerbe. Nun ja, er muß durcheinander gewesen sein, daß er eine Pfeife liegenließ, die er sichtlich hochschätzt.«

»Woher wissen Sie, daß er sie hochschätzt?« fragte ich.

»Nun ja, ich würde den ursprünglichen Preis der Pfeife mit sieben Shilling sechs Pence veranschlagen. Nun ist sie aber, wie Sie sehen, zweimal repariert worden: einmal am hölzernen Stiel und einmal am Bernstein. Jede dieser Reparaturen, die, wie Sie erkennen können, mit einem silbernen Ring ausgeführt worden sind, muß mehr als den ursprünglichen Preis der Pfeife ausgemacht haben. Der Mann muß die Pfeife hochschätzen, wenn er sie lieber flicken läßt, als sich für das gleiche Geld eine neue zu kaufen.«

»Noch etwas?« fragte ich, denn Holmes drehte die Pfeife in der Hand hin und her und starrte sie auf seine eigentümliche, gedankenvolle Weise an.

Er hielt sie hoch und klopfte mit seinem langen, dünnen Zeigefinger darauf, wie ein Professor, der über einen Knochen doziert.

»Pfeifen sind gelegentlich von außerordentlichem Interesse«, sagte er. »Nichts hat mehr Individualität, Uhren und Schnürsenkel vielleicht ausgenommen. Die Merkmale hier sind allerdings weder sehr ausgeprägt noch sehr wichtig. Der Besitzer ist offensichtlich ein kräftiger Mann, Linkshänder, mit ausgezeichnetem Gebiß, achtlos in seinen Gewohnheiten, ohne auf Sparsamkeit angewiesen zu sein.«

Mein Freund machte die Angaben ganz beiläufig, aber ich sah, daß er mir einen vielsagenden Blick zuwarf, um zu erkennen, ob ich seinem Gedankengang hatte folgen können.

»Sie meinen, ein Mann muß wohlhabend sein, wenn er eine Pfeife zu sieben Shilling raucht?« sagte ich.

»Das ist Grosvenor-Mischung zu acht Pence die Unze«, antwortete Holmes, indem er sich etwas davon auf die Handfläche klopfte. »Da er zum halben Preis einen ausgezeichneten Tabak bekommen kann, hat er Sparsamkeit nicht nötig.«

»Und die anderen Punkte?«

»Er hat die Gewohnheit, seine Pfeife an Lampen und Gasflammen anzuzünden. Sie können sehen, daß sie an einer Seite ganz verkohlt ist. Natürlich kann das nicht von einem Streichholz herrühren. Warum sollte jemand ein Streichholz seitlich an seine Pfeife halten? Aber man kann sie nicht an einer Lampe anzünden, ohne daß der Pfeifenkopf verkohlt wird. Und das auf der rechten Seite der Pfeife. Daraus schließe ich, daß er Linkshänder ist. Halten Sie Ihre eigene Pfeife an die Lampe, und Sie werden sehen, wie Sie, als Rechtshänder, unwillkürlich die linke Seite an die Flamme halten. Sie mögen es einmal anders machen, aber nicht andauernd. Diese hier ist immer so gehalten worden. Des weiteren hat er sein Bernsteinmundstück durchgebissen. Es muß einer kräftig und energisch sein und ein gutes Gebiß haben, um das fertigzubringen. Aber wenn ich mich nicht täusche, höre ich ihn auf der Treppe, und wir werden gleich etwas Interessanteres als seine Pfeife zu studieren haben.«

Einen Augenblick später öffnete sich unsere Tür, und ein hochgewachsener, junger Mann betrat das Zimmer. Er war mit einem dunkelgrauen Anzug gut, aber unauffällig gekleidet und trug einen braunen Schlapphut in der Hand. Ich hätte ihn auf ungefähr dreißig geschätzt, obgleich er tatsächlich einige Jahre älter war.

»Ich bitte um Verzeihung«, sagte er etwas verlegen; »ich denke, ich hätte klopfen sollen. Tatsache ist, daß ich ein wenig aufgeregt bin, und dem müssen Sie alles zuschreiben.« Er strich sich mit der Hand über die Stirn wie ein Mann, der halb benommen ist, und plumpste dann eher, als daß er sich setzte, auf einen Stuhl.

»Wie ich sehe, haben Sie ein oder zwei Nächte nicht geschlafen«, sagte Holmes in seiner unbekümmerten, herzlichen Art. »Das zerrt mehr an den Nerven als die Arbeit, und sogar mehr als das Vergnügen. Darf ich fragen, wie ich Ihnen helfen kann?«

»Ich wollte Ihren Rat, Sir. Ich weiß nicht, was ich tun soll, und mein ganzes Leben scheint ein Scherbenhaufen zu sein.«

»Sie möchten mich als beratenden Detektiv in Anspruch nehmen?«

»Nicht nur das. Ich möchte Ihre Meinung als einsichtiger Mann – als Mann von Welt. Ich will wissen, was ich als nächstes tun soll. Ich hoffe zu Gott, Sie werden es mir sagen können.«

Er sprach in kurzen, scharfen, abgehackten Ausbrüchen, und es schien mir, daß überhaupt zu sprechen sehr quälend für ihn war und daß sich sein Wille die ganze Zeit über gegen seine Neigungen durchsetzte.

»Es ist eine sehr heikle Angelegenheit«, sagte er. »Man spricht Fremden gegenüber nicht gern von seinen häuslichen Angelegenheiten. Es ist irgendwie schrecklich, das Verhalten der eigenen Frau mit zwei Männern zu besprechen, die ich nie zuvor gesehen habe. Es ist furchtbar, es tun zu müssen. Aber ich weiß einfach nicht mehr weiter, und ich muß einen Rat haben.«

»Mein lieber Mr. Grant Munro –« hob Holmes an.

Unser Besucher sprang von seinem Stuhl auf. »Was!« rief er. »Sie kennen meinen Namen?«

»Wenn Sie Ihr Incognito wahren wollen«, sagte Holmes lächelnd, »würde ich vorschlagen, daß Sie Ihren Namen nicht weiter auf das Futter Ihres Huts schreiben oder aber demjenigen, den Sie ansprechen, den Kopf des Hutes zudrehen. Ich wollte gerade sagen, daß mein Freund und ich in diesem Zimmer schon viele seltsame Geheimnisse vernommen und das Glück gehabt haben, vielen gepeinigten Seelen Frieden zu bringen. Ich bin zuversichtlich, daß wir gleiches auch für Sie zu tun vermögen. Dürfte ich Sie, da die Zeit sich als wichtig erweisen könnte, bitten, mir ohne weiteren Aufschub den Sachverhalt Ihres Falles vorzutragen?«

Wieder fuhr sich unser Besucher mit der Hand über die

Stirn, als falle ihm das bitterlich schwer. An jeder Geste und Miene erkannte ich, daß er ein reservierter, verschlossener, wohl ziemlich stolzer Mann war, der eher dazu neigte, seine Wunden zu verbergen als bloßzulegen. Dann plötzlich, mit einer heftigen Bewegung seiner geschlossenen Hand, wie jemand, der alle Zurückhaltung fahren läßt, begann er.

»Der Sachverhalt ist folgender, Mr. Holmes«, sagte er. »Ich bin verheiratet, und zwar seit drei Jahren. Während dieser Zeit haben meine Frau und ich einander so zärtlich geliebt und so glücklich zusammengelebt, wie nur je zwei, die zusammengetan wurden. Wir hatten niemals Unstimmigkeiten, nicht ein einziges Mal, in Gedanken, Worten oder Taten. Und jetzt, seit letzten Montag, ist plötzlich eine Schranke zwischen uns, und ich stelle fest, daß es in ihrem Leben und ihren Gedanken etwas gibt, wovon ich so wenig weiß, als wäre sie eine Frau, die auf der Straße an mir vorüberhuscht. Wir sind einander entfremdet, und ich will wissen, warum.

Nun möchte ich Ihnen aber eines deutlich machen, bevor ich fortfahre, Mr. Holmes: Effie liebt mich. Daran kann es nicht den geringsten Zweifel geben. Sie liebt mich von ganzem Herzen und ganzer Seele, heute noch mehr als früher. Ich weiß es, ich fühle es. Ich will nicht darüber streiten. Ein Mann erkennt ohne weiteres, ob eine Frau ihn liebt. Aber dieses Geheimnis steht zwischen uns, und wir können so lange nicht die gleichen sein, wie es nicht aufgeklärt ist.«

»Teilen Sie mir freundlicherweise den Sachverhalt mit, Mr. Munro«, sagte Holmes mit einem Anflug von Ungeduld.

»Ich möchte Ihnen erzählen, was ich von Effies Geschichte weiß. Sie war Witwe, als ich ihr zum ersten Mal begegnete, obzwar recht jung – erst fünfundzwanzig. Ihr damaliger Name war Mrs. Hebron. Sie ging in jungen Jahren nach Amerika und lebte in der Stadt Atlanta, wo sie diesen Hebron heiratete, einen Rechtsanwalt mit einer gutgehenden Kanzlei. Sie hatten ein Kind, doch dann brach dort schlimmes Gelbfieber aus, und sowohl ihr Gatte als auch das Kind starben daran. Ich habe seinen Totenschein gesehen. Das verleidete ihr Amerika, und sie kehrte zurück und lebte bei einer unverheirateten Tante in Pinner in Middlesex. Ich darf erwähnen, daß ihr Mann sie leidlich gutgestellt zurückgelassen hat und daß sie ein Kapital von etwa viertausendfünfhundert Pfund besaß, das er so geschickt angelegt hatte, daß es durchschnittlich sieben Prozent abwarf. Sie war erst seit sechs Monaten in Pinner, als ich sie kennenlernte; wir verliebten uns ineinander und heirateten einige Wochen später.

Ich selbst bin Hopfenhändler, und da ich über ein Einkommen von sieben- bis achthundert Pfund verfüge, sahen wir uns leidlich gutgestellt und mieteten eine hübsche Villa zu achtzig Pfund pro Jahr in Norbury. Unser kleiner Wohnort ist sehr ländlich, wenn man bedenkt, wie nahe bei der Stadt er liegt. Ein Stückchen weiter haben wir noch ein Gasthaus und zwei Häuser, und jenseits des Feldes, das uns gegenüberliegt, ein einzelnes Cottage, und außer diesen gibt es bis halbwegs zum Bahnhof keine weiteren Häuser. Mein Geschäft führte mich zu bestimmten Zeiten in die Stadt, aber im Sommer hatte ich weniger zu tun, und dann waren meine Frau und ich in unserem Haus auf dem Lande so glücklich, wie man sich das nur wünschen konnte. Ich sage Ihnen, daß nie ein Schatten zwischen uns fiel, bis diese verfluchte Affaire begann.

Es gibt da etwas, was ich Ihnen erzählen sollte, ehe ich fortfahre. Als wir heirateten, überschrieb mir meine Frau ihr gesamtes Vermögen – eigentlich gegen meinen Willen, denn ich sah, wie unangenehm es würde, falls meine geschäftlichen Angelegenheiten schiefgingen. Dennoch wollte sie es so haben, und so geschah es. Nun ja, vor etwa sechs Wochen kam sie zu mir.

›Jack‹, sagte sie, ›als du mein Geld an dich genommen hast, hast du gesagt, wenn ich je etwas davon wollte, brauchte ich dich nur zu fragen.‹

›Gewiß‹, sagte ich, ›es gehört alles dir.‹

›Nun gut‹, sagte sie, ›ich möchte hundert Pfund.‹

Ich war darob ein bißchen verblüfft, denn ich hatte vermutet, es ginge ihr nur um ein neues Kleid oder etwas dergleichen.

›Wofür, um alles in der Welt?‹ fragte ich.

›Oh‹, sagte sie auf ihre spielerische Weise, ›du hast doch gesagt, du seist nur mein Bankier, und Bankiers stellen niemals Fragen, wie du weißt.‹

›Wenn es dir wirklich Ernst damit ist, sollst du das Geld natürlich haben‹, sagte ich.

›O ja, es ist mir Ernst damit.‹

›Und du willst mir nicht sagen, wofür du es brauchst?‹

›Eines Tages vielleicht, aber nicht gerade jetzt, Jack.‹

So mußte ich mich zufriedengeben, obgleich es damit zum ersten Mal ein Geheimnis zwischen uns gab. Ich schrieb ihr einen Scheck aus und dachte nicht weiter an die Geschichte. Sie mag nichts mit dem zu tun haben, was hinterher kam, aber ich hielt es dennoch für angebracht, sie zu erwähnen.

Nun, ich habe Ihnen gerade erzählt, daß unweit unseres Hauses ein Cottage steht. Zwischen uns liegt nur ein Feld, aber um hinzukommen, muß man die Straße entlanggehen und dann in einen Feldweg einbiegen. Unmittelbar dahinter befindet sich ein hübsches kleines Kieferngehölz, und ich pflegte sehr gern dorthin zu schlendern, denn Bäume sind immer irgendwie anheimelnd. Das Cottage hatte acht Monate lang leer gestanden, und das war schade, denn es war ein reizendes, zweistöckiges Haus mit einer altmodischen, von Geißblatt umrankten Veranda. Ich habe so manches Mal davorgestanden und mir gedacht, was für ein schmuckes, kleines Heim es abgeben würde.

Nun denn, vergangenen Montagabend machte ich einen Spaziergang dorthin, als mir auf dem Feldweg ein leeres Fuhrwerk entgegenkam und ich auf dem Rasenstück neben der Veranda einen Stapel Teppiche und dergleichen herumliegen sah. Es war klar, daß das Cottage endlich doch vermietet worden war. Ich ging daran vorbei, und indem ich stehenblieb, wie man das als Müßiggänger eben tut, ließ ich den Blick darüberhin schweifen und fragte mich, was das für Leute sein mochten, die nun in unserer Nähe wohnten. Und während ich schaute, wurde ich plötzlich gewahr, daß mich aus einem der oberen Fenster ein Gesicht beobachtete.

Ich weiß nicht, was es mit diesem Gesicht auf sich hatte, Mr. Holmes, aber irgendwie jagte es mir einen Schauder über den Rücken. Ich stand ein Stück entfernt, so daß ich die Gesichtszüge nicht ausmachen konnte, aber das Gesicht hatte etwas Unnatürliches und Unmenschliches. Das war mein Eindruck, und ich trat rasch näher, um den Menschen, der mich da beobachtete, etwas genauer zu sehen. Doch als ich das tat, verschwand das Gesicht plötzlich, so plötzlich, daß es schien, als sei es in die Dunkelheit des Zimmers zurückgerissen worden. Ich stand fünf Minuten da, überdachte die Angelegenheit und versuchte, meine Eindrücke zu analysieren. Ich hatte nicht erkennen können, ob es das Gesicht eines Mannes oder einer Frau war. Doch es war seine Farbe, die mich am stärksten beeindruckte. Es war von einem leichenfahlen Gelb und hatte etwas Verhärtetes und Starres, das entsetzlich unnatürlich war. So verstört war ich, daß ich beschloß, mir die neuen Bewohner des Cottages etwas genauer anzusehen. Ich trat vor und klopfte an die Tür, die sofort von einer hochgewachsenen, hageren Frau mit grobem, abweisendem Gesicht geöffnet wurde.

›Was woll'n Sie denn?‹ fragte sie mit nördlichem Akzent.

›Ich bin Ihr Nachbar und wohne dort drüben‹, sagte ich mit einem Nicken zu meinem Haus hin. ›Wie ich sehe, sind Sie gerade eingezogen, da dachte ich mir, wenn ich Ihnen irgendwie behilflich sein –‹

›Ei, wir wer'n Sie schon fragen, wenn wir Sie brauchen‹, sagte sie und schlug mir die Tür vor der Nase zu. Von dieser ungehobelten Abfuhr verärgert, drehte ich mich um und ging nach Hause. Den ganzen Abend lang kam mir, obwohl ich an etwas anderes zu denken versuchte, immer wieder die Erscheinung am Fenster und die Grobheit der Frau in den Sinn. Ich beschloß, meiner Frau von ersterem nichts zu erzählen, denn sie ist eine nervöse, leicht erregbare Frau, und ich wollte nicht, daß sie den unerfreulichen Eindruck teilte, der bei mir hervorgerufen worden war. Ich sagte ihr jedoch, bevor ich einschlief, daß das Cottage inzwischen bewohnt sei, worauf sie keine Antwort gab.

Ich habe normalerweise einen überaus gesunden Schlaf. Es ist ein geläufiger Witz in der Familie, daß mich während der Nacht nichts je aufwecken könnte; in jener besonderen Nacht jedoch schlief ich – vielleicht daß ich immer noch ein bißchen aufgeregt war von meinem kleinen Abenteuer – ich schlief jedenfalls sehr viel weniger tief als normalerweise. Halb in Träumen war ich mir undeutlich bewußt, daß im Zimmer irgend etwas vorging, und ich merkte allmählich, daß meine Frau sich angekleidet hatte und Mantel und Haube überzog. Meine Lippen hatten sich schon geöffnet, um ob dieser unzeitigen Anstalten ein paar Worte der Überraschung oder Vorhaltung zu murmeln, als meine halbgeöffneten Augen plötzlich auf ihr vom Kerzenschein erleuchtetes Gesicht fielen und die Verblüffung mich stumm bleiben ließ. Sie zeigte einen Ausdruck, wie ich ihn nie zuvor gesehen hatte – wie ich ihn bei ihr nie für möglich gehalten hätte. Sie war leichenblaß, atmete schnell und warf, während sie ihren Mantel schloß, einen verstohlenen Blick zum Bett, um festzustellen, ob sie mich gestört hatte. Dann, da sie glaubte, ich schliefe noch, schlüpfte sie geräuschlos aus dem Zimmer, und kurz darauf vernahm ich ein helles Knarren, das nur von den Angeln der Eingangstür herrühren konnte. Ich setzte mich im Bett auf und klopfte mit den Knöcheln ans Kopfende, um mich zu vergewissern, ob ich wirklich wach sei. Dann zog ich meine Uhr unterm Kopfkissen hervor. Es war drei Uhr morgens. Was um alles in der Welt konnte meine Frau um drei Uhr morgens auf der Landstraße zu schaffen haben?

Ich hatte ungefähr zwanzig Minuten so dagesessen, die Sache in Gedanken gewälzt und versucht, eine mögliche Erklärung zu finden. Je mehr ich darüber nachdachte, desto ungewöhnlicher und unerklärlicher kam es mir vor. Ich rätselte immer noch daran herum, als ich die Tür sanft zugehen und ihre Schritte die Treppe heraufkommen hörte.

›Wo um alles in der Welt bist du gewesen, Effie?‹ fragte ich, als sie hereinkam.

Sie fuhr heftig zusammen und stieß eine Art keuchenden Schrei aus, als ich sprach, und dieser Schrei und dieses Zusammenfahren quälten mich mehr als alles andere, denn sie hatten etwas unbeschreiblich Schuldbewußtes. Meine Frau ist stets ein Mensch von freimütigem, offenem Naturell gewesen, und es machte mich frösteln, sie in ihr eigenes Zimmer schleichen und aufschreien und wimmern zu sehen, wenn ihr eigener Mann sie ansprach.

›Du bist wach, Jack?‹ rief sie mit nervösem Auflachen aus. ›Dabei dachte ich, nichts könnte dich wecken.‹

›Wo bist du gewesen?‹ fragte ich, etwas strenger.

›Es wundert mich nicht, daß du überrascht bist‹, sagte sie, und ich konnte sehen, daß ihre Finger zitterten, als sie die Schnallen ihres Mantels öffnete. ›Ich erinnere mich ja selbst nicht daran, jemals in meinem Leben so etwas getan zu haben. Tatsächlich hatte ich ein Gefühl, als würde ich ersticken, und verspürte ein regelrechtes Verlangen, ein wenig frische Luft zu schnappen. Ich glaube wirklich, ich wäre ohnmächtig geworden, wenn ich nicht nach draußen gegangen wäre. Ich habe ein paar Minuten vor der Tür gestanden, und jetzt bin ich wieder ganz wohlauf.‹

Während sie mir diese Geschichte erzählte, sah sie kein einziges Mal zu mir her, und ihre Stimme klang ganz anders als ihr üblicher Tonfall. Es war offenkundig für mich, daß sie die Unwahrheit sagte. Ich gab ihr keine Antwort, sondern drehte das Gesicht zur Wand, wehen Herzens, den Kopf voll tausend giftiger Zweifel und Verdächtigungen. Was verbarg meine Frau da vor mir? Wo war sie während jenes seltsamen Ausflugs gewesen? Ich fühlte, daß ich keinen Frieden finden würde, bis ich es wußte, und schreckte dennoch vor weiteren Fragen zurück, nachdem sie mir schon einmal die Unwahrheit gesagt hatte. Den Rest der Nacht warf und wälzte ich mich hin und her, legte mir Theorie auf Theorie zurecht, eine unwahrscheinlicher als die andere.

Ich hätte am folgenden Tag in die Stadt fahren müssen, aber ich war zu beunruhigt, um mich geschäftlichen Angelegenheiten zuzuwenden. Meine Frau schien ebenso durcheinander wie ich selbst, und an den kurzen, fragenden Blicken, die sie mir immer wieder zuwarf, erkannte ich, daß sie begriff, daß ich ihrer Darstellung nicht glaubte, und daß sie nicht mehr ein noch aus wußte. Wir wechselten beim Frühstück kaum ein Wort, und ich machte unmittelbar danach einen Spaziergang, um die Sache an der frischen Morgenluft zu überdenken.

Ich ging bis zum Crystal Palace, verbrachte eine Stunde in den Anlagen und war um ein Uhr wieder zurück in Norbury. Es traf sich, daß mein Weg mich an dem Cottage vorbeiführte, und ich blieb einen Moment stehen und sah zu den Fenstern hin, ob ich nicht einen Blick auf das Gesicht erhaschen könnte, das am Vortage zu mir herausgestarrt hatte. Stellen Sie sich mein Erstaunen vor, Mr. Holmes, als, wie ich so dastand, plötzlich die Tür aufging und meine Frau herauskam.

Die Verblüffung ob ihres Anblicks verschlug mir die Sprache, aber meine Gefühle waren nichts gegen die, die sich auf ihrem Gesicht abzeichneten, als sich unsere Blicke trafen. Einen Moment lang schien sie wieder ins Haus zurückweichen zu wollen, doch als sie dann erkannte, wie nutzlos alles Versteckspiel sein mußte, trat sie vor mit kreideweißem Gesicht und einem entsetzten Blick, die das Lächeln auf ihren Lippen Lügen straften.

›Oh, Jack!‹ sagte sie, ›ich bin gerade mal hier gewesen, um zu sehen, ob ich unseren neuen Nachbarn nicht behilflich sein kann. Warum siehst du mich so an, Jack? Du bist doch nicht böse auf mich?‹

›Also‹, sagte ich, ›hierher bist du in der Nacht gegangen?‹

›Was soll das heißen?‹ rief sie.

›Du bist hierher gekommen. Dessen bin ich sicher. Wer sind diese Leute, daß du sie zu solcher Stunde besuchst?‹

›Ich bin noch nie hier gewesen.‹

›Wie kannst du so etwas behaupten, wo du weißt, daß es die Unwahrheit ist?‹ rief ich. ›Selbst deine Stimme ändert sich, während du sprichst. Wann habe ich je ein Geheimnis vor dir gehabt? Ich will jetzt rein in dieses Cottage und dieser Angelegenheit mal auf den Grund gehen.‹

›Nein, nein, Jack, um Gottes willen!‹ stieß sie in nicht zu bezähmender Erregung hervor. Und als ich auf die Tür zutrat, packte sie mich am Ärmel und zerrte mich mit krampfhafter Kraft zurück.

›Bitte, bitte, tu es nicht, Jack‹, rief sie. ›Ich schwöre, daß ich dir eines Tages alles erzähle, aber es kann nur Unglück bringen, wenn du jetzt in dieses Cottage gehst.‹ Und als ich versuchte, sie abzuschütteln, klammerte sie sich in rasendem Flehen an mich.

›Vertrau mir, Jack!‹ rief sie. ›Vertrau mir nur dieses eine Mal. Du wirst nie Grund haben, es zu bereuen. Du weißt, daß ich kein Geheimnis vor dir haben würde, wenn es nicht zu deinem eigenen Besten wäre. Unser ganzes Leben steht hier auf dem Spiel. Wenn du mit mir nach Hause kommst, wird alles gut. Wenn du dir gewaltsam Zutritt zu diesem Cottage verschaffst, ist alles vorbei zwischen uns.‹

Ein solcher Ernst, eine solche Verzweiflung lag in ihrem Verhalten, daß ihre Worte mir Einhalt geboten und ich unentschlossen vor der Tür stand.

›Ich vertraue dir unter einer Bedingung, und nur unter einer Bedingung‹, sagte ich schließlich. ›Nämlich, daß diese Heimlichtuerei von nun an ein Ende hat. Es steht dir frei, dein Geheimnis zu bewahren, aber du mußt mir versprechen, daß es keine nächtlichen Besuche mehr geben wird, nichts mehr, was hinter meinem Rücken geschieht. Ich bin bereit, das zu vergessen, was passiert ist, wenn du versprichst, daß in Zukunft nichts dergleichen mehr vorkommt.‹

›Ich war sicher, daß du mir vertrauen würdest‹, rief sie mit einem lauten Seufzer der Erleichterung. ›Es wird genau so geschehen, wie du es wünschst. Komm weg, oh, komm weg nach Hause!‹ Immer noch an meinem Ärmel zerrend, führte sie mich von dem Cottage weg. Im Gehen warf ich einen Blick zurück, und da war jenes gelbe, leichenfahle Gesicht und beobachtete uns aus dem oberen Fenster. Welche Verbindung konnte zwischen dieser Kreatur und meiner Frau bestehen? Was konnte das grobe, ungehobelte Weib, das ich am Tage zuvor gesehen hatte, mit ihr zu tun haben? Es war ein befremdliches Rätsel, und doch wußte ich, daß ich so lange keinen Seelenfrieden mehr finden würde, bis ich es gelöst hatte.

Danach blieb ich zwei Tage zu Hause, und meine Frau schien sich getreulich an unsere Vereinbarung zu halten, denn soweit ich wußte, tat sie keinen Schritt aus dem Haus. Am dritten Tage indes bekam ich reichlich Beweise, daß ihr feierliches Versprechen nicht ausreichte, sie von dem geheimnisvollen Einfluß fernzuhalten, der sie ihrem Gatten und ihrer Pflicht entzog.

Ich war an jenem Tag in die Stadt gefahren, aber ich kehrte mit dem Zug um 2 Uhr 40 anstatt mit dem um 3 Uhr 36 zurück, den ich gewöhnlich nehme. Als ich ins Haus kam, lief das Dienstmädchen mit bestürztem Gesicht in die Diele.

›Wo ist Ihre Herrin?‹ fragte ich.

›Ich glaube, sie ist spazieren gegangen‹, antwortete sie.

Sofort war ich von Argwohn erfüllt. Ich eilte nach oben, um mich zu vergewissern, daß sie nicht zu Hause war. Dabei schaute ich zufällig aus einem der oberen Fenster und sah das Mädchen, mit dem ich gerade gesprochen hatte, übers Feld auf das Cottage zulaufen. Da erkannte ich natürlich genau, was das alles zu bedeuten hatte. Meine Frau war hinübergegangen und hatte der Dienstbotin aufgetragen, sie zu holen, falls ich zurückkommen sollte. Vor Zorn bebend raste ich hinunter und stürmte hinüber, entschlossen, der Sache ein für allemal ein Ende zu machen. Ich sah meine Frau und das Mädchen auf dem Feldweg zurückeilen, aber ich blieb nicht stehen, um mit ihnen zu sprechen. In dem Cottage war das Geheimnis beschlossen, das einen Schatten über mein Leben warf. Ich schwor mir, daß es, komme, was da wolle, nicht länger ein Geheimnis bleiben sollte. Ich klopfte nicht einmal, als ich es erreichte, sondern drehte den Knauf und platzte in den Flur.

Im Erdgeschoß war alles still und ruhig. In der Küche sang ein Kessel auf dem Feuer, und eine große, schwarze Katze lag zusammengerollt in einem Korb, aber von der Frau, die ich zuvor gesehen hatte, gab es keine Spur. Ich rannte ins andere Zimmer, aber es war ebenfalls verlassen. Dann stürzte ich die Treppe hinauf, aber nur um zwei weitere leere und verlassene Zimmer vorzufinden. Es befand sich überhaupt niemand im ganzen Haus. Die Möbel und Bilder waren von der minderwertigsten und gewöhnlichsten Art, ausgenommen in der einen Kammer, an deren Fenster ich das seltsame Gesicht erblickt hatte. Diese war komfortabel und elegant, und all mein Argwohn loderte zu einer heftigen, schmerzlichen Flamme empor, als ich sah, daß auf dem Kaminsims ein Vollportrait meiner Frau stand, eine Photographie, die erst vor drei Monaten auf meinen Wunsch angefertigt worden war.

Ich blieb lange genug, um sicherzugehen, daß das Haus vollkommen leer war. Dann ging ich hinaus, mit einer Bürde auf dem Herzen, wie ich sie noch nie zuvor verspürt hatte. Meine Frau kam in die Diele, als ich mein Haus betrat, aber ich war zu verletzt und wütend, um mit ihr zu sprechen, und drängte mich an ihr vorbei in mein Arbeitszimmer. Sie folgte mir jedoch, bevor ich die Tür schließen konnte.

›Es tut mir leid, daß ich mein Versprechen gebrochen habe, Jack‹, sagte sie, ›aber wenn du alle Umstände kennen würdest, würdest du mir gewiß verzeihen.‹

›Dann erzähl mir alles‹, sagte ich.

›Ich kann nicht, Jack, ich kann nicht!‹ rief sie aus.

›Solange du mir nicht sagst, wer in diesem Cottage gewohnt hat und wem du die Photographie gegeben hast, kann keinerlei Vertrauen mehr zwischen uns herrschen‹, sagte ich, riß mich von ihr los und ging aus dem Haus. Das war gestern, Mr. Holmes, und seither habe ich sie weder gesehen, noch weiß ich irgend mehr über diese seltsame Geschichte. Es ist das erste Mal, daß ein Schatten zwischen uns gefallen ist, und es hat mich so erschüttert, daß ich mit dem besten Willen nicht weiß, was ich tun soll. Heute morgen kam mir plötzlich der Gedanke, daß Sie der Richtige wären, mir zu raten, und so bin ich jetzt zu Ihnen geeilt und lege mich vorbehaltlos in Ihre Hände. Wenn es irgend etwas gibt, was ich nicht klargemacht habe, so fragen Sie mich doch bitte danach. Doch sagen Sie mir vor allem rasch, was ich tun muß, denn dieses Leid ist mehr, als ich ertragen kann.«

Holmes und ich hatten mit dem größten Interesse dieser außergewöhnlichen Darstellung gelauscht, die in der sprunghaften, zusammenhanglosen Weise eines Menschen vorgetragen worden war, der unter dem Einfluß extremer Gefühlswallungen steht. Mein Gefährte saß nun eine Zeitlang schweigend da, das Kinn auf die Hand gestützt, in Gedanken verloren.

»Sagen Sie«, meinte er schließlich, »könnten Sie beschwören, daß es ein Männergesicht war, was Sie am Fenster sahen?«

»Jedesmal wenn ich es sah, war ich ein Stück weit davon entfernt, so daß ich das unmöglich sagen kann.«

»Sie scheinen davon allerdings unangenehm berührt gewesen zu sein.«

»Es schien von unnatürlicher Farbe zu sein und in seinen Zügen eine seltsame Starrheit zu besitzen. Als ich näherkam, verschwand es mit einem Ruck.«

»Wie lange ist es her, daß Ihre Frau Sie um hundert Pfund gebeten hat?«

»Fast zwei Monate.«

»Haben Sie je eine Photographie ihres ersten Mannes zu Gesicht bekommen?«

»Nein; ganz kurz nach seinem Tode brach in Atlanta ein großer Brand aus, und all ihre Papiere wurden vernichtet.«

»Und doch hatte sie einen Totenschein. Sie sagen, Sie haben ihn gesehen?«

»Ja, sie bekam nach dem Brand eine Kopie.«

»Haben Sie jemals jemanden getroffen, der sie in Amerika kannte?«

»Nein.«

»Hat sie je davon gesprochen, das Land noch einmal zu besuchen?«

»Nein.«

»Oder Briefe von dort bekommen?«

»Nicht daß ich wüßte.«

»Danke. Ich würde die Angelegenheit jetzt gerne ein wenig überdenken. Falls das Cottage für immer verlassen worden ist, wird es vielleicht etwas schwierig für uns; wenn andererseits, was ich für wahrscheinlicher erachte, die Bewohner gestern vor Ihrem Kommen gewarnt wurden und verschwanden, bevor Sie reingekommen sind, dann könnten sie mittlerweile wieder zurück sein, und wir dürften alles ohne weiteres aufklären. Mithin möchte ich Ihnen raten, nach Norbury zurückzukehren und die Fenster des Cottage noch einmal zu überprüfen. Wenn Sie Grund zu der Annahme haben, daß es bewohnt ist, so verschaffen Sie sich nicht gewaltsam Zutritt, sondern schikken meinem Freund und mir ein Telegramm. Wir werden dann binnen einer Stunde bei Ihnen sein und dieser Geschichte sehr rasch auf den Grund gehen.«

»Und wenn es immer noch leer ist?«

»In diesem Fall komme ich morgen zu Ihnen hinaus und bespreche es mit Ihnen. Auf Wiedersehen, und vor allem quälen Sie sich nicht, solange Sie nicht wissen, ob Sie auch wirklich Grund dazu haben.«

»Ich fürchte, das ist eine üble Geschichte, Watson«, sagte mein Gefährte, nachdem er Mr. Grant Munro zur Tür begleitet hatte. »Was halten Sie davon?«

»Es hörte sich häßlich an«, antwortete ich.

»Ja. Da ist Erpressung im Spiel, wenn ich mich nicht sehr irre.«

»Und wer ist der Erpresser?«

»Nun ja, es muß diese Kreatur sein, die das einzige komfortable Zimmer des Hauses bewohnt und ihre Photographie auf dem Kaminsims stehen hat. Auf mein Wort, Watson, dieses leichenfahle Gesicht am Fenster hat etwas überaus Anziehendes, und ich hätte den Fall um alles in der Welt nicht missen mögen.«

»Haben Sie eine Theorie?«

»Ja, eine vorläufige. Aber ich werde überrascht sein, wenn sie sich nicht als richtig erweist. Der erste Gatte dieser Frau befindet sich in jenem Cottage.«

»Warum glauben Sie das?«

»Wie sonst können wir ihre wahnsinnige Angst davor erklären, daß ihr zweiter es betreten könnte? Der Sachverhalt, wie ich ihn sehe, dürfte etwa der folgende sein: Diese Frau war in Amerika verheiratet. Ihr Gatte entwickelte irgendwelche abscheulichen Eigenschaften oder, sagen wir, er zog sich irgendeine grauenvolle Krankheit zu und wurde aussätzig oder schwachsinnig. Sie entfloh schließlich vor ihm, kehrte nach England zurück, änderte ihren Namen und begann, wie sie meinte, ein neues Leben. Sie war drei Jahre verheiratet gewesen und glaubte, ihre Lage sei recht sicher – hatte sie doch ihrem Gatten den Totenschein irgendeines Mannes gezeigt, dessen Namen sie angenommen hatte –, als ihr Aufenthaltsort plötzlich von ihrem ersten Gatten oder, so dürfen wir annehmen, von einer skrupellosen Frau entdeckt wurde, die sich dem Leidenden angeschlossen hatte. Sie schreiben der Frau und drohen, zu kommen und sie bloßzustellen. Sie bittet um hundert Pfund und versucht, sie abzufinden. Sie kommen trotzdem, und als der Gatte der Frau gegenüber beiläufig erwähnt, daß im Cottage Neuankömmlinge wohnen, weiß sie irgendwie, daß es ihre Verfolger sind. Sie wartet, bis ihr Gatte schläft, und eilt dann hinüber, um die beiden zu überreden zu versuchen, sie in Frieden zu lassen. Da sie keinen Erfolg hat, geht sie am nächsten Morgen wieder hin, und ihr Mann begegnet ihr, wie er uns erzählt hat, als sie herauskommt. Sie verspricht ihm, nicht mehr hinzugehen, doch zwei Tage später ist die Hoffnung, jener schrecklichen Nachbarn ledig zu werden, zu stark für sie, und sie macht einen weiteren Versuch, wobei sie die Photographie mitnimmt, die wahrscheinlich von ihr verlangt worden war. Mitten in dieses Gespräch platzt das Mädchen, um zu berichten, daß der Herr nach Hause gekommen ist, worauf die Frau, wohl wissend, daß er geradewegs zum Cottage kommen wird, die Bewohner zur Hintertür hinausscheucht, in jenes Kieferngehölz vermutlich, von dem es hieß, es liege nahebei. Somit findet er das Haus verlassen. Ich wäre allerdings sehr überrascht, wenn dem immer noch so wäre, wenn er es heute abend auskundschaftet. Was halten Sie von meiner Theorie?«

»Es ist alles Vermutung.«

»Aber sie trägt allen Tatsachen Rechnung. Wenn neue Tatsachen auftreten, denen sie nicht Rechnung tragen kann, ist immer noch Zeit, sie zu überdenken. Im Augenblick können wir nichts tun, bis wir neue Nachricht von unserem Freund aus Norbury haben.«

Doch wir mußten nicht sehr lange warten. Sie traf ein, gerade als wir unseren Tee getrunken hatten. »Das Cottage ist noch bewohnt«, lautete sie. »Habe wieder das Gesicht am Fenster gesehen. Ich werde Sie vom Sieben-Uhr-Zug abholen und bis zu Ihrer Ankunft keine Schritte unternehmen.«

Er wartete schon auf dem Bahnsteig, als wir ausstiegen, und im Licht der Bahnhofslampen konnten wir erkennen, daß er sehr bleich war und vor Aufregung zitterte.

»Sie sind immer noch da, Mr. Holmes«, sagte er, indem er meinem Freund die Hand auf den Ärmel legte. »Ich habe Lichter im Cottage gesehen, als ich hinkam. Wir werden es jetzt ein für allemal klären.«

»Was also ist Ihr Plan?« fragte Holmes, während wir die dunkle, baumbestandene Straße hinuntergingen.

»Ich werde mir gewaltsam Zutritt verschaffen und selbst nachsehen, wer sich in dem Haus befindet. Ich möchte, daß Sie beide als Zeugen anwesend sind.«

»Sie sind unbedingt dazu entschlossen, trotz der Warnung Ihrer Frau, es sei besser, wenn Sie das Rätsel nicht lösten?«

»Ja, ich bin entschlossen.«

»Nun denn, ich finde, Sie sind im Recht. Jede Wahrheit ist besser als endloser Zweifel. Wir gehen besser sofort hin. Juristisch betrachtet setzen wir uns natürlich hoffnungslos ins Unrecht, aber ich denke, das ist es wert.«

Es war eine sehr dunkle Nacht, und ein feiner Regen begann zu fallen, als wir von der Hauptstraße auf einen schmalen, tiefgefurchten Feldweg mit Aufwürfen zu beiden Seiten abbogen. Mr. Grant Munro drängte jedoch ungeduldig vorwärts, und wir stolperten, so gut wir konnten, hinter ihm her.

»Dort sind die Lichter meines Hauses«, murmelte er und deutete auf einen Schimmer zwischen den Bäumen, »und da ist das Cottage, in das ich rein will.«

Wir bogen um eine Ecke des Weges, während er sprach, und da stand das Gebäude gleich vor uns. Ein gelber Streifen, der über den dunklen Vordergrund fiel, zeigte, daß die Tür nicht ganz geschlossen war, und ein Fenster im Obergeschoß war hell erleuchtet. Als wir hinschauten, sahen wir einen dunklen Fleck über die Jalousie huschen.

»Da ist diese Kreatur«, rief Grant Munro; »Sie sehen selbst, daß jemand da ist. Folgen Sie mir, gleich werden wir alles wissen.«

Wir traten auf die Tür zu, doch plötzlich tauchte aus dem Schatten eine Frau auf und stand in der goldenen Bahn des Lampenlichts. Ich konnte ihr Gesicht in der Dunkelheit nicht erkennen, aber ihre Arme waren in einer flehentlichen Gebärde ausgestreckt.

»Um Gottes willen, tu's nicht, Jack!« rief sie. »Ich hatte eine Vorahnung, daß du heute abend kommen würdest. Besinn dich eines Besseren, Lieber! Vertrau mir noch einmal, und du wirst nie Grund haben, es zu bedauern.«

»Ich habe dir zu lange vertraut, Effie!« rief er streng. »Laß mich durch! Ich muß an dir vorbei. Meine Freunde und ich werden diese Angelegenheit ein für allemal klären!« Er schob sie zur Seite, und wir folgten ihm dichtauf. Als er die Tür aufriß, lief eine ältere Frau vor ihm auf den Flur und versuchte, ihm den Durchgang zu versperren. Er stieß sie zurück, und gleich darauf standen wir alle auf der Treppe. Grant Munro stürzte in das beleuchtete Zimmer im ersten Stock, und wir betraten es gleich nach ihm.

Es war ein gemütlicher, schön eingerichteter Wohnraum mit zwei Kerzen, die auf dem Tisch, und zweien, die auf dem Kaminsims brannten. In der Ecke saß, über ein Pult gebeugt, anscheinend ein kleines Mädchen. Ihr Gesicht war abgewandt, als wir eintraten, aber wir konnten sehen, daß sie ein rotes Kleid trug und lange, weiße Handschuhe anhatte. Als sie zu uns herumwirbelte, stieß ich einen überraschten und entsetzten Schrei aus. Das Gesicht, das sie uns zuwandte, war von der seltsamsten, leichenfahlen Tönung, und die Züge waren absolut bar jeden Ausdrucks. Einen Augenblick später wurde das Geheimnis gelüftet. Auflachend griff Holmes dem Kind hinters Ohr, eine Maske schälte sich von ihrem Gesicht, und da stand eine kleine, kohlschwarze Negerin, und alle ihre weißen Zähne blitzten vor Belustigung ob unserer verdutzten Gesichter. Ich mußte hell auflachen, angesteckt von ihrer Fröhlichkeit, aber Grant Munro stand und starrte, die Hand um den Hals geklammert.

»Mein Gott!« rief er, »was hat das nur zu bedeuten?«

»Ich werde dir sagen, was es bedeutet«, rief die Dame, die mit stolzem, entschlossenem Gesicht ins Zimmer schritt. »Du hast mich wider besseres Wissen gezwungen, es dir zu sagen, und jetzt müssen wir beide das Beste daraus machen. Mein Mann starb in Atlanta. Mein Kind überlebte.«

»Dein Kind!«

Sie zog ein großes, silbernes Medaillon aus dem Busen. »Du hast das nie geöffnet gesehen.«

»Ich dachte, es ließe sich nicht öffnen.«

Sie berührte eine Feder, und die Vorderseite klappte auf. Darinnen befand sich das Porträt eines auffallend schönen und klugen Mannes, dessen Züge jedoch unverkennbar seine afrikanische Herkunft erkennen ließen.

»Das ist John Hebron aus Atlanta«, sagte die Dame, »und ein edlerer Mann wandelte nie auf Gottes Erdboden. Ich habe mich von meiner Rasse losgesagt, um ihn zu ehelichen; doch solange er lebte, habe ich es niemals auch nur einen Moment lang bedauert. Es war unser Unglück, daß unser einziges Kind eher seiner als meiner Familie nachschlug. Das kommt häufig vor bei solchen Verbindungen, und die kleine Lucy ist sogar weitaus dunkler, als es ihr Vater je war. Doch ob dunkel oder hell, sie ist mein liebes kleines Mädchen und der Schatz ihrer Mutter.« Das kleine Geschöpf lief bei diesen Worten herbei und schmiegte sich ans Kleid der Dame.

»Als ich sie in Amerika zurückließ«, fuhr sie fort, »tat ich das nur, weil sie von zarter Gesundheit war und der Wechsel ihr hätte schaden können. Sie wurde der Obhut einer treuen Schottin anvertraut, die einst unsere Bedienstete gewesen war. Keinen Augenblick lang dachte ich auch nur im Traum daran, sie als mein Kind zu verleugnen. Aber als der Zufall mir dich über den Weg führte und ich dich lieben lernte, hatte ich Angst, dir von meinem Kind zu erzählen. Gott vergebe mir, ich hatte Angst, dich zu verlieren; und ich brachte nicht den Mut auf, es dir zu erzählen. Ich mußte mich für dich entscheiden und wandte mich in meiner Schwäche von meinem kleinen Mädchen ab. Drei Jahre lang habe ich es vor dir geheimgehalten, doch ich hörte von dem Kindermädchen und wußte, daß bei ihr alles zum besten stand. Schließlich jedoch überkam mich ein überwältigendes Verlangen, das Kind noch einmal zu sehen. Ich kämpfte dagegen an, doch vergeblich. Obgleich ich mir der Gefahr bewußt war, beschloß ich, das Kind herüberzuholen, und sei es nur für ein paar Wochen. Ich schickte dem Kindermädchen hundert Pfund und gab ihr Anweisungen für dieses Cottage, so daß sie als Nachbarin kommen konnte, ohne daß es den Anschein hatte, als stünde ich in irgendeiner Weise mit ihr in Verbindung. In meiner Vorsicht hieß ich sie sogar das Kind tagsüber im Hause behalten und ihr Gesichtchen und ihre Hände bedecken, so daß selbst die, die sie möglicherweise am Fenster zu sehen bekämen, nicht darüber tratschten, in der Nachbarschaft wohne ein schwarzes Kind. Es wäre vielleicht klüger gewesen, nicht gar so vorsichtig zu sein, aber ich war halb verrückt vor Angst, du könntest die Wahrheit erfahren.

Du warst es, der mir als erster davon erzählte, daß das Cottage belegt sei. Ich hätte bis zum Morgen warten sollen, aber ich konnte vor Aufregung nicht schlafen, und so schlüpfte ich schließlich hinaus, wußte ich doch, wie schwer es ist, dich zu wecken. Aber du sahst mich gehen, und damit nahmen meine Schwierigkeiten ihren Anfang. Am nächsten Tag war mein Geheimnis dir ausgeliefert, doch du hast großmütig deinen Vorteil nicht ausgenutzt. Drei Tage später allerdings entkamen das Kindermädchen und das Kind nur knapp durch die Hintertür, als du zur vorderen hereinstürztest. Und heute abend nun weißt du endlich alles, und ich frage dich, was aus uns werden soll, aus meinem Kind und mir?« Sie rang die Hände und wartete auf eine Antwort.

Es vergingen zwei lange Minuten, ehe Grant Munro das Schweigen brach, und als seine Antwort kam, war es eine, an die ich mit Freude zurückdenke. Er hob das kleine Kind auf, küßte es und streckte dann, es immer noch auf dem Arm haltend, seiner Frau die andere Hand hin und wandte sich zur Tür.

»Wir können bequemer zu Hause darüber reden«, sagte er. »Ich bin kein sehr guter Mann, Effie, aber ich denke, ich bin ein besserer, als du mir zugutegehalten hast.«

Holmes und ich folgten ihnen hinunter vors Haus, und mein Freund zupfte mich am Ärmel, als wir herauskamen. »Ich glaube«, sagte er, »in London werden wir eher gebraucht als in Norbury.«

Kein weiteres Wort verlor er über den Fall bis spät in der Nacht, als er sich mit brennender Kerze nach seinem Schlafzimmer wandte.

»Watson«, sagte er, »sollten Sie je den Eindruck haben, ich überschätzte meine Fähigkeiten oder ich wende weniger Mühe an einen Fall, als er verdient, dann flüstern Sie mir freundlicherweise ›Norbury‹ ins Ohr, und ich werde Ihnen unendlich verbunden sein.«

DER ANGESTELLTE DES BÖRSENMAKLERS

Kurz nach meiner Heirat hatte ich im Bezirk Paddington eine Praxis samt Patienten übernommen. Der alte Mr. Farquar, von dem ich sie erworben hatte, hatte früher einmal eine ausgezeichnete Allgemeinpraxis gehabt, doch mit seinem Alter und seinen Gebrechen – er litt an Veitstanz – wurden die Patienten immer spärlicher. Das Publikum verhält sich nicht unnatürlicherweise nach dem Prinzip, daß, wer andere gesundmachen will, selbst gesund sein muß, und mißtraut den Fähigkeiten eines Heilers, dessen eigener Fall seinen Heilmitteln trotzt. Je hinfälliger daher mein Vorgänger wurde, desto mehr ging es mit seiner Praxis bergab, bis das Einkommen schließlich von zwölfhundert auf wenig mehr als dreihundert pro Jahr abgesunken war. Ich hatte jedoch Vertrauen in meine Jugend und Energie und war davon überzeugt, daß das Unternehmen in sehr wenigen Jahren wie nur je florieren würde.

Nach Einrichtung der Praxis wurde ich drei Monate lang sehr stark von Arbeit beansprucht und sah wenig von meinem Freund Sherlock Holmes, denn ich war zu beschäftigt, um der Baker Street einen Besuch abzustatten, und er selbst ging selten, und nur aus beruflichen Gründen, aus. Ich war deshalb überrascht, als ich eines Morgens im Juni, da ich nach dem Frühstück gerade das *British Medical Journal* las, das Klingeln der Glocke hörte und gleich darauf die hohen, etwas schneidenden Töne der Stimme meines alten Gefährten.

»Ah, mein lieber Watson«, sagte er, ins Zimmer schreitend. »Ich bin sehr erfreut, Sie zu sehen. Ich hoffe doch, Mrs. Watson hat sich von all den kleinen Aufregungen in Zusammenhang mit unserem Abenteuer vom ›Zeichen der Vier‹ mittlerweile völlig erholt?«

»Danke, es geht uns beiden sehr gut«, sagte ich und schüttelte ihm herzlich die Hand.

»Und ich hoffe außerdem«, sagte er, indem er sich im Schaukelstuhl niederließ, »daß die Belange der ärztlichen Tätigkeit das Interesse, das Sie an unseren kleinen Deduktionsproblemen zu nehmen pflegten, nicht gänzlich ausgelöscht haben.«

»Im Gegenteil«, antwortete ich; »erst gestern abend habe ich meine alten Aufzeichnungen durchgesehen und einige unserer früheren Ergebnisse geordnet.«

»Sie halten Ihre Kollektion doch hoffentlich nicht für abgeschlossen?«

»Keineswegs. Ich wünsche mir nichts mehr, als noch weitere solche Erfahrungen zu machen.«

»Heute, zum Beispiel?«

»Ja; heute, wenn Sie wollen.«

»Und so weit weg wie Birmingham?«

»Gewiß, wenn Sie es wünschen.«

»Und die Praxis?«

»Ich versehe die meines Nachbarn, wenn er weggeht. Er ist stets bereit, die Schuld abzuarbeiten.«

»Ha! Es könnte nicht besser sein!« sagte Holmes, lehnte sich in seinem Stuhl zurück und musterte mich scharf unter halb geschlossenen Lidern hervor. »Wie ich sehe, sind Sie kürzlich unpäßlich gewesen. Erkältungen im Sommer sind immer ein wenig beschwerlich.«

»Letzte Woche hat mich ein starker Schnupfen drei Tage lang ans Haus gefesselt. Ich dachte allerdings, ich hätte jede Spur davon abgeworfen.«

»Das haben Sie auch. Sie sehen bemerkenswert robust aus.«

»Woher haben Sie es dann gewußt?«

»Mein lieber Freund, Sie kennen doch meine Methoden.«

»Sie haben es also deduziert?«

»Gewiß.«

»Und woraus?«

»Aus Ihren Pantoffeln.«

Ich starrte auf die neuen Glanzledernen hinunter, die ich

trug. »Wie um alles in der Welt –?« hob ich an, aber Holmes beantwortete meine Frage, bevor sie noch gestellt war.

»Ihre Pantoffeln sind neu«, sagte er. »Sie können sie noch nicht länger als ein paar Wochen haben. Die Sohlen, die Sie mir gerade zuwenden, sind leicht angesengt. Einen Moment lang dachte ich, sie seien vielleicht feucht geworden und beim Trocknen angebrannt. Doch nahe beim Innenrist befindet sich eine kleine runde Siegelmarke aus Papier mit den Hieroglyphen des Geschäftsinhabers darauf. Feuchtigkeit hätte sie natürlich abgelöst. Sie haben dagesessen, die Füße zum Kamin hin ausgestreckt, was ein Mann auch in einem so feuchtkalten Juni bei voller Gesundheit kaum tun würde.«

Wie jede Holmessche Beweisführung schien die Sache die Einfachheit selbst zu sein, wenn sie erst einmal erklärt war. Er las mir den Gedanken vom Gesicht ab, und sein Lächeln bekam einen Anflug von Bitterkeit.

»Ich fürchte, ich gebe mich ziemlich preis, wenn ich erkläre«, sagte er. »Ergebnisse ohne Gründe sind weitaus eindrucksvoller. Sie sind also bereit, mit nach Birmingham zu kommen?«

»Gewiß. Um was für einen Fall handelt es sich?«

»Sie werden alles im Zug erfahren. Mein Klient sitzt draußen in einer Droschke. Können Sie gleich mitkommen?«

»Sofort.« Ich kritzelte einen Zettel für meinen Nachbarn, eilte nach oben, um die Sache meiner Frau zu erklären, und traf Holmes auf der Schwelle.

»Ihr Nachbar ist Arzt?« fragte er mit einem Nicken zum Messingschild.

»Ja. Er hat eine Praxis gekauft, wie ich.«

»Eine alteingeführte?«

»Genauso wie meine. Beide bestehen, seit die beiden Häuser erbaut wurden.«

»Aha, dann haben Sie sich die bessere von beiden gesichert.«

»Ich glaube schon. Aber woher wissen Sie das?«

»Aufgrund der Stufen, mein Bester. Ihre sind drei Inch

tiefer ausgetreten als seine. Aber dieser Gentleman in der Kutsche ist mein Klient, Mr. Hall Pycroft. Erlauben Sie mir, ihn Ihnen vorzustellen. Treiben Sie Ihr Pferd an, Kutscher, denn wir haben eben noch Zeit, unseren Zug zu erreichen.«

Der Mann, dem ich mich gegenüber sah, war ein gutgebauter, junger Mensch mit blühendem Teint, offenem, ehrlichem Gesicht und einem dünnen, krausen blonden Schnurrbart. Er trug einen stark glänzenden Zylinder und einen kleidsamen Anzug von nüchternem Schwarz, der ihn nach dem aussehen ließ, was er war – ein smarter, junger Mann der City, aus der Klasse, die man als Cockneys bezeichnet, aus der sich jedoch unsere famosen Freiwilligen-Regimenter rekrutieren und bessere Athleten und Sportsmänner als aus jedem anderen Menschenschlag auf diesen Inseln. Sein rundes, rosiges Gesicht war von Natur aus voller Heiterkeit, aber seine Mundwinkel schienen mir in halb komischem Kummer herabgezogen. Ich sollte allerdings erst, als wir alle in einem Erster-Klasse-Abteil saßen und unsere Reise nach Birmingham richtig angetreten hatten, erfahren, was für ein Problem ihn zu Sherlock Holmes getrieben hatte.

»Von hier aus fahren wir volle siebzig Minuten«, bemerkte Holmes. »Ich möchte, daß Sie, Mr. Hall Pycroft, meinem Freund Ihr höchst interessantes Erlebnis genau so erzählen, wie Sie es mir erzählt haben, das heißt, wenn möglich, noch etwas detaillierter. Es wird mir von Nutzen sein, noch einmal den Ablauf der Ereignisse zu hören. Es handelt sich um einen Fall, Watson, an dem etwas dran sein mag oder auch nicht, der jedoch zumindest jene ungewöhnlichen und outrierten Züge aufweist, die Ihnen so teuer sind wie mir. Nun denn, Mr. Pycroft, ich werde Sie nicht wieder unterbrechen.«

Unser junger Begleiter sah mich mit einem Augenzwinkern an.

»Das Schlimmste an der Geschichte ist«, sagte er, »daß ich wie ein vollkommener Trottel dastehe. Natürlich kann es gut ausgehen, und ich sehe nicht, wie ich mich hätte anders verhalten können; aber wenn ich meinen Futterplatz verloren habe und nichts dafür bekomme, werde ich merken, was für eine weiche Birne ich gehabt habe. Ich bin nicht sehr gut im Geschichtenerzählen, Dr. Watson, aber es verhält sich so.

Bis vor einiger Zeit hatte ich eine Stellung bei Coxon & Woodhouse in Draper's Gardens, aber die sind, wie Sie sich zweifellos erinnern, im Frühjahr mit der Venezuela-Anleihe reingelegt worden und ganz schön auf den Bauch gefallen. Ich war fünf Jahre bei ihnen gewesen, und der alte Coxon gab mir ein kolossal gutes Zeugnis, als es krachte, aber natürlich wurden wir Angestellten an die Luft gesetzt, alle siebenundzwanzig. Ich versuchte es hier und versuchte es da, aber in meiner Branche gab's noch viele andere Burschen, und lange Zeit herrschte völlige Eiszeit. Bei Coxon hatte ich drei Pfund die Woche verdient und ungefähr siebzig gespart, aber die hatte ich bald schon weggeputzt mit Stumpf und Stiel. Schließlich war ich mit meinem Latein ziemlich am Ende und konnte kaum noch die Briefmarken aufbringen, um die Anzeigen zu beantworten, oder die Umschläge, um sie daraufzukleben. Ich hatte mir mit Treppensteigen in Kontoren die Hacken abgelaufen und schien von einer Stellung so weit entfernt wie nur je.

Schließlich erfuhr ich von einer Vakanz bei Mawson & Williams, der großen Börsenmaklerfirma in der Lombard Street. Ich darf wohl annehmen, daß die Hochfinanz nicht gerade in Ihr Fach schlägt, aber ich kann Ihnen sagen, daß das so ungefähr das reichste Haus in London ist. Die Anzeige sollte ausschließlich brieflich beantwortet werden. Ich schickte mein Zeugnis und die Bewerbung, jedoch ohne die geringste Hoffnung, die Stelle zu bekommen. Postwendend kam eine Antwort, in der es hieß, wenn ich nächsten Montag vorspräche, könnte ich möglicherweise sofort meine neuen Pflichten antreten, vorausgesetzt, mein Auftreten stelle zufrieden. Niemand weiß, wie diese Dinge gehandhabt werden. Manche behaupten, der Manager stecke einfach seine Hand in den Stapel und ziehe die erstbeste Bewerbung heraus. Wie auch immer, diesmal war ich am Schlage, und ich konnte mir gar nichts Schöneres vorstellen. Die Kohle betrug ein Pfund mehr pro Woche, und die Pflichten waren ungefähr die gleichen wie bei Coxon.

Und jetzt komme ich zum komischen Teil der Geschichte. Ich hatte eine Bude draußen in Hampstead – Potter Terrace 17 war die Adresse. Nun ja, am gleichen Abend saß ich gerade da und rauchte, als meine Hauswirtin mit einer Karte heraufkam, auf der stand ›Arthur Pinner, Finanzmakler‹. Ich hatte den Namen noch nie gehört und konnte mir nicht vorstellen, was er bei mir wollte, aber natürlich bat ich sie, ihn heraufzuführen. Herein kam er – ein mittelgroßer, dunkelhaariger, dunkeläugiger, schwarzbärtiger Mann mit einem Anflug von Itzig um die Nase. Er hatte eine forsche Art an sich und sprach lebhaft, wie ein Mann, der den Wert der Zeit kennt.

›Mr. Hall Pycroft, glaube ich?‹ sagte er.

›Ja, Sir‹, antwortete ich und schob ihm einen Stuhl hin.

›Bis vor kurzem bei Coxon & Woodhouse beschäftigt?‹

›Ja, Sir.‹

›Und jetzt Mitarbeiter von Mawson?‹

›Ganz recht.‹

›Nun‹, sagte er. ›Tatsache ist, daß ich ein paar wirklich außergewöhnliche Geschichten über Ihren finanziellen Sachverstand gehört habe. Sie erinnern sich an Parker, der früher Manager bei Coxon war? Er kann gar nicht genug davon erzählen.‹

Natürlich freute es mich, das zu hören. Ich war im Büro immer ziemlich auf Draht gewesen, aber ich hätte mir nie träumen lassen, daß man in der City in dieser Weise von mir sprach.

›Sie haben ein gutes Gedächtnis?‹ sagte er.

›Recht anständig‹, antwortete ich bescheiden.

›Haben Sie sich über den Markt auf dem laufenden gehalten, während Sie arbeitslos waren?‹

›Ja; ich lese jeden Morgen den Börsenbericht.‹

›Also das zeigt wirkliche Hingabe!‹ rief er. ›So kommt man vorwärts! Sie haben doch nichts dagegen, daß ich Sie prüfe, nicht wahr? Wir wollen sehen! Wie stehen Ayrshires!‹

›Einhundertundfünf zu einhundertundfünf und ein Viertel.‹

›Und New Zealand Consolidated?‹

›Einhundertundvier.‹

›Und British Broken Hills?‹

›Sieben zu sieben Komma sechs.‹

›Wunderbar!‹ rief er mit hochgeworfenen Armen. ›Das paßt genau zu allem, was ich gehört habe. Mein Lieber, mein Lieber, Sie sind ja viel zu gut, um Angestellter bei Mawson zu sein!‹

Dieser Ausbruch verblüffte mich ziemlich, wie Sie sich vorstellen können. ›Nun‹, sagte ich, ›andere Leute halten nicht ganz so viel von mir, wie Sie es zu tun scheinen, Mr. Pinner. Ich habe hart genug kämpfen müssen, um diesen Posten zu bekommen, und ich bin sehr froh, daß ich ihn habe.‹

›Pah, Mann, Sie sollten hoch hinaus. Sie sind nicht in der Ihnen gebührenden Sphäre. Jetzt werde ich Ihnen sagen, wie es mit mir steht. Was ich anzubieten habe, ist wenig genug, gemessen an Ihrem Können, aber verglichen mit Mawson verhält es sich wie Licht zu Dunkel. Wir wollen sehen! Wann gehen Sie zu Mawson?‹

›Am Montag.‹

›Ha! Ha! Ich glaube, ich würde aufs Geratewohl eine kleine Spekulation riskieren, daß Sie überhaupt nicht dorthin gehen.‹

›Nicht zu Mawson gehen?‹

›Nein, Sir. An diesem Tag werden Sie schon Geschäftsführer der Franco-Midland Eisenwaren Gesellschaft mit beschränkter Haftung sein, mit einhundertundvierunddreißig Niederlassungen in den Städten und Dörfern Frankreichs, nicht gerechnet eine in Brüssel und eine in San Remo.‹

Das verschlug mir den Atem. ›Ich habe nie davon gehört‹, sagte ich.

›Höchstwahrscheinlich nicht. Es ist sehr geheim gehalten worden, denn das ganze Kapital wurde privat gezeichnet, und die Sache ist zu gut, um sie öffentlich zur Zeichnung anzubieten. Mein Bruder, Harry Pinner, ist der Gründer und tritt dem Aufsichtsrat nach Ernennung zum Geschäftsführer bei. Er wußte, daß ich mich hier unten auskenne, und bat mich, billig einen guten Mann aufzutreiben – einen jungen Draufgänger mit viel Biß. Parker hat von Ihnen gesprochen, und das hat mich heute abend hergeführt. Wir können Ihnen für den Anfang nur lumpige fünfhundert anbieten –‹

›Fünfhundert pro Jahr!‹ rief ich.

›Das nur zu Beginn, aber Sie werden eine Gesamtprovision von einem Prozent auf alle von Ihren Agenten getätigten Geschäfte bekommen, und Sie haben mein Wort darauf, daß sich das auf mehr belaufen wird als Ihr Gehalt.‹

›Aber ich kenne mich mit Eisenwaren nicht aus.‹

›Na, na, mein Bester, Sie kennen sich mit Zahlen aus.‹

Mir schwirrte der Kopf, und ich konnte kaum still auf dem Stuhl sitzen bleiben. Doch plötzlich überkam mich leiser Zweifel.

›Ich will offen zu Ihnen sein‹, sagte ich. ›Mawson gibt mir nur zweihundert, aber Mawson ist sicher. Nun weiß ich aber wirklich so wenig über Ihre Gesellschaft, daß –‹

›Ah, schlau, schlau!‹ rief er in einer Art Freudentaumel. ›Sie sind genau der richtige Mann für uns! Sie lassen sich nicht beschwatzen und haben auch ganz recht damit. Hier ist also eine Banknote über hundert Pfund; und wenn Sie meinen, daß wir handelseinig werden, so dürfen Sie sie als Vorschuß auf Ihr Gehalt kurzerhand in die Tasche stecken.‹

›Das ist sehr nobel‹, sagte ich. ›Wann werde ich meine neuen Pflichten antreten?‹

›Seien Sie morgen um eins in Birmingham‹, sagte er. ›Ich habe hier in der Tasche eine Mitteilung, die Sie meinem Bruder bringen. Sie finden ihn in der Corporation Street 126 B, wo sich vorläufig die Büros der Gesellschaft befinden. Natürlich muß er Ihre Einstellung bestätigen, aber zwischen uns ist es abgemacht.‹

›Wirklich, ich weiß kaum, wie ich meine Dankbarkeit ausdrücken soll, Mr. Pinner‹, sagte ich.

›Nicht doch, mein Bester. Sie haben nur Ihren wohlverdienten Lohn empfangen. Es gibt da noch ein, zwei kleine Dinge –

bloße Formalitäten –, die ich mit Ihnen erledigen muß. Sie haben da ein wenig Papier neben sich liegen. Schreiben Sie freundlicherweise darauf: ‘Ich bin durchaus gewillt, zu einem Mindestgehalt von £ 500 als Geschäftsführer der Franco-Midland Eisenwaren Gesellschaft mit beschränkter Haftung tätig zu sein.’‹

Ich tat, worum er mich gebeten hatte, und er steckte das Papier in die Tasche.

›Da ist noch eine Kleinigkeit‹, sagte er. ›Was gedenken Sie hinsichtlich Mawson zu unternehmen?‹

In meiner Freude hatte ich Mawson völlig vergessen.

›Ich schreibe ihnen, ich verzichte‹, sagte ich.

›Genau das, was ich nicht möchte. Ich hatte wegen Ihnen Streit mit Mawsons Manager. Ich bin hingegangen, um mich bei ihm über Sie zu erkundigen, und er war sehr beleidigend – beschuldigte mich, Sie den Diensten der Firma abzuwerben, und dergleichen. Schließlich verlor ich ziemlich die Beherrschung. ‘Wenn Sie gute Leute wollen, müssen Sie Ihnen ein gutes Gehalt zahlen’, sagte ich. ‘Er nimmt lieber unser geringes als Ihr hohes Gehalt’, sagte er. ‘Ich setze einen Fünfer’, sagte ich, ‘daß Sie, wenn er mein Angebot hat, nicht einmal mehr von ihm hören werden.’ ‘Topp!’ sagte er. ‘Wir haben ihn aus der Gosse aufgelesen, und er wird uns nicht so ohne weiteres verlassen.’ Das waren genau seine Worte.‹

›Der unverschämte Schuft!‹ rief ich. ›Ich habe ihn in meinem ganzen Leben noch nicht einmal zu Gesicht bekommen. Warum sollte ich irgend Rücksicht auf ihn nehmen? Ich werde ihm gewiß nicht schreiben, wenn Ihnen das lieber ist.‹

›Gut! Das ist ein Versprechen!‹ sagte er und erhob sich. ›Nun denn, ich bin erfreut, für meinen Bruder einen so guten Mann gefunden zu haben. Hier ist Ihr Vorschuß über hundert Pfund, und hier ist der Brief. Notieren Sie sich die Adresse, Corporation Street 126 B, und denken Sie daran, daß Sie morgen um eins Ihre Verabredung haben. Gute Nacht, und möge Ihnen alles Glück widerfahren, das Sie verdienen.‹

Das ist so ungefähr alles, was sich zwischen uns ereignete,

soweit ich mich entsinnen kann. Sie können sich vorstellen, Dr. Watson, wie erfreut ich über diesen außerordentlichen Glücksfall war. Die halbe Nacht blieb ich wach und beglückwünschte mich dazu, und am nächsten Tag fuhr ich mit einem Zug nach Birmingham, der mir reichlich Zeit ließ, meine Verabredung einzuhalten. Ich brachte meine Sachen zu einem Hotel in der New Street und machte mich dann auf zu der Adresse, die man mir gegeben hatte.

Ich war eine Viertelstunde vor der Zeit, aber ich dachte, das mache nichts. 126 B war eine Passage zwischen zwei großen Läden, an deren Ende eine steinerne Wendeltreppe war, die zu zahlreichen Wohnungen führte, die als Büros an Gesellschaften oder Freiberufler vermietet waren. Die Namen der Mieter waren unten an der Mauer angeschrieben, aber eine Bezeichnung wie Franco-Midland Eisenwaren Gesellschaft mit beschränkter Haftung war nicht darunter. Ich stand ein paar Minuten da, das Herz war mir in die Hose gerutscht, und ich fragte mich, ob die ganze Sache ein ausgepichter Schabernack sei oder nicht, als ein Mann auftauchte und mich ansprach. Er sah dem Burschen sehr ähnlich, den ich am vorigen Abend gesehen hatte, die gleiche Figur und Stimme, aber er war glattrasiert, und sein Haar war heller.

›Sind Sie Mr. Hall Pycroft?‹ fragte er.

›Ja‹, sagte ich.

›Aha! Ich habe Sie erwartet, aber Sie sind ein wenig zu zeitig daran. Ich erhielt heute morgen eine Mitteilung von meinem Bruder, in der er sehr laut Ihr Loblied sang.‹

›Ich habe gerade nach den Büros gesucht, als Sie kamen.‹

›Unser Name ist noch nicht angeschrieben, weil wir uns diese vorläufigen Räumlichkeiten erst letzte Woche beschafft haben. Kommen Sie mit mir nach oben, und wir besprechen die Sache.‹

Ich folgte ihm bis zum obersten Absatz einer himmelhohen Treppe, und dort, direkt unter dem Schieferdach, lagen ein paar leere und staubige Räume ohne Teppiche und Vorhänge, und dahin führte er mich. Ich hatte mir ein großes Büro mit glänzenden Tischen und Reihen von Angestellten vorgestellt, so wie ich es gewohnt war, und ich habe wohl ziemlich unverblümt auf die beiden Holzstühle und den kleinen Tisch gestarrt, die mit einem Hauptbuch und einem Papierkorb das ganze Mobiliar ausmachten.

›Nur den Kopf nicht hängen lassen, Mr. Pycroft‹, sagte mein neuer Bekannter, als er mein langes Gesicht sah. ›Rom wurde auch nicht an einem Tag erbaut, und hinter uns steht eine Menge Geld, auch wenn wir in Punkto Büros noch nicht viel hermachen. Nehmen Sie doch bitte Platz und geben Sie mir Ihren Brief!‹

Ich reichte ihn rüber, und er las ihn sehr gründlich.

›Sie scheinen großen Eindruck auf meinen Bruder Arthur gemacht zu haben‹, sagte er, ›und ich weiß, daß er ein recht scharfes Urteilsvermögen hat. Er schwört auf London, wissen Sie, und ich auf Birmingham, aber diesmal werde ich seinen Rat befolgen. Betrachten Sie sich bitte als definitiv eingestellt.‹

›Was sind meine Pflichten?‹ fragte ich.

›Sie werden in Bälde das große Depot in Paris leiten, das einen Strom englischen Geschirrs in die Läden von einhundertundvierunddreißig Kommissionären in Frankreich leiten wird. Der Kauf wird in einer Woche getätigt sein, und bis dahin werden Sie in Birmingham bleiben und sich nützlich machen.‹

›Wie?‹

Als Antwort zog er ein großes rotes Buch aus einer Schublade. ›Das ist ein Adreßbuch von Paris‹, sagte er, ›mit den Berufen hinter den Namen der Leute. Ich möchte, daß Sie es mit nach Hause nehmen und alle Eisenwarenhändler mit ihrer Adresse herausschreiben. Es wäre mir von größtem Nutzen, sie zu haben.‹

›Bestimmt gibt es nach Branchen eingeteilte Listen?‹ schlug ich vor.

›Keine verläßlichen. Ihr System ist anders als unseres. Sputen Sie sich und geben Sie mir die Liste bis Montag um zwölf. Guten Tag, Mr. Pycroft; wenn Sie weiterhin Eifer und Intelligenz an den Tag legen, werden Sie in der Gesellschaft einen guten Dienstherrn finden.‹

Ich ging mit dem großen roten Buch unterm Arm und sehr widerstreitenden Gefühlen in der Brust zum Hotel zurück. Einerseits war ich definitiv eingestellt und hatte hundert Pfund in der Tasche. Andererseits hatten das Aussehen der Büros, das Fehlen des Namens an der Wand und gewisse andere Punkte, die einem Geschäftsmann ins Auge springen müssen, einen schlechten Eindruck von der Position meiner Arbeitgeber hinterlassen.

Immerhin hatte ich, komme was da wolle, mein Geld, und so machte ich mich an meine Aufgabe. Den ganzen Sonntag über wurde ich von der Arbeit hart beansprucht und war dennoch am Montag erst bis H gekommen. Ich begab mich zu meinem Arbeitgeber, fand ihn in dem nämlichen, gewissermaßen leergeräumten Zimmer und wurde angewiesen, bis Mittwoch weiterzumachen und dann wiederzukommen. Am Mittwoch war sie immer noch nicht fertig, und so rackerte ich weiter bis Freitag – das heißt gestern. Dann brachte ich sie zu Mr. Harry Pinner.

›Vielen Dank‹, sagte er. ›Ich fürchte, ich habe die Schwierigkeit der Aufgabe unterschätzt. Diese Liste wird mir eine sehr wesentliche Hilfe sein.‹

›Es hat einige Zeit gebraucht‹, sagte ich.

›Und jetzt‹, sagte er, ›möchte ich, daß Sie eine Liste der Möbelgeschäfte erstellen, denn die verkaufen alle Geschirr.‹

›Sehr wohl.‹

›Und Sie können morgen abend um sieben mal kommen und mich wissen lassen, wie Sie vorankommen. Überarbeiten Sie sich nicht. Abends ein paar Stunden in Day's Music Hall würden Ihnen nichts schaden nach Ihren Mühen.‹ Er lachte beim Sprechen, und mit Schaudern bemerkte ich, daß sein zweiter Zahn auf der linken Seite höchst unfachmännisch mit Gold gefüllt war.«

Sherlock Holmes rieb sich entzückt die Hände, und ich starrte unseren Klienten verdutzt an.

»Sie haben allen Grund, überrascht dreinzuschauen, Dr. Watson, aber es verhält sich so«, sagte er. »Als ich mit dem anderen Burschen in London sprach und er darüber lachte, daß ich nicht zu Mawson ging, bemerkte ich zufällig, daß sein Zahn auf genau die gleiche Art gefüllt war. Das Glitzern des Goldes sprang mir in beiden Fällen ins Auge, verstehen Sie. Als ich das damit zusammenbrachte, daß die Stimme und die Figur gleich und nur die Merkmale geändert waren, die sich mittels eines Rasiermessers oder einer Perücke verwandeln ließen, konnte ich nicht daran zweifeln, daß es ein und derselbe Mann war. Natürlich erwartet man, daß zwei Brüder einander ähneln, aber nicht, daß sie den gleichen Zahn auf die gleiche Weise gefüllt haben. Er geleitete mich unter Verbeugungen hinaus, und ich fand mich auf der Straße wieder und wußte kaum, ob ich auf dem Kopf oder den Beinen stand. Ich ging zurück in mein Hotel, steckte den Kopf in ein Becken mit kaltem Wasser und versuchte, die Sache zu entwirren. Warum hatte er mich von London nach Birmingham geschickt; warum war er vor mir dort gewesen; und warum hatte er einen Brief von sich selbst an sich selbst geschrieben? Es war einfach zuviel für mich, und ich konnte mir keinen Reim darauf machen. Und dann fiel mir plötzlich ein, daß das, was mir dunkel war, für Sherlock Holmes durchaus klar sein mochte. Ich hatte gerade noch Zeit, mit dem Nachtzug zur Stadt zu fahren, ihn heute morgen aufzusuchen und Sie beide mit mir nach Birmingham zu nehmen.«

Es trat eine Pause ein, nachdem der Angestellte des Börsenmaklers sein erstaunliches Erlebnis berichtet hatte. Dann zwinkerte Sherlock Holmes mir zu und lehnte sich mit zufriedenem und doch kritischem Gesicht in die Polster zurück, wie ein Connaisseur, der soeben den ersten Schluck eines überragenden Jahrgangs gekostet hat.

»Ganz hübsch, Watson, finden Sie nicht?« sagte er. »Es gibt Punkte darin, die mir gefallen. Ich denke, Sie stimmen mit mir überein, daß eine Unterredung mit Mr. Arthur Harry Pinner in den vorläufigen Büros der Franco-Midland Eisenwaren Gesellschaft mit beschränkter Haftung ein recht interessantes Erlebnis für uns beide sein dürfte.«

»Aber wie können wir das machen?« fragte ich.

»Oh, nichts leichter als das«, sagte Hall Pycroft heiter. »Sie sind zwei Freunde von mir, die eine Stellung brauchen, und was könnte natürlicher sein, als daß ich Sie beide zum geschäftsführenden Direktor mitnehme?«

»Ganz recht! Natürlich!« sagte Holmes. »Ich würde gern einen Blick auf den Gentleman werfen und sehen, ob ich hinter sein kleines Spiel kommen kann. Was für Qualitäten haben Sie, mein Freund, die Ihre Dienste so wertvoll machen würden? Oder ist es möglich, daß –« Er begann, auf den Fingernägeln zu kauen und ausdruckslos aus dem Fenster zu starren, und wir konnten ihm kaum ein weiteres Wort entlocken, bis wir in der New Street waren.

Um sieben Uhr an diesem Abend gingen wir selbdritt die Corporation Street entlang zu den Büros der Gesellschaft.

»Es hat keinen Zweck, daß wir vor der Zeit da sind«, sagte unser Klient. »Er kommt offenbar nur her, um mich zu treffen, denn die Räume sind bis genau zu der Stunde verlassen, die er nennt.«

»Das ist vielversprechend«, bemerkte Holmes.

»Donnerwetter, ich hab's Ihnen gesagt!« rief der Angestellte. »Da vor uns geht er.«

Er deutete auf einen recht kleinen, blonden, gutgekleideten Mann, der auf der anderen Straßenseite dahineilte. Während wir ihn beobachteten, schaute er zu einem Jungen hinüber, der die neueste Ausgabe der Abendzeitung ausschrie, lief zwischen den Droschken und Bussen hindurch auf die andere Seite und kaufte ihm eine ab. Die Zeitung krampfhaft festhaltend, verschwand er in einer Einfahrt.

»Da geht er!« rief Hall Pycroft. »Das sind die Büros der Gesellschaft, wo er hineingegangen ist. Kommen Sie mit mir, und ich regle das so leicht wie möglich.«

Seiner Führung folgend stiegen wir fünf Stockwerke hinauf,

bis wir uns vor einer halbgeöffneten Tür befanden, an die unser Klient pochte. Von drinnen entbot uns eine Stimme ein »Herein«, und wir betraten ein kahles, unmöbliertes Zimmer, wie es Hall Pycroft beschrieben hatte. An dem einzigen Tisch saß, seine Abendzeitung vor sich ausgebreitet, der Mann, den wir auf der Straße gesehen hatten, und als er zu uns aufblickte, schien es mir, als hätte ich noch nie in ein Gesicht geschaut, das so von Gram gezeichnet war, von Gram und darüber hinaus – von einem Grauen, wie es nur wenigen Menschen im Laufe eines Lebens widerfährt. Seine Stirn glänzte vor Schweiß, seine Wangen waren von der stumpfen Totenblässe eines Fischbauchs, und seine Augen waren wirr und glasig. Er starrte seinen Angestellten an, als erkenne er ihn nicht, und ich konnte dem Erstaunen, das sich auf dem Gesicht unseres Begleiters abzeichnete, entnehmen, daß dies keineswegs das gewöhnliche Erscheinungsbild seines Arbeitgebers war.

»Sie sehen krank aus, Mr. Pinner«, rief er aus.

»Ja, ich fühle mich nicht sonderlich wohl«, entgegnete der andere, sichtlich bemüht, sich zusammenzunehmen, und sich die trockenen Lippen leckend, bevor er sprach. »Wer sind die beiden Gentlemen, die Sie mitgebracht haben?«

»Der eine ist Mr. Harris aus Bermondsey, und der andere ist Mr. Price von hier«, sagte unser Angestellter zungenfertig. »Es sind Freunde von mir, und Gentlemen mit Erfahrung, aber sie sind seit kurzer Zeit stellungslos und haben gehofft, daß Sie vielleicht in den Diensten der Gesellschaft eine Möglichkeit für sie fänden.«

»Durchaus möglich! Durchaus möglich!« rief Mr. Pinner mit schaurigem Lächeln. »Ja, ich hege keinen Zweifel, daß wir in der Lage sein werden, etwas für Sie zu tun. Was ist Ihr besonderes Fach, Mr. Harris?«

»Ich bin Buchhalter«, sagte Holmes.

»Ah, ja, wir werden etwas in der Art brauchen. Und Sie, Mr. Price?«

»Kaufmännischer Angestellter«, sagte ich.

»Ich bin ganz zuversichtlich, daß die Gesellschaft Sie unterbringen kann. Ich werde Ihnen Bescheid geben, sobald wir eine Entscheidung getroffen haben. Und jetzt bitte ich Sie zu gehen. Um Gottes willen, lassen Sie mich allein!«

Diese letzten Worte schleuderte es aus ihm hervor, als sei die Beherrschung, die er sich offensichtlich auferlegte, urplötzlich völlig zusammengebrochen. Holmes und ich wechselten einen Blick, und Hall Pycroft machte einen Schritt auf den Tisch zu.

»Sie vergessen, Mr. Pinner, daß ich laut Vereinbarung hier bin, um einige Anweisungen von Ihnen entgegenzunehmen«, sagte er.

»Gewiß, Mr. Pycroft, gewiß«, antwortete der andere in ruhigerem Ton. »Wenn Sie einen Moment hier warten möchten, und es gibt keinen Grund, warum Ihre Freunde nicht mit Ihnen warten sollten. Ich werde in drei Minuten ganz zu Ihrer Verfügung stehen, wenn ich Ihre Geduld so lange in Anspruch nehmen dürfte.« Er erhob sich mit sehr verbindlicher Miene und verschwand mit einer Verbeugung durch eine Tür am anderen Ende des Zimmers, die er hinter sich schloß.

»Was nun?« flüsterte Holmes. »Entschlüpft er uns?«

»Unmöglich«, antwortete Pycroft.

»Warum das?«

»Diese Tür führt in ein Innenzimmer.«

»Es gibt dort keinen Ausgang?«

»Keinen.«

»Ist es möbliert?«

»Gestern war es leer.«

»Was um alles in der Welt kann er dann tun? Es gibt da etwas, was ich an dieser Sache nicht begreife. Wenn je ein Mensch dreiviertel verrückt war vor Entsetzen, dann ein Mensch namens Pinner. Was kann ihn so schaudern gemacht haben?«

»Er vermutet, daß wir Detektive sind«, schlug ich vor.

»Das ist es«, sagte Pycroft.

Holmes schüttelte den Kopf. »Er ist nicht bleich geworden. Er *war* bleich, als wir das Zimmer betraten«, sagte er. »Es ist durchaus möglich, daß –«

Seine Worte wurden von einem scharfen rat-tat von der inneren Tür her unterbrochen.

»Wozu zum Kuckuck klopft er an seine eigene Tür?« rief der Angestellte.

Noch einmal und viel lauter kam das rat-tat-tat. Wir starrten erwartungsvoll auf die geschlossene Tür. Mit einem Blick auf Holmes sah ich, wie sein Gesicht starr wurde und er sich in höchster Erregung vorbeugte. Dann plötzlich kam ein schwacher, gurgelnd-röchelnder Laut und ein rasches Trommeln auf Holz. Holmes sprang ungestüm durchs Zimmer und stieß gegen die Tür. Sie war von der anderen Seite abgeschlossen. Seinem Beispiel folgend warfen wir uns mit unserem ganzen Gewicht dagegen. Eine Angel brach, dann die andere, und mit einem Krach kam die Tür herunter. Darüber wegspringend, fanden wir uns im Innenzimmer.

Es war leer.

Aber wir waren nur einen Moment in Verlegenheit. In einer Ecke, der Ecke, die dem Zimmer, das wir verlassen hatten, am nächsten lag, befand sich eine zweite Tür. Holmes stürzte zu ihr hin und riß sie auf. Ein Jackett und eine Weste lagen auf dem Boden, und an einem Haken hinter der Tür hing, die eigenen Hosenträger um den Hals, der geschäftsführende Direktor der Franco-Midland Eisenwaren Gesellschaft. Er hatte die Knie angezogen, sein Kopf hing in schrecklichem Winkel zum Körper, und das Klappern seiner Absätze gegen die Tür verursachte das Geräusch, das unser Gespräch unterbrochen hatte. Im Nu hatte ich ihn um die Hüften gepackt und hob ihn hoch, während Holmes und Pycroft die elastischen Bänder aufknoteten, die zwischen den leichenfahlen Hautfalten verschwunden waren. Dann trugen wir ihn ins andere Zimmer, wo er mit schiefergrauem Gesicht dalag, die blauroten Lippen bei jedem Atemzug ein- und ausstülpend – ein schreckliches Wrack all dessen, was er vor fünf Minuten gewesen war.

»Was meinen Sie zu ihm, Watson?« fragte Holmes.

Ich beugte mich über ihn und untersuchte ihn. Sein Puls war schwach und setzte zeitweilig aus, aber seine Atemzüge wurden länger, und seine Augenlider bewegte ein leises Zittern, das einen schmalen Schlitz von Augenweiß erkennen ließ.

»Es stand auf des Messers Schneide mit ihm«, sagte ich, »aber nun wird er leben. Öffnen Sie nur das Fenster und reichen Sie mir die Wasserkaraffe.« Ich knöpfte ihm den Kragen auf, goß ihm das kalte Wasser übers Gesicht und bewegte seine Arme auf und ab, bis er einen langen normalen Atemzug tat.

»Jetzt ist es nur noch eine Frage der Zeit«, sagte ich und wandte mich von ihm ab.

Holmes stand am Tisch, die Hände tief in den Taschen vergraben und das Kinn auf der Brust.

»Ich nehme an, wir sollten jetzt die Polizei rufen«, sagte er; »und doch gebe ich zu, daß ich ihnen gern einen abgeschlossenen Fall vorlegen möchte, wenn sie kommen.«

»Mir ist das ein verwünschtes Rätsel«, rief Pycroft und kratzte sich den Kopf. »Da haben die mich den ganzen Weg hierhergelotst, nur um –«

»Pah! All das ist klar genug«, sagte Holmes ungeduldig. »Es geht um diesen letzten, unvermuteten Schritt.«

»Sie verstehen also alles Übrige?«

»Ich denke, das ist ziemlich offensichtlich. Was meinen Sie, Watson?«

Ich zuckte die Achseln.

»Ich muß zugeben, daß das über mein Begriffsvermögen geht«, sagte ich.

»Oh, wenn Sie die Ereignisse betrachten, so können sie zunächst gewiß nur auf einen Schluß hindeuten.«

»Wie deuten Sie sie?«

»Nun ja, die ganze Sache hängt an zwei Punkten. Der erste ist, daß man Pycroft bewog, eine Erklärung zu schreiben, durch welche er in den Dienst dieser albernen Gesellschaft trat. Sehen Sie denn nicht, wie vielsagend das ist?«

»Ich fürchte, mir entgeht der wesentliche Punkt.«

»Nun, warum wollten sie, daß er das tat? Nicht aus geschäftlichen Gründen, denn solche Vereinbarungen werden üblicherweise mündlich getroffen, und es gab keinen denkbaren geschäftlichen Grund, warum es hier eine Ausnahme geben sollte. Sehen Sie denn nicht, mein junger Freund, daß sie sehr erpicht darauf waren, sich eine Probe Ihrer Handschrift zu verschaffen, und keine andere Möglichkeit dazu besaßen?«

»Und warum?«

»Ganz recht. Warum? Wenn wir das beantworten, haben wir bei unserem kleinen Problem einen gewissen Fortschritt erzielt. Warum? Es kann nur einen hinreichenden Grund geben. Jemand wollte lernen, Ihre Handschrift nachzuahmen, und mußte sich zunächst eine Probe besorgen. Und wenn wir nun zum zweiten Punkt übergehen, so stellen wir fest, daß sie sich gegenseitig erhellen. Dieser Punkt ist Pinners Forderung, Sie sollten nicht auf Ihre Stelle verzichten, sondern den Manager dieses bedeutenden Unternehmens in dem festen Glauben lassen, ein Mr. Hall Pycroft, den er noch nie gesehen hatte, stehe im Begriff, am Montagmorgen ins Büro einzutreten.«

»Mein Gott!« rief unser Klient, »ich muß stockblind gewesen sein!«

»Nun sehen Sie auch den springenden Punkt bezüglich der Handschrift. Angenommen, jemand wäre an Ihrer Stelle erschienen, der eine ganz andere Handschrift schrieb als die in der Bewerbung, so wäre das Spiel natürlich aus gewesen. Aber in der Zwischenzeit lernte der Schurke, Sie nachzuahmen, und seine Lage war damit wohl sicher, da ich annehme, daß niemand im Büro Sie jemals zu Gesicht bekommen hat.«

»Keine Seele«, stöhnte Hall Pycroft.

»Sehr gut. Natürlich war es von höchster Wichtigkeit, zu verhindern, daß Sie sich eines Besseren besännen, und Sie außerdem davon abzuhalten, mit irgend jemand in Kontakt zu kommen, der Ihnen erzählen könnte, daß Ihr Doppelgänger in Mawsons Büro an der Arbeit war. Daher gaben sie Ihnen einen ansehnlichen Vorschuß auf Ihr Gehalt und beförderten Sie in die Midlands, wo sie Ihnen genug Arbeit gaben, um Sie von London fernzuhalten, wo sie das kleine Spiel hätten auffliegen lassen können. Das ist alles ganz eindeutig.«

»Aber warum sollte dieser Mann vorgeben, sein eigener Bruder zu sein?«

»Nun, auch das ist ziemlich klar. Es sind offensichtlich nur zwei beteiligt. Der andere gibt sich im Büro fälschlich für Sie aus. Dieser hier trat als derjenige auf, der Sie einstellte, und merkte dann, daß er keinen Arbeitgeber für Sie auftreiben konnte, ohne eine dritte Person in sein Komplott einzuweihen. Und das wollte er auf keinen Fall. Er änderte sein Aussehen so weitgehend, wie er es vermochte, und vertraute darauf, daß die Ähnlichkeit, die zu bemerken Sie nicht verfehlen konnten, auf die Verwandtschaft zurückgeführt würde. Und wäre der glückliche Zufall mit der Goldfüllung nicht gewesen, so wäre wahrscheinlich Ihr Verdacht niemals erregt worden.«

Hall Pycroft schüttelte die geballten Fäuste. »Herr im Himmel!« rief er. »Während ich so zum Narren gehalten wurde, was hat dieser andere Hall Pycroft derweil bei Mawson getan? Was sollen wir tun, Mr. Holmes? Sagen Sie mir, was tun!«

»Wir müssen an Mawson telegraphieren.«

»Sie schließen samstags um zwölf.«

»Macht nichts; vermutlich gibt es da einen Pförtner oder Aufseher –«

»Ach ja; sie haben dort einen ständigen Wächter, weil die Effekten, die sie verwahren, so wertvoll sind. Ich erinnere mich, in der City davon reden gehört zu haben.«

»Sehr gut, wir werden ihm telegraphieren und sehen, ob alles in Ordnung ist und ob ein Angestellter Ihres Namens dort arbeitet. Das ist soweit klar, aber nicht klar ist, warum einer der Schurken bei unserem Anblick unverzüglich das Zimmer verläßt und sich aufhängt.«

»Die Zeitung!« krächzte eine Stimme hinter uns. Der Mann saß aufrecht, geisterhaft bleich, während Vernunft in

Blick zurückzukehren schien und seine Hände fahrig über den breiten roten Streifen rieben, der immer noch seinen Hals umschloß.

»Die Zeitung! Natürlich!« schrie Holmes in äußerster Erregung. »Schwachkopf, der ich war! Ich dachte so sehr an unseren Besuch, daß mir die Zeitung keinen Augenblick lang in den Sinn kam. Selbstverständlich, da muß des Rätsels Lösung liegen.« Er breitete sie auf dem Tisch aus, und ein Triumphschrei brach ihm von den Lippen.

»Schauen Sie sich das an, Watson!« rief er. »Es ist eine Londoner Zeitung, eine Frühausgabe des *Evening Standard*. Da steht, was wir suchen. Sehen Sie sich die Schlagzeilen an – ›Verbrechen in der City. Mord bei Mawson & Williams. Gigantischer Raubversuch; Verbrecher gefaßt.‹ Hier, Watson, wir sind alle gleichermaßen darauf versessen, es zu hören, also lesen Sie es uns freundlicherweise laut vor.«

Aus der Aufmachung in der Zeitung wurde deutlich, daß es in der Stadt das wichtige Ereignis schlechthin gewesen war, und der Bericht darüber lautete folgendermaßen:

> Heute nachmittag ereignete sich in der City ein tollkühner Raubversuch, der im Tod eines Mannes und der Ergreifung des Verbrechers gipfelte. Schon seit einiger Zeit ist Mawson & Williams, das berühmte Finanzunternehmen, Treuhänder von Effekten, deren Gesamtwert beträchtlich höher ist als eine Million Sterling. So bewußt war sich der Manager seiner Verantwortung, die ihm infolge der großen Interessen, die auf dem Spiel standen, zufiel, daß Tresore der allerneuesten Bauart verwendet und ein bewaffneter Wachmann Tag und Nacht im Gebäude belassen wurde. Es scheint, daß letzte Woche ein neuer Angestellter namens Hall Pycroft von der Firma eingestellt wurde. Diese Person scheint niemand anders gewesen zu sein als Beddington, der berüchtigte Fälscher und Schränker, der zusammen mit seinem Bruder erst kürzlich

nach Verbüßung einer fünfjährigen Zuchthausstrafe entlassen wurde. Auf die eine oder andere Weise, die noch nicht klar ist, gelang es ihm, unter falschem Namen diese offizielle Position im Büro zu erlangen, die er sich zunutze machte, um sich Abdrücke von verschiedenen Schlössern und eine gründliche Kenntnis der Lage des Tresorraums und der Tresore anzueignen.
Die Angestellten bei Mawson gehen üblicherweise Samstagmittag weg. Sergeant Tuson von der Stadtpolizei war daher einigermaßen überrascht, als er zwanzig Minuten nach eins einen Gentleman mit einer Reisetasche die Treppe herunterkommen sah. Da der Sergeant Verdacht schöpfte, folgte er dem Mann und vermochte ihn mit Hilfe von Constable Pollock nach höchst erbittertem Widerstand festzunehmen. Es war sogleich klar, daß ein tollkühner und gigantischer Raub begangen worden war. Nahezu einhunderttausend Pfund in amerikanischen Eisenbahnaktien nebst einer großen Anzahl von Interimsscheinen anderer Minen und Gesellschaften wurden in der Tasche entdeckt. Bei der Durchsuchung der Räumlichkeiten fand man den Leichnam des unglücklichen Wachmannes zusammengekrümmt in den größten Tresor gedrückt, wo er bis Montagmorgen nicht entdeckt worden wäre, hätte nicht Sergeant Tuson prompt eingegriffen. Der Schädel des Mannes war durch einen von hinten geführten Schlag mit einem Schürhaken zerschmettert worden. Zweifellos hatte sich Beddington Einlaß verschafft, indem er vorgab, er habe etwas liegenlassen, und, nachdem er den Wachmann ermordet hatte, rasch den großen Tresor geplündert und sich dann mit seiner Beute davongemacht. Sein Bruder, der gewöhnlich mit ihm arbeitet, ist bei diesem Unternehmen nicht aufgetaucht, soweit sich das zum jetzigen Zeitpunkt feststellen läßt; nichtsdestoweniger stellt die Polizei aber energische Nachforschungen nach seinem Verbleib an.

»Nun ja, in dieser Hinsicht können wir der Polizei einige Mühe ersparen«, sagte Holmes, indem er zu der trübsinnig am Fenster zusammengekauerten Gestalt hinsah. »Die menschliche Natur ist ein seltsames Gemisch, Watson. Sie sehen, daß selbst ein Schurke und Mörder solche Zuneigung erwecken kann, daß sein Bruder sich umbringen will, wie er erfährt, daß des anderen Leben verwirkt ist. Wir haben allerdings keine Wahl hinsichtlich unseres Vorgehens. Der Doktor und ich werden Wache halten, Mr. Pycroft, wenn Sie die Freundlichkeit hätten, die Polizei zu holen.«

DIE ›GLORIA SCOTT‹

Ich habe hier einige Papiere«, sagte mein Freund Sherlock Holmes, als wir eines Winterabends vor dem Kamin einander gegenübersaßen, »auf die einen Blick zu werfen, Watson, ich wirklich Ihrer Mühe wert hielte. Dies sind die Dokumente zu dem außergewöhnlichen Fall der *Gloria Scott*, und das ist die Nachricht, die den Friedensrichter Trevor vor Entsetzen tot zu Boden streckte, als er sie las.«

Er hatte aus einer Schublade eine kleine abgegriffene Rolle genommen, löste die Verschnürung und reichte mir eine kurze, auf einen halben Bogen schiefergraues Papier gekritzelte Notiz.

»Das versprochene Wind-Spiel für Sie ist wie vereinbart aus London eingetroffen«, lautete sie. »Hudson, der Hundeführer, hat, meinen wir, alles Nötige dazu gesagt bekommen. Es laufen hier Bemühungen, Sie zu veranlassen, um jeden Preis Ihr erfolgreiches Züchter-Leben aufzugeben.«

Als ich von dieser rätselhaften Nachricht aufschaute, sah ich, daß Holmes über meinen Gesichtsausdruck stillvergnügt in sich hineinlachte.

»Sie wirken ein wenig verwirrt«, meinte er.

»Ich vermag nicht zu erkennen, wie eine solche Nachricht Entsetzen verbreiten könnte. Sie scheint mir eher grotesk als sonst was.«

»Sehr naheliegend. Doch bleibt die Tatsache bestehen, daß der Leser, der ein prächtiger, robuster alter Mann war, glatt davon gefällt wurde, als sei sie der Kolben einer Pistole gewesen.«

»Sie erwecken meine Neugier«, meinte ich. »Doch warum sagten Sie eben gerade, es gäbe ganz besondere Gründe, warum ich diesen Fall studieren sollte?«

»Weil es der erste war, mit dem ich je zu tun hatte.«

Ich hatte oft versucht, meinem Gefährten zu entlocken, was erstmals sein Interesse für die Erforschung von Verbrechen geweckt hatte, doch ich hatte ihn bislang noch nie in mitteilsamer Stimmung angetroffen. Jetzt saß er vorgebeugt in seinem Sessel und breitete die Dokumente auf den Knien aus. Dann zündete er seine Pfeife an und saß eine Weile rauchend und in den Papieren blätternd da.

»Sie haben mich nie von Victor Trevor reden hören?« fragte er. »Er war der einzige Freund, den ich während meiner zwei Jahre im College gewonnen habe. Ich war nie ein geselliger Mensch, Watson, mit Vorliebe blies ich auf meinen Zimmern Trübsal und tüftelte an meinen eigenen kleinen Denkmethoden rum, so daß ich nie sehr viel mit Gleichaltrigen verkehrte. Fechten und Boxen ausgenommen, hatte ich wenig sportliche Neigungen, und überdies war mein Studiengebiet von dem der anderen Kommilitonen durchaus verschieden, so daß wir keinerlei Berührungspunkte hatten. Trevor war der einzige Mensch, den ich kannte, und das auch nur aufgrund des Zufalls, daß sich sein Bullterrier eines Morgens, als ich zum Gottesdienst ging, an meinen Knöchel hängte.

Es war eine prosaische Art und Weise, Freundschaft zu schließen, aber eine wirksame. Ich war auf zehn Tage eingesperrt, und Trevor pflegte vorbeizuschauen, um sich nach mir zu erkundigen. Zunächst war es nur ein kurzes Geplauder, aber bald wurden seine Besuche länger, und vor Semesterende waren wir eng befreundet. Er war ein herzlicher, lebensfreudiger Mensch, voll Feuer und Energie, in vieler Hinsicht das genaue Gegenteil von mir; aber wir stellten fest, daß wir einiges gemein hatten, und es war ein einigendes Band, als ich erfuhr, daß er ebenso ohne Freunde war wie ich. Schließlich lud er mich in seines Vaters Haus nach Donnithorpe in Norfolk, und ich willigte für einen Monat der langen Ferien in seine Gastfreundschaft ein.

Der alte Trevor war sichtlich ein Mann von einigem Wohlstand und Gewicht, ein Friedensrichter und Grundbesitzer. Donnithorpe ist ein kleiner Weiler genau nördlich von Langmere in der Gegend der Broads. Das Haus war ein altertümliches, ausgedehntes Backsteingebäude mit Eichenbalken, zu dem eine prächtige, lindengesäumte Auffahrt führte. Es gab eine exzellente Wildentenjagd im Marschland, ein bemerkenswert gutes Fischwasser, eine kleine, aber erlesene Bibliothek, die man, wie ich hörte, von einem früheren Bewohner übernommen hatte, und einen leidlichen Koch, so daß nur ein verwöhnter Mensch dort keinen angenehmen Monat hätte verbringen können.

Trevor der Ältere war Witwer, und mein Freund war sein einziger Sohn. Es hatte da, wie ich hörte, noch eine Tochter gegeben, aber sie war während eines Aufenthaltes in Birmingham an Diphtherie gestorben. Der Vater interessierte mich aufs äußerste. Er war ein Mann von geringer Bildung, doch einer beträchtlichen Menge ungestümer Kraft, physisch wie auch geistig. Bücher kannte er kaum, aber er war weitgereist, hatte viel von der Welt gesehen und alles behalten, was er erfahren hatte. Er war ein untersetzter, beleibter Mann mit einem grauen Haarschopf, einem braunen wettergegerbten Gesicht und blauen Augen, die fast bis zur Grimmigkeit durchdringend blickten. Doch stand er auf dem Lande im Ruf von Freundlichkeit und Güte und war bekannt für die Milde seiner richterlichen Urteile.

Eines Abends kurz nach meiner Ankunft saßen wir nach dem Dinner bei einem Glase Port, als der junge Trevor von jenen Gewohnheiten der Beobachtung und Schlußfolgerung zu erzählen begann, die ich bereits zu einem System ausgebildet hatte, obgleich ich mir der Rolle, die sie in meinem Leben spielen sollten, noch nicht bewußt war. Der alte Trevor dachte offensichtlich, sein Sohn übertreibe bei der Schilderung von ein, zwei trivialen Kunststückchen, die ich vollführt hatte.

›Na, kommen Sie, Mr. Holmes‹, sagte er, aufgeräumt lachend, ›ich bin ein ausgezeichnetes Objekt, wenn Sie aus mir irgend etwas deduzieren können.‹

›Ich fürchte, da gibt es nicht sehr viel‹, antwortete ich. ›Ich möchte meinen, Sie haben sich in den vergangenen zwölf Monaten auf einen Angriff auf Ihre Person gefaßt gemacht.‹

Das Lachen erstarb auf seinen Lippen, und er starrte mich äußerst erstaunt an.

›Nun, das stimmt wirklich‹, sagte er. ›Du weißt ja, Victor‹, – er wandte sich an seinen Sohn – ›als wir diese Wildererbande aushoben, haben sie geschworen, uns zu erstechen; und Sir Edward Hoby ist tatsächlich angegriffen worden. Seither bin ich stets auf der Hut, obwohl ich keine Ahnung habe, woher Sie das wissen.‹

›Sie haben einen sehr schönen Stock‹, antwortete ich. ›An der Aufschrift erkannte ich, daß Sie ihn noch nicht länger als ein Jahr besitzen. Aber Sie haben mit einigem Aufwand den Knauf angebohrt und geschmolzenes Blei durch das Loch gegossen, um ihn so zu einer fürchterlichen Waffe zu machen. Ich folgerte, daß Sie keine solchen Vorsichtsmaßnahmen ergreifen würden, es sei denn, Sie hätten irgendeine Gefahr zu fürchten.‹

›Noch etwas?‹ fragte er lächelnd.

›Sie haben in Ihrer Jugend ziemlich viel geboxt.‹

›Wieder richtig. Woher wissen Sie das? Ist meine Nase ein wenig schief geschlagen?‹

›Nein‹, sagte ich. ›Es sind Ihre Ohren. Sie weisen die eigentümliche Abflachung und Verdickung auf, wie sie den Boxer kennzeichnen.‹

›Noch etwas?‹

›Sie haben ziemlich viel gegraben, nach Ihren Schwielen zu urteilen.‹

›Hab all mein Geld auf den Goldfeldern gemacht.‹

›Sie sind in Neuseeland gewesen.‹

›Wieder richtig.‹

›Sie haben Japan bereist.‹

›Ganz recht.‹

›Und Sie haben in höchst inniger Verbindung mit jemandem gestanden, dessen Initialen J. A. lauteten und den später gänzlich zu vergessen Sie äußerst bestrebt waren.‹

Mr. Trevor stand langsam auf, richtete mit einem befremdlichen, wilden Stieren seine großen blauen Augen auf mich und stürzte dann ohnmächtig vornüber zwischen die Nußschalen, die auf dem Tischtuch verstreut lagen.

Sie können sich vorstellen, Watson, wie schockiert sowohl sein Sohn als auch ich waren. Sein Anfall dauerte indes nicht lange, denn als wir seinen Kragen öffneten und ihm das Wasser aus einer der Fingerschalen übers Gesicht sprengten, keuchte er ein-, zweimal und setzte sich auf.

›Ah, ihr Jungen!‹ sagte er, sich zu einem Lächeln zwingend. ›Ich hoffe, ich habe euch nicht erschreckt. So stark ich aussehe, habe ich doch eine Schwäche am Herzen, und es bedarf nicht viel, mich umzuwerfen. Ich weiß nicht, wie Sie das zustandebringen, Mr. Holmes, aber mir scheint, in Ihrer Hand wären sämtliche wirklichen und erfundenen Detektive Kinder. Das ist Ihre Lebensbahn, Sir, und Sie dürfen dem Wort eines Mannes glauben, der einiges von der Welt gesehen hat.‹

Und diese Empfehlung, zusammen mit der übertriebenen Einschätzung meiner Fähigkeiten, die er ihr vorausschickte, war, wenn Sie mir das glauben wollen, Watson, die allererste Äußerung, die mich je auf den Gedanken brachte, daß sich aus dem bisherigen reinen Hobby ein Beruf machen ließe. Im Augenblick allerdings war ich viel zu besorgt wegen des plötzlichen Unwohlseins meines Gastgebers, um an etwas anderes denken zu können.

›Ich hoffe, ich habe nichts gesagt, was Sie schmerzt‹, sagte ich.

›Nun ja, Sie haben zweifellos an einen ziemlich empfindlichen Punkt gerührt. Darf ich fragen, woher Sie das wissen und wieviel Sie wissen?‹ Er sprach nun in halb scherzendem Tonfall, doch auf dem Grunde seiner Augen lauerte immer noch ein Blick voll Entsetzen.

›Das ist ein Kinderspiel‹, sagte ich. ›Als Sie Ihren Arm entblößten, um den Fisch ins Boot zu ziehen, sah ich, daß in Ihre Armbeuge »J. A.« eintätowiert worden war. Die Buchstaben waren noch lesbar, aber aus ihrem verwischten Aussehen und der Verfärbung der Haut um sie herum wurde vollkommen deutlich, daß man sich bemüht hatte, sie unkenntlich zu machen. Es war mithin offensichtlich, daß diese Initialen Ihnen einmal sehr vertraut gewesen waren und daß Sie sie später vergessen wollten.‹

›Was für ein Auge Sie haben!‹ rief er mit einem Seufzer der Erleichterung aus. ›Es verhält sich genau so, wie Sie sagen. Aber wir wollen nicht davon sprechen. Von allen Geistern sind die Geister unserer alten Lieben die schlimmsten. Kommen Sie ins Billard-Zimmer auf eine gemütliche Zigarre.‹

Von diesem Tage an war in Mr. Trevors Verhalten mir gegenüber bei aller Herzlichkeit stets ein Anflug von Argwohn zu spüren. Selbst sein Sohn bemerkte es. ›Sie haben dem alten Herrn einen solchen Schrecken eingejagt‹, sagte er, ›daß er nie mehr sicher sein wird, was Sie wissen und was Sie nicht wissen.‹ Er wollte es sich nicht anmerken lassen, dessen bin ich sicher, aber es beschäftigte ihn so stark, daß es bei allem, was er tat, zum Vorschein kam. Schließlich war ich so sicher, ihm Unbehagen zu bereiten, daß ich meinen Besuch abkürzte. Gerade an dem Tag jedoch, bevor ich abreiste, ereignete sich ein Vorfall, der sich im folgenden als bedeutsam erwies.

Wir saßen alle drei draußen auf dem Rasen auf Gartenstühlen, sonnten uns und bewunderten die Aussicht über die Broads, als das Dienstmädchen herauskam und sagte, an der Tür sei ein Mann, der Mr. Trevor sprechen wolle.

›Wie heißt er?‹ fragte mein Gastgeber.

›Das wollte er nicht sagen.‹

›Was will er denn?‹

›Er sagt, daß Sie ihn kennen und daß er nur eine kurze Unterredung will.‹

›Führen Sie ihn her.‹ Einen Augenblick später erschien ein kleiner zusammengeschrumpfter Mensch mit kriecherischem Gehabe und schlenkerndem Gang. Er trug eine offene Jacke mit einem Teerklecks auf dem Ärmel, ein Hemd mit rotschwarzem Karomuster, grobe Kattunhosen und schwere, arg verschlissene Stiefel. Sein Gesicht war dünn und braun und verschlagen und trug ein unaufhörliches Lächeln zur Schau, das eine unregelmäßige Reihe gelber Zähne entblößte, und seine runzligen Hände waren auf eine Weise halb geschlossen, wie sie charakteristisch für Seeleute ist. Als er über den Rasen geschlurft kam, hörte ich Mr. Trevor eine Art kehliges Schlukken von sich geben, und von seinem Stuhl aufspringend, eilte er ins Haus. Er war gleich wieder zurück, und ich roch eine kräftige Brandyfahne, als er an mir vorbeikam.

›Nun, mein Guter‹, sagte er, ›was kann ich für Sie tun?‹

Der Seemann stand da und starrte ihn mit zusammengekniffenen Augen an, das besagte schlafflippige Lächeln auf dem Gesicht.

›Sie kennen mich nicht?‹ fragte er.

›Natürlich, du meine Güte, das ist ja Hudson!‹ sagte Mr. Trevor mit überraschter Stimme.

›Hudson, ganz recht, Sir‹, sagte der Seemann. ›Nun ja, dreißig Jahre und mehr ist's jetzt her, daß ich Sie zuletzt gesehen hab. Da sitzen Sie in Ihrem Haus, und ich kratz mir immer noch mein Pökelfleisch aus dem Vorratsfaß.‹

›Ach was, Sie werden sehen, daß ich die alten Zeiten nicht vergessen habe‹, rief Mr. Trevor, und indem er auf den Seemann zuging, sagte er etwas mit leiser Stimme. ›Gehen Sie in die Küche‹, fuhr er laut fort, ›und Sie werden etwas zu essen und trinken bekommen. Ich bezweifle nicht, daß ich Ihnen eine Stellung finden kann.‹

›Danke, Sir‹, sagte der Seemann und tippte sich an die Stirn. ›Ich hab grade von einem Acht-Knoten-Tramp abgemustert, nach zwei Jahren mit zuwenig Mann, und muß erst mal verschnaufen. Ich dachte, ich komm entweder bei Mr. Beddoes oder bei Ihnen unter.‹

›Ach!‹ rief Mr. Trevor, ›Sie wissen, wo Mr. Beddoes ist?‹

›Aber ja doch, Sir, ich weiß, wo alle meine alten Freunde sind‹, sagte der Mensch mit unheilvollem Lächeln und schlurfte hinter dem Mädchen her zur Küche. Mr. Trevor murmelte uns etwas von einem Schiffskameraden zu, der mit ihm zu den Goldfeldern zurückgefahren sei, dann ließ er uns auf dem

Rasen allein und ging nach drinnen. Als wir eine Stunde später das Haus betraten, fanden wir ihn stockbetrunken auf dem Speisezimmersofa liegen. Der ganze Vorfall hinterließ bei mir einen überaus häßlichen Eindruck, und ich war am nächsten Tag nicht betrübt, Donnithorpe den Rücken zu kehren, denn ich spürte, daß meine Anwesenheit meinem Freund zutiefst peinlich sein mußte.

All das ereignete sich während des ersten Monats der langen Ferien. Ich zog mich in meine Londoner Zimmer zurück, wo ich sieben Wochen mit Experimenten in organischer Chemie zubrachte. Eines Tages jedoch, als der Herbst schon weit fortgeschritten war und die Ferien sich ihrem Ende zuneigten, erhielt ich ein Telegramm von meinem Freund, in dem er mich anflehte, nach Donnithorpe zurückzukehren, er bedürfe dringend meines Rates und meiner Hilfe. Natürlich ließ ich alles stehen und liegen und machte mich erneut nach Norden auf.

Er holte mich mit dem Einspänner am Bahnhof ab, und ich sah mit einem Blick, daß die beiden vergangenen Monate sehr aufreibend für ihn gewesen waren. Er war abgemagert und gramgebeugt und hatte sein lautes, heiteres Auftreten eingebüßt, das ihn einmal ausgezeichnet hatte.

›Der alte Herr liegt im Sterben‹, waren seine ersten Worte.

›Unmöglich!‹ rief ich. ›Was fehlt ihm?‹

›Schlaganfall. Nervöser Schock. Schon den ganzen Tag steht es zum schlimmsten. Ich zweifle, ob wir ihn noch lebend antreffen.‹

Ich war, wie Sie sich vorstellen können, Watson, über diese unerwarteten Neuigkeiten entsetzt.

›Was ist die Ursache?‹ fragte ich.

›Ach, das ist es ja gerade. Steigen Sie ein, und wir können während der Fahrt darüber reden. Erinnern Sie sich an diesen Menschen, der an dem Abend auftauchte, bevor Sie weggingen?‹

›Ganz genau.‹

›Wissen Sie, wer das war, den wir an diesem Tage ins Haus einließen?‹

›Ich habe keine Ahnung.‹

›Es war der Teufel, Holmes!‹ rief er.

Ich starrte ihn verblüfft an.

›Ja; es war der Teufel höchstpersönlich. Wir haben seither keine ruhige Stunde mehr gehabt – keine einzige. Von diesem Abend an hat der alte Herr sich nicht mehr aufgerichtet, und jetzt ist das Leben aus ihm herausgepreßt und sein Herz gebrochen, und alles durch diesen verfluchten Hudson.‹

›Welche Macht hatte er denn?‹

›Ach, das zu wissen würde ich so viel geben. Der freundliche, gütige alte Herr! Wie hat er nur in die Klauen eines solchen Schurken fallen können? Aber ich bin so froh, daß Sie gekommen sind, Holmes. Ich verlasse mich sehr auf Ihr Urteil und Ihre Umsicht, und ich weiß, daß Sie mich zum besten beraten werden.‹

Wir sausten über die glatte weiße Landstraße, vor uns die weite Fläche der Broads, die im roten Licht der untergehenden Sonne glitzerten. Über einem Wäldchen zu unserer Linken konnte ich bereits die hohen Schornsteine und den Fahnenmast ausmachen, die den Wohnsitz des Junkers kennzeichneten.

›Mein Vater machte den Menschen zum Gärtner‹, sagte mein Gefährte, ›und da ihn das nicht zufriedenstellte, wurde er zum Butler befördert. Das Haus schien ihm preisgegeben zu sein, und er schlenderte darin herum und tat, was ihm beliebte. Die Mädchen beklagten sich über seine Trinkerei und seine Anzüglichkeiten. Vater erhöhte für alle die Löhne, um sie für den Verdruß zu entschädigen. Der Mensch nahm sich oft einfach das Boot und das beste Gewehr meines Vaters und gönnte sich kleine Jagdpartien. Und all das mit einem derart grinsenden, tückischen, unverschämten Gesicht, daß ich ihn zwanzigmal niedergeschlagen hätte, wenn er ein Mann in meinem Alter gewesen wäre. Ich sage Ihnen, Holmes, ich mußte die ganze Zeit sehr an mich halten, und jetzt frage ich mich, ob es nicht klüger gewesen wäre, ich hätte mich ein wenig mehr gehen lassen.

Nun ja, es wurde schlimmer und schlimmer, und dieses Vieh Hudson wurde immer aufdringlicher, bis ich ihn schließlich, als er eines Tages in meiner Gegenwart meinem Vater eine unverschämte Antwort gab, an der Schulter packte und aus dem Zimmer warf. Er schlich sich davon, mit bleichem Gesicht und zwei giftigen Augen, die mehr Drohungen äußerten, als seine Zunge es vermocht hätte. Ich weiß nicht, was sich danach zwischen meinem armen Vater und ihm abspielte, aber Vater kam am nächsten Tag zu mir und fragte mich, ob es mir etwas ausmachte, mich bei Hudson zu entschuldigen. Ich weigerte mich, wie Sie sich vorstellen können, und fragte meinen Vater, wie er es zulassen könne, daß ein solcher Wurm sich mit ihm und seinem Haushalt solche Freiheiten herausnehme.

›Ach, mein Junge‹, sagte er, ›du hast leicht reden, denn du weißt nicht, in welcher Lage ich bin. Doch du sollst es erfahren, Victor. Ich werde dafür sorgen, daß du es erfährst, komme was da wolle! Du würdest doch nicht schlecht von deinem alten Vater denken, nicht wahr, Junge?‹ Er war äußerst bewegt und schloß sich den ganzen Tag über in seinem Arbeitszimmer ein, wo er, wie ich durchs Fenster sehen konnte, eifrig schrieb.

An diesem Abend geschah etwas, das mir wie eine wundersame Erlösung vorkam, denn Hudson sagte uns, daß er uns verlassen werde. Er trat ins Eßzimmer, wo wir nach dem Dinner saßen, und kündigte mit der dumpfen Stimme eines Halbbetrunkenen seine Absicht an.

›Ich hab genug von Norfolk‹, sagte er, ›ich mach zu Mr. Beddoes in Hampshire. Er wird sich genauso freuen, mich zu sehen, wie Sie, möcht ich meinen.‹

›Sie gehen doch nicht mit unguten Gefühlen, Hudson, hoffe ich?‹ sagte mein Vater mit einer Unterwürfigkeit, die mein Blut zum Kochen brachte.

›Ich hab meine Entschuldigung noch nicht gehabt‹, sagte er trotzig, mit einem Blick zu mir hin.

›Victor, du gibst doch zu, daß du mit diesem ehrenwerten

Menschen ziemlich hart umgesprungen bist?‹ sagte Vater, sich an mich wendend.

›Ganz im Gegenteil, ich finde, daß wir beide ihm gegenüber außerordentliche Geduld haben walten lassen‹, antwortete ich.

›Ach ja, wirklich?‹ fauchte er. ›Sehr schön, Kamerad. Wir werden ja sehen!‹ Er schlurfte aus dem Zimmer und ging eine halbe Stunde später aus dem Haus, wobei er meinen Vater in einem Zustand bemitleidenswerter Nervosität zurückließ. Nacht für Nacht hörte ich ihn sein Zimmer durchmessen, und gerade als er seine Zuversicht wiedergewann, fiel schließlich doch der Schlag.‹

›Und wie?‹ fragte ich gespannt.

›Auf höchst ungewöhnliche Weise. Gestern nachmittag traf ein Brief für meinen Vater ein, der den Stempel von Fordingbridge trug. Mein Vater las ihn, schlug beide Hände vors Gesicht und begann in kleinen Kreisen im Zimmer herumzulaufen wie jemand, der von Sinnen ist. Als ich ihn schließlich aufs Sofa herunterzog, waren sein Mund und seine Augenlider auf einer Seite ganz faltig, und ich erkannte, daß ihn der Schlag getroffen hatte. Dr. Fordham kam sofort herüber, und wir brachten ihn zu Bett; aber die Lähmung hat sich ausgebreitet, er hat keinerlei Anzeichen von wiederkehrendem Bewußtsein gezeigt, und ich glaube, daß wir ihn kaum noch lebend vorfinden werden.‹

›Das ist ja grauenhaft, Trevor!‹ rief ich. ›Was könnte denn in diesem Brief gestanden haben, das dermaßen schreckliche Folgen hatte?‹

›Nichts. Das ist ja das Unerklärliche daran. Die Nachricht war absurd und trivial. Ach, mein Gott, es ist, wie ich befürchtete!‹

Während er sprach, kamen wir um die Biegung der Auffahrt und sahen im schwindenden Licht, daß jede Jalousie im Hause heruntergelassen war. Als wir hinaufeilten, mein Freund mit gramverzerrtem Gesicht, trat ein Gentleman in Schwarz aus der Tür.

›Wann ist es passiert, Doktor?‹ fragte Trevor.

›Beinahe unmittelbar, nachdem Sie fort waren.‹

›Hat er das Bewußtsein wiedererlangt?‹

›Für einen Moment vor dem Ende.‹

›Irgendeine Nachricht für mich?‹

›Nur daß die Papiere im Geheimfach der japanischen Schatulle seien.‹

Mein Freund begab sich mit dem Doktor nach oben ins Sterbezimmer, während ich im Arbeitszimmer zurückblieb, die ganze Angelegenheit in Gedanken um und um wälzte und mir so trübsinnig zumute war wie nur je in meinem Leben. Was hatte dieser Trevor – Faustkämpfer, Reisender und Goldgräber – für eine Vergangenheit gehabt? Und wodurch war er in die Gewalt dieses Seemannes mit der ätzenden Miene geraten? Warum, des weiteren, sollte er bei einer Anspielung auf die halbgelöschten Initialen auf seinem Arm in Ohnmacht fallen und vor Angst sterben, als ein Brief aus Fordingbridge eintraf? Dann fiel mir ein, daß Fordingbridge in Hampshire liegt und daß es von diesem Mr. Beddoes, den der Seemann aufsuchen und möglicherweise erpressen wollte, geheißen hatte, er lebe in Hampshire. Der Brief konnte mithin von Hudson, dem Seemann, stammen, der mitteilte, er habe das Geheimnis einer Schuld, die anscheinend existierte, verraten, oder von Beddoes, der einen alten Bundesgenossen warnte, daß ein solcher Verrat drohe. So weit schien alles ganz klar. Aber wie konnte der Brief dann, wie vom Sohn geschildert, trivial und grotesk sein? Er mußte ihn mißverstanden haben. Wenn dem so war, mußte es sich um einen jener ingeniösen Geheimcodes handeln, die etwas anderes aussagen, als was sie zu bedeuten scheinen. Ich mußte diesen Brief sehen. Wenn darin eine versteckte Bedeutung lag, so war ich zuversichtlich, sie ihm entreißen zu können. Eine Stunde lang saß ich grübelnd im Dämmerlicht, bis schließlich ein weinendes Dienstmädchen eine Lampe hereinbrachte, und ihr auf dem Fuße folgte mein Freund Trevor, bleich, aber gefaßt, der eben diese Papiere, die auf meinem Knie liegen, umklammert hielt. Er setzte sich mir gegenüber, zog die Lampe an den Tischrand und reichte mir eine kurze Notiz, die, wie Sie sehen, auf einen Bogen graues Papier gekritzelt war. ›Das versprochene Wind-Spiel für Sie ist wie vereinbart aus London eingetroffen‹, lautete sie. ›Hudson, der Hundeführer, hat, meinen wir, alles Nötige dazu gesagt bekommen. Es laufen hier Bemühungen, Sie zu veranlassen, um jeden Preis Ihr erfolgreiches Züchter-Leben aufzugeben.‹

Ich darf behaupten, daß mein Gesicht ebenso verwirrt aussah wie Ihres eben, als ich diese Nachricht zum erstenmal las. Dann las ich sie sehr sorgfältig noch einmal. Es war offensichtlich so, wie ich gedacht hatte, daß nämlich in dieser seltsamen Verbindung von Wörtern irgendeine zweite Bedeutung verborgen lag. Oder könnte es sein, daß solche Ausdrücke wie ›Bemühungen‹ und ›Züchter-Leben‹ irgendeinen abgesprochenen Sinn hatten? Eine solche Bedeutung wäre willkürlich und könnte auf keine Weise deduziert werden. Und doch weigerte ich mich, dies zu glauben; das Vorkommen des Wortes ›Hudson‹ schien zu beweisen, daß der Inhalt des Briefes meiner Vermutung entsprach und daß er eher von Beddoes als von dem Seemann kam. Ich versuchte es rückwärts, aber die Verbindung ›aufzugeben Leben Züchter‹ war nicht ermutigend. Dann probierte ich jedes zweite Wort, aber weder ›Das, Wind, für‹ noch ›versprochene, Spiel, Sie‹ versprachen, irgendein Licht auf die Sache zu werfen. Dann hielt ich mit einemmal den Schlüssel des Rätsels in Händen, und ich erkannte, daß, beginnend mit dem ersten, jedes dritte Wort eine Nachricht ergab, die den alten Trevor sehr wohl zur Verzweiflung hatte treiben können.

Sie war kurz und bündig, die Warnung, wie ich sie nun meinem Gefährten vorlas:

›Das Spiel ist aus. Hudson hat alles gesagt. Laufen Sie um Ihr Leben.‹

Victor Trevor vergrub das Gesicht in den bebenden Händen. ›Das muß es wohl sein‹, sagte er. ›Dies ist schlimmer als der Tod, denn es bedeutet außerdem Schande. Aber was bedeuten diese ‘Hundeführer’ und ‘Züchter’?‹

›Das hat keine Bedeutung für die Nachricht, aber es könnte für uns eine ganze Menge bedeuten, wenn wir keine anderen Mittel hätten, den Absender aufzufinden. Sie sehen, daß er zunächst ›Das . . . Spiel . . . ist‹ und so weiter schrieb. Danach mußte er, um die abgesprochene Chiffre zu vervollständigen, in jeden Zwischenraum jeweils zwei beliebige Wörter einsetzen. Er benutzte natürlich die ersten Wörter, die ihm in den Sinn kamen, und wenn darunter so viele sind, die mit Sport zu tun haben, so ist er sicher entweder leidenschaftlicher Jäger oder an der Züchterei interessiert. Wissen Sie irgend etwas über diesen Beddoes?‹

›Natürlich, jetzt wo Sie es erwähnen‹, sagte er, ›fällt mir ein, daß mein armer Vater jeden Herbst eine Einladung von ihm bekam, in seinem Gehege zu jagen.‹

›Dann stammt die Notiz zweifellos von ihm‹, sagte ich. ›Es bleibt uns nur noch herauszufinden, was das für ein Geheimnis war, womit der Seemann Hudson anscheinend diese beiden wohlhabenden und geachteten Männer in Furcht und Schrecken zu halten vermochte.‹

›O weh, Holmes, ich fürchte, es bedeutet Sünde und Schande!‹ rief mein Freund. ›Aber vor Ihnen will ich keine Geheimnisse haben. Hier ist die Erklärung, die mein Vater aufsetzte, als er erfuhr, daß von Hudson unmittelbar Gefahr drohte. Ich fand sie in der japanischen Schatulle, wie er dem Doktor gesagt hatte. Nehmen Sie sie und lesen Sie sie mir vor, denn ich habe weder die Kraft noch den Mut, es selbst zu tun.‹

Das hier sind die Papiere, Watson, die er mir reichte, und ich werde sie Ihnen vorlesen, wie ich sie ihm in jener Nacht in dem alten Arbeitszimmer vorlas. Wie Sie sehen, tragen sie außen den Vermerk: ›Einige Einzelheiten zur Reise der Bark *Gloria Scott*, von ihrer Abfahrt aus Falmouth am 8. Oktober 1855 bis zu ihrer Zerstörung auf 15°20′ nördlicher Breite und 25°14′ westlicher Länge am 6. November.‹ Sie sind in Form eines Briefes abgefaßt und lauten folgendermaßen:

Mein lieber, lieber Sohn –, nun, da die nahende Schande die letzten Jahre meines Lebens zu verdunkeln beginnt, kann ich mit aller Aufrichtigkeit und Ehrlichkeit schreiben, daß nicht die Furcht vor dem Gesetz, der Verlust meiner Position in der Grafschaft, noch mein Fall in den Augen aller, die mich gekannt haben, mir ins Herz schneidet; sondern es ist der Gedanke, daß Du dahin kommen solltest, meinetwegen zu erröten – Du, der Du mich liebst und selten, so hoffe ich, Grund hattest, etwas anderes als Achtung für mich zu empfinden. Aber wenn der Schlag fällt, der die ganze Zeit schon über mir dräut, dann möchte ich, daß Du das liest und unmittelbar von mir erfährst, inwieweit ich mich schuldig gemacht habe. Wenn andererseits alles gutgehen (was der allmächtige Gott in seiner Güte geben möge!) und dieses Papier durch irgendeinen Zufall nicht vernichtet worden sein und Dir in die Hände fallen sollte, so beschwöre ich Dich bei allem, was Dir heilig ist, beim Andenken an Deine liebe Mutter und bei der Liebe, die zwischen uns war, es ins Feuer zu werfen und niemals mehr einen Gedanken daran zu verschwenden.
Wenn also nun Dein Auge diese Zeile zu lesen beginnt, weiß ich, daß ich bereits bloßgestellt und aus meinem Heim geschleppt worden sein oder, was wahrscheinlicher ist – denn Du weißt, daß ich ein schwaches Herz habe –, mit auf ewig versiegelten Lippen tot daliegen werde. In jedem Falle ist die Zeit der Verheimlichung vorbei, und jedes Wort, das ich Dir sage, ist die nackte Wahrheit; und das schwöre ich, so wahr ich auf Vergebung hoffe.
Mein Name, lieber Junge, ist nicht Trevor. In meinen Jugendtagen hieß ich James Armitage, und Du kannst nun meinen Schock vor einigen Wochen ermessen, als dein College-Freund mich mit Worten anredete, die anzudeuten schienen, daß er mein Geheimnis erahnt

hatte. Als Armitage trat ich in ein Londoner Bankhaus ein, und als Armitage wurde ich überführt, die Gesetze meines Landes gebrochen zu haben, und zu Deportation verurteilt. Denk nicht allzu streng von mir, Junge. Es handelte sich um eine sogenannte Ehrenschuld, die ich bezahlen mußte, und ich nahm dafür Geld, das mir nicht gehörte, in der Gewißheit, es ersetzen zu können, ehe die Möglichkeit bestand, daß es vermißt werden würde. Doch das schrecklichste Pech verfolgte mich. Das Geld, auf das ich gerechnet hatte, lief niemals ein, und eine vorzeitige Prüfung der Bücher deckte den Fehlbetrag auf. Man hätte in dem Fall milde verfahren können, doch vor dreißig Jahren wurden die Gesetze strenger angewandt als heute, und an meinem dreiundzwanzigsten Geburtstag fand ich mich, zusammen mit siebenunddreißig anderen Verbrechern, als Kettensträfling in den Zwischendecks der Bark *Gloria Scott* mit Kurs auf Australien.

Man schrieb das Jahr 1855, als der Krim-Krieg seinen Höhepunkt erreicht hatte und die ehemaligen Sträflingsschiffe weitgehend als Transporter im Schwarzen Meer eingesetzt waren. Die Regierung mußte daher für ihre Gefangenen kleinere und weniger geeignete Schiffe aufbieten. Die *Gloria Scott* war im China-Teehandel gefahren, war jedoch ein altmodisches Fahrzeug mit schwerem Bug und breiter Dwarslinie, und die neuen Klipper hatten sie überholt. Sie war ein 500-Tonnen-Schiff, und außer ihren achtunddreißig Galgenvögeln beförderte sie eine sechsundzwanzigköpfige Mannschaft, achtzehn Soldaten, einen Kapitän, drei Maate, einen Doktor, einen Kaplan und vier Schließer. Fast einhundert Seelen befanden sich insgesamt auf ihr, als wir von Falmouth aus die Segel setzten.

Die Trennwände zwischen den Zellen der Sträflinge waren, anstatt aus dicker Eiche, wie es in Sträflingsschiffen üblich ist, ziemlich dünn und zerbrechlich.

Der Mann achtern neben mir war einer, der mir besonders aufgefallen war, als man uns zum Pier hinuntergeführt hatte. Es war ein junger Mann mit einem klaren, bartlosen Gesicht, einer langen, dünnen Nase und ziemlichen Nußknacker-Kiefern. Er behielt den Kopf sehr munter oben, stolzierte prahlerisch einher und war vor allem wegen seiner außergewöhnlichen Größe bemerkenswert. Ich glaube nicht, daß auch nur einer von uns ihm mit dem Kopf bis zur Schulter reichte, und bin sicher, daß er nicht weniger als sechseinhalb Fuß gemessen haben kann. Es war seltsam, unter so vielen trüben, verdrossenen Gesichtern eines voller Energie und Entschlossenheit zu sehen. Sein Anblick war für mich wie ein Feuer in einem Schneesturm. Ich war also froh, daß er mein Nebenmann war, und noch froher, als ich mitten in der Nacht dicht an meinem Ohr ein Flüstern vernahm und feststellte, daß er es geschafft hatte, in das Brett, das uns trennte, eine Öffnung zu schneiden.

›Hallo, Kumpel!‹ sagte er. ›Wie heißt du, und weswegen bist du hier?‹

Ich antwortete ihm und fragte meinerseits, mit wem ich spräche.

›Ich bin Jack Prendergast‹, sagte er, ›und bei Gott, du wirst noch lernen, meinen Namen zu segnen, ehe du mit mir fertig bist!‹

Ich erinnerte mich, von seinem Fall gehört zu haben, denn er hatte einige Zeit vor meiner eigenen Verhaftung im ganzen Lande ungeheures Aufsehen erregt. Prendergast war ein Mann von guter Herkunft und großen Fähigkeiten, doch unheilbar lasterhaften Neigungen, der sich durch geniale Betrugsmanöver von den führenden Londoner Kaufleuten riesige Summen Geldes verschafft hatte.

›Aha, aha! Du erinnerst dich an meinen Fall?‹ sagte er stolz.

›Sehr gut, in der Tat.‹
›Dann erinnerst du dich vielleicht auch an etwas Sonderbares daran?‹
›Und was war das?‹
›Ich hatte fast eine Viertelmillion, nicht?‹
›So hieß es.‹
›Aber nichts wurde wiedergefunden, wie?‹
›Nein.‹
›Na, was meinst du, wo der Saldo ist?‹ fragte er.
›Ich habe keine Ahnung‹, sagte ich.
›Genau zwischen meinem Zeigefinger und meinem Daumen‹, rief er. ›Bei Gott, ich habe mehr Pfund in meinem Besitz als du Haare auf dem Kopf. Und wenn du Geld hast, mein Kleiner, und weißt, wie du damit umgehen und es streuen mußt, kannst du *alles* tun! Du hältst es doch nicht für wahrscheinlich, daß ein Mann, der alles tun könnte, sich im stinkenden Gefängnis eines rattenzernagten, ungezieferverseuchten, modrigen alten Sarges von Chinafahrer den Hosenboden durchwetzt? Nein, Sir, so ein Mann kümmert sich um sich selbst und kümmert sich um seine Kumpel. Darauf kannst du dich verlassen! Halt dich an ihn, und du kannst die Bibel darauf küssen, daß er dir durchhilft.‹
Das war seine Art zu reden, und zunächst dachte ich, es habe nichts zu bedeuten, doch nach einer Weile, als er mich auf die Probe gestellt und mit aller denkbaren Feierlichkeit in Eid und Pflicht genommen hatte, berichtete er mir von einem Komplott, das Schiff in die Gewalt zu bekommen. Ein Dutzend Gefangene hatten es ausgeheckt, bevor sie an Bord kamen; Prendergast war der Anführer und sein Geld die treibende Kraft.
›Ich hatte einen Partner‹, sagte er, ›einen selten guten Mann, so treu wie der Schaft dem Lauf. Er hat die Moneten, jawohl, und wo, glaubst du, ist er im Moment? Nun, er ist der Kaplan dieses Schiffs – der Kaplan, kein geringerer! Er kam an Bord in einem

schwarzen Anzug, mit richtigen Papieren und Geld genug in seiner Kiste, um den ganzen Kahn vom Kiel bis zum Flaggenknopf kurzerhand aufzukaufen. Die Mannschaft gehört ihm, mit Leib und Seele. Er konnte sie *en bloc* mit Kassaskonto kaufen, und das tat er, bevor sie noch angemustert hatten. Er hat zwei von den Schließern und Mercer, den zweiten Maat, und er würde auch den Kapitän selbst kriegen, wenn er meinte, es lohnt sich.‹

›Was sollen wir also tun?‹ fragte ich.

›Was denkst du denn?‹ sagte er. ›Wir werden die Röcke von einigen dieser Soldaten röter färben, als es der Schneider je getan hat.‹

›Aber sie sind bewaffnet‹, sagte ich.

›Genau das werden wir auch sein, mein Junge. Für jeden von uns gibt's ein paar Pistolen, und wenn wir, mit der Mannschaft im Rücken, dieses Schiff nicht einnehmen, wird es Zeit, daß man uns alle auf eine Schule für höhere Töchter schickt. Sprich heute nacht mit deinem Nebenmann zur Linken und stell fest, ob man ihm vertrauen kann.‹

Das tat ich und fand heraus, daß mein anderer Nebenmann ein Bursche in einer ganz ähnlichen Lage wie ich war, der sich einer Fälschung schuldig gemacht hatte. Sein Name war Evans, aber er änderte ihn hinterher wie ich und ist heute ein begüterter, erfolgreicher Mann im Süden Englands. Er war durchaus bereit, sich der Verschwörung als dem einzigen Mittel der Rettung anzuschließen, und bevor wir den Golf überquert hatten, gab es nur noch zwei Gefangene, die nicht in das Geheimnis eingeweiht waren. Einer war von schwachem Verstande, und wir wagten es nicht, ihn ins Vertrauen zu ziehen, und der andere litt an Gelbsucht und konnte uns von keinerlei Nutzen sein. Von Anfang an gab es eigentlich nichts, was uns hätte hindern können, von dem Schiff Besitz zu ergreifen.

Die Mannschaft war ein Haufen von Halsabschneidern, für das Vorhaben eigens ausgesucht. Der falsche Kaplan kam in unsere Zellen, um uns ins Gewissen zu reden, mit einer schwarzen Tasche, die angeblich voller Traktate war; und so oft kam er, daß bis zum dritten Tage jeder von uns am Fuße seines Lagers eine Feile, ein Paar Pistolen, ein Pfund Pulver und zwanzig Kugeln versteckt hatte.
Zwei der Schließer waren Agenten von Prendergast, und der zweite Maat war seine rechte Hand. Der Kapitän, die beiden Maate, zwei Schließer, Lieutenant Martin, seine achtzehn Soldaten und der Doktor waren alle, die wir gegen uns hatten. Doch so sicher die Sache auch war, beschlossen wir, keinerlei Vorsichtsmaßregel außer acht zu lassen und unseren Angriff überraschend des Nachts zu führen. Es kam indessen schneller dazu, als wir erwartet hatten, und zwar folgendermaßen:
Eines Abends, ungefähr in der dritten Woche nach unserer Abfahrt, war der Doktor nach unten gekommen, um nach einem kranken Gefangenen zu sehen, und fühlte, indem er die Hand auf das Fußende von dessen Koje legte, den Umriß der Pistolen. Hätte er geschwiegen, so hätte er die ganze Sache auffliegen lassen können; aber er war ein nervöser kleiner Mensch und stieß einen überraschten Schrei aus und wurde so bleich, daß der Mann sofort wußte, was los war und ihn festhielt. Er wurde geknebelt, bevor er Alarm auslösen konnte, und aufs Bett gefesselt. Er hatte die Luke, die auf Deck führte, entriegelt, und wir waren im Nu hindurch. Die beiden Wachen wurden niedergeschossen, desgleichen ein Korporal, der angelaufen kam, um nachzusehen, was vorging. Vor der Tür zum Passagierraum standen zwei weitere Soldaten, und ihre Musketen schienen nicht geladen zu sein, denn sie feuerten nicht auf uns und wurden niedergeschossen, während

sie versuchten, ihre Bajonette aufzupflanzen. Dann stürzten wir weiter in die Kapitänskajüte, aber als wir die Tür aufstießen, ertönte von drinnen ein Schuß, und da lag er, den Kopf auf der Atlantik-Karte, die auf den Tisch geheftet war, und der Kaplan stand, eine rauchende Pistole in der Hand, neben ihm. Die beiden Maate waren von der Mannschaft ergriffen worden, und so schien die ganze Geschichte ausgestanden zu sein.

Der Passagierraum lag neben der Kajüte, und wir drängten uns hinein und ließen uns auf die Polster fallen, alle durcheinander redend, denn wir waren schier von Sinnen von dem Gefühl, wieder frei zu sein. Überall waren Spinde, und Wilson, der falsche Kaplan, schlug einen davon ein und holte ein Dutzend Flaschen dunklen Sherry heraus. Wir brachen den Flaschen den Hals, schenkten das Gebräu in Krüge aus und stürzten sie gerade hinunter, als urplötzlich ohne Vorwarnung unsere Ohren vom Krachen von Musketen widerhallten und der Salon so voller Rauch stand, daß wir nicht mehr über den Tisch sehen konnten. Als der Rauch sich wieder verzog, schien der Raum ein Schlachtfeld. Wilson und acht andere wälzten sich übereinander auf dem Boden, und beim Gedanken an das Blut und den dunklen Sherry auf dem Tisch wird mir heute noch schlecht. Wir waren von dem Anblick so eingeschüchtert, daß wir die Sache wohl aufgegeben hätten, wenn Prendergast nicht gewesen wäre. Er brüllte wie ein Stier und stürzte, dicht gefolgt von allen, die noch am Leben waren, zur Tür. Wir rannten hinaus, und dort auf der Achterhütte standen der Lieutenant und zehn seiner Männer. Die Oberlichter über dem Salon-Tisch hatten ein wenig offengestanden, und sie hatten durch den Schlitz auf uns gefeuert. Wir kamen über sie, bevor sie nachladen konnten, und sie hielten sich wie Männer, doch wir gewannen die Oberhand, und in fünf Minuten war alles vorbei. Mein Gott! hat es je ein solches Schlachthaus wie dieses Schiff gegeben? Prendergast war wie ein rasender Teufel, und er hob die Soldaten auf, als seien es Kinder, und schleuderte sie über Bord, ob lebend oder tot. Da war ein Sergeant, der schrecklich verwundet war und doch überraschend lange weiterschwamm, bis ihn jemand aus Mitleid durch den Kopf schoß. Als der Kampf vorbei war, war von unseren Feinden keiner mehr übrig, ausgenommen die Schließer, die Maate und der Doktor.

Über sie nun kam es zum großen Streit. Viele von uns waren zwar froh, die Freiheit wiedererlangt zu haben, wollten aber keinen Mord auf ihr Gewissen laden. Es war eines, Soldaten niederzuhauen, welche ihre Musketen in der Hand hielten, und ein anderes war es, ruhig dabei zuzusehen, wie kalten Blutes Menschen ermordet wurden. Acht von uns, fünf Sträflinge und drei Seeleute, sagten, sie würden es nicht dulden. Aber Prendergast und seine Anhänger ließen sich nicht umstimmen. Unsere einzige Hoffnung auf Sicherheit läge darin, saubere Arbeit zu leisten, meinte er, und er werde keine Zunge übriglassen, die im Zeugenstand plaudern könnte. Beinahe hätten wir das Schicksal der Gefangenen geteilt, aber schließlich sagte er, wenn wir wollten, könnten wir ein Boot nehmen und gehen. Wir griffen mit beiden Händen nach diesem Angebot, denn wir waren dieser blutdürstigen Taten bereits überdrüssig und erkannten, daß es eher zu noch schlimmeren kommen würde. Wir bekamen jeder eine Garnitur Seemannskleider, ein Faß Wasser, zwei Fäßchen, eins mit Pökelfleisch und eins mit Schiffszwieback, und einen Kompaß. Prendergast warf uns eine Karte hinüber, sagte uns, wir seien schiffbrüchige Seeleute, deren Schiff auf 15° nördlicher Breite und 25° westlicher Länge untergegangen sei, kappte sodann die Fangleine und ließ uns ziehen.

Und nun komme ich zum erstaunlichsten Teil meiner Geschichte, mein lieber Sohn. Die Seeleute hatten die Fockrahe während der Erhebung back geholt, doch jetzt, wo wir sie verließen, braßten sie sie wieder vierkant, und da ein leichter Wind aus Nordosten wehte, begann die Bark langsam von uns abzuhalten. Unser Boot lag, sich hebend und senkend, auf der langen sanften Dünung, und Evans und ich, die die Gebildetsten in der Gruppe waren, saßen im Achterteil, rechneten unsere Position aus und überlegten, welche Küste wir ansteuern sollten. Das war eine schöne Frage, denn das Kap Verde lag etwa 500 Meilen nördlich von uns und die afrikanische Küste ungefähr 700 Meilen östlich. Alles in allem, und da der Wind aus Norden kam, dachten wir, Sierra Leone sei am besten, und nahmen Kurs darauf, wobei die Bark zu diesem Zeitpunkt weit entfernt auf unserer Steuerbordseite lag. Als wir zu ihr hinüberschauten, sahen wir plötzlich eine dichte schwarze Rauchwolke aus ihr emporschießen, die wie ein ungeheurer Baum über dem Horizont hing. Ein paar Sekunden später schlug es uns wie Donnergrollen an die Ohren, und als der Rauch sich verzog, war von der *Gloria Scott* nichts mehr zu sehen. Im Nu rissen wir den Bug des Bootes wieder herum und pullten mit aller Kraft zu der Stelle hin, wo der immer noch über dem Wasser treibende Dunst den Schauplatz dieser Katastrophe markierte.

Es verging eine lange Stunde, ehe wir sie erreichten, und zunächst befürchteten wir, wir seien zu spät gekommen, um noch jemanden zu retten. Ein geborstenes Boot und ein paar Kisten und Spierenteile, die auf den Wellen auf und ab tanzten, zeigten uns, wo das Schiff gesunken war, aber es war kein Lebenszeichen festzustellen, und wir hatten bereits ohne Hoffnung abgedreht, als wir einen Hilfeschrei hörten und in einiger Entfernung ein Wrackteil sahen, auf dem ausgestreckt ein Mann lag. Als wir ihn an Bord zogen, zeigte sich, daß es ein junger Matrose namens Hudson war, der so verbrannt und erschöpft war, daß er uns erst am nächsten Morgen berichten konnte, was vorgefallen war. Wie es schien, waren Prendergast und seine Bande nach unserer Abfahrt daran gegangen, die verbliebenen Gefangenen zu Tode zu bringen: Die beiden Schließer hatte man erschossen und über Bord geworfen, desgleichen den dritten Maat. Prendergast stieg sodann ins Zwischendeck hinab und schnitt mit eigener Hand dem unglücklichen Arzt die Kehle durch. Es blieb nur noch der erste Maat, der ein kühner und tatkräftiger Mann war. Als er den Verbrecher mit dem blutigen Messer in der Hand auf sich zutreten sah, warf er seine Fesseln ab, die er irgendwie zu lösen vermocht hatte, eilte das Deck hinunter und stürzte sich in den Achterraum.

Ein Dutzend Verbrecher, die auf der Suche nach ihm mit ihren Pistolen herabstiegen, fanden ihn mit einer Streichholzschachtel in der Hand neben einem offenen Pulverfaß sitzen – es war eines von hundert, die an Bord mitgeführt wurden –, und er schwor, er werde alle Mann in die Luft sprengen, wenn man ihn im geringsten bedränge. Einen Augenblick später ereignete sich die Explosion; Hudson meinte allerdings, sie sei eher durch die fehlgegangene Kugel eines der Verbrecher als durch das Streichholz des Maats ausgelöst worden. Was immer der Auslöser gewesen sein mag, sie bedeutete das Ende der *Gloria Scott* und des Gesindels, das sie in der Gewalt hatte.

Dies, mein lieber Junge, ist in wenigen Worten die Geschichte jener schrecklichen Affaire, in die ich verwikkelt war. Am nächsten Tag wurden wir von der Brigg *Hotspur* mit Kurs auf Australien aufgefischt, deren Kapitän es nicht schwierig fand zu glauben, wir seien die Überlebenden eines Passagierschiffes, das gesunken war. Das Transportschiff *Gloria Scott* wurde von der Admiralität als auf hoher See verschollen betrachtet, und es ist nie ein Wort über ihr wahres Schicksal durchgesickert. Nach einer vortrefflichen Reise setzte uns die *Hotspur* in Sydney an Land, wo Evans und ich unsere Namen änderten und uns zu den Goldfeldern aufmachten. Unter den Scharen, die aus allen Ländern zusammengeströmt waren, hatten wir keinerlei Schwierigkeiten, unsere frühere Identität zu verlieren. Den Rest brauche ich nicht zu erzählen. Wir kamen zu Wohlstand, wir reisten, wir kamen als reiche Kolonisten nach England zurück, und wir kauften Landsitze. Über zwanzig Jahre lang führten wir ein ruhiges, nützliches Leben und hofften, daß unsere Vergangenheit für immer begraben sei. Stell Dir also meine Gefühle vor, als ich in dem Seemann, der zu uns kam, sofort den Mann erkannte, der von dem Wrack aufgefischt worden war! Er hatte uns irgendwie aufgespürt und sich entschlossen, von unserer Furcht zu leben. Nun wirst Du verstehen, wie es kam, daß ich bestrebt war, Frieden mit ihm zu halten, und Du wirst in gewissem Maße mit mir fühlen angesichts der Ängste, die mich erfüllen, nun, da er mit Drohungen auf den Lippen von mir zu seinem anderen Opfer gegangen ist.

Darunter steht in einer Schrift, die so zittrig ist, daß man sie kaum lesen kann: ›Beddoes schreibt in Geheimschrift, daß H. alles gesagt hat. Gütiger Gott, sei unserer Seele gnädig!‹

Das war der Bericht, den ich in jener Nacht dem jungen Trevor vorlas, und ich denke, Watson, daß er unter den gegebenen Umständen recht dramatisch war. Dem guten Jungen hat es schier das Herz gebrochen, und er ist ausgewandert auf die Terai-Teeplantagen, wo er vorankommt, wie ich höre. Was den Seemann und Beddoes angeht, so hat man nach jenem Tage, an dem der Warnbrief geschrieben worden war, von keinem der beiden je wieder gehört. Sie verschwanden beide wie vom Erdboden. Bei der Polizei war keine Anzeige erstattet worden, so daß Beddoes eine Drohung als Tat mißverstanden hatte. Man hatte Hudson herumschleichen sehen, und die Polizei glaubte, er habe Beddoes aus dem Weg geräumt und sei geflohen. Ich für mein Teil glaube, daß es sich in Wahrheit genau umgekehrt verhält. Ich halte es für am wahrscheinlichsten, daß Beddoes, zur Verzweiflung getrieben und in dem Glauben, er sei schon verraten worden, sich an Hudson gerächt hat und mit soviel Geld, wie er gerade zusammenraffen konnte, außer Landes geflohen ist. Das sind die Tatsachen des Falles, Doktor, und wenn sie Ihrer Kollektion irgendwie von Nutzen sind, so stehen sie Ihnen gewiß von Herzen gern zur Verfügung.«

DAS MUSGRAVE-RITUAL

EINE Anomalie, die mir am Charakter meines Freundes Sherlock Holmes häufig auffiel, bestand darin, daß, obgleich er in seinen Denkmethoden der allerpenibelste und methodischste Mensch war und obgleich er sich außerdem bei seiner Kleidung einer gewissen ruhigen Säuberlichkeit befleißigte, er nichtsdestotrotz in seinen persönlichen Gewohnheiten einer der unordentlichsten Menschen war, die je einen Mitbewohner rasend gemacht haben. Nicht daß ich selbst in dieser Hinsicht im mindesten konventionell wäre. Die ungestüme Zeit in Afghanistan im Verein mit meinem angeborenen Hang zum Bohemien haben mich eher laxer gemacht, als es einem Mediziner ansteht. Aber bei mir gibt es eine Grenze, und wenn ich einen Mann sehe, der seine Zigarren im Kohleneimer aufbewahrt, seinen Tabak in der Spitze eines persischen Pantoffels und seine unerledigte Korrespondenz aufgespießt mit einem Klappmesser genau in der Mitte seines hölzernen Kaminsimses, dann beginne ich mir wie ein Ausbund von Tugend vorzukommen. Ich habe überdies stets die Ansicht vertreten, daß das Pistolenschießen ganz entschieden ein Freiluft-Zeitvertreib sein sollte; und wenn Holmes in einer seiner sonderbaren Anwandlungen mit seiner Stechschloßpistole und einhundert Boxer-Patronen in einem Sessel saß und daran ging, die gegenüberliegende Wand mit einem patriotischen V. R. aus Einschußlöchern zu verzieren, dann hatte ich das starke Gefühl, daß weder die Atmosphäre noch das Erscheinungsbild unseres Zimmers dadurch gewann.

Unsere Zimmer waren ständig voller Chemikalien und krimineller Reliquien, die die Eigenart hatten, sich zwischen den unwahrscheinlichsten Standorten zu bewegen und in der Butterdose oder an noch weniger wünschenswerten Stellen aufzutauchen. Aber seine Papiere waren meine große Krux. Er hatte einen Horror davor, Dokumente zu vernichten, besonders jene, die mit seinen früheren Fällen zusammenhingen, und doch brachte er nur alle ein, zwei Jahre einmal die Energie auf, sie zu beschriften und zu ordnen, denn, wie ich irgendwo in diesen zusammenhanglosen Memoiren erwähnt habe, den Ausbrüchen leidenschaftlicher Energie, wenn er die bemerkenswerten, mit seinem Namen verbundenen Taten vollbrachte, folgten Reaktionen von Lethargie, in deren Verlauf er mit seiner Violine und seinen Büchern herumzuliegen pflegte und sich kaum rührte, es sei denn vom Sofa zum Tisch. So häuften sich seine Papiere Monat um Monat an, bis sich in jeder Ecke des Zimmers bündelweise Handschriftliches stapelte, das unter keinen Umständen verbrannt werden durfte und ausschließlich von seinem Besitzer weggeräumt werden konnte.

Eines Winterabends, als wir zusammen am Kamin saßen, erlaubte ich mir, ihm vorzuschlagen, er möge doch, da er damit fertig sei, Zeitungsausschnitte in sein Kollektaneenbuch zu kleben, die nächsten beiden Stunden daran wenden, unser Zimmer ein wenig wohnlicher zu machen. Er konnte die Billigkeit meines Wunsches nicht bestreiten, und so ging er mit recht kläglichem Gesicht in sein Schlafzimmer, aus dem er, eine große Blechkiste hinter sich herziehend, sogleich wieder auftauchte. Diese stellte er mitten im Zimmer ab, kauerte sich auf einen Hocker davor und klappte den Deckel auf. Ich konnte sehen, daß sie bereits zu einem Drittel mit gebündelten Papieren gefüllt war, die mit rotem Band zu verschiedenen Päckchen verschnürt waren.

»Hier sind doch schon genügend Fälle, Watson«, sagte er, mich aus schalkhaften Augen anblickend. »Ich glaube, wenn Sie alles kennten, was ich in dieser Kiste habe, würden Sie mich bitten, einige herauszuholen, anstatt andere hineinzutun.«

»Dann sind das also Aufzeichnungen Ihrer frühen Tätigkeit?« fragte ich. »Ich habe mir oft gewünscht, ich hätte Notizen von diesen Fällen.«

»Ja, mein Bester; das war alles zu früh, noch bevor mein

Biograph gekommen war, mich zu verherrlichen.« Er hob auf fast liebevolle, zärtliche Art und Weise ein Bündel nach dem anderen auf. »Es sind nicht alles Erfolge, Watson«, sagte er, »aber es gibt ein paar hübsche kleine Probleme darunter. Das hier ist der Bericht von den Tarleton-Morden, und der Fall von Vamberry, dem Weinhändler, und das Abenteuer der alten russischen Frau und die einzigartige Affaire der Aluminiumkrücke, wie auch ein vollständiger Bericht über Ricoletti mit dem Klumpfuß und seine abscheuliche Frau. Und hier – ah, sieh da! Das ist wirklich etwas Exquisites.«

Er fuhr mit dem Arm bis auf den Boden des Kastens und brachte eine kleine Holzkiste mit einem Schiebedeckel zum Vorschein, wie man sie zur Aufbewahrung von Kinderspielzeug verwendet. Aus ihr holte er ein zerknittertes Stück Papier, einen altmodischen Messingschlüssel, einen Holzpflock mit einem daran befestigten Bindfadenknäuel und drei rostige alte Metallscheiben.

»Nun, mein Bester, was halten Sie von diesem Kram?« fragte er mit einem Lächeln über meinen Gesichtsausdruck.

»Es ist eine merkwürdige Kollektion.«

»Sehr merkwürdig, und die Geschichte, die daran hängt, werden Sie als noch merkwürdiger empfinden.«

»Dann haben diese Gegenstände eine Geschichte?«

»So sehr, daß sie Geschichte *sind*.«

»Was meinen Sie damit?«

Sherlock Holmes hob einen nach dem anderen auf und breitete sie entlang der Tischkante aus. Dann setzte er sich wieder auf seinen Stuhl und blickte mit einem befriedigten Leuchten in den Augen über sie hin.

»Das«, sagte er, »ist alles, was mir zur Erinnerung an die Episode des Musgrave-Rituals geblieben ist.«

Ich hatte ihn den Fall mehr als einmal erwähnen hören, war jedoch nie in der Lage gewesen, Einzelheiten in Erfahrung zu bringen.

»Ich würde mich sehr freuen«, sagte ich, »wenn Sie mir einen Bericht darüber gäben.«

»Und das Durcheinander so lassen, wie es ist?« rief er boshaft. »Ihr Sauberkeitsbedürfnis darf nicht mehr strapaziert werden, Watson. Aber es würde mich freuen, wenn Sie diesen Fall in Ihre Annalen aufnähmen, denn es gibt Umstände daran, die ihn ziemlich einzigartig machen in der Kriminalgeschichte dieses oder, wie ich glaube, eines jeden anderen Landes. Eine Sammlung meiner geringfügigen Leistungen, die keinen Bericht von dieser höchst ungewöhnlichen Angelegenheit enthielte, wäre gewiß unvollständig.

Sie erinnern sich vielleicht, Watson, wie die *Gloria Scott*-Affaire und meine Unterredung mit dem unglücklichen Mann, dessen Schicksal ich Ihnen geschildert habe, meine Aufmerksamkeit zum ersten Mal auf den Beruf hinlenkte, der zu meiner Lebensaufgabe geworden ist. Sie sehen mich jetzt, da mein Name weit herum bekannt geworden ist und ich von der Öffentlichkeit wie auch von den amtlichen Stellen allgemein als letztes Appellationsgericht in zweifelhaften Fällen anerkannt werde. Selbst als Sie mich kennenlernten, zur Zeit der Affaire, die Sie in ›Eine Studie in Scharlachrot‹ überliefert haben, hatte ich bereits beachtliche, wenn auch nicht sehr lukrative Geschäftsverbindungen etabliert. Sie können sich also kaum vorstellen, wie schwierig ich es zunächst fand und wie lange ich warten mußte, ehe mir irgendwelche Fortschritte gelangen.

Als ich zum ersten Mal nach London kam, hatte ich Räume in der Montague Street, einen Katzensprung vom British Museum, und dort wartete ich und füllte meine nur allzu reichlich bemessene Freizeit mit dem Studium all jener Wissenschaftszweige aus, die mich noch leistungsfähiger machen mochten. Dann und wann kamen mir Fälle unter, hauptsächlich durch Vermittlung ehemaliger Kommilitonen, denn es hatte während meiner letzten Jahre an der Universität einiges Gerede über mich und meine Methoden gegeben. Der dritte dieser Fälle war der des Musgrave-Rituals; und diese einzigartige Kette von Ereignissen und die, wie sich herausstellte, großen Dinge, die auf dem Spiele standen, haben ein

Interesse erregt, das meinen ersten Schritt hin zu der Position bedeutete, die ich heute innehabe.

Reginald Musgrave war im gleichen College gewesen wie ich, und ich war flüchtig mit ihm bekannt. Er war bei den Nichtgraduierten nicht allgemein beliebt, obgleich es mir immer so schien, als wolle er mit seinem vermeintlichen Stolz in Wirklichkeit eine sehr große angeborene Schüchternheit verbergen. Seinem Äußeren nach war er ein Mann von überaus aristokratischem Typ, dünn, mit ausgeprägter Nase, großen Augen und mattem, aber gepflegtem Gebaren. Er war in der Tat ein Sproß einer der allerältesten Familien des Königreiches, obgleich er einer Nebenlinie entstammte, die sich irgendwann im sechzehnten Jahrhundert von den nördlichen Musgraves abgespalten und im Westen von Sussex niedergelassen hat, wo das Herrenhaus von Hurlstone vielleicht das älteste bewohnte Gebäude der Grafschaft ist. Dem Manne schien etwas von seinem Geburtshaus anzuhaften, und nie sah ich sein bleiches, scharfgeschnittenes Gesicht oder seine Kopfhaltung an, ohne ihn mit grauen Bogengängen und Fenstern mit Stabwerk und all den ehrwürdigen Trümmern eines Lehenssitzes in Verbindung zu bringen. Dann und wann kamen wir ins Gespräch, und ich entsinne mich, daß er mehr als einmal eifriges Interesse an meinen Methoden der Beobachtung und Schlußfolgerung bekundete.

Vier Jahre lang hatte ich nichts von ihm gesehen, bis er eines Morgens mein Zimmer in der Montague Street betrat. Er hatte sich wenig verändert, war gekleidet wie ein junger Mann von Lebensart – er hatte schon immer etwas von einem Dandy an sich gehabt –, und hatte auch die ruhige, verbindliche Art bewahrt, die ihn früher ausgezeichnet hatte.

›Wie ist es Ihnen so ergangen, Musgrave?‹ fragte ich, nachdem wir einander herzlich die Hand geschüttelt hatten.

›Sie haben wahrscheinlich vom Tode meines armen Vaters gehört‹, sagte er. ›Er wurde vor etwa zwei Jahren zu Grabe getragen. Seither habe natürlich ich die Güter von Hurlstone zu verwalten, und da ich außerdem Abgeordneter meines

Wahlkreises bin, ist mein Leben ein arbeitsreiches; aber wie ich höre, Holmes, machen Sie jene Fähigkeiten, mit denen Sie uns zu verblüffen pflegten, praktischen Zwecken dienstbar.‹

›Ja‹, sagte ich, ›ich habe mich darauf verlegt, von meinem Verstand zu leben.‹

›Es freut mich, das zu hören, denn Ihr Rat wäre mir im Augenblick überaus wertvoll. Wir haben in Hurlstone einige sehr seltsame Vorfälle erlebt, und die Polizei hat kein Licht in die Sache bringen können. Es ist wirklich eine höchst ungewöhnliche und unerklärliche Geschichte!‹

Sie können sich vorstellen, mit welchem Eifer ich ihm zuhörte, Watson, denn genau die Chance, nach der ich während all der Monate der Untätigkeit gelechzt hatte, schien in Reichweite gekommen zu sein. Im tiefsten Inneren glaubte ich, daß ich Erfolg haben könnte, wo andere scheiterten, und jetzt hatte ich Gelegenheit, mich zu erproben.

›Bitte teilen Sie mir doch die Einzelheiten mit‹, rief ich.

Reginald Musgrave setzte sich mir gegenüber und zündete die Zigarette an, die ich ihm hingeschoben hatte.

›Sie müssen wissen‹, sagte er, ›daß ich zwar Junggeselle bin, in Hurlstone aber eine ansehnliche Zahl von Dienstboten beschäftige, denn es ist ein weitläufiges altes Gebäude, um das man sich ziemlich kümmern muß. Ich hege außerdem Wild und habe während der Fasanen-Monate gewöhnlich eine Jagdgesellschaft im Haus, so daß es nicht anginge, wenig Personal zu haben. Insgesamt gibt es acht Hausmädchen, den Koch, den Butler, zwei Diener und einen Boy. Der Garten und die Ställe haben natürlich ihr eigenes Personal.

Von diesen Leuten stand Brunton, der Butler, am längsten in unseren Diensten. Er war ein junger, stellungsloser Schulmeister, als er damals von meinem Vater eingestellt wurde, doch als ein Mann von großer Energie und von Charakter wurde er im Haushalt bald unentbehrlich. Er war ein gutgewachsener, schmucker Mann mit einer hohen Stirn, und obgleich er seit zwanzig Jahren bei uns ist, kann er nicht älter als vierzig sein. Bei seinen persönlichen Vorzügen und seinen außergewöhnlichen Gaben, denn er spricht verschiedene Sprachen und spielt fast jedes Musikinstrument, ist es verwunderlich, daß er sich so lange mit einer derartigen Position zufrieden gab, aber ich nehme an, er fühlte sich wohl und es fehlte ihm an Antrieb, sich zu verändern. An den Butler von Hurlstone erinnern sich stets alle, die uns besuchen kommen.

Doch hat dieses Muster an Vollkommenheit einen Fehler. Er hat etwas von einem Don Juan, und Sie können sich vorstellen, daß diese Rolle in einem ruhigen, ländlichen Distrikt für ihn nicht eben schwer zu spielen ist.

Solange er verheiratet war, hatte alles seine Ordnung, doch seit er Witwer ist, haben wir unablässig Ärger mit ihm gehabt. Vor ein paar Monaten ergingen wir uns in Hoffnungen, er werde wieder einen Hausstand gründen, denn er verlobte sich mit Rachel Howells, dem zweiten Hausmädchen, doch er hat sie mittlerweile sitzen lassen und mit Janet Tregellis angebändelt, der Tochter des obersten Wildhüters. Rachel, ein sehr gutes Mädchen, jedoch von reizbarem, walisischem Temperament, hatte einen heftigen Anfall von Gehirnfieber und wandelt seither durchs Haus – oder tat es bis gestern – wie ein schwarzäugiger Schatten ihres früheren Selbst. Das war unser erstes Drama in Hurlstone, doch ein zweites kam und verdrängte es aus unseren Gedanken, und ihm voraus gingen die Schande und Entlassung des Butlers Brunton.

Das kam folgendermaßen. Ich habe gesagt, daß der Mann intelligent ist, und eben diese Intelligenz brachte ihn zu Fall, denn sie scheint zu einer unersättlichen Neugier auf Dinge geführt zu haben, die ihn überhaupt nichts angingen. Ich hatte keine Ahnung, wie weit er sich hinreißen ließ, bis mir der bloße Zufall die Augen öffnete.

Ich habe erwähnt, daß das Haus weitläufig ist. Eines Nachts vergangene Woche – Donnerstag nacht, um genauer zu sein – stellte ich fest, daß ich nicht schlafen konnte, da ich nach dem Dinner törichterweise eine Tasse starken *café noir* zu mir genommen hatte. Nachdem ich bis zwei Uhr morgens dagegen angekämpft hatte, kam es mir ziemlich hoffnungslos vor, und so stand ich auf und zündete die Kerze an, in der Absicht, mit einem angelesenen Roman fortzufahren. Das Buch war allerdings im Billard-Zimmer liegengeblieben, und so zog ich meinen Morgenrock an und machte mich dorthin auf.

Auf dem Weg mußte ich eine Treppenflucht hinabsteigen und das obere Ende des Flurs durchqueren, der zur Bibliothek und zur Waffenkammer führt. Sie können sich meine Überraschung vorstellen, als ich bei einem Blick in diesen Korridor aus der offenen Tür der Bibliothek einen Lichtschimmer fallen sah. Ich hatte selbst die Lampe gelöscht und die Tür geschlossen, bevor ich zu Bett ging. Natürlich dachte ich zuerst an Einbrecher. Die Wände der Korridore in Hurlstone sind allenthalben mit erbeuteten alten Waffen geschmückt. Ich griff mir also eine Streitaxt, schlich dann ohne meine Kerze auf Zehenspitzen den Flur entlang und lugte durch die offene Tür.

Brunton, der Butler, war in der Bibliothek. Er saß vollständig angekleidet in einem Sessel, ein Stück Papier, das wie eine Karte aussah, auf dem Knie und die Stirn tief in Gedanken auf die Hand gestützt. Eine kleine Kerze auf der Tischkante warf ein schwaches Licht, das ausreichte, mir zu zeigen, daß er vollständig angekleidet war. Plötzlich, während ich noch hinsah, stand er von seinem Sessel auf, ging zu einem Schreibtisch an der Seite und zog eine der Schubladen heraus. Dieser entnahm er ein Papier, kehrte auf seinen Platz zurück, breitete es neben der Kerze an der Tischkante aus und begann es mit peinlichster Sorgfalt zu studieren. Entrüstet ob dieser gelassenen Durchforschung unserer Familiendokumente machte ich einen Schritt nach vorn, Brunton blickte auf und sah mich in der Tür stehen. Er sprang auf, sein Gesicht wurde leichenblaß vor Angst, und er stopfte sich das kartenähnliche Papier, das er anfänglich studiert hatte, in die Brusttasche.

'Aha!' sagte ich, 'so also vergelten Sie das Vertrauen, das wir in Sie gesetzt haben! Sie werden morgen aus meinen Diensten ausscheiden.'

Er verneigte sich mit der Miene eines Menschen, der vollkommen niedergeschmettert ist, und schlich ohne ein Wort an mir vorbei. Seine Kerze stand noch auf dem Tisch, und bei ihrem Licht sah ich nach, welches Papier Brunton aus dem Schreibtisch genommen hatte. Zu meiner Überraschung war es nichts von Bedeutung, sondern einfach eine Abschrift der Fragen und Antworten des eigentümlichen alten Brauchs, den man das Musgrave-Ritual nennt. Es ist so etwas wie eine Zeremonie, die unserer Familie eigen ist und der sich seit Jahrhunderten jeder Musgrave bei Erreichen der Volljährigkeit unterzogen hat – eine Sache von privatem Interesse und vielleicht von einer geringen Bedeutung für den Altertumsforscher, wie unsere Wappenschilde und -bilder, doch von keinerlei praktischem Nutzen.‹

›Wir kommen besser später noch auf das Papier zurück‹, sagte ich.

›Wenn Sie es wirklich für notwendig halten‹, antwortete er mit einigem Zögern.

›Um jedoch mit meiner Schilderung fortzufahren: Ich verschloß den Schreibtisch wieder mit dem Schlüssel, den Brunton zurückgelassen hatte, und hatte mich zum Gehen gewandt, als ich überrascht feststellte, daß der Butler zurückgekehrt war und vor mir stand.

'Mr. Musgrave, Sir', rief er mit einer Stimme, die vor Erregung heiser war, 'Schande kann ich nicht ertragen, Sir. Ich war immer stolzer, als es meinem Rang im Leben entsprach, und die Schande würde mich umbringen. Mein Blut wird über Sie kommen, Sir – ja, wirklich – wenn Sie mich zur Verzweiflung treiben. Wenn Sie mich nach dem, was passiert ist, nicht behalten können, dann lassen Sie mich Ihnen um Gottes willen kündigen und in einem Monat gehen, als täte ich es aus freien Stücken. Das könnte ich ertragen, Mr. Musgrave, aber nicht, vor allen Leuten, die ich so gut kenne, hinausgeworfen zu werden.'

'Sie verdienen nicht viel Rücksicht, Brunton', antwortete ich. 'Ihr Verhalten war äußerst infam. Da Sie jedoch lange Zeit in der Familie waren, möchte ich nicht öffentlich Schande über Sie bringen. Ein Monat ist allerdings zu lang. Machen Sie sich in einer Woche davon, und geben Sie als Grund an, was immer Sie wollen.'

'Nur eine Woche, Sir?' rief er mit verzweifelter Stimme. 'Vierzehn Tage – geben Sie mir zumindest vierzehn Tage.'

'Eine Woche', wiederholte ich, 'und Sie können sich glücklich schätzen, so milde behandelt zu werden.'

Mit auf die Brust gesunkenem Gesicht schlich er wie ein gebrochener Mann davon, während ich das Licht löschte und in mein Zimmer zurückkehrte.

Die nächsten beiden Tage war Brunton höchst beflissen. Ich machte keine Anspielung auf das Geschehene und wartete mit einer gewissen Neugier ab, wie er seine Schande verbergen würde. Am dritten Morgen jedoch erschien er entgegen seiner Gewohnheit nicht, um nach dem Frühstück meine Anweisungen für den Tag entgegenzunehmen. Als ich aus dem Eßzimmer ging, begegnete ich zufällig Rachel Howells, dem Hausmädchen. Ich habe Ihnen gesagt, daß sie erst kürzlich von einer Krankheit genesen war, und sie sah so erbärmlich blaß und kränklich aus, daß ich ihr Vorwürfe machte, weil sie bei der Arbeit war.

'Sie gehören ins Bett', sagte ich. 'Nehmen Sie Ihren Dienst erst dann wieder auf, wenn Sie kräftiger sind.'

Sie blickte mich mit so seltsamer Miene an, daß ich zu argwöhnen begann, ihr Gehirn sei angegriffen.

'Ich bin kräftig genug, Mr. Musgrave', sagte sie.

'Wir wollen sehen, was der Doktor sagt', sagte ich. 'Sie müssen jetzt aufhören zu arbeiten, und wenn Sie nach unten gehen, dann richten Sie einfach aus, daß ich Brunton sprechen möchte.'

'Der Butler ist verschwunden', sagte sie.

'Verschwunden! Wohin verschwunden?'

'Er ist verschwunden. Keiner hat ihn gesehen. Er ist nicht auf seinem Zimmer. O ja, er ist verschwunden – verschwunden!' Sie fiel mit gellendem Gelächter rückwärts gegen die Wand, während ich, von diesem plötzlichen hysterischen Anfall entsetzt, zur Glocke stürzte, um Hilfe herbeizurufen. Das Mädchen wurde, immer noch schreiend und schluchzend, auf ihr Zimmer gebracht, während ich mich nach Brunton erkundigte. Es gab keinen Zweifel daran, daß er verschwunden war. Sein Bett war unberührt; er war von niemandem gesehen worden, seit er sich am Abend zuvor in sein Zimmer zurückgezogen hatte; und doch war es schwer zu verstehen, wie er das Haus hatte verlassen können, da man am Vormittag feststellte, daß Fenster wie Türen verriegelt waren. Seine Kleider, seine Uhr und sogar sein Geld befanden sich in seinem Zimmer – doch der schwarze Anzug, den er gewöhnlich trug, fehlte. Auch seine Pantoffeln waren verschwunden, doch seine Stiefel waren zurückgelassen worden. Wohin also konnte der Butler Brunton in der Nacht gegangen und was konnte mittlerweile mit ihm geschehen sein?

Natürlich durchsuchten wir das Haus vom Keller bis zum First, aber es fand sich keine Spur von ihm. Es ist, wie ich Ihnen sagte, ein Labyrinth von einem alten Haus, besonders der ursprüngliche Flügel, der heute praktisch unbewohnt ist, aber wir durchstöberten jeden Raum und jede Dachstube, ohne auch nur das geringste Zeichen des vermißten Mannes zu entdecken. Es kam mir unglaublich vor, daß er gegangen war und all seine Habe zurückgelassen hatte, doch wo konnte er sein? Ich zog die örtliche Polizei hinzu, doch ohne Erfolg. In der Nacht zuvor war Regen gefallen, und wir untersuchten den Rasen und die Wege ums ganze Haus, indes vergeblich. So stand die Sache, als eine neue Entwicklung unsere Aufmerksamkeit ganz von dem ursprünglichen Rätsel ablenkte.

Zwei Tage lang war Rachel Howells so krank, bisweilen delirierend, bisweilen hysterisch, daß eine Schwester angestellt worden war, die nachts bei ihr wachen sollte. In der dritten Nacht nach Bruntons Verschwinden war die Schwester, nachdem sie ihre Patientin ruhig schlafen sah, in ihrem Sessel eingenickt; als sie frühmorgens erwachte, fand sie das Bett leer, das Fenster offen und keine Spur von der Leidenden. Ich wurde sofort geweckt und machte mich mit den beiden

Dienern auf die Suche nach dem vermißten Mädchen. Es war nicht schwierig festzustellen, welche Richtung sie eingeschlagen hatte, denn wir konnten, unter ihrem Fenster beginnend, ihre Fußspuren ohne weiteres über den Rasen bis zum Rand des Weihers verfolgen, wo sie dicht bei dem Kiesweg, der aus dem Grundstück herausführt, verschwanden. Der Teich ist dort acht Fuß tief, und Sie können sich unsere Gefühle vorstellen, als wir sahen, daß die Spur des armen, geisteskranken Mädchens an seinem Ufer endete.

Natürlich holten wir sofort die Dreggen und machten uns daran, die irdischen Überreste zu bergen; doch wir konnten keine Spur von dem Leichnam finden. Andererseits förderten wir einen Gegenstand von höchst unerwarteter Art zutage. Es war ein Leinenbeutel, der einen Brocken alten, rostigen und verfärbten Metalls und einige mattfarbene Kiesel- oder Glasstücke enthielt. Dieser seltsame Fund war alles, was wir aus dem Weiher herausholen konnten, und obgleich wir gestern jede menschenmögliche Suche und Nachforschung angestellt haben, wissen wir weder etwas von dem Schicksal von Rachel Howells noch von dem von Richard Brunton. Die Grafschaftspolizei ist mit ihrem Latein am Ende, und ich bin zu Ihnen als letztem Ausweg gekommen.‹

Sie können sich vorstellen, Watson, mit welchem Eifer ich dieser außergewöhnlichen Folge von Ereignissen lauschte, sie zusammenzustückeln und einen roten Faden ausfindig zu machen versuchte.

Der Butler war verschwunden. Das Mädchen war verschwunden. Das Mädchen hatte den Butler geliebt, doch später Grund gehabt, ihn zu hassen. Sie war von walisischem Blut, hitzig und leidenschaftlich. Sie war unmittelbar nach seinem Verschwinden schrecklich erregt gewesen. Sie hatte eine Tasche mit merkwürdigem Inhalt in den Teich geworfen. Das alles waren Umstände, die erwogen werden mußten, und doch wies keiner direkt auf den Kern der Sache hin. Was war der Ausgangspunkt dieser Ereigniskette? Dort lag das Ende dieses verwickelten Fadens.

›Ich muß dieses Papier sehen, Musgrave‹, sagte ich, ›das dieser Butler einzusehen für wert hielt, auch auf die Gefahr hin, seine Stelle zu verlieren.‹

›Es ist eine eher absurde Sache, unser Ritual‹, antwortete er, ›doch man muß ihm zumindest sein höchst ehrwürdiges Alter zugute halten. Ich habe eine Abschrift der Fragen und Antworten hier, wenn Sie einen Blick darauf werfen möchten.‹

Er reichte mir eben das Papier, das ich hier habe, Watson, und das ist der seltsame Katechismus, dem sich jeder Musgrave unterziehen mußte, wenn er das Mannesalter erreichte. Ich lese Ihnen die Fragen und Antworten vor, wie sie hier stehen:

›Wem gehörte sie?‹

›Ihm, der nicht mehr ist.‹

›Wer soll sie haben?‹

›Er, der da kommen wird.‹

›Welches war der Monat?‹

›Der sechste vom ersten an.‹

›Wo war die Sonne?‹

›Über der Eiche.‹

›Wo war der Schatten?‹

›Unter der Ulme.‹

›Wie schritt man ab?‹

›Nach Norden um zehn, um zehn, nach Osten um fünf, um fünf, nach Süden um zwei, um zwei, nach Westen um eins, um eins, sodann hinab.‹

›Was werden wir dafür geben?‹

›Alles, was unser.‹

›Warum sollen wir es geben?‹

›Um des Vertrauens willen.‹

›Das Original trägt kein Datum, aber es ist in der Orthographie des siebzehnten Jahrhunderts geschrieben‹, bemerkte Musgrave. ›Ich fürchte allerdings, es kann Ihnen bei der Lösung dieses Rätsels nicht von großem Nutzen sein.‹

›Zumindest‹, sagte ich, ›gibt es uns ein weiteres Rätsel auf, zudem ein noch interessanteres als das erste. Mag sein, daß sich die Lösung des einen auch als Lösung des anderen erweist. Sie werden es mir nachsehen, Musgrave, wenn ich sage, daß Ihr Butler mir ein sehr gescheiter Mann gewesen zu sein und tiefere Einsicht gehabt zu haben scheint als zehn Generationen seiner Herren.‹

›Ich kann Ihnen nicht folgen‹, sagte Musgrave. ›Das Papier scheint mir von keinerlei praktischer Bedeutung zu sein.‹

›Aber mir scheint es überaus praktisch, und ich stelle mir vor, daß Brunton der gleichen Ansicht war. Er hat es wahrscheinlich schon vor der Nacht gesehen, in der Sie ihn ertappten.‹

›Das ist durchaus möglich. Wir gaben uns keine Mühe, es zu verstecken.‹

›Er wollte, stelle ich mir vor, bei dieser letzten Gelegenheit einfach sein Gedächtnis auffrischen. Er hatte, wie ich höre, so etwas wie eine Karte oder einen Plan, den er mit dem Manuskript verglich und in die Tasche steckte, als Sie auftauchten?‹

›Das stimmt. Aber was könnte er mit diesem alten Familienbrauch von uns zu schaffen haben, und was bedeutet dieser Humbug?‹

›Ich glaube nicht, daß wir große Schwierigkeiten haben sollten, das festzustellen‹, sagte ich. ›Mit Ihrer Erlaubnis werden wir den ersten Zug nach Sussex nehmen und an Ort und Stelle ein wenig tiefer in die Sache eindringen.‹

Der gleiche Nachmittag sah uns beide in Hurlstone. Möglicherweise haben Sie Bilder von dem berühmten alten Gebäude gesehen und Beschreibungen davon gelesen, und so möchte ich nichts weiter sagen, als daß es in Form eines L gebaut ist, wobei der lange Arm der modernere Teil ist und der kürzere der alte Kern, aus dem der andere hervorgegangen ist. Über der niedrigen Tür mit dem wuchtigen Sturz in der Mitte dieses alten Teils ist die Jahreszahl 1607 eingemeißelt, doch die Fachleute stimmen darin überein, daß die Balken und das Mauerwerk in Wirklichkeit viel älter sind. Die ungeheuer dikken Mauern und winzigen Fenster dieses Teils hatten im vergangenen Jahrhundert die Familie veranlaßt, den neuen Flügel zu bauen, und der alte wurde darauf, wenn überhaupt, als Lagerhaus und Keller genutzt. Ein herrlicher Park mit schönen alten Bäumen umgab das Haus, und der Teich, den mein Klient erwähnt hatte, lag dicht neben der Auffahrt, etwa zweihundert Yards vom Gebäude entfernt.

Ich war bereits fest davon überzeugt, Watson, daß hier keine drei verschiedenen Rätsel vorlagen und daß ich mit der richtigen Deutung des Musgrave-Rituals den Schlüssel in der Hand hätte, der mich zur Wahrheit über den Butler Brunton wie auch das Mädchen Howells führen würde. Daran wandte ich somit alle meine Energien. Warum mochte dieser Bedienstete so eifrig bestrebt sein, diese alte Formel zu lösen? Offensichtlich weil er etwas darin erkannte, was all jenen Generationen von Landjunkern entgangen war und wovon er sich irgendeinen persönlichen Vorteil erhoffte. Was also war das, und wie hatte es sein Schicksal beeinflußt?

Es war mir beim Lesen des Rituals vollkommen klar, daß die Abmessungen sich auf irgendeine Stelle beziehen mußten, auf die der Rest des Dokuments anspielte; gelang es uns, diese Stelle zu finden, so waren wir auf dem besten Wege zum Geheimnis der alten Musgraves, das sie auf so kuriose Weise vor der Vergessenheit zu bewahren suchten. Es gab zwei Ausgangspunkte, eine Eiche und eine Ulme. Was die Eiche anging, konnte überhaupt kein Zweifel bestehen. Direkt vor dem Haus stand links von der Auffahrt ein Patriarch ihrer Gattung, einer der prächtigsten Bäume, die ich je gesehen habe.

›War sie schon da, als Ihr Ritual abgefaßt wurde?‹ sagte ich, als wir daran vorbeifuhren.

›Sie war schon bei der Normannischen Eroberung da, aller Wahrscheinlichkeit nach‹, antwortete er. ›Sie hat einen Umfang von 23 Fuß.‹

Somit war einer meiner Fixpunkte gesichert.

›Haben Sie irgendwelche alten Ulmen?‹ fragte ich.

›Dort drüben gab es einmal eine sehr alte, aber sie wurde vor zehn Jahren vom Blitz getroffen, und wir fällten den Stumpf.‹

›Kann man erkennen, wo sie einmal stand?‹

›O ja.‹

›Es gibt keine anderen Ulmen?‹

›Keine alten, aber viele Buchen.‹

›Ich würde gern sehen, wo sie wuchs.‹

Wir waren in einem Einspänner vorgefahren, und mein Klient führte mich, ohne daß wir das Haus betraten, sogleich zu der Narbe auf dem Rasen, wo die Ulme gestanden hatte. Meine Untersuchung schien Fortschritte zu machen.

›Ich nehme an, es ist unmöglich, herauszufinden, wie hoch die Ulme war?‹ fragte ich.

›Das kann ich Ihnen sofort sagen. Sie betrug 64 Fuß.‹

›Wie kommt es, daß Sie das wissen?‹ fragte ich überrascht.

›Wenn mein damaliger Hauslehrer mir eine Aufgabe in Trigonometrie zu stellen pflegte, so geschah das stets in Form einer Höhenmessung. Als ich ein Junge war, habe ich jeden Baum und jedes Gebäude auf der Besitzung berechnet.‹

Das war ein unerwarteter Glücksfall. Meine Daten ergaben sich rascher, als ich vernünftigerweise hatte hoffen können.

›Sagen Sie‹, fragte ich, ›hat Ihr Butler Ihnen jemals eine derartige Frage gestellt?‹

Reginald Musgrave sah mich voller Erstaunen an. ›Jetzt, wo Sie mich daran erinnern‹, sagte er, ›Brunton hat mich allerdings vor einigen Monaten nach der Höhe des Baumes gefragt, im Zusammenhang mit einem kleinen Streit mit dem Pferdeknecht.‹

Das war eine ausgezeichnete Neuigkeit, Watson, denn sie zeigte mir, daß ich auf dem richtigen Wege war. Ich blickte zur Sonne hinauf. Sie stand niedrig am Himmel, und ich kalkulierte, daß sie sich in weniger als einer Stunde genau über den obersten Zweigen der alten Eiche befinden würde. Damit wäre eine der in dem Ritual erwähnten Bedingungen erfüllt. Und der Schatten der Ulme mußte das vordere Ende des Schattens bedeuten, sonst wäre ja der Stamm als Anhaltspunkt gewählt worden. Ich mußte also herausfinden, wo das entfernte Ende des Schattens hinfallen würde, wenn die Sonne gerade über der Eiche stand.«

»Das muß schwierig gewesen sein, Holmes, wo doch die Ulme nicht mehr da war.«

»Nun, zumindest wußte ich, daß, wenn Brunton es vermochte, ich es auch konnte. Außerdem war es nicht wirklich schwierig. Ich begab mich mit Musgrave in sein Arbeitszimmer und schnitzte mir diesen Pflock, an dem ich diesen langen Bindfaden mit Knoten im Abstand von einem Yard befestigte. Dann nahm ich zwei Längen einer Angelrute, die sich auf genau sechs Fuß beliefen, und kehrte mit meinem Klienten zu der Stelle zurück, wo die Ulme gestanden hatte. Die Sonne berührte eben den Wipfel der Eiche. Ich befestigte die Angelrute aufrecht, bestimmte die Richtung des Schattens und maß ihn. Er betrug neun Fuß.

Natürlich war die Rechnung nun einfach. Wenn eine Angelrute von sechs Fuß einen Schatten von neun Fuß warf, so würde ein Baum von 64 Fuß einen von 96 Fuß ergeben, und die Richtung des einen würde natürlich der des anderen entsprechen. Ich maß die Entfernung, die mich bis dicht an die Hausmauer führte, und steckte einen Pflock in die Stelle. Sie können sich meinen Triumph vorstellen, Watson, als ich nicht weiter entfernt als zwei Inches von meinem Pflock einen konischen Abdruck im Boden sah. Ich wußte, daß es die von Brunton bei seinen Messungen gesetzte Markierung und daß ich immer noch auf seiner Fährte war.

Von diesem Ausgangspunkt aus machte ich mich an das Abschreiten, nachdem ich zuvor mit meinem Taschenkompaß die Himmelsrichtungen bestimmt hatte. Zehn Schritte mit jedem Fuß führten mich parallel der Hausmauer entlang, und wieder markierte ich die Stelle mit einem Pflock. Dann schritt ich sorgfältig fünf nach Osten und zwei nach Süden ab. Das brachte mich genau zur Schwelle der alten Tür. Zwei Schritte nach Westen bedeuteten nun, daß ich zwei Schritte in den mit Steinen gepflasterten Flur hineingehen mußte, und das war die von dem Ritual angegebene Stelle.

Niemals habe ich ein derart herbes Gefühl der Enttäuschung empfunden, Watson. Einen Moment lang schien es mir, daß in meinen Berechnungen irgendein grundlegender Fehler sein müsse. Die untergehende Sonne schien voll auf den Flurboden, und ich konnte sehen, daß die alten, ausgetretenen Steine, mit denen er gepflastert war, mit Mörtel fest zusammengefügt und gewiß seit so manchem langem Jahr nicht mehr bewegt worden waren. Brunton hatte sich hier nicht betätigt. Ich klopfte auf den Boden, aber er klang überall gleich, und es gab keine Spur von einem Sprung oder Riß. Doch Musgrave, der die Bedeutung meines Vorgehens allmählich begriffen hatte und mittlerweile so erregt war wie ich, holte glücklicherweise sein Manuskript hervor, um meine Berechnungen zu überprüfen.

›Und hinab‹, rief er: ›Sie haben das 'und hinab' außer acht gelassen.‹

Ich hatte zunächst angenommen, es bedeute, daß wir graben sollten, doch jetzt erkannte ich natürlich meinen Irrtum sofort. ›Es gibt darunter also einen Keller?‹ rief ich.

›Ja, und er ist genauso alt wie das Haus. Dort hinunter, durch diese Tür.‹

Wir stiegen eine steinerne Wendeltreppe hinab, und mein Begleiter riß ein Streichholz an und entzündete eine große Laterne, die auf einem Faß in der Ecke stand. Sogleich wurde deutlich, daß wir endlich doch den richtigen Ort erreicht hatten und daß wir nicht die einzigen waren, die in letzter Zeit die Stelle aufgesucht hatten.

Er war zur Lagerung von Holz genutzt worden, doch die Scheite, die offenbar auf dem Boden verstreut gelegen hatten, waren nun an den Wänden aufgeschichtet, um in der Mitte eine freie Stelle zu schaffen. An dieser Stelle war eine große, schwere Steinplatte mit einem verrosteten Eisenring in der Mitte eingelassen, an dem ein dicker, schwarzweiß karierter Schal befestigt war.

›Donnerwetter!‹ rief mein Klient, ›das ist Bruntons Schal. Ich habe ihn an ihm gesehen, und ich könnte darauf schwören. Was hat der Schurke hier getan?‹

Auf meinen Vorschlag hin wurden einige Leute der Grafschaftspolizei herbeigerufen, und dann versuchte ich, den Stein zu heben, indem ich an dem Schal zog. Ich konnte ihn nur leicht bewegen, und erst mit Unterstützung eines der Konstabler gelang es mir endlich, ihn zur Seite zu schleppen. Ein schwarzes Loch gähnte darunter, in das wir alle starrten, während Musgrave sich daneben hinkniete und die Laterne hineinhielt.

Eine kleine Kammer von sieben Fuß Tiefe und vier Fuß im Quadrat lag vor uns. An einer Wand stand eine flache, messingbeschlagene, hölzerne Truhe, deren Deckel aufgeklappt war und aus deren Schloß dieser merkwürdige, altertümliche Schlüssel ragte. Sie war außen mit einer dicken Staubschicht bedeckt, und Feuchtigkeit und Würmer hatten sich durch das Holz gefressen, so daß im Innern eine Kultur lebender Pilze wuchs. Einige Metallscheiben – augenscheinlich alte Münzen – wie ich sie hier habe, lagen auf dem Boden der Truhe verstreut, doch sie enthielt weiter nichts.

Im Augenblick allerdings verschwendeten wir keinen Gedanken an die alte Truhe, denn unsere Augen waren auf das geheftet, was daneben kauerte. Es war die Gestalt eines Mannes, der einen schwarzen Anzug trug und in hockender Stellung dasaß; seine Stirn war auf den Rand der Truhe gesunken, die er mit beiden Armen umschlungen hielt. Durch diese Haltung hatte sich alles stockende Blut in seinem Gesicht gestaut, und kein Mensch hätte jene verzerrten, rotbraun verfärbten Züge wiedererkennen können; doch seine Größe, seine Kleidung und sein Haar reichten meinem Klienten, als wir den Leichnam heraufgezogen hatten, als Beweis völlig aus, daß es sich in der Tat um seinen vermißten Butler handelte. Er war schon einige Tage tot, doch an seinem Körper fand sich keine Wunde oder Prellung, die zeigte, wie er sein schreckliches Ende gefunden hatte. Nachdem man seinen Leichnam aus dem Keller getragen hatte, sahen wir uns immer noch mit einem Problem konfrontiert, das fast so unüberwindlich war wie das, von dem wir ausgegangen waren.

Ich bekenne, Watson, daß ich mich von meinen Nachforschungen enttäuscht sah. Ich hatte damit gerechnet, die Angelegenheit zu klären, wenn ich erst einmal den Ort gefunden hätte, auf den sich das Ritual bezog; doch nun war ich da, aber augenscheinlich so weit wie nur je davon entfernt zu erfahren, was die Familie mit so wohldurchdachten Vorkehrungen verborgen hatte. Zwar hatte ich Licht in Bruntons Schicksal gebracht, doch mußte ich nun ermitteln, wie ihn dieses Schicksal ereilt und welche Rolle die verschwundene Frau in dieser Angelegenheit gespielt hatte. Ich setzte mich auf ein Fäßchen in der Ecke und überdachte die ganze Sache sorgfältig.

Sie kennen meine Methoden in derartigen Fällen, Watson: Ich versetze mich an die Stelle des Mannes und versuche, nachdem ich zunächst seine Intelligenz abgeschätzt habe, mir vorzustellen, wie ich unter den gleichen Umständen vorgegangen wäre. In diesem Fall wurde die Sache dadurch vereinfacht, daß Bruntons Intelligenz von allererstem Range war, so daß es keinerlei persönlichen Gleichung bedurfte, wie die Astronomen das nennen. Er wußte, daß etwas Wertvolles versteckt war. Er hatte die Stelle ausfindig gemacht. Er fand, daß der Stein, der sie verschloß, einfach zu schwer war, um von einem Mann ohne Hilfe bewegt werden zu können. Was würde er als nächstes tun? Von außen konnte er keine Hilfe herbeiholen – selbst wenn er jemanden hatte, dem er vertrauen konnte –, ohne Türen entriegeln zu müssen und beträchtliche Gefahr zu laufen, entdeckt zu werden. Es war besser, wenn es sich machen ließ, seinen Helfer im Haus zu suchen. Aber wen konnte er fragen? Dieses Mädchen war ihm treu ergeben gewesen. Ein Mann kann sich kaum vorstellen, daß er die Liebe einer Frau vielleicht endgültig verloren hat, wie schlimm er sie auch behandelt haben mag. Er würde durch ein paar Aufmerksamkeiten seinen Frieden mit dem Mädchen Howells zu machen versuchen und sie dann als seine Komplizin dingen. Gemeinsam würden sie des Nachts in den Keller kommen, und ihre vereinten Kräfte würden ausreichen, den Stein zu heben. So weit konnte ich ihren Handlungen folgen, als hätte ich sie selbst gesehen.

Doch auch für sie beide, einer davon zudem eine Frau, muß es Schwerarbeit gewesen sein, die Steinplatte zu heben. Ein stämmiger Sussex-Polizist und ich hatten es nicht eben leicht gefunden. Was würden sie tun, um es sich zu erleichtern? Wahrscheinlich dasselbe, was ich getan hätte. Ich stand auf und untersuchte sorgfältig die verschiedenen Holzscheite, die auf dem Boden verstreut lagen. Fast sofort fand ich, was ich erwartet hatte. Ein Stück von etwa drei Fuß Länge wies an einem Ende eine deutliche Einkerbung auf, während einige seitlich abgeflacht waren, als seien sie von einem beträchtlichen Gewicht zusammengedrückt worden. Offensichtlich hatten die beiden, während sie den Stein hochzogen, die Holzscheite in den Spalt geschoben und schließlich die Öffnung, als sie groß genug war, um hindurchzukriechen, durch ein hochkant aufgestelltes Scheit offengehalten, das sehr wohl am unteren Ende eingekerbt werden konnte, da das ganze Gewicht des Steins es auf die Kante der danebenliegenden Platte drückte. So weit befand ich mich noch auf sicherem Boden.

Doch wie sollte ich nun dieses mitternächtliche Drama weiter rekonstruieren? Es konnte eindeutig nur einer in das Loch steigen, und dieser eine war Brunton. Das Mädchen muß oben gewartet haben. Brunton schloß dann die Truhe auf, reichte wahrscheinlich – da man ihn nicht gefunden hat – den Inhalt nach oben, und dann – und was geschah dann?

Welches schwelende Feuer der Rache war plötzlich in der Seele dieser leidenschaftlichen Keltin aufgelodert, als sie den Mann, der ihr Unrecht getan hatte – ihr vielleicht schlimmer Unrecht getan hatte, als wir ahnten – in ihrer Gewalt sah? War es Zufall gewesen, daß das Holz weggerutscht war und der Stein Brunton eingeschlossen hatte in dem, was seine Grabesstätte wurde? Hatte die Frau sich nur des Schweigens über sein Schicksal schuldig gemacht? Oder hatte ein plötzlicher Hieb von ihrer Hand die Stütze weggeschlagen und die Platte an ihren ursprünglichen Platz zurück krachen lassen? Sei dem, wie ihm wolle, ich sah die Frauengestalt förmlich vor mir, wie sie, immer noch ihren kostbaren Fund umklammernd, wild die Wendeltreppe hinauf flüchtete, während ihr wohl die Ohren gellten von den dumpfen Schreien hinter ihr und vom Getrommel rasender Hände gegen die Steinplatte, die das Leben ihres treulosen Liebsten erstickte.

Hier lag das Geheimnis ihres bleichen Gesichts, ihrer angegriffenen Nerven, ihres schallenden Gelächters am darauf folgenden Morgen. Aber was war in der Truhe gewesen? Was hatte sie damit gemacht? Natürlich mußten es das alte Metall und die Kiesel gewesen sein, die mein Klient aus dem Weiher gezogen hatte. Sie hatte sie bei erster Gelegenheit hineingeworfen, um auch die letzte Spur ihres Verbrechens zu beseitigen.

Zwanzig Minuten lang hatte ich regungslos dagesessen und die Sache zu Ende gedacht. Musgrave stand immer noch da, völlig bleich, ließ seine Laterne hin und her baumeln und starrte in das Loch hinunter.

›Das sind Münzen aus der Zeit Charles' I.‹, sagte er, indem er mir die wenigen hinhielt, die in der Truhe zurückgeblieben waren. ›Sie sehen, wir hatten recht mit unserer Datierung des Rituals.‹

›Wir finden vielleicht noch etwas anderes von Charles I.‹, rief ich, als mir plötzlich die wahrscheinliche Bedeutung der ersten beiden Fragen des Rituals aufging. ›Zeigen Sie mir den Inhalt des Beutels, den Sie aus dem Weiher gefischt haben.‹

Wir gingen in sein Arbeitszimmer hinauf, und er breitete die Bruchstücke vor mir aus. Ich konnte verstehen, daß er ihnen nur wenig Bedeutung beigemessen hatte, als ich sie betrachtete, denn das Metall war fast schwarz, und die Steine waren glanzlos und matt. Ich rieb jedoch einen davon an meinem Ärmel, und danach glomm er wie ein Funke in der dunklen Höhlung meiner Hand. Die Metallarbeit hatte die Form eines Doppelrings, doch war ihre ursprüngliche Gestalt verbogen und verkrümmt worden.

›Sie müssen sich vor Augen halten‹, sagte ich, ›daß die

Royalisten in England auch nach dem Tode des Königs noch Widerstand leisteten und, als sie schließlich flohen, wahrscheinlich viele ihrer kostbarsten Besitztümer verbargen und zurückließen, in der Absicht, sie in friedlicheren Zeiten wieder in Besitz zu nehmen.‹

›Mein Vorfahr, Sir Ralph Musgrave, war ein prominenter Kavalier und Charles' II. rechte Hand auf dessen Irrfahrten‹, sagte mein Freund.

›Ah, tatsächlich!‹ antwortete ich. ›Nun denn, ich glaube, das sollte uns nun wirklich das Verbindungsglied liefern, das uns noch gefehlt hat. Ich muß Sie dazu beglückwünschen, daß Sie, wenngleich auf recht tragische Weise, in den Besitz eines Erinnerungsstücks gekommen sind, dessen eigentlicher Wert von seiner historischen Bedeutung noch weit übertroffen wird.‹

›Was ist es denn?‹ stieß er voller Erstaunen hervor.

›Es ist nichts Geringeres als die alte Krone der Könige von England.‹

›Die Krone!‹

›So ist es. Beachten Sie, was das Ritual sagt. Wie lautet es? 'Wem gehörte sie?' 'Ihm, der nicht mehr ist.' Das war nach der Hinrichtung von Charles. Weiter, 'Wer soll sie haben?' 'Er, der da kommen wird.' Das war Charles II., dessen Kommen man bereits voraussah. Es kann, glaube ich, keinen Zweifel daran geben, daß dieses zerbeulte, formlose Diadem einst die Stirnen der königlichen Stuarts umschloß.‹

›Und wie geriet es in den Teich?‹

›Ah, das ist eine Frage, die zu beantworten einige Zeit in Anspruch nehmen wird‹, und damit schilderte ich die ganze lange Kette von Vermutungen und Beweisen, die ich konstruiert hatte. Die Dämmerung war hereingebrochen, und der Mond schien hell am Himmel, ehe meine Erzählung beendet war.

›Und wie kam es dann, daß Charles seine Krone nicht bekam, als er zurückkehrte?‹ fragte Musgrave, indem er die Reliquie in den Leinenbeutel zurückschob.

›Ah, da legen Sie den Finger auf den einen Punkt, den wir wahrscheinlich nie aufklären werden können. Es ist wahrscheinlich, daß der Musgrave, der das Geheimnis kannte, in der Zwischenzeit starb und seinem Nachkommen durch irgendein Versehen diese Anweisung hinterließ, ohne ihre Bedeutung zu erklären. Von diesem Tage an ist sie weitergegeben worden vom Vater auf den Sohn, bis sie endlich in Reichweite eines Mannes kam, der ihr das Geheimnis entriß und bei dem Wagnis sein Leben ließ.‹

Das also ist die Geschichte des Musgrave-Rituals, Watson. Sie haben die Krone unten in Hurlstone – obwohl sie einigen rechtlichen Ärger hatten und eine beträchtliche Summe erlegen mußten, ehe man ihnen gestattete, sie zu behalten. Ich bin sicher, sie würden sich glücklich schätzen, sie Ihnen zu zeigen, wenn Sie meinen Namen erwähnten. Von der Frau hat man nie mehr etwas gehört, und aller Wahrscheinlichkeit nach ist sie aus England entkommen und hat die Erinnerung an ihr Verbrechen mit sich getragen in ein Land jenseits des Ozeans.«

DIE JUNKER VON REIGATE

Es war einige Zeit, bevor sich die Gesundheit meines Freundes Sherlock Holmes von seinen ungeheuren Anstrengungen im Frühling 1887 erholte. Die ganze Frage der Netherland-Sumatra Company und der kolossalen Pläne und Machenschaften des Barons Maupertuis ist noch zu frisch im Gedächtnis der Öffentlichkeit und zu eng verstrickt mit Politik und Hochfinanz, um ein geeignetes Thema für diese Reihe von Skizzen abzugeben: Sie führte jedoch auf indirekte Weise zu einem einzigartigen und komplexen Problem, das meinem Freund Gelegenheit gab, den Wert einer neuartigen Waffe unter den vielen, mit denen er seine lebenslange Schlacht gegen das Verbrechen schlug, zu demonstrieren.

Gemäß meinen Aufzeichnungen erhielt ich am 14. April ein Telegramm aus Lyon mit der Nachricht, Holmes liege krank im Hotel Dulong. Binnen vierundzwanzig Stunden befand ich mich in seinem Krankenzimmer und stellte mit Erleichterung fest, daß an seinen Symptomen nichts Beunruhigendes war. Seine eiserne Konstitution indes war unter der Belastung einer Nachforschung zusammengebrochen, die sich über zwei Monate erstreckt hatte, während welcher Zeitspanne er nie weniger als fünfzehn Stunden pro Tag gearbeitet und sich mehr als einmal, wie er mir versicherte, fünf Tage an einem Stück seiner Aufgabe gewidmet hatte. Das triumphale Ergebnis seiner Mühen konnte ihn nach einer so schrecklichen Anstrengung nicht vor einer Reaktion bewahren, und zu einer Zeit, als Europa von seinem Namen widerhallte und sich in seinem Zimmer buchstäblich knöcheltief Glückwunschtelegramme häuften, war er das Opfer schwärzester Depressionen. Selbst das Bewußtsein, Erfolg gehabt zu haben, wo die Polizei dreier Länder versagte, und den gewieftesten Schwindler Europas in jeder Hinsicht ausmanövriert zu haben, reichte nicht aus, sein darniederliegendes Nervensystem wieder aufzurichten.

Drei Tage später waren wir beide zurück in der Baker Street aber es war offensichtlich, daß meinem Freund eine Luftveränderung sehr gut täte, und auch für mich hatte der Gedanke an eine Frühlingswoche auf dem Lande seine Reize. Mein alter Freund Colonel Hayter, der in Afghanistan unter meiner ärztlichen Obhut gewesen war, hatte mittlerweile ein Haus bei Reigate in Surrey bezogen und mich wiederholt zu einem Besuch aufgefordert. Beim letzten Mal hatte er gemeint, daß er sich freuen würde, seine Gastfreundschaft auch auf meinen Freund auszudehnen, wenn er nur mitkommen wolle. Es brauchte zwar ein wenig Diplomatie, doch als Holmes erfuhr, daß es sich um einen Junggesellen-Haushalt handelte und er dort völlig frei über sich verfügen könnte, stimmte er meinen Plänen zu, und eine Woche nach unserer Rückkehr aus Lyon befanden wir uns unter dem Dach des Colonels. Hayter war ein prächtiger alter Soldat, der viel von der Welt gesehen hatte, und stellte, wie ich es erwartet hatte, bald fest, daß Holmes und er vieles gemeinsam hatten.

Am Abend nach unserer Ankunft saßen wir nach dem Dinner im Waffenzimmer des Colonels, Holmes auf dem Sofa ausgestreckt, während Hayter und ich dessen kleines Arsenal von Schußwaffen musterten.

»Übrigens«, sagte er plötzlich, »ich werde eine dieser Pistolen mit nach oben nehmen, falls es einen Alarm gibt.«

»Einen Alarm!« sagte ich.

»Ja, wir haben in dieser Gegend kürzlich einen Schreck gekriegt. Beim alten Acton, einem unserer Grafschafts-Magnaten, ist letzten Montag eingebrochen worden. Kein großer Schaden angerichtet, aber die Burschen sind immer noch auf freiem Fuß.«

»Kein Hinweis?« fragte Holmes, indem er den Colonel vielsagend ansah.

»Bis jetzt nicht. Aber die Affaire ist eine Bagatelle, eines unserer kleinen Verbrechen auf dem Lande, das Ihrer Aufmerksamkeit, Mr. Holmes, nach dieser großen, internationalen Affaire zu gering erscheinen muß.«

Holmes tat das Kompliment mit einer Handbewegung ab, aber sein Lächeln zeigte, daß es ihn freute.

»Gab es irgend welche interessanten Einzelheiten?«

»Ich glaube nicht. Die Diebe durchwühlten die Bibliothek und bekamen sehr wenig für ihre Mühen. Im Zimmer war das Unterste zuoberst gekehrt, Schubladen erbrochen und Bücherschränke durchwühlt, mit dem Ergebnis, daß ein Einzelband von Popes ›Homer‹, zwei versilberte Kerzenhalter, ein elfenbeinerner Briefbeschwerer, ein kleines eichenes Barometer und ein Knäuel Bindfaden alles ist, was fehlt.«

»Eine höchst ungewöhnliche Zusammenstellung!« rief ich aus.

Holmes gab vom Sofa her ein Brummen von sich.

»Damit sollte die Grafschaftspolizei aber etwas anfangen können«, sagte er. »Es ist doch gewiß ganz eindeutig, daß –«

Doch ich hob einen warnenden Finger.

»Sie sind zum Ausruhen hier, mein Lieber. Um Himmels willen, machen Sie sich nicht an ein neues Problem, solange Ihre Nerven noch völlig zerrüttet sind.«

Mit einem Blick komischer Resignation zum Colonel hin zuckte Holmes die Achseln, und das Gespräch schweifte in weniger gefährliche Bahnen ab.

Das Schicksal wollte es jedoch, daß all meine ärztliche Vorsicht verschwendet war, denn am nächsten Morgen drängte sich uns das Problem auf eine Weise auf, daß wir es nicht länger ignorieren konnten, und unser Aufenthalt auf dem Lande nahm eine Wendung, die keiner von uns hätte voraussehen können. Wir saßen beim Frühstück, als der Butler des Colonels ohne jede Förmlichkeit hereingestürzt kam.

»Haben Sie schon das Neueste gehört, Sir?« stieß er hervor. »Bei den Cunninghams, Sir!«

»Einbruch?« rief der Colonel, die Kaffeetasse halb erhoben.

»Mord!«

Der Colonel stieß einen Pfiff aus. »Donnerwetter!« sagte er,

»wer ist denn umgebracht worden? Der Friedensrichter oder sein Sohn?«

»Keiner von beiden, Sir. Es war William, der Kutscher. Durchs Herz geschossen, Sir, und sprach kein Wort mehr.«

»Wer hat ihn denn erschossen?«

»Der Einbrecher, Sir. Er war weg wie der Blitz und ist unbehelligt davongekommen. Er war gerade durchs Speisekammerfenster eingebrochen, als William ihn überrascht hat und umgekommen ist, indem er das Eigentum seines Herrn rettete.«

»Um welche Zeit?«

»Es war letzte Nacht, Sir, um zwölf herum.«

»Aha, dann werden wir gleich hinübergehen«, sagte der Colonel und machte sich gelassen wieder an sein Frühstück. »Es ist schon eine schlimme Geschichte«, fügte er hinzu, als der Butler gegangen war. »Er ist der führende Junker hier in der Gegend, der alte Cunningham, und dazu ein sehr anständiger Mensch. Er wird niedergeschmettert sein deswegen, denn der Mann stand schon seit Jahren in seinen Diensten und war ein guter Diener. Es sind offensichtlich dieselben Schurken, die bei Acton eingebrochen sind.«

»Und diese höchst merkwürdige Kollektion gestohlen haben?« sagte Holmes nachdenklich.

»Genau.«

»Hm! Es kann sich als die einfachste Sache der Welt erweisen; aber gleichviel, auf den ersten Blick ist dies doch ein wenig merkwürdig, nicht wahr? Von einer Einbrecherbande, die auf dem Lande arbeitet, sollte man erwarten, daß sie den Schauplatz ihrer Tätigkeit wechselt und nicht binnen weniger Tage im gleichen Distrikt zwei Buden knackt. Ich weiß noch, daß mir, als Sie gestern abend von Vorsichtsmaßregeln sprache, durch den Kopf ging, daß das wahrscheinlich das letzte Kirchspiel in England ist, worauf ein Dieb oder Diebe aller Wahrscheinlichkeit nach ihr Augenmerk richten würden; was zeigt, daß ich noch viel zu lernen habe.«

»Ich nehme an, es ist ein ortsansässiger Fachmann«, sagte

der Colonel. »Und in diesem Fall würde er sich natürlich genau an die Häuser von Acton und Cunningham halten, denn es sind die weitaus größten hier.«

»Und die reichsten?«

»Nun, eigentlich schon, aber sie haben schon seit einigen Jahren einen Rechtsstreit miteinander, der ihnen beiden das Blut ausgesaugt hat, denke ich mir. Der alte Acton hat irgendeinen Anspruch auf die Hälfte von Cunninghams Gütern, und die Anwälte haben mit beiden Händen zugegriffen.«

»Wenn es ein ortsansässiger Schurke ist, müßte man ihn leicht zur Strecke bringen«, sagte Holmes mit einem Gähnen. »Schon gut, Watson, ich habe nicht vor, mich einzumischen.«

»Inspektor Forrester, Sir«, sagte der Butler, die Tür öffnend.

Der Beamte, ein aufgeweckter, junger Mensch mit scharfgeschnittenem Gesicht, trat ins Zimmer. »Guten Morgen, Colonel«, sagte er. »Ich hoffe, ich störe nicht, aber wir hörten, Mr. Holmes aus der Baker Street sei hier.«

Der Colonel machte eine Handbewegung zu meinem Freund hin, und der Inspektor verbeugte sich.

»Wir dachten, Sie hätten vielleicht Lust, mal herüberzukommen, Mr. Holmes.«

»Die Schicksalsgöttinnen sind gegen Sie, Watson«, sagte er lachend. »Wir haben gerade über die Sache geredet, als Sie hereinkamen, Inspektor. Vielleicht können Sie uns ein paar Einzelheiten mitteilen.« Als er sich in der mir so vertrauten Haltung in den Sessel zurücklehnte, wußte ich, daß der Fall hoffnungslos war.

»In der Affaire Acton hatten wir keinen Hinweis. Hier jedoch haben wir viele, und es gibt keinen Zweifel, daß es sich in beiden Fällen um denselben Täter handelt. Der Mann wurde gesehen.«

»Aha!«

»Ja, Sir. Doch er war weg im Nu nach dem Schuß, der den armen William getötet hat. Mr. Cunningham sah ihn vom Schlafzimmerfenster aus, und Mr. Alec Cunningham sah ihn vom hinteren Flur aus. Es war Viertel vor zwölf, als der Aufruhr losbrach. Mr. Cunningham war gerade zu Bett gegangen, und Mister Alec rauchte im Schlafrock eine Pfeife. Sie hörten beide William, den Kutscher, um Hilfe rufen, und Mister Alec stürzte nach unten, um nachzusehen, was los sei. Die Hintertür stand offen, und als er am Fuße der Treppe angelangt war, sah er draußen zwei Männer miteinander ringen. Einer von ihnen gab einen Schuß ab, der andere fiel, und der Mörder rannte durch den Garten und über die Hecke. Mr. Cunningham, der aus dem Schlafzimmerfenster blickte, sah, wie der Bursche die Straße erreichte, verlor ihn jedoch sofort aus den Augen. Mister Alec blieb stehen, um festzustellen, ob er dem Sterbenden helfen könne, und so kam der Schurke ungeschoren davon. Außer der Tatsache, daß er ein Mann von mittlerer Größe und mit irgendeinem dunklen Zeug bekleidet war, besitzen wir keinen Hinweis auf seine Person, aber wir stellen energische Nachforschungen an, und wenn er hier fremd ist, werden wir ihn bald ausfindig machen.«

»Was hatte dieser William denn dort gemacht? Hat er noch etwas gesagt, bevor er starb?«

»Kein Wort. Er bewohnte mit seiner Mutter das Pförtnerhaus, und da er ein sehr pflichttreuer Mensch war, nehmen wir an, daß er zum Haus hinaufging in der Absicht, nachzusehen, ob dort alles in Ordnung sei. Natürlich hat diese Geschichte bei Acton jedermann wachsam gemacht. Der Räuber muß wohl gerade die Tür aufgebrochen haben – das Schloß war gesprengt –, als William ihn überraschte.«

»Hat William etwas zu seiner Mutter gesagt, bevor er ging?«

»Sie ist sehr alt und taub, und wir können keine Auskünfte von ihr bekommen. Der Schock hat sie halb um den Verstand gebracht, aber wie ich höre, war sie nie besonders hell. Es gibt jedoch ein wichtiges Indiz. Sehen Sie sich das an!«

Er nahm einen kleinen Papierfetzen aus einem Notizbuch und glättete ihn auf dem Knie.

»Das wurde zwischen Daumen und Zeigefinger des Toten

gefunden. Es scheint ein von einem größeren Blatt abgerissener Fetzen zu sein. Sie werden bemerken, daß die darauf erwähnte Stunde genau die Zeit ist, zu der den armen Menschen sein Schicksal traf. Sie sehen, daß sein Mörder ihm den Rest des Blattes entrissen oder er dem Mörder diesen Fetzen weggenommen haben könnte. Es liest sich fast wie eine Verabredung.«

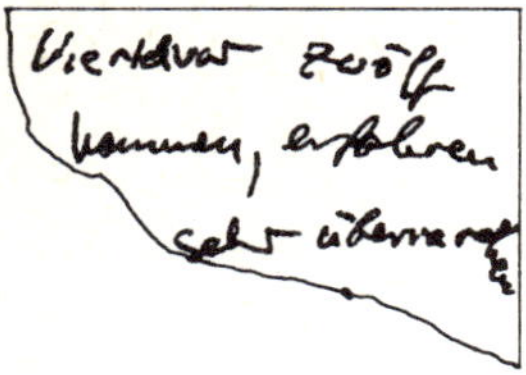

Holmes nahm den Papierfetzen in die Hand, von dem nebenstehend ein Faksimile wiedergegeben ist.

»Angenommen, es handelt sich um eine Verabredung«, fuhr der Inspektor fort, »dann wäre es theoretisch vorstellbar, daß dieser William Kirwan, wiewohl er im Rufe stand, ein ehrlicher Mann zu sein, vielleicht mit dem Dieb im Bunde war. Er hat sich vielleicht dort mit ihm getroffen, hat ihm vielleicht sogar geholfen, die Tür aufzubrechen, und dann sind sie sich vielleicht in die Haare geraten.«

»Diese Schrift ist von außerordentlichem Interesse«, sagte Holmes, der sie mit großer Konzentration untersucht hatte. »Das sind weit tiefere Wasser, als ich vermutet hatte.« Er ließ den Kopf auf die Hände sinken, während der Inspektor über den Eindruck lächelte, den sein Fall auf den berühmten Londoner Spezialisten gemacht hatte.

»Was Sie eben bemerkt haben«, sagte Holmes gleich darauf, »wegen einer möglichen Übereinkunft zwischen dem Einbrecher und dem Diener, und daß dies eine schriftliche Vereinbarung sein könnte zwischen ihnen, ist eine scharfsinnige und nicht ganz von der Hand zu weisende Annahme. Aber diese Schrift eröffnet –« Wieder ließ er den Kopf in die Hände sinken und verharrte einige Minuten tief in Gedanken. Als er das Gesicht hob, sah ich zu meiner Überraschung, daß seine Wangen rosig angehaucht und seine Augen so glänzend waren wie vor seiner Krankheit. Er sprang mit all seiner alten Energie auf.

»Ich sage Ihnen was!« sagte er. »Ich würde gern in aller Ruhe einen kurzen Blick auf die Einzelheiten dieses Falles werfen. Er hat etwas, das mich ungemein fasziniert. Wenn Sie gestatten, Colonel, werde ich meinen Freund Watson und Sie allein lassen und mit dem Inspektor hinübergehen, um die Richtigkeit von ein, zwei kleinen Einfällen von mir zu überprüfen. Ich werde in einer halben Stunde wieder bei Ihnen sein.«

Anderthalb Stunden verstrichen, bis der Inspektor allein zurückkehrte.

»Mr. Holmes geht draußen auf dem Feld auf und ab«, sagte er. »Er möchte, daß wir alle vier gemeinsam zum Haus hinübergehen.«

»Zu Mr. Cunningham?«

»Ja, Sir.«

»Wozu?«

Der Inspektor zuckte die Achseln. »Ich weiß nicht recht, Sir. Unter uns, ich glaube, Mr. Holmes hat sich noch nicht ganz von seiner Krankheit erholt. Er hat sich sehr merkwürdig verhalten, und er ist sehr erregt.«

»Ich glaube nicht, daß Sie sich berunruhigen müssen«, sagte ich. »Ich habe gewöhnlich festgestellt, daß sein Wahnsinn Methode hat.«

»Manch einer würde wohl auch sagen, seine Methode hat Wahnsinn«, murmelte der Inspektor. »Aber er ist ganz versessen darauf, anzufangen, Colonel, daher gehen wir am besten hinaus, wenn Sie fertig sind.«

Wir trafen Holmes, wie er mit auf die Brust gesunkenem Kinn und in die Hosentaschen gesteckten Händen auf dem Feld hin und her ging.

»Die Sache gewinnt an Interesse«, sagte er. »Watson, Ihre Landpartie ist ganz entschieden ein Erfolg gewesen. Ich habe einen bezaubernden Vormittag erlebt.«

»Sie sind am Schauplatz des Verbrechens gewesen, wie ich höre?« sagte der Colonel.

»Ja; der Inspektor und ich haben gemeinsam dies und jenes erkundet.«

»Irgendein Erfolg?«

»Nun ja, wir haben einige sehr interessante Dinge gesehen. Ich werde Ihnen im Gehen erzählen, was wir getan haben. Zunächst einmal haben wir uns den Leichnam dieses unglücklichen Mannes angesehen. Er ist mit Sicherheit an einer Revolverwunde gestorben, wie berichtet.«

»Hatten Sie denn daran gezweifelt?«

»Ach, es kann nichts schaden, alles zu überprüfen. Unsere Inspektion war nicht umsonst. Dann hatten wir eine Unterredung mit Mr. Cunningham und seinem Sohn, die die genaue Stelle angeben konnten, wo der Mörder auf der Flucht durch die Gartenhecke gebrochen ist. Das war von großem Interesse.«

»Selbstredend.«

»Dann sahen wir uns die Mutter dieses armen Menschen an. Wir konnten allerdings keine Auskünfte von ihr bekommen, da sie sehr alt und hinfällig ist.«

»Und was ist denn jetzt das Ergebnis Ihrer Nachforschungen?«

»Die Überzeugung, daß das Verbrechen ein höchst eigenartiges ist. Vielleicht trägt unser Besuch jetzt dazu bei, es etwas zu erhellen. Ich glaube, wir beide stimmen darin überein, Inspektor, daß der Fetzen Papier in der Hand des Toten, da nun einmal die genaue Zeit seines Todes darauf steht, von äußerster Wichtigkeit ist.«

»Er sollte einen Anhaltspunkt liefern, Mr. Holmes.«

»Er *liefert* einen Anhaltspunkt. Wer immer diese Notiz schrieb, war der Mann, der William Kirwan zu dieser Stunde aus dem Bett holte. Aber wo ist der Rest dieses Blattes Papier?«

»Ich habe den Boden gründlich untersucht, in der Hoffnung, ihn zu finden«, sagte der Inspektor.

»Es wurde dem Toten aus der Hand gerissen. Warum war jemand so daran gelegen, es in seinen Besitz zu bringen? Weil es ihn belastete. Und was würde er damit tun? Es in die Tasche stecken, höchst wahrscheinlich, ohne zu bemerken, daß eine Ecke davon in der Hand des Leichnams zurückgeblieben war. Wenn wir den Rest dieses Blattes finden könnten, wären wir der Lösung des Rätsels eindeutig ein großes Stück nähergekommen.«

»Ja, aber wie können wir an die Tasche des Verbrechers herankommen, ehe wir den Verbrecher fassen?«

»Nun, nun, es war es wert, darüber nachzudenken. Dann gibt es noch einen zweiten Punkt, der offensichtlich ist. Diese Notiz wurde William geschickt. Der Mann, der sie schrieb, kann sie nicht überbracht haben, denn sonst hätte er seine Nachricht natürlich mündlich ausrichten können. Wer also hat die Notiz überbracht? Oder ist sie mit der Post gekommen?«

»Ich habe Nachforschungen angestellt«, sagte der Inspektor. »William bekam gestern mit der Nachmittagspost einen Brief. Der Umschlag wurde von ihm vernichtet.«

»Ausgezeichnet!« rief Holmes und schlug dem Inspektor auf die Schulter. »Sie haben den Postboten gesprochen. Es ist ein Vergnügen, mit Ihnen zusammenzuarbeiten. Nun, da ist das Pförtnerhaus, und wenn Sie mitkommen wollen, Colonel, werde ich Ihnen den Schauplatz des Verbrechens zeigen.«

Wir passierten das hübsche Häuschen, in dem der Ermordete gelebt hatte, und gingen eine eichengesäumte Auffahrt zu dem prächtigen alten Queen-Anne-Haus hinauf, das auf dem Türsturz das Datum von Malplaquet trägt. Holmes und der Inspektor führten uns darum herum, bis wir bei dem Seitentor anlangten, das durch ein Stück Garten von der Hecke getrennt ist, die die Straße säumt. Ein Konstabler stand an der Küchentür.

»Öffnen Sie die Tür, Officer«, sagte Holmes. »Auf dieser Treppe also stand der junge Mr. Cunningham und sah die beiden Männer genau da kämpfen, wo wir jetzt sind. Der alte Mr. Cunningham war am Fenster – das zweite zur Linken – und er sah den Menschen genau links an diesem Busch vorbei flüchten. Das sah auch der Sohn. Wegen des Busches sind sich beide sicher. Dann lief Mister Alec hinaus und kniete sich neben den Verletzten. Der Boden ist sehr hart, wie Sie sehen, und es gibt keine Spuren, die uns führen könnten.«

Während er sprach, kamen zwei Männer um die Hausecke herum den Gartenpfad entlang. Der eine war ein älterer Mann mit einem markanten, tiefgefurchten, düster blickenden Gesicht; der andere ein fescher junger Mensch, dessen strahlender, lächelnder Gesichtsausdruck und protziger Anzug in merkwürdigem Kontrast zu dem Anlaß standen, der uns hergeführt hatte.

»So, immer noch am machen?« sagte er zu Holmes. »Ich dachte, ihr Londoner wärt unfehlbar. Sie scheinen am Ende doch nicht so schnell zu sein.«

»Ah! Sie müssen uns schon ein wenig Zeit lassen«, sagte Holmes leutselig.

»Die werden Sie brauchen«, sagte der junge Alec Cunningham. »Soweit ich sehe, haben wir nicht den geringsten Anhaltspunkt.«

»Nur einen einzigen«, antwortete der Inspektor. »Wir dachten, daß, wenn wir nur herausfinden könnten – Du lieber Himmel! Mr. Holmes, was ist denn?«

Das Gesicht meines armen Freundes hatte plötzlich den allerschrecklichsten Ausdruck angenommen. Seine Augen verdrehten sich nach oben, seine Züge verzerrten sich vor Schmerz, und mit einem unterdrückten Stöhnen fiel er vornüber auf den Boden. Von der Plötzlichkeit und Heftigkeit des Anfalls entsetzt, trugen wir ihn in die Küche, wo er in einem großen Stuhl zurücksank und einige Minuten lang schwer atmete. Schließlich, mit einer verschämten Entschuldigung für seine Schwäche, stand er wieder auf.

»Watson kann Ihnen sagen, daß ich erst kürzlich von einer schweren Krankheit genesen bin«, erklärte er. »Ich neige zu solchen plötzlichen nervösen Attacken.«

»Soll ich Sie in meinem Wagen nach Hause bringen lassen?« fragte der alte Cunningham.

»Da ich nun einmal hier bin, gibt es einen Punkt, über den ich mir gern Klarheit verschaffen würde. Er läßt sich ganz einfach überprüfen.«

»Und der wäre?«

»Nun ja, mir scheint es durchaus möglich, daß dieser arme William nicht vor, sondern nach dem Eindringen des Einbrechers ins Haus eintraf. Sie scheinen es für erwiesen zu halten, daß, obwohl die Tür erbrochen war, der Räuber nicht hineinkam.«

»Ich glaube, das ist ganz offensichtlich«, sagte Mr. Cunningham ernst. »Mein Sohn Alec war ja noch nicht zu Bett gegangen und hätte gewiß jeden gehört, der sich herumtrieb.«

»Wo saß er?«

»Ich saß rauchend in meinem Ankleidezimmer.«

»Welches Fenster ist das?«

»Das letzte zur Linken, neben dem meines Vaters.«

»Ihrer beider Lampen brannten natürlich?«

»Zweifellos.«

»Es gibt da ein paar höchst eigentümliche Umstände«, sagte Holmes lächelnd. »Ist es nicht ungewöhnlich, daß ein Einbrecher – zumal ein Einbrecher mit einiger Erfahrung – mit vollem Bedacht zu einer Zeit in ein Haus einbricht, da er an den Lichtern erkennen kann, daß zwei Familienmitglieder noch auf den Beinen sind?«

»Es muß ein kaltblütiger Geselle gewesen sein.«

»Nun ja, wenn der Fall nicht so sonderbar wäre, hätten wir natürlich keinen Anlaß gesehen, Sie um eine Erklärung zu bitten«, sagte Mister Alec. »Aber Ihren Einfall, der Mann habe das Haus ausgeraubt, bevor William ihn angriff, halte ich für höchst absurd. Hätten wir das Haus dann nicht in Unordnung vorfinden und die Gegenstände, die er stahl, vermissen müssen?«

»Das kommt darauf an, um welche Gegenstände es sich handelte«, sagte Holmes. »Sie dürfen nicht vergessen, daß wir es mit einem Einbrecher zu tun haben, der ein sehr eigenartiger Mensch ist und nach seinen eigenen Grundsätzen vorgeht. Sehen Sie sich zum Beispiel die kuriose Sammlung von Gegenständen an, die er bei Acton stahl – was war es gleich?

– ein Knäuel Bindfaden, ein Briefbeschwerer, und ich weiß nicht, was noch für Krimskrams!«

»Nun, wir sind ganz in Ihrer Hand, Mr. Holmes«, sagte der alte Cunningham. »Was immer Sie oder der Inspektor vorschlagen, wird ganz gewiß getan werden.«

»Zunächst einmal«, sagte Holmes, »hätte ich gern, daß Sie eine Belohnung aussetzen – die von Ihnen selbst kommt, denn die offiziellen Stellen brauchen vielleicht ein Weilchen, ehe sie sich über die Summe einig werden können, und dergleichen kann nicht schnell genug vonstatten gehen. Ich habe hier rasch die Vorlage aufnotiert, wenn Sie so freundlich wären, sie zu unterzeichnen. Fünfzig Pfund sind völlig ausreichend, dachte ich.«

»Ich würde bereitwillig fünfhundert geben«, sagte der Friedensrichter und nahm das Stück Papier und den Stift, die Holmes ihm reichte. »Das ist allerdings nicht ganz korrekt«, fügte er, das Dokument überfliegend, hinzu.

»Ich habe es in ziemlicher Eile geschrieben.«

»Sehen Sie, Sie beginnen: ›In Anbetracht dessen, daß etwa um Viertel vor eins am Dienstag morgen ein Versuch gemacht wurde‹ – und so weiter. Es war in Wirklichkeit Viertel vor zwölf.«

Ich war schmerzlich berührt ob dieses Fehlers, denn ich wußte, wie bitter Holmes jedes Versehen dieser Art empfinden mußte. Es war seine Spezialität, im Hinblick auf Tatsachen akkurat zu sein, doch seine noch nicht lange zurückliegende Krankheit hatte ihn geschwächt, und dieser eine kleine Vorfall zeigte mir hinreichend, daß er noch weit davon entfernt war, wieder der Alte zu sein. Er war einen Moment lang sichtlich verlegen, während der Inspektor die Augenbrauen hochzog und Alec Cunningham in Gelächter ausbrach. Der alte Gentleman jedoch korrigierte den Fehler und reichte das Papier Holmes zurück.

»Lassen Sie es so bald wie möglich drucken«, sagte er. »Ich halte Ihre Idee für ausgezeichnet.«

Holmes verstaute den Zettel sorgsam in seiner Brieftasche.

»Und nun«, sagte er, »wäre es wirklich angebracht, wenn wir alle gemeinsam das Haus durchsuchten und uns vergewisserten, ob dieser recht exzentrische Einbrecher am Ende nicht doch etwas mitgenommen hat.«

Bevor er eintrat, nahm Holmes eine Untersuchung der Tür vor, die erbrochen worden war. Es war deutlich, daß ein Meißel oder ein starkes Messer hineingerammt worden und das Schloß damit weggedrückt worden war. Wir konnten die Kerben im Holz sehen.

»Sie verwenden also keine Riegel?« fragte er.

»Wir haben es nie für erforderlich gehalten.«

»Sie halten keinen Hund?«

»Doch; aber er ist auf der anderen Seite des Hauses angekettet.«

»Wann gehen die Dienstboten zu Bett?«

»Gegen zehn.«

»Ich nehme an, daß auch William gewöhnlich um diese Zeit im Bett lag? «

»Ja.«

»Es ist eigenartig, daß er gerade in dieser Nacht auf war. Nun denn, ich wäre sehr dankbar, wenn Sie die Freundlichkeit hätten, uns das Haus zu zeigen, Mr. Cunningham.«

Ein Steinfliesen-Flur, von dem die Küchen abzweigten, führte über eine hölzerne Treppe direkt ins erste Geschoß des Hauses. Sie mündete oben gegenüber einer zweiten, mit Schnitzereien versehenen Treppe, die von der Eingangshalle hinaufführte. Von diesem Flur aus gingen das Wohnzimmer und einige Schlafzimmer ab, darunter auch die von Mr. Cunningham und seinem Sohn. Holmes ging langsam und nahm die Architektur des Hauses eingehend in Augenschein. Ich erkannte an seinem Gesichtsausdruck, daß er auf einer heißen Fährte war, und doch konnte ich mir nicht im entferntesten vorstellen, in welche Richtung seine Schlußfolgerungen ihn führten.

»Mein Wertester«, sagte Mr. Cunningham einigermaßen ungeduldig, »dies ist gewiß ganz unnötig. Das da ist mein

Zimmer am Ende der Treppe, und das meines Sohnes ist das dahinter. Ich stelle es Ihrem Urteil anheim, ob es dem Dieb möglich gewesen wäre, heraufzukommen ohne uns aufzuscheuchen.«

»Sie müssen wohl kehrt machen, um auf eine frische Fährte zu stoßen«, sagte der Sohn mit ziemlich boshaftem Lächeln.

»Trotzdem muß ich Sie bitten, mir noch ein Weilchen meinen Willen zu lassen. Ich würde zum Beispiel gern sehen, wie weit sich von den Fenstern aus die Vorderseite überblicken läßt. Das, nehme ich an, ist das Zimmer Ihres Sohnes« – er stieß die Tür auf – »und das, vermute ich, das Ankleidezimmer, in dem er saß und rauchte, als der Alarm gegeben wurde. Wohinaus geht dessen Fenster?« Er durchquerte das Schlafzimmer, stieß die Tür auf und sah sich in dem anderen Raum um.

»Ich hoffe, Sie sind jetzt zufrieden?« sagte Mr. Cunningham gereizt.

»Danke; ich glaube, ich habe alles gesehen, was ich sehen wollte.«

»Dann können wir, wenn es wirklich erforderlich ist, in mein Zimmer gehen.«

»Wenn es nicht zuviel Mühe macht.«

Der Friedensrichter zuckte die Achseln und ging in sein eigenes Zimmer voraus, das ein schlicht möblierter, gewöhnlicher Raum war. Während wir uns dem Fenster näherten, ging Holmes immer langsamer, bis er und ich die hintersten der Gruppe bildeten. Am Fuße des Bettes war ein kleiner, rechteckiger Tisch, auf dem eine Schale mit Orangen und eine Wasserkaraffe standen. Als wir es erreichten, beugte sich Holmes zu meiner unaussprechlichen Verblüffung um mich herum vornüber und stieß das ganze mit voller Absicht um. Das Glas zersprang in tausend Scherben, und die Früchte kollerten in alle Richtungen durchs Zimmer.

»Da haben Sie aber etwas angerichtet, Watson«, sagte er kühl. »Und wie Sie den Teppich zugerichtet haben«

Ich bückte mich einigermaßen verwirrt und begann, die Früchte aufzulesen, begriff ich doch, daß mein Gefährte aus irgendeinem Grunde wünschte, daß ich die Schuld auf mich nahm. Die anderen taten es mir nach und stellten den Tisch wieder auf die Beine.

»Hallo!« rief der Inspektor, »wo ist er hin?«

Holmes war verschwunden.

»Warten Sie einen Moment hier«, sagte der junge Alec Cunningham. »Der Mensch ist von Sinnen, meiner Meinung nach. Komm mit mir, Vater, sehen wir nach, wo er hin ist!«

Sie eilten aus dem Zimmer und ließen den Inspektor, den Colonel und mich einander anstarrend zurück.

»Auf mein Wort, ich bin geneigt, Mister Alec zuzustimmen«, sagte der Beamte. »Es mag die Folge seiner Krankheit sein, aber mir scheint, daß –«

Seine Worte wurden von plötzlichen »Hilfe! Hilfe! Mord!«-Schreien abgeschnitten. Mit einem Schauder erkannte ich die Stimme als die meines Freundes. Außer mir stürzte ich aus dem Zimmer in den Flur. Die Schreie, die zu einem heiseren, unartikulierten Gebrüll abgesunken waren, drangen aus dem Zimmer, das wir zuerst aufgesucht hatten. Ich stürmte hinein und weiter in das dahinterliegende Ankleidezimmer. Die beiden Cunninghams beugten sich über die hingestreckte Gestalt von Sherlock Holmes, der jüngere umklammerte mit beiden Händen seine Kehle, während der ältere ihm allem Anschein nach das Handgelenk verdrehte. Im Nu hatten wir drei sie von ihm losgerissen, und Holmes kam taumelnd, sehr bleich und offensichtlich überaus erschöpft auf die Beine.

»Verhaften Sie diese Männer, Inspektor!« keuchte er.

»Unter welcher Anschuldigung?«

»Der des Mordes an ihrem Kutscher William Kirwan!«

Der Inspektor starrte bestürzt um sich. »Aber, aber, sachte, Mr. Holmes«, sagte er endlich; »Sie wollen doch gewiß nicht ernstlich –«

»Dummes Zeug, Mann; sehen Sie sich ihre Gesichter an!« rief Holmes kurz angebunden.

In der Tat habe ich nie zuvor auf Menschengesichtern ein eindeutigeres Schuldbekenntnis gesehen. Der ältere Mann schien betäubt und gelähmt, sein markantes Gesicht trug einen stumpfen trüben Ausdruck. Der Sohn andererseits hatte all jenes kecke, fesche Gehabe fallen gelassen, das ihn charakterisiert hatte, und die Grausamkeit eines gefährlichen, wilden Tieres glomm in seinen dunklen Augen und verzerrte seine ansprechenden Züge. Der Inspektor sagte nichts, sondern trat zur Tür und blies in seine Trillerpfeife. Auf das Zeichen hin kamen zwei seiner Konstabler.

»Ich habe keine Wahl, Mr. Cunningham«, sagte er. »Ich hoffe zuversichtlich, daß all dies sich als absurdes Mißverständnis erweisen mag; aber wie Sie sehen – Ah, willst du wohl? Fallen lassen!« Er schlug mit der Hand zu, und ein Revolver, den der jüngere Mann gerade spannen wollte, polterte zu Boden.

»Bewahren Sie ihn auf«, sagte Holmes, indem er rasch den Fuß darauf stellte. »Er wird beim Prozeß von Nutzen sein. Aber das ist es, was wir eigentlich wollten.« Er hielt ein kleines, zerknittertes Stück Papier hoch.

»Der Rest des Blattes?« rief der Inspektor.

»Ganz recht.«

»Und wo war es?«

»Wo es nach meiner Überzeugung sein mußte. Ich werde Ihnen die ganze Sache sogleich klarmachen. Ich denke, Colonel, Sie und Watson könnten jetzt zurückgehen, und ich werde in längstens einer Stunde wieder bei Ihnen sein. Der Inspektor und ich müssen ein Wort mit den Gefangenen reden; aber zur Mittagszeit werden Sie mich gewiß wieder bei Ihnen sehen.«

Sherlock Holmes hielt Wort, denn etwa um ein Uhr stieß er im Rauchzimmer des Colonels wieder zu uns. Er wurde begleitet von einem kleinen, älteren Gentleman, der mir als der Mr. Acton vorgestellt wurde, dessen Haus Schauplatz des ersten Einbruchs gewesen war.

»Ich wollte, daß Mr. Acton anwesend ist, wenn ich Ihnen diese kleine Angelegenheit demonstriere«, sagte Holmes, »denn es versteht sich, daß er großes Interesse an den Einzelheiten hat. Ich fürchte, mein lieber Colonel, daß Sie die Stunde bedauern müssen, da Sie einen solchen Störenfried wie mich aufnahmen.«

»Ganz im Gegenteil«, antwortete der Colonel herzlich, »ich erachte es als das größte Privileg, daß ich Ihre Arbeitsmethoden studieren durfte. Ich bekenne, daß sie meine Erwartungen weit übertreffen und daß ich völlig unfähig bin, mir Ihr Ergebnis zu erklären. Ich habe noch nicht die Spur eines Anhaltspunktes gesehen.«

»Ich fürchte, daß Sie meine Erklärung möglicherweise desillusioniert, aber es ist schon immer meine Gewohnheit gewesen, keine meiner Methoden zu verheimlichen, weder vor meinem Freund Watson noch vor sonst jemandem, der ihnen ein verständiges Interesse entgegenbringt. Aber da ich von der wilden Rauferei, die ich im Ankleidezimmer hatte, ziemlich geschwächt bin, denke ich, ich werde mich zunächst einmal mit einem Schlückchen Ihres Brandys bedienen, Colonel. Meine Kraft ist in jüngster Zeit ziemlich beansprucht worden.«

»Ich hoffe doch, Sie hatten keine dieser nervösen Attacken mehr.«

Sherlock Holmes lachte von Herzen. »Dazu kommen wir noch, wenn es Zeit ist«, sagte er. »Ich werde Ihnen einen Bericht des Falles in der richtigen Reihenfolge geben, und Ihnen dabei die verschiedenen Punkte aufzeigen, von denen ich mich in meiner Entscheidung leiten ließ. Bitte unterbrechen Sie mich, wenn es irgendeine Folgerung gibt, die Ihnen nicht vollkommen klar ist.

In der Detektivkunst ist die Fähigkeit von höchster Bedeutung, aus einer Reihe von Umständen zu erkennen, welche nebensächlich und welche wesentlich sind. Andernfalls verzettelt man zwangsläufig seine Energie und Aufmerksamkeit, anstatt sie zu konzentrieren. In diesem Fall nun hegte ich von Anfang an nicht den geringsten Zweifel, daß der Schlüssel zu der ganzen Angelegenheit in dem Papierfetzen in der Hand des Toten zu suchen war.

Bevor ich darauf eingehe, möchte ich Ihre Aufmerksamkeit

darauf lenken, daß, wenn Alec Cunninghams Bericht zuträfe und der Angreifer, nachdem er William Kirwan erschossen hatte, *sofort* geflohen wäre, es offenkundig nicht er gewesen sein könnte, der das Papier aus der Hand des Toten riß. Doch wenn er es nicht war, muß es Alec Cunningham selbst gewesen sein, denn zu dem Zeitpunkt, da der alte Herr heruntergekommen war, waren schon einige Dienstboten an Ort und Stelle. Es ist ein simpler Umstand, doch der Inspektor hatte ihn übersehen, weil er von der Annahme ausging, diese Grafschafts-Magnaten hätten mit der Sache nichts zu schaffen. Nun mache ich es mir aber zum Prinzip, niemals irgendwelche Vorurteile zu haben und fügsam überallhin zu folgen, wo die Wirklichkeit mich hinführen mag, und so kam es, daß ich schon im ersten Stadium der Nachforschung die Rolle, die Mr. Alec Cunningham gespielt hatte, mit Mißtrauen betrachtete.

Und dann nahm ich eine sehr sorgfältige Untersuchung des Papiereckchens vor, das der Inspektor uns übergeben hatte. Es war mir sofort klar, daß es den Teil eines höchst bemerkenswerten Dokuments bildete. Hier ist es. Bemerken Sie daran nicht etwas sehr Bezeichnendes?«

»Es sieht sehr unregelmäßig aus«, sagte der Colonel.

»Mein Verehrtester«, rief Holmes, »es kann nicht den leisesten Zweifel daran geben, daß es von zwei Personen geschrieben wurde, die sich mit den Wörtern abwechselten. Wenn ich Ihre Aufmerksamkeit auf das rundliche ›V‹ von ›Viertel‹ lenke und Sie bitte, es mit dem spitzen von ›vor‹ zu vergleichen, so werden sie den Sachverhalt sogleich erkennen. Eine ganz kurze Analyse dieser beiden Worte würde Sie in die Lage versetzen, mit voller Gewißheit sagen zu können, daß das ›erfahren‹ und das ›überraschen‹ in der schwächeren und das ›kommen‹ in der stärkeren Handschrift geschrieben ist.«

»Donnerwetter, das ist sonnenklar!« rief der Colonel. »Warum um alles in der Welt sollten zwei Menschen auf diese Weise einen Brief schreiben?«

»Offensichtlich ging es um eine üble Sache, und einer der Männer, der dem anderen mißtraute, war entschlossen, daß beide den gleichen Anteil an der Sache haben sollten. Nun war von den beiden Männern eindeutig der, der das ›vor‹ und das ›sehr‹ schrieb, der Anführer.«

»Wie kommen Sie darauf?«

»Wir könnten das schon aus dem Charakter der einen Handschrift im Vergleich zur anderen deduzieren. Aber wir haben noch gewichtigere Gründe für diese Annahme. Wenn Sie diesen Fetzen aufmerksam mustern, werden Sie zu dem Schluß kommen, daß der Mann mit der kräftigeren Handschrift alle seine Wörter zuerst schrieb und für den anderen freie Stellen zum Ausfüllen ließ. Diese freien Stellen waren nicht immer ausreichend, und Sie können erkennen, daß der zweite Mühe hatte, sein ›Viertel‹ zwischen das ›um‹ und das ›vor‹ zu quetschen, was zeigt, daß letztere bereits geschrieben waren. Der Mann, der alle seine Worte als erster schrieb, ist zweifellos der Mann, der diese Affaire plante.«

»Ausgezeichnet!« rief Mr. Acton.

»Aber sehr oberflächlich«, sagte Holmes. »Nun allerdings kommen wir zu einem Punkt, der von Bedeutung ist. Es mag Ihnen nicht bewußt sein, daß die Experten eine beachtliche Genauigkeit entwickelt haben in der Bestimmung des Alters eines Menschen aufgrund seiner Handschrift. In normalen Fällen kann man einen Mann mit leidlicher Gewißheit seinem tatsächlichen Jahrzehnt zuordnen. Ich sage in normalen Fällen, denn Krankheit und physische Schwäche bringen die Merkmale hohen Alters hervor, selbst wenn der Leidende jung ist. In diesem Falle können wir, wenn wir die kühne, kräftige Handschrift des einen und das recht gebrochene Erscheinungsbild der anderen betrachten, die ihre Lesbarkeit noch bewahrt, wiewohl das ›v‹ schon seine Spitze einzubüßen beginnt, sagen, daß der eine ein junger Mann und der andere schon in fortgeschrittenem Alter war, ohne eigentlich hinfällig zu sein.«

»Ausgezeichnet!« rief Mr. Acton erneut.

»Es gibt indessen einen weiteren Punkt, der subtiler und von größerem Interesse ist. Die beiden Handschriften haben etwas gemeinsam. Sie gehören zu Männern, die Blutsverwandte sind. Ihnen mag das an den ›s‹ am deutlichsten sein, für mich jedoch gibt es viele kleine Merkmale, die auf dasselbe hindeuten. Ich habe überhaupt keinen Zweifel daran, daß an diesen beiden Schriftproben ein Familien-Manierismus festgestellt werden kann. Ich teile Ihnen jetzt natürlich nur die wichtigsten Ergebnisse meiner Untersuchung des Papiers mit. Es gab noch dreiundzwanzig andere Deduktionen, die für Experten interessanter wären als für Sie. Sie alle vertieften meinen Eindruck mehr und mehr, daß die beiden Cunninghams, Vater und Sohn, den Brief geschrieben hatten.

So weit gekommen, bestand mein nächster Schritt natürlich darin, die Einzelheiten des Verbrechens zu untersuchen und festzustellen, wie weit sie uns bringen würden. Ich ging mit dem Inspektor zum Haus hinüber und sah alles, was es zu sehen gab. Die Verletzung des Toten war, wie ich mit absoluter Gewißheit feststellen konnte, durch einen aus einer Entfernung von etwas über vier Yards abgegebenen Revolverschuß verursacht worden. An den Kleidern befand sich kein Pulverschmauch. Offensichtlich hatte also Alec Cunningham gelogen, als er sagte, zwei Männer hätten miteinander gekämpft, als der Schuß fiel. Außerdem waren sich Vater und Sohn darin einig, an welcher Stelle der Mann auf die Straße entkam. An diesem Punkt jedoch befindet sich, wie es der Zufall will, ein ziemlich breiter Graben, dessen Grund feucht ist. Da es um diesen Graben keine Anzeichen von Stiefelspuren gab, war ich nicht nur absolut sicher, daß die Cunninghams wieder gelogen hatten, sondern auch, daß überhaupt kein Unbekannter sich je am Schauplatz befunden hatte.

Und nun mußte ich das Motiv dieses eigentümlichen Verbrechens ins Auge fassen. Um das zu ermitteln, bemühte ich mich zunächst einmal, den Grund des ersten Einbruchs bei Mr. Acton herauszufinden. Einigem, was der Colonel uns erzählte, entnahm ich, daß zwischen Ihnen, Mr. Acton, und den Cunninghams ein Rechtsstreit im Gange war. Natürlich kam mir sofort der Gedanke, daß sie mit der Absicht in Ihre Bibliothek eingebrochen waren, irgendeines Dokumentes habhaft zu werden, das in dem Fall von Bedeutung sein könnte.«

»Ganz recht«, sagte Mr. Acton; »es kann nicht den leisesten Zweifel geben, was ihre Absichten waren. Ich habe den eindeutigsten Anspruch auf die Hälfte ihres derzeitigen Besitzes, und wenn sie ein einziges Papier hätten finden können – das glücklicherweise im Tresor meiner Anwälte verwahrt ist –, hätte unsere Sache zweifellos sehr schlecht gestanden.«

»Da haben Sie es!« sagte Holmes lächelnd. »Es war ein gefährliches, verwegenes Unterfangen, in dem ich den Einfluß des jungen Alec zu erkennen vermeinte. Da sie nichts gefunden hatten, versuchten sie, den Verdacht dadurch zu zerstreuen, daß sie es wie einen gewöhnlichen Einbruch aussehen ließen, zu welchem Zweck sie mitnahmen, was ihnen gerade in die Hände fiel. Das ist alles soweit klar, aber es gab noch viel, was unklar war. Was ich vor allem wollte, war das fehlende Stück jener Notiz. Ich war sicher, daß Alec es der Hand des Toten entrissen hatte, und fast sicher, daß er es in die Tasche seines Schlafrocks gesteckt hatte. Wo sonst konnte er es hingetan haben? Die einzige Frage war, ob es immer noch dort war. Es war der Mühe wert, das herauszufinden, und zu diesem Ende gingen wir alle zum Haus hinüber.

Die Cunninghams gesellten sich, wie Sie sich zweifellos erinnern werden, vor der Küchentür zu uns. Es war natürlich von allergrößter Bedeutung, daß sie nicht an dieses Papier erinnert wurden, andernfalls sie es natürlich ohne Verzug vernichtet hätten. Der Inspektor stand im Begriff, ihnen zu erzählen, welche Bedeutung man ihm beimaß, als ich durch den glücklichsten Zufall auf der Welt in einer Art Anfall zu Boden stürzte und so das Gespräch auf etwas anderes brachte.«

»Gütiger Himmel!« rief der Colonel lachend. »Wollen Sie damit etwa sagen, daß unser Mitgefühl verschwendet und Ihr Anfall Schauspielerei war?«

»Vom fachlichen Standpunkt aus war es eine bewundernswerte Leistung«, rief ich und blickte voller Staunen diesen

Mann an, der mich immer wieder mit einem neuen Aspekt seines Scharfsinns verwirrte.

»Es ist eine Kunst, die oft nützlich ist«, sagte er. »Als ich mich erholt hatte, vermochte ich mit einem Kniff, der möglicherweise als nicht ganz phantasielos zu bezeichnen wäre, den alten Cunningham dazu zu bewegen, das Wort ›zwölf‹ zu schreiben, damit ich es mit dem Wort ›zwölf‹ auf dem Papier vergleichen konnte.«

»Oh, was für ein Esel ich gewesen bin!« stieß ich hervor.

»Ich konnte sehen, daß Sie mich ob meiner Schwäche bedauerten«, sagte Holmes lachend. »Es tat mir leid, Ihnen den mitfühlenden Schmerz zu bereiten, den Sie, wie ich wußte, empfanden. Wir gingen dann zusammen nach oben, und als ich den Raum betreten und den Schlafrock hinter der Tür hatte hängen sehen, brachte ich es, indem ich einen Tisch umstieß, fertig, ihre Aufmerksamkeit einen Augenblick lang festzuhalten, und huschte zurück, um die Taschen zu durchsuchen. Kaum hatte ich jedoch das Papier gefunden, das sich, wie erwartet, in der einen befand, als die beiden Cunninghams über mich kamen und mich, so glaube ich wahrhaftig, auf der Stelle ermordet hätten, wenn Ihre prompte und freundliche Hilfe nicht gewesen wäre. Tatsächlich spüre ich jetzt noch den Griff des jungen Mannes an meiner Kehle, und der Vater hat mir in dem Bestreben, das Papier zu entwinden, das Handgelenk verdreht. Sie erkannten, daß ich alles wissen mußte, sehen Sie, und der plötzliche Umschlag von absoluter Sicherheit in völlige Hoffnungslosigkeit machte sie gänzlich verzweifelt.

Ich hatte hinterher eine kleine Unterredung mit dem alten Cunningham über das Motiv des Verbrechens. Er war recht fügsam, während sein Sohn sich wie der reinste Teufel gebärdete, bereit, sich oder jeden anderen durch den Kopf zu schießen, wenn er an seinen Revolver herangekommen wäre. Als Cunningham erkannte, daß die Beweise gegen ihn so schwer wogen, verließ ihn all sein Mut, und er redete sich alles vom Herzen. Es scheint, daß William seinen beiden Herren in der Nacht, als sie in Mr. Actons Haus einbrachen, heimlich gefolgt war und, nachdem er sie so in seine Gewalt bekommen hatte, sie zu erpressen begann, mit der Drohung, er würde sie bloßstellen. Mr. Alec allerdings war ein gefährlicher Partner für derartige Spielchen. Es war von seiner Seite ein ausgesprochener Geniestreich, daß er in der Panik vor Einbrechern, die die Gegend ergriffen hatte, eine Gelegenheit erkannte, den Mann, den er fürchtete, auf plausible Weise loszuwerden. William wurde herbeigelockt und erschossen; und hätten sie nur die ganze Notiz in die Hand bekommen und bei ihren *accessoires* ein bißchen mehr auf die *détails* geachtet, so wäre möglicherweise nie ein Verdacht erregt worden.«

»Und die Notiz?« fragte ich.

Sherlock Holmes legte das zusammengesetzte Papier vor uns hin.

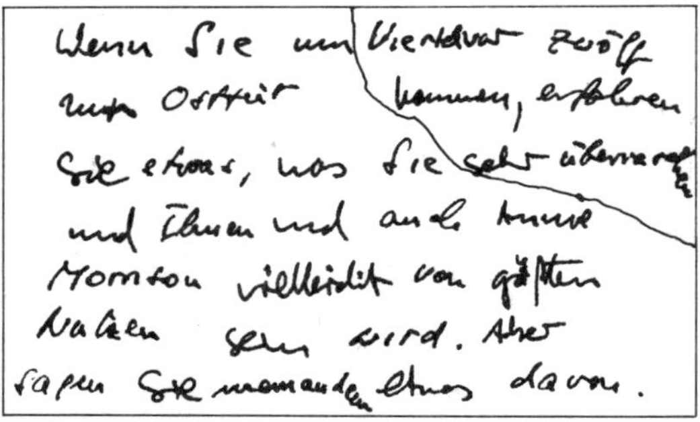
Wenn Sie um Viertelvor zwölf
zum Osttor kommen, erfahren
Sie etwas, was Sie sehr überraschen
und Ihnen und auch Annie
Morrison vielleicht von größtem
Nutzen sein wird. Aber
sagen Sie niemandem etwas davon.

»Sie entspricht so ziemlich dem, was ich erwartete«, sagte er. »Natürlich wissen wir noch nicht, welche Beziehungen zwischen Alec Cunningham, William Kirwan und Annie Morrison bestanden haben mögen. Das Ergebnis zeigt, daß der Köder in der Falle geschickt gewählt war. Ich bin überzeugt, Sie können nicht verfehlen, von den in den ›d‹s und den Unterlängen der ›g‹s zutagetretenden Spuren von Vererbung entzückt zu sein. Das Fehlen der i-Punkte in der Schrift des alten Mannes ist auch höchst charakteristisch. Watson, ich denke, unser ruhiger Aufenthalt auf dem Lande war ein ausgesprochener Erfolg, und ich werde morgen gewiß sehr gekräftigt in die Baker Street zurückkehren.«

DER VERWACHSENE

Eines Nachts im Sommer, einige Monate nach meiner Heirat, saß ich an meinem eigenen Herde, rauchte eine letzte Pfeife und döste über einem Roman, denn meine Tagesarbeit war anstrengend gewesen. Meine Frau war schon nach oben gegangen, und etwas früher hatte das Geräusch der Eingangstür, die zugeschlossen wurde, mir verraten, daß sich auch die Dienstboten zurückgezogen hatten. Ich hatte mich von meinem Sessel erhoben und klopfte gerade die Asche aus meiner Pfeife, als ich plötzlich die Glocke anschlagen hörte.

Ich sah auf die Uhr. Es war Viertel vor zwölf. Das konnte zu dieser späten Stunde kein Besucher sein. Ein Patient, offensichtlich, und möglicherweise eine Nachtsitzung. Mit säuerlichem Gesicht ging ich in die Halle hinaus und öffnete die Tür. Zu meinem Erstaunen war es Sherlock Holmes, der auf meiner Schwelle stand.

»Ah, Watson«, sagte er, »ich hatte gehofft, es sei noch nicht zu spät, Sie anzutreffen.«

»Mein lieber Freund, bitte kommen Sie doch herein.«

»Sie sehen überrascht aus, kein Wunder! Auch erleichtert, nehme ich an! Hm! Sie rauchen also immer noch die Arcadia-Mischung Ihrer Junggesellen-Zeit! Die flockige Asche auf Ihrem Rock ist nicht zu verkennen. Es läßt sich leicht feststellen, daß Sie gewohnt waren, eine Uniform zu tragen, Watson; Sie werden nie als reinrassiger Zivilist durchgehen, solange Sie diese Gewohnheit beibehalten, Ihr Taschentuch im Ärmel zu tragen. Könnten Sie mich heute nacht beherbergen?«

»Mit Vergnügen.«

»Sie haben mir erzählt, Sie hätten Junggesellenquartier für einen, und wie ich sehe, haben Sie im Augenblick keinen Gentleman zu Besuch, wie Ihr Hutständer verrät.«

»Ich würde mich freuen, wenn Sie blieben.«

»Danke. Dann nehme ich jetzt einen freien Haken in Beschlag. Tut mir leid, daß Sie ein Exemplar des Britischen Handwerkers im Hause hatten. Er ist ein Zeichen des Bösen. Nicht die Kanalisation, hoffe ich?«

»Nein, das Gas.«

»Aha! Er hat zwei Nagelspuren seines Stiefels auf Ihrem Linoleum hinterlassen, genau da, wo das Licht hinfällt. Nein, danke, ich habe in Waterloo zu Abend gegessen, aber ich rauche mit Vergnügen eine Pfeife mit Ihnen.«

Ich reichte ihm meinen Tabaksbeutel, und er setzte sich mir gegenüber und rauchte eine Weile schweigend. Ich wußte wohl, daß nur eine Angelegenheit von Bedeutung ihn zu dieser Stunde zu mir geführt haben konnte, und so wartete ich geduldig, bis er darauf zu sprechen kommen würde.

»Wie ich sehe, sind Sie im Augenblick beruflich ziemlich ausgelastet«, sagte er, indem er recht scharf zu mir herübersah.

»Ja, ich hatte einen arbeitsreichen Tag«, antwortete ich. »Es mag in Ihren Augen sehr töricht erscheinen«, fügte ich hinzu, »aber ich weiß wirklich nicht, wie Sie das wieder deduziert haben.«

Er kicherte in sich hinein.

»Ich habe den Vorteil, Ihre Gewohnheiten zu kennen, mein lieber Watson«, sagte er. »Wenn Sie wenige Patienten besuchen, gehen Sie zu Fuß, und wenn es viele sind, nehmen Sie einen Hansom. Da ich bemerke, daß Ihre Schuhe, wiewohl getragen, keineswegs schmutzig sind, kann ich nicht daran zweifeln, daß Sie gegenwärtig beschäftigt genug sind, um den Hansom zu rechtfertigen.«

»Exzellent!« rief ich.

»Elementar«, sagte er. »Es handelt sich um eines der Beispiele, wo der logisch Denkende einen Effekt erzielen kann, der seinem Gegenüber bemerkenswert erscheint, weil diesem der eine, kleine Umstand entgangen ist, der die Basis der Deduktion bildet. Das gleiche, mein lieber Freund, gilt für den Effekt einiger Ihrer kleinen Erzählungen, der höchst anrüchig ist, da er nun einmal davon abhängt, daß Sie einige Umstände eines Problems für sich behalten, statt sie den Lesern mitzuteilen. Und augenblicklich bin ich in der Lage eben dieser Leser, denn ich halte wohl einige Fäden eines der seltsamsten Fälle, die je den Verstand eines Menschen verwirrten, in der Hand, aber es fehlen mir der eine oder die zwei, die erforderlich sind, um meine Theorie zu vervollständigen. Doch ich werde sie finden, Watson, ich werde sie finden!« Seine Augen leuchteten auf, und eine leichte Röte schoß in seine schmalen Wangen. Für einen Augenblick hatte sich der Schleier über seinem lebhaften, intensiven Wesen gehoben, doch nur für einen Augenblick. Als ich wieder hinsah, hatte sein Gesicht wieder jene indianische Ausdruckslosigkeit angenommen, die so viele veranlaßt hatte, ihn eher als Maschine denn als Menschen zu betrachten.

»Das Problem weist interessante Züge auf«, sagte er; »ich darf sogar sagen, höchst außergewöhnliche, interessante Züge. Ich habe mir die Sache schon mal angeschaut und bin, wie ich meine, auf Sichtweite an die Lösung herangekommen. Wenn Sie mich bei diesem letzten Schritt begleiten könnten, dürfte das von erheblichem Nutzen sein.«

»Es würde mich freuen.«

»Könnten Sie morgen nach Aldershot reisen?«

»Ich zweifle nicht, daß Jackson für mich die Praxis hüten würde.«

»Sehr gut. Ich möchte morgen mit dem 11 Uhr 10 ab Waterloo fahren.«

»Das würde mir reichen.«

»Dann will ich Ihnen, wenn Sie nicht zu schläfrig sind, einen Überblick darüber geben, was geschehen ist und was noch zu tun bleibt.«

»Ich war schläfrig, ehe Sie kamen. Jetzt bin ich recht munter.«

»Ich werde die Geschichte straffen, soweit dies möglich ist, ohne etwas für den Fall Wesentliches wegzulassen. Es ist denkbar, daß Sie vielleicht sogar einen Bericht darüber gelesen haben. Es handelt sich um den mutmaßlichen Mord an Colonel Barclay von den Royal Mallows in Aldershot, den ich untersuche.«

»Ich habe nichts darüber gehört.«

»Er hat noch nicht viel Aufmerksamkeit erregt, außer vor Ort. Die Ereignisse liegen erst zwei Tage zurück. Kurzgefaßt sind es folgende:

Die Royal Mallows sind, wie Sie wissen, eines der berühmtesten Irischen Regimenter der Britischen Armee. Es hat sowohl auf der Krim als auch beim Sepoy-Aufstand Wunder gewirkt und sich seither bei jeder denkbaren Gelegenheit ausgezeichnet bewährt. Bis Montag abend wurde es von James Barclay kommandiert, einem tapferen Veteranen, der als einfacher Gemeiner anfing, wegen seiner Tapferkeit zur Zeit des Aufstands in den Offiziersrang erhoben wurde und so das Kommando über das Regiment erhielt, in dem er einst eine Muskete getragen hatte.

Colonel Barclay hatte geheiratet, als er noch Sergeant war, und seine Frau, deren Mädchenname Miss Nancy Devoy lautete, war die Tochter eines ehemaligen Colour-Sergeants im selben Corps. Es kam daher, wie man sich vorstellen kann, zu kleinen gesellschaftlichen Mißhelligkeiten, als sich das junge Paar (denn sie waren noch jung) in seiner neuen Umgebung einfand. Sie scheinen sich jedoch rasch angepaßt zu haben, und Mrs. Barclay ist, wie ich höre, bei den Damen des Regiments stets ebenso beliebt gewesen wie ihr Gatte bei seinen Offizierskameraden. Ich darf hinzufügen, daß sie eine Frau von großer Schönheit gewesen und selbst heute, nach über dreißig Jahren Ehe, von eindrucksvollem Äußeren geblieben ist.

Colonel Barclays Familienleben scheint ein gleichbleibend glückliches gewesen zu sein. Major Murphy, dem ich die meisten meiner Angaben verdanke, versichert mir, er habe nie von irgendeiner Unstimmigkeit zwischen den beiden gehört. Im großen und ganzen, meint er, sei Barclays Zuneigung für seine Frau größer gewesen als die seiner Frau für Barclay. Er fühlte sich äußerst unbehaglich, wenn er nur einen Tag von ihr getrennt war. Sie andererseits, wiewohl ihm zugeneigt und treu ergeben, zeigte weniger offensichtliche Anhänglichkeit. Aber die beiden wurden im Regiment geradezu als Vorbild eines Paares von mittlerem Alter betrachtet. Es gab in ihrer Beziehung zueinander gar nichts, was die Tragödie hätte ahnen lassen, die sich einmal ereignen sollte.

Colonel Barclay selbst scheint einige eigentümliche Charakterzüge gehabt zu haben. In seiner üblichen Stimmung war er ein schneidiger, jovialer alter Soldat, doch gab es Anlässe, bei denen er sich offenbar beträchtlicher Heftigkeit und Rachsucht fähig zeigte. Diese Seite seines Wesens scheint sich jedoch nie gegen seine Frau gewendet zu haben. Eine weitere Tatsache, die Major Murphy und drei von fünf anderen Offizieren, mit denen ich mich unterhielt, aufgefallen war, war die eigentümliche Form von Niedergeschlagenheit, die ihn bisweilen überkam. Wie der Major es ausdrückte, sei ihm das Lächeln oft wie von einer unsichtbaren Hand vom Munde geschlagen worden, wenn er sich an den Späßen und der Neckerei im Offizierskasino beteiligte. Tagelang sei er, wenn ihn die Stimmung überkam, in tiefste Schwermut versunken. Dies und ein gewisser Anflug von Aberglaube waren die einzigen ungewöhnlichen Charakterzüge, die seine Offizierskameraden beobachtet hatten. Letztere Eigenart äußerte sich in Form einer Abneigung dagegen, allein gelassen zu werden, besonders nach Einbruch der Dunkelheit. Dieser kindliche Wesenszug in einem Charakter, der auffallend mannhaft war, hatte oft zu Bemerkungen und Mutmaßungen Anlaß gegeben.

Das erste Bataillon der Royal Mallows (welches das ehemalige 117te ist) ist seit einigen Jahren in Aldershot stationiert. Die verheirateten Offiziere wohnen außerhalb der Kaserne, und der Colonel hatte während all dieser Zeit eine Villa namens Lachine inne, etwa eine halbe Meile vom North Camp entfernt. Das Haus steht auf einem eigenen Grundstück, doch seine Westseite ist nicht weiter als dreißig Yards von der Landstraße entfernt. Ein Kutscher und zwei Mädchen bilden die

Dienerschaft. Sie waren, zusammen mit ihrem Herrn und ihrer Herrin, die einzigen Bewohner von Lachine, denn die Barclays hatten keine Kinder, noch hatten sie üblicherweise Besucher bei sich wohnen.

Nun zu den Ereignissen in Lachine zwischen neun und zehn vergangenen Montagabend.

Mrs. Barclay war, so scheint es, Angehörige der Römisch-Katholischen Kirche und hatte sich die Gründung der St. Georgs-Vereinigung sehr angelegen sein lassen, die in Verbindung mit der Watt-Street-Kirche gebildet worden war, um die Armen mit abgelegten Kleidern zu versorgen. An diesem Abend fand um acht eine Zusammenkunft der Vereinigung statt, und Mrs. Barclay hatte sich mit ihrem Dinner beeilt, um teilnehmen zu können. Als sie das Haus verließ, hörte der Kutscher, wie sie sich von ihrem Gatten mit einer Floskel verabschiedete und ihm versicherte, sie werde bald wieder zurück sein. Dann holte sie Miss Morrison ab, eine junge Dame, die in der Nachbarvilla wohnt, und die beiden gingen gemeinsam zu ihrer Zusammenkunft. Sie dauerte vierzig Minuten, und um Viertel nach neun kehrte Mrs. Barclay nach Hause zurück, nachdem sie sich unterwegs von Miss Morrison an deren Tür verabschiedet hatte.

Es gibt in Lachine ein Damenzimmer, das meist morgens benutzt wird. Es liegt zur Straße und eine große, gläserne Flügeltür geht auf den Rasen hinaus. Dieser Rasen ist dreißig Yards breit und von der Landstraße nur durch eine niedrige Mauer mit einem Eisengeländer getrennt. In dieses Zimmer begab sich Mrs. Barclay nach ihrer Rückkehr. Die Jalousien waren nicht herabgelassen, denn das Zimmer wurde abends selten benutzt, doch Mrs. Barclay zündete selbst die Lampe an, läutete sodann die Glocke und wies Jane Stewart an, das Hausmädchen, ihr eine Tasse Tee zu bringen, was gar nicht ihren üblichen Gewohnheiten entsprach. Der Colonel hatte im Speisezimmer gesessen, gesellte sich jedoch, als er hörte, daß seine Frau zurückgekehrt war, zu ihr ins Damenzimmer. Der Kutscher sah ihn die Halle durchqueren und es betreten. Er wurde nie mehr lebend gesehen.

Der Tee, der bestellt worden war, wurde nach Ablauf von zehn Minuten gebracht, doch hörte das Mädchen, als sie sich der Tür näherte, zu ihrem Erstaunen die Stimmen ihres Herrn und ihrer Herrin in wütendem Streit. Sie klopfte, ohne eine Antwort zu erhalten, und drehte sogar den Knauf, stellte aber fest, daß die Tür von innen verschlossen war. Ganz natürlicherweise lief sie hinunter, um es der Köchin zu erzählen, und die beiden Frauen kamen mit dem Kutscher nach oben in die Halle und lauschten der Auseinandersetzung, die immer noch tobte. Alle sind sich einig, daß nur zwei Stimmen zu hören waren, die von Barclay und seiner Frau. Barclays Bemerkungen waren gedämpft und abrupt, so daß keine von ihnen für die Lauscher verständlich war. Die der Dame andererseits waren überaus bitter und, als sie die Stimme erhob, deutlich zu vernehmen. ›Du Feigling!‹ wiederholte sie ein ums andere Mal. ›Was bleibt denn noch übrig? Gib mir mein Leben zurück. Ich will nicht einmal mehr die gleiche Luft atmen wie du! Du Feigling! Du Feigling!‹ Das waren Bruchstücke ihres Gesprächs, das mit einem plötzlichen angstvollen Aufschrei des Mannes, einem Krachen und einem durchdringenden Schrei der Frau endete. Überzeugt, daß sich eine Tragödie ereignet hatte, stürzte der Kutscher zur Tür und versuchte, sie gewaltsam zu öffnen, während von drinnen Schrei auf Schrei herausdrang. Er war jedoch außerstande, sich Zutritt zu verschaffen, und die Mädchen waren vor Angst zu bestürzt, um ihm irgend von Nutzen zu sein. Plötzlich kam ihm jedoch ein Gedanke und er rannte durch die Eingangstür ums Haus herum auf den Rasen, auf den die hohe Flügeltür ging. Ein Flügel der Tür stand offen, was, wie ich hörte, im Sommer durchaus üblich war, und er gelangte ohne Schwierigkeiten ins Zimmer. Seine Herrin hatte aufgehört zu schreien und lag besinnungslos auf eine Couch hingestreckt, während der unglückliche Soldat, dessen Füße über die Lehne eines Sessels hingen, mit dem Kopf neben der Ecke des Kamingitters auf dem Boden lag, mausetot in einer Lache seines Blutes.

Natürlich war der erste Gedanke des Kutschers, nachdem

er offensichtlich für seinen Herrn nichts mehr tun konnte, die Tür zu öffnen. Doch hier ergab sich eine unerwartete und eigenartige Schwierigkeit. Der Schlüssel steckte nicht auf der Innenseite der Tür, noch war er irgendwo im Zimmer aufzufinden. Er ging deshalb wieder durch die Flügeltür nach draußen und kehrte, nachdem er einen Polizisten und einen Arzt zu Hilfe gerufen hatte, zurück. Die Dame, gegen die sich natürlich der stärkste Verdacht richtete, wurde auf ihr Zimmer geschafft, immer noch besinnungslos. Sodann wurde der Leichnam des Colonels auf das Sofa gelegt und eine sorgfältige Untersuchung des Schauplatzes der Tragödie vorgenommen.

Bei der Verletzung, die der unglückliche Veteran erlitten hatte, handelte es sich, wie man feststellte, um eine etwa zwei Inches lange Wunde mit ausgefransten Rändern an seinem Hinterkopf, die offenbar durch einen kräftigen Hieb mit einer stumpfen Waffe verursacht worden war. Es war nicht weiter schwierig zu raten, was diese Waffe gewesen sein konnte. Auf dem Boden, dicht neben dem Leichnam, lag ein eigenartiger Stock aus geschnitztem Hartholz mit beinernem Griff. Der Colonel besaß eine vielfältige Kollektion von Waffen, die er aus den verschiedenen Ländern, in denen er gekämpft hatte, mitgebracht hat, und die Polizei vermutet, daß dieser Knüttel zu seinen Trophäen gehörte. Die Dienstboten bestreiten, ihn je zuvor gesehen zu haben, aber er könnte unter den zahlreichen Kuriositäten im Hause gut übersehen worden sein. Die Polizei hat in dem Zimmer nichts weiter von Bedeutung entdeckt, ausgenommen die unerklärliche Tatsache, daß weder bei Mrs. Barclay noch bei dem Opfer noch irgendwo im Zimmer der fehlende Schlüssel aufzufinden war. Die Tür mußte schließlich von einem Schlosser aus Aldershot geöffnet werden.

Das war die Lage der Dinge, Watson, als ich mich am Dienstag morgen auf Ersuchen von Major Murphy nach Aldershot aufmachte, um die Bemühungen der Polizei zu ergänzen. Sie werden wohl zustimmen, daß das Problem bereits von Interesse war, doch meine Beobachtungen erwiesen es bald als in Wahrheit noch viel außergewöhnlicher, als es auf den ersten Blick erscheinen mochte.

Bevor ich das Zimmer untersuchte, nahm ich die Dienstboten ins Kreuzverhör, doch brachte ich lediglich den Sachverhalt ans Licht, den ich bereits dargelegt habe. Ein weiteres Detail von Interesse fiel Jane Stewart ein, dem Hausmädchen. Sie erinnern sich, daß sie auf den Lärm des Streites hin nach unten ging und mit den anderen Dienstboten zurückkam. Bei diesem ersten Mal, als sie allein war, sagt sie, seien die Stimmen ihres Herrn und ihrer Herrin so leise gewesen, daß sie kaum etwas habe hören können und viel mehr aus ihrer Tonlage als aus ihren Worten geschlossen habe, daß sie sich zankten. Als ich jedoch in sie drang, fiel ihr ein, daß sie die Dame zweimal das Wort ›David‹ habe äußern hören. Der Umstand ist von größter Bedeutung, indem er uns zu der Ursache des plötzlichen Streites hinführt. Der Name des Colonels ist, wie Sie sich erinnern, James.

Es gab etwas an dem Fall, das sowohl auf die Dienstboten als auch auf die Polizei den tiefsten Eindruck machte. Das war das verzerrte Gesicht des Colonels. Es war ihrem Bericht zufolge zum fürchterlichsten Ausdruck von Furcht und Entsetzen erstarrt, den ein menschliches Antlitz nur annehmen kann. Mehr als einem Menschen schwanden bei seinem bloßen Anblick die Sinne, so schrecklich war die Wirkung. Es war ganz sicher, daß er sein Schicksal vorausgesehen und daß es ihn mit äußerstem Entsetzen erfüllt hatte. Dies paßte natürlich recht gut zur Theorie der Polizei, falls der Colonel gesehen haben könnte, wie seine Frau ihn attackierte. Und die Tatsache, daß sich die Wunde an seinem Hinterkopf befand, war auch noch kein entscheidender Einwand dagegen, da er sich herumgedreht haben mochte, um dem Hieb zu entgehen. Kein Aufschluß war von der Dame selbst zu erhalten, die aufgrund eines akuten Anfalls von Gehirnfieber vorübergehend von Sinnen war.

Von der Polizei erfuhr ich, daß Miss Morrison, die, wie Sie

sich erinnern, an jenem Abend mit Mrs. Barclay ausgegangen war, bestritt, Kenntnis davon zu haben, was die üble Laune, in der ihre Begleiterin zurückgekehrt war, verursacht haben mochte.

Nachdem ich diese Tatsachen beisammen hatte, Watson, rauchte ich darüber einige Pfeifen und versuchte die entscheidenden von denen zu trennen, die bloß nebensächlich waren. Es konnte keinen Zweifel geben, daß die bezeichnendste und vielsagendste Einzelheit in dem Fall das eigentümliche Verschwinden des Türschlüssels war. Eine höchst sorgfältige Suche hatte ihn im Zimmer nicht zutage fördern können. Deshalb mußte er daraus entfernt worden sein. Doch weder der Colonel noch die Frau des Colonels konnten ihn genommen haben. Deshalb mußte eine dritte Person den Raum betreten haben. Und diese dritte Person konnte nur durch die Flügeltür hereingekommen sein. Eine sorgfältige Untersuchung des Zimmers und des Rasens würde möglicherweise einige Spuren dieses mysteriösen Individuums ans Licht bringen können. Sie kennen meine Methoden, Watson. Es gab nicht eine, die ich bei der Suche nicht anwandte. Und es endete damit, daß ich Spuren entdeckte, indes ganz andere als die erwarteten. Es war ein Mann im Zimmer gewesen, und er hatte, von der Straße kommend, den Rasen überquert. Ich konnte fünf sehr klare Abdrücke seiner Fußspuren sichern – einen auf der Straße selbst, an der Stelle, wo er die niedrige Mauer überklettert hatte, zwei auf dem Rasen, und zwei sehr schwache auf den gebeizten Dielen bei der Flügeltür, wo er eingestiegen war. Er war augenscheinlich über den Rasen geeilt, denn die Abdrücke seiner Fußspitzen waren tiefer als die seiner Absätze. Aber es war nicht der Mann, der mich überraschte. Es war sein Begleiter.«

»Sein Begleiter!«

Holmes zog einen großen Bogen Seidenpapier aus der Tasche und entfaltete ihn sorgfältig auf dem Knie.

»Was halten Sie davon?« fragte er.

Das Papier war von den Fußspuren eines kleinen Tieres

bedeckt. Es hatte fünf deutlich erkennbare Pfotenballen, eine Andeutung langer Krallen, und der gesamte Abdruck mochte beinahe so groß sein wie ein Dessert-Löffel.

»Es ist ein Hund«, sagte ich.

»Haben Sie je von einem Hund gehört, der einen Vorhang hinauflief? Ich habe eindeutige Spuren gefunden, daß das Wesen dies getan hat.«

»Also ein Affe?«

»Aber es ist nicht der Abdruck eines Affen.«

»Was also kann es sein?«

»Weder Hund noch Katze, noch Affe, noch irgendein Wesen, das uns vertraut ist. Ich habe versucht, es aus den Abmessungen zu rekonstruieren. Hier sind vier Abdrücke, wo das Tier stillstand. Sie sehen, daß der Abstand zwischen Vorder- und Hinterpfote nicht weniger als fünfzehn Inches beträgt. Rechnen Sie dem die Länge von Hals und Kopf hinzu, und Sie haben ein Wesen, das nicht viel weniger als zwei Fuß lang ist – wahrscheinlich länger, falls es einen Schwanz hat. Doch nun beachten Sie diese andere Abmessung. Das Tier war in Bewegung, und wir haben seine Schrittlänge. In jedem Falle beträgt sie nur etwa drei Inches. Sie haben also einen Hinweis auf einen langgestreckten Körper mit sehr kurzen Beinen daran. Leider war es nicht so rücksichtsvoll, irgendwelche Haare zurückzulassen. Aber seine ungefähre Gestalt muß so sein, wie von mir angedeutet, und es kann einen Vorhang hinauflaufen und ist ein Fleischfresser.«

»Wie deduzieren Sie das?«

»Weil es den Vorhang hinauflief. Ein Kanarienvogelkäfig hing im Fenster, und es scheint vorgehabt zu haben, dem Vogel an den Kragen zu gehen.«

»Was für ein Tier war es also?«

»Ah, wenn ich ihm einen Namen geben könnte, so dürfte uns das ein gutes Stück an die Lösung des Falles heranführen. Im großen und ganzen gehört es wahrscheinlich zur Wiesel- oder Hermelin-Familie – und doch ist es größer als jedes dieser Tiere, das ich je gesehen habe.«

»Aber was hatte es mit dem Verbrechen zu tun?«

»Auch das liegt noch im dunkeln. Aber wir haben doch eine ganze Menge erfahren. Wir wissen, daß ein Mann auf der Straße stand und den Streit zwischen den Barclays mitansah – die Jalousien waren hochgezogen und das Zimmer erleuchtet. Wir wissen außerdem, daß er über den Rasen lief, begleitet von einem seltsamen Tier das Zimmer betrat und entweder den Colonel niederschlug, oder, was ebenso gut möglich ist, der Colonel ist bei seinem Anblick aus schierem Entsetzen gestürzt und hat sich an der Ecke des Kamingitters den Kopf verletzt. Und zu guter Letzt haben wir die merkwürdige Tatsache, daß der Eindringling den Schlüssel mit sich nahm, als er ging.«

»Dank ihren Entdeckungen scheint die Geschichte noch undurchsichtiger geworden zu sein als sie vorher schon war«, sagte ich.

»Ganz recht. Sie haben unzweifelhaft erwiesen, daß die Affaire weit tiefgründiger ist, als zunächst vermutet wurde. Ich überdachte die Angelegenheit und kam zu dem Schluß, daß ich den Fall von einem anderen Gesichtspunkt aus betrachten müsse. Aber wirklich, Watson, ich halte Sie wach, dabei könnte ich Ihnen all das ebenso gut morgen auf dem Wege nach Aldershot erzählen.«

»Danke, Sie sind schon zu weit gegangen um aufzuhören.«

»Ich war ganz sicher, daß Mrs. Barclay, als sie um halb acht aus dem Haus ging, mit ihrem Mann auf gutem Fuße stand. Sie war nie, wie ich wohl erwähnt habe, betont liebevoll, aber der Kutscher hörte sie auf freundliche Weise mit dem Colonel plaudern. Nun war es aber ebenso sicher, daß sie sich unmittelbar nach ihrer Rückkehr in das Zimmer begeben hatte, in dem ihren Gatten anzutreffen am wenigsten wahrscheinlich war, daß sie zu Tee Zuflucht genommen hatte, wie es eine erregte Frau zu tun pflegt, und schließlich, als er zu ihr hereinkam, in heftige Vorwürfe ausgebrochen war. Daher hatte sich zwischen halb acht und neun Uhr etwas ereignet, was ihre Gefühle ihm gegenüber völlig geändert hatte. Aber

Miss Morrison war während der gesamten anderthalb Stunden bei ihr gewesen. Es war daher absolut sicher, daß sie trotz ihres Leugnens etwas von der Sache wissen mußte.

Meine erste Vermutung war, zwischen dieser jungen Frau und dem alten Soldaten hätten möglicherweise gewisse Beziehungen bestanden, die sie der Ehefrau nun eingestanden hatte. Dies würde ihre aufgebrachte Rückkehr und auch das Leugnen des Mädchens erklären. Es wäre auch nicht gänzlich unvereinbar mit den aufgeschnappten Worten. Dagegen waren aber die Erwähnung von David und die bekannte Zuneigung des Colonels zu seiner Frau abzuwägen, ganz zu schweigen vom tragischen Eindringen jenes anderen Mannes, der natürlich mit dem, was vorausgegangen war, in keinerlei Verbindung stehen mochte. Es war nicht einfach, sich durchzufinden, aber alles in allem war ich geneigt, den Gedanken einer Beziehung zwischen dem Colonel und Miss Morrison aufzugeben, andererseits mehr denn je davon überzeugt, daß die junge Dame den Schlüssel dazu besaß, was es gewesen sein konnte, das Mrs. Barclay mit Haß gegen ihren Gatten erfüllte. Ich tat daher das Nächstliegende, sprach bei Miss Morrison vor, erklärte ihr, ich sei völlig sicher, daß sie über die Tatsachen Bescheid wisse, und versicherte ihr, ihre Freundin Mrs. Barclay könnte sich durchaus unter der Anschuldigung eines Kapitalverbrechens auf der Anklagebank wiederfinden, sofern die Sache nicht aufgeklärt würde.

Miss Morrison ist ein geradezu winziges, ätherisches junges Wesen, mit schüchternen Augen und blondem Haar, doch stellte ich fest, daß es ihr keineswegs an Scharfsinn und Vernunft gebricht. Sie saß eine Weile nachdenklich da, nachdem ich gesprochen hatte, wandte sich mir dann mit energisch entschlossener Miene zu und sprudelte eine bemerkenswerte Erklärung hervor, die ich Ihnen zuliebe zusammenfassen möchte.

›Ich habe meiner Freundin versprochen, nichts von der Sache zu sagen, und ein Versprechen ist ein Versprechen‹, sagte sie. ›Aber wenn ich ihr wirklich helfen kann, da eine so ernste

Anschuldigung gegen sie erhoben wird und die Lippen der Ärmsten durch Krankheit versiegelt sind, dann, glaube ich, bin ich von meinem Versprechen entbunden. Ich werde Ihnen genau erzählen, was Montag abend geschehen ist.

Wir kehrten etwa viertel nach neun von der Watt-Street-Kirche zurück. Auf unserem Weg mußten wir durch die Hudson Street gehen, die eine sehr ruhige Durchgangsstraße ist. Es gibt dort nur eine Laterne auf der linken Seite, und als wir uns dieser Laterne näherten, sah ich einen Mann mit stark gekrümmtem Rücken und so etwas wie einer über eine Schulter geschlungenen Kiste auf uns zukommen. Er schien mißgebildet zu sein, denn er hielt den Kopf tief und ging mit gebeugten Knien. Wir kamen an ihm vorbei, als er das Gesicht hob und uns in dem von der Laterne geworfenen Lichtkreis ansah, und als er das tat, blieb er stehen und schrie mit schrecklicher Stimme: 'Mein Gott, das ist ja Nancy!' Mrs. Barclay wurde totenblaß und wäre zu Boden gefallen, wenn das fürchterlich aussehende Geschöpf sie nicht aufgefangen hätte. Ich stand im Begriff, die Polizei zu rufen, doch sie sprach zu meiner Überraschung ganz gesittet mit dem Menschen.

'Ich dachte, du wärst seit dreißig Jahren tot, Henry', sagte sie mit bebender Stimme.

'Das war ich auch', sagte er, und es war entsetzlich, den Tonfall zu hören, in dem er das sagte. Er hatte ein sehr dunkles, furchterregendes Gesicht und ein Glimmen in den Augen, das mich in meinen Träumen verfolgt. Sein Haar und sein Bart waren grau durchwirkt, und sein Gesicht war ganz runzlig und faltig wie ein verdorrter Apfel.

'Geh nur ein Stückchen weiter, Liebes' sagte Mrs. Barclay. 'Ich möchte kurz sprechen mit diesem Mann. Du brauchst nichts zu befürchten.' Sie versuchte, beherzt zu sprechen, doch war sie immer noch totenblaß und brachte mit ihren zitternden Lippen die Worte kaum heraus.

Ich tat, worum sie mich gebeten hatte, und sie redeten ein paar Minuten miteinander. Dann kam sie mit blitzenden Augen die Straße entlang, und ich sah die verkrüppelte Jammergestalt beim Laternenpfahl stehen und die geballten Fäuste schütteln, als sei er rasend vor Wut. Sie sagte kein Wort, bis wir an der Tür hier waren, dann nahm sie mich bei der Hand und bat mich, niemandem zu erzählen, was geschehen war. ‘Es ist ein alter Bekannter von mir, der bessere Tage gesehen hat’, sagte sie. Als ich ihr versprach, daß ich nichts sagen würde, küßte sie mich, und seither habe ich sie nicht mehr gesehen. Ich habe Ihnen nun die ganze Wahrheit erzählt, und wenn ich sie vor der Polizei verschwiegen habe, so deshalb, weil mir damals nicht klar war, in welcher Gefahr meine liebe Freundin schwebte. Ich weiß jetzt, daß es nur zu ihrem Vorteil sein kann, daß alles bekannt wird.‹

Dies war ihre Erklärung, Watson, und für mich war sie, wie Sie sich vorstellen können, wie ein Licht in einer dunklen Nacht. Alles, was bis dahin zusammenhanglos gewesen war, begann mit einemmal, seinen Stellenwert zu finden. Mein nächster Schritt bestand naheliegenderweise darin, den Mann zu finden, der einen so bemerkenswerten Eindruck auf Mrs. Barclay gemacht hatte. Wenn er noch in Aldershot war, sollte das nicht allzu schwierig sein. Es gibt dort nicht allzu viele Zivilisten, und ein Mißgebildeter mußte gewiß Aufmerksamkeit erregen. Ich verbrachte einen Tag mit der Suche, und am Abend – am heutigen Abend, Watson – hatte ich ihn aufgespürt. Der Name des Mannes ist Henry Wood, und er bewohnt ein möbliertes Zimmer in eben der Straße, in der die Damen ihm begegneten. Er ist erst seit fünf Tagen dort. In der Rolle eines Beamten der Einwohnerkontrolle hielt ich einen höchst interessanten Schwatz mit seiner Hauswirtin. Der Mann ist von Beruf Zauberkünstler und Schausteller und zieht nach Einbruch der Nacht durch die Schenken, wo er in jeder eine kleine Vorführung gibt. Er trägt in seiner Kiste irgendein Geschöpf mit sich herum, dessentwegen die Hauswirtin beträchtliche Besorgnis zu empfinden schien, denn sie hatte noch nie ein derartiges Tier gesehen. Er benutzt es ihrem Bericht zufolge bei manchen seiner Tricks. Soviel konnte mir die Frau erzählen und außerdem, daß es ein Wunder sei, daß der Mann lebe, da er doch so verkrümmt sei, und daß er manchmal in einer fremden Sprache spreche und sie ihn die beiden letzten Nächte in seinem Zimmer habe stöhnen und weinen hören. Er sei in Ordnung, was Geld anginge, doch habe er ihr bei seiner Anzahlung etwas gegeben, das wie ein falscher Florin aussah. Sie zeigte ihn mir, Watson, und es war eine indische Rupie.

Sie sehen also, mein lieber Freund, wo genau wir stehen und warum ich Sie brauche. Es ist völlig klar, daß dieser Mann den Damen, als sie sich von ihm getrennt hatten, in einiger Entfernung folgte, daß er durch die Flügeltür den Streit zwischen Mann und Frau mitansah, daß er hineinstürzte und daß das Wesen, das er in seiner Kiste mit sich trug, entwischte. Das ist alles ganz sicher. Doch er ist der einzige Mensch auf dieser Welt, der uns genau sagen kann, was in diesem Zimmer geschah.«

»Und Sie haben die Absicht, ihn zu fragen?«

»Gewiß doch – aber in Gegenwart eines Zeugen.«

»Und ich bin der Zeuge?«

»Wenn Sie die Güte haben. Wenn er die Sache aufklären kann, gut und schön. Wenn er sich weigert, bleibt uns nichts anderes übrig, als einen Haftbefehl zu beantragen.«

»Aber woher wissen Sie, daß er dort sein wird, wenn wir zurückkehren?«

»Sie dürfen sicher sein, daß ich einige Vorkehrungen getroffen habe. Ich habe ihn von einem meiner Baker-Street-Jungen bewachen lassen, der an ihm kleben würde wie eine Klette, wohin er auch immer ginge. Wir werden ihn morgen in der Hudson Street vorfinden, Watson; und unterdessen wäre ich selbst der Verbrecher, wenn ich Sie noch länger vom Bett fernhielte.«

Es war Mittag, als wir uns am Schauplatz der Tragödie einfanden, und wir begaben uns unter Führung meines Gefährten sogleich zur Hudson Street. Trotz seiner Fähigkeit, seine Gefühle zu verbergen, konnte ich leicht erkennen, daß er in einem Zustand unterdrückter Erregung war, während mich selbst jenes halb sportliche, halb intellektuelle Vergnügen durchprickelte, das ich unweigerlich empfand, wenn ich mich ihm bei seinen Nachforschungen anschloß.

»Das ist die Straße«, sagte er, als wir in eine kurze, von schlichten, zweistöckigen Backsteinhäusern gesäumte Durchgangsstraße einbogen. »Ah! Da meldet sich Simpson zum Rapport.«

»Er's ganz sicher drin, Mr. Holmes«, rief ein kleiner Gassenjunge, der auf uns zugelaufen kam.

»Gut, Simpson!« sagte Holmes und tätschelte ihm den Kopf. »Kommen Sie mit, Watson. Das ist das Haus.« Er gab seine Karte ab mit der Mitteilung, er sei in einer wichtigen Angelegenheit hier, und kurz darauf standen wir dem Mann, den wir besuchen wollten, von Angesicht zu Angesicht gegenüber. Trotz der warmen Witterung kauerte er über einem Feuer, und das kleine Zimmer war wie ein Ofen. Der Mann saß dermaßen verkrümmt und gebeugt in seinem Stuhl, daß er einen nicht beschreibbaren Eindruck von Unförmigkeit hervorrief, doch das Gesicht, das er uns zuwandte, mußte, so ausgemergelt und dunkel es jetzt auch war, früher einmal bemerkenswert schön gewesen sein. Nun blickte er uns aus gelb unterlaufenen, galligen Augen mißtrauisch an und deutete, ohne zu sprechen oder aufzustehen, auf zwei Stühle.

»Mr. Henry Wood, kürzlich aus Indien zurückgekehrt, glaube ich?« sagte Holmes freundlich. »Ich bin wegen dieses kleinen Problems mit dem Tod von Colonel James Barclay gekommen.«

»Was soll denn ich darüber wissen?«

»Genau das wollte ich herausbekommen. Sie wissen, nehme ich an, daß, sofern die Angelegenheit nicht aufgeklärt wird, Mrs. Barclay, die eine alte Freundin von Ihnen ist, aller Wahrscheinlichkeit nach wegen Mordes vor Gericht gestellt wird?«

Der Mann fuhr heftig zusammen.

»Ich weiß nicht, wer Sie sind«, rief er, »noch woher Sie wissen, was Sie wissen, aber können Sie schwören, daß das wahr ist, was Sie mir da erzählen?«

»Gewiß, sie warten nur darauf, bis sie wieder bei Sinnen ist, um sie zu verhaften.«

»Mein Gott! Sind Sie selbst bei der Polizei?«

»Nein.«

»Was also geht Sie das an?«

»Es geht jedermann an, der Gerechtigkeit zum Siege zu verhelfen.«

»Sie haben mein Wort, daß sie unschuldig ist.«

»Dann sind Sie schuldig?«

»Nein, das bin ich nicht.«

»Wer hat denn Colonel James Barclay getötet?«

»Es war einfach die Vorsehung, die ihn getötet hat. Aber wohlgemerkt, wenn ich ihm den Schädel eingeschlagen hätte, was eigentlich mein Wunsch war, dann hätte er von meiner Hand nicht mehr als den ihm gebührenden Lohn empfangen. Wenn sein eigenes, schuldbeladenes Gewissen ihn nicht niedergestreckt hätte, wäre sein Blut durchaus wahrscheinlich auf meine Seele gekommen. Sie wollen, daß ich die Geschichte erzähle? Nun, ich wüßte nicht, warum ich's nicht tun sollte, denn ich habe keinen Grund, mich ihrer zu schämen.

Es war folgendermaßen, Sir. Sie sehen mich jetzt mit einem Rücken wie ein Kamel und mit ganz krummen Rippen, aber es gab eine Zeit, da war Corporal Henry Wood der schneidigste Mann im 117ten Infanterieregiment. Wir waren damals in Indien an einem Ort stationiert, den wir Bhurtee nennen wollen. Barclay, der vor drei Tagen starb, war Sergeant in derselben Kompanie wie ich, und die Schöne des Regiments – jawohl, und das feinste Mädchen, das je den Hauch des Lebens auf den Lippen hatte – war Nancy Devoy, die Tochter des Colour-Sergeants. Es gab zwei Männer, die sie liebten, und einen, den sie liebte; und Sie werden lächeln, wenn Sie dies arme, vor dem Feuer zusammengekauerte Etwas sehen und mich sagen hören, daß sie mich wegen meines guten Aussehens liebte.

Nun ja, obgleich ich ihr Herz besaß, hatte sich ihr Vater in den Kopf gesetzt, daß sie Barclay heiraten sollte. Ich war ein wilder, leichtsinniger Kerl, und er hatte eine Erziehung genossen und war bereits für das Portepee bestimmt. Aber das Mädchen hielt treu zu mir, und es schien, als würde ich sie bekommen, als der Aufstand ausbrach und im Land die Hölle los war.

Wir wurden in Bhurtee eingeschlossen, unser Regiment mit einer halben Batterie Artillerie, einer Kompanie Sikhs und einer Menge Zivilisten und Frauenvolk. Um uns herum waren zehntausend Rebellen, und sie waren so scharf wie ein Rudel Terriers um einen Rattenkäfig. Irgendwann in der zweiten Woche ging uns das Wasser aus, und es war die Frage, ob wir uns mit General Neills Kolonne, die landeinwärts vorrückte, in Verbindung setzen könnten. Es war unsere einzige Chance, denn wir konnten uns unmöglich mit all den Frauen und Kindern heraushauen, und so meldete ich mich freiwillig dafür, aus der Stadt zu schleichen und General Neill von unserer Gefahr zu benachrichtigen. Mein Angebot wurde angenommen, und ich besprach mich mit Sergeant Barclay, der das Gelände angeblich besser kannte als irgendwer sonst und eine Route durch die Rebellenlinien entwarf. Um zehn Uhr in derselben Nacht brach ich zu meinem Auftrag auf. Tausend Leben waren zu retten, aber ich dachte nur an eines, als ich in jener Nacht von der Mauer sprang.

Mein Weg führte einen ausgetrockneten Wasserlauf entlang, der mich, so hofften wir, vor den feindlichen Posten verbergen würde, aber als ich um eine Biegung kroch, lief ich sechs von ihnen, die in der Dunkelheit gelauert und auf mich gewartet hatten, genau in die Arme. Im Nu war ich von einem Schlag betäubt und an Händen und Füßen gebunden. Aber der eigentliche Schlag traf mein Herz und nicht meinen Kopf, denn als ich zu mir kam und von ihrem Gespräch, soviel ich konnte, zu verstehen versuchte, hörte ich genug, um zu wissen, daß mein Kamerad, eben der Mann, der den Weg, den ich nehmen sollte, ausgearbeitet hatte, mich mittels eines eingeborenen Dieners dem Feind in die Hände geliefert hatte.

Nun, ich brauche nicht näher auf diesen Teil der Geschichte

einzugehen. Sie wissen jetzt, wozu James Barclay fähig war. Bhurtee wurde am nächsten Tag von Neill entsetzt, doch die Rebellen nahmen mich auf ihrem Rückzug mit, und es verging so manches lange Jahr, ehe ich wieder ein weißes Gesicht zu sehen bekam. Ich wurde gefoltert und versuchte zu entkommen und wurde gefaßt und wieder gefoltert. Sie sehen selbst, in welchem Zustand ich danach war. Einige von ihnen, die nach Nepal flohen, nahmen mich mit, und später war ich dann nördlich von Darjeeling. Das Bergvolk dort ermordete die Rebellen, die mich gefangenhielten, und ich wurde eine Zeitlang ihr Sklave, bis ich entfloh, aber statt nach Süden konnte ich nur nach Norden, bis ich mich schließlich bei den Afghanen wiederfand. Dort wanderte ich so manches Jahr umher und kam endlich in den Pandschab zurück, wo ich vorwiegend unter den Eingeborenen lebte und mir mit den Zaubertricks, die ich gelernt hatte, meinen Lebensunterhalt zusammenpickte. Welchen Sinn hatte es für mich, einen elenden Krüppel, nach England zurückzukehren oder mich meinen ehemaligen Kameraden zu erkennen zu geben? Selbst mein Wunsch nach Rache konnte mich nicht dazu bewegen. Es war mir lieber, daß Nancy und meine alten Kumpane dachten, Henry Wood sei mit geradem Rücken gestorben, als daß sie ihn am Leben und mit einem Stock herumkrauchen sähen wie einen Schimpansen. Sie zweifelten nie daran, daß ich tot war, und ich wollte sie in diesem Glauben lassen. Ich hörte, daß Barclay Nancy geheiratet hatte und daß er im Regiment rasch aufstieg, aber selbst das brachte mich nicht zum Sprechen.

Doch wenn man alt wird, bekommt man Sehnsucht nach der Heimat. Jahrelang habe ich von den hellgrünen Feldern und den Hecken von England geträumt. Schließlich beschloß ich, sie wiederzusehen, bevor ich starb. Ich sparte genug für die Überfahrt, und dann kam ich hierher, wo die Soldaten sind, denn ich weiß, wie sie sind und wie man sie unterhält, und verdiene so genug, um mich zu ernähren.«

»Ihre Erzählung ist höchst interessant«, sagte Sherlock Holmes. »Ich habe bereits von Ihrer Begegnung mit Mrs.

Barclay und Ihrem gegenseitigen Wiedererkennen gehört. Sie sind Ihr dann, wie ich annehme, nach Hause gefolgt und sahen durch die Gartentür einen Wortwechsel zwischen ihrem Gatten und ihr, in dem sie ihm zweifellos sein Verhalten Ihnen gegenüber ins Gesicht schleuderte. Ihre eigenen Gefühle überwältigten Sie, und Sie rannten über den Rasen und platzten bei ihnen herein.«

»Ganz recht, Sir, und bei meinem Anblick schaute er, wie ich noch nie einen Menschen habe schauen sehen, und schon fiel er mit dem Kopf aufs Kamingitter. Aber er war tot, bevor er stürzte. Ich las den Tod so deutlich auf seinem Gesicht, wie ich diesen Text über dem Kamin lesen kann. Mein bloßer Anblick ging wie eine Kugel durch sein schuldbeladenes Herz.«

»Und dann?«

»Dann fiel Nancy in Ohnmacht, und ich nahm den Schlüssel zur Tür aus ihrer Hand, mit der Absicht, aufzuschließen und Hilfe zu holen. Aber während ich das tat, schien es mir besser, es bleiben zu lassen und mich davonzumachen, denn die Sache könnte finster für mich aussehen und mein Geheimnis wäre jedenfalls enthüllt, wenn man mich faßte. In meiner Hast schob ich den Schlüssel in die Tasche und ließ meinen Stock fallen, während ich Teddy nachjagte, der den Vorhang hinaufgerannt war. Als ich ihn in seine Kiste gesteckt hatte, aus der er entwischt war, machte ich mich so rasch davon, wie ich nur laufen konnte.«

»Wer ist Teddy? « fragte Holmes.

Der Mann beugte sich vor und zog die Vorderseite einer Art von Verschlag in der Ecke hoch. Im Nu huschte ein wunderschönes, rötlich-braunes Wesen heraus, schlank und flink, mit den Beinen eines Hermelins, einer langen, dünnen Nase und einem Paar der hübschesten roten Augen, die ich je in einem Tierkopf sah.

»Es ist ein Mungo!« rief ich.

»Je nun, manche nennen sie so, und manche nennen sie Ichneumon«, sagte der Mann. »Schlangenfänger, so nenne ich sie, und Teddy ist verblüffend schnell bei Kobras. Ich habe hier eine ohne Giftzähne, und Teddy fängt sie jede Nacht, um die Leute in der Schenke zu vergnügen. Sonst noch etwas, Sir?«

»Nun, wir werden uns vielleicht noch einmal an Sie wenden müssen, falls sich herausstellen sollte, daß Mrs. Barclay in ernsthaften Schwierigkeiten ist.«

»In diesem Fall würde ich natürlich an die Öffentlichkeit treten.«

»Aber wenn nicht, so hat es keinen Sinn, diesen Skandal gegen einen Toten aufzurühren, so gemein er auch gehandelt hat. Sie haben zumindest die Befriedigung zu wissen, daß ihm sein Gewissen dreißig Jahre seines Lebens bittere Vorwürfe machte wegen seiner verruchten Tat. Ah, da geht Major Murphy auf der anderen Straßenseite. Auf Wiedersehen, Wood; ich möchte erfahren, ob seit gestern etwas geschehen ist.«

Wir holten den Major gerade noch ein, bevor er um die Ecke biegen konnte.

»Ah, Holmes«, sagte er, »ich nehme an, Sie haben gehört, daß die ganze Aufregung sich als gegenstandslos herausgestellt hat?«

»Wie das?«

»Die gerichtliche Untersuchung ist gerade vorbei. Die medizinische Erhebung hat schlüssig bewiesen, daß der Tod durch Apoplexie eingetreten ist. Sie sehen, es war also doch ein ganz einfacher Fall.«

»Oh, bemerkenswert oberflächlich«, sagte Holmes lächelnd. »Kommen Sie, Watson, ich glaube nicht, daß wir in Aldershot noch gebraucht werden.«

»Da wäre noch eins«, sagte ich, während wir zum Bahnhof gingen; »wenn der Name des Gatten James war, und der des anderen Henry, was hatte dann das Gerede von David zu bedeuten?«

»Dieses eine Wort, mein lieber Watson, hätte mir die ganze Geschichte verraten müssen, wäre ich der vorbildliche

Logiker, als den sie mich so gerne darstellen. Es war offensichtlich ein Vorwurf.«

»Ein Vorwurf?«

»Ja, David wich dann und wann vom rechten Weg ab, wissen Sie, und bei einer Gelegenheit in die gleiche Richtung wie Sergeant James Barclay. Sie entsinnen sich der kleinen Affaire von Uria und Bathseba? Meine Bibelkenntnisse sind ein wenig eingerostet, fürchte ich, aber Sie werden die Geschichte im Ersten oder Zweiten Buch Samuel finden.«

DER NIEDERGELASSENE PATIENT

Beim Überfliegen der etwas zusammenhanglosen Reihe von Memoiren, mit denen ich versucht habe, ein paar der eigentümlichen geistigen Fähigkeiten meines Freundes Mr. Sherlock Holmes zu illustrieren, ist mir aufgefallen, wie schwierig es ist, Beispiele auszuwählen, die meinem Vorhaben in jeder Hinsicht entsprechen. Denn in den Fällen, in denen Holmes eine *tour de force* analytischen Denkens vollbracht und den Wert seiner ganz eigenen Methoden der Nachforschung demonstriert hat, war der Anlaß selbst oft so unbedeutend oder so alltäglich gewesen, daß ich mich nicht berechtigt fühlen konnte, ihn der Öffentlichkeit darzulegen. Andererseits ist es häufig geschehen, daß er sich mit einer Untersuchung befaßte, wo der Anlaß von höchst bemerkenswertem und dramatischem Charakter, Holmes' Anteil an der Ergründung der Ursachen aber nicht ganz so bedeutend war, wie ich als sein Biograph es mir gewünscht hätte. Die kleine Angelegenheit, die ich unter dem Titel ›Eine Studie in Scharlachrot‹ aufgezeichnet habe, und jene andere, spätere, die mit dem Untergang der *Gloria Scott* zu tun hat, mögen als Beispiele für diese Skylla und Charybdis dienen, die seinen Historiker immerdar bedrohen. Es mag sein, daß in der Sache, über die ich nun zu schreiben im Begriffe stehe, mein Freund mit seiner Rolle nicht genügend in den Vordergrund tritt; gleichwohl ist die ganze Folge der Ereignisse so bemerkenswert, daß ich es nicht über mich bringe, sie gänzlich aus dieser Serie wegzulassen.

Es war ein verhangener, regnerischer Oktobertag gewesen. »Ungesundes Wetter, Watson«, sagte mein Freund. »Aber der Abend hat eine Brise mitgebracht. Was meinen Sie zu einem Bummel durch London?«

Ich war unseres kleinen Wohnzimmers überdrüssig und willigte dankbar ein. Drei Stunden lang spazierten wir gemeinsam umher und betrachteten das unaufhörlich wechselnde Kaleidoskop des Lebens, wie es durch die Fleet Street und die Strand ebbt und flutet. Holmes' charakteristisches Geplauder mit seiner scharfen Detailbeobachtung und subtilen Fähigkeit der Schlußfolgerung ergötzte und fesselte mich unaufhörlich.

Es war zehn Uhr, ehe wir wieder in der Baker Street anlangten. Ein Brougham wartete vor unserer Tür.

»Hm! Ein Arzt – Allgemeinpraktiker, wie ich sehe«, sagte Holmes. »Praktiziert noch nicht lange, hat aber eine ganze Menge zu tun. Will uns konsultieren, nehme ich an! Ein Glück, daß wir zurückgekommen sind!«

Ich war mit Holmes' Methoden hinreichend vertraut, um seinem Gedankengang folgen zu können und zu erkennen, daß die Art und der Zustand der verschiedenen medizinischen Instrumente in dem Weidenkorb, der in dem Brougham hing und im Lampenlicht zu sehen war, ihm die Einzelheiten für seine rasche Deduktion geliefert hatten. Das Licht oben in unserem Fenster zeigte, daß dieser späte Besuch in der Tat uns galt. Mit einiger Neugier, was einen Zunftkollegen zu einer solchen Stunde zu uns geführt haben konnte, folgte ich Holmes in unser Heiligtum.

Ein bleicher Mann mit spitz zulaufendem Gesicht und sandfarbenem Backenbart erhob sich von einem Stuhl am Kamin, als wir eintraten. Sein Alter mochte nicht mehr als drei- oder vierunddreißig Jahre betragen, doch sein verhärmter Gesichtsausdruck und ungesunder Teint deuteten auf ein Leben, das seine Kraft erschöpft und ihn seiner Jugend beraubt hatte. Sein Gebaren war nervös und scheu, wie das eines sensiblen Gentleman, und die schmale Hand, die er auf den Kaminsims legte, als er sich erhob, war eher die eines Künstlers als eines Chirurgen. Seine Kleidung war zurückhaltend und düster, ein schwarzer Gehrock, dunkle Hosen und eine Andeutung von Farbe auf seiner Halsbinde.

»Guten Abend, Doktor«, sagte Holmes herzlich; »es freut mich zu sehen, daß Sie erst seit ein paar Minuten warten.«

»Sie haben also mit meinem Kutscher gesprochen?«

»Nein, die Kerze auf dem Beistelltisch, die hat es mir verraten. Aber bitte nehmen Sie doch wieder Platz und lassen Sie mich wissen, wie ich Ihnen dienen kann.«

»Mein Name ist Doktor Percy Trevelyan«, sagte unser Besucher, »und ich wohne Brook Street 403.«

»Sind Sie nicht der Autor einer Monographie über unklare Nervenschäden?« fragte ich.

Seine bleichen Wangen röteten sich vor Freude, als er hörte, daß mir seine Arbeit bekannt war.

»Ich höre so selten von der Arbeit, daß ich dachte, sie sei völlig untergegangen«, sagte er. »Meine Verleger geben mir höchst entmutigende Berichte von ihrem Verkauf. Sie sind, nehme ich an, selbst Mediziner?«

»Pensionierter Feldarzt.«

»Nervenkrankheiten sind immer mein Steckenpferd gewesen. Ich würde mich gern völlig darauf spezialisieren, aber man muß natürlich zunächst einmal nehmen, was man bekommen kann. Das gehört allerdings nicht zur Sache, Mr. Sherlock Holmes, und ich bin mir im klaren, wie wertvoll Ihre Zeit ist. Tatsache ist, daß sich in meinem Hause in der Brook Street kürzlich eine höchst eigenartige Folge von Ereignissen abgespielt hat, und heute abend haben sie sich derart zugespitzt, daß ich den Eindruck hatte, es sei mir ganz unmöglich, auch nur eine Stunde länger damit zu warten, Sie um Ihren Rat und Ihre Hilfe zu bitten.«

Sherlock Holmes setzte sich und entzündete seine Pfeife. »Beides steht ganz zu Ihrer Verfügung«, sagte er. »Bitte geben Sie mir doch einen detaillierten Bericht, welcher Art die Umstände sind, die Sie beunruhigt haben.«

»Ein oder zwei sind so trivial«, sagte Dr. Trevelyan, »daß ich mich eigentlich fast schäme, sie zu erwähnen. Aber die Sache ist so unerklärlich und die kürzliche Wendung, die sie genommen hat, so kompliziert, daß ich Ihnen alles vorlegen will, damit Sie selbst urteilen können, was wesentlich ist und was nicht.

Zunächst bin ich gezwungen, etwas über meine eigene College-Laufbahn zu sagen. Ich komme von der Universität London, wissen Sie, und ich bin sicher, Sie werden mich nicht für überheblich halten, wenn ich sage, daß mein Werdegang als Student von meinen Professoren für höchst vielversprechend gehalten wurde. Nachdem ich abgeschlossen hatte, fuhr ich fort, mich der Forschung zu widmen, wobei ich eine mindere Position im King's College-Hospital bekleidete, und ich hatte das Glück, mit meinen Forschungen über die Pathologie der Katalepsie beträchtliches Interesse zu erregen und schließlich mit meiner Monographie über Nervenschäden, auf die Ihr Freund gerade angespielt hat, den Bruce-Pinkerton-Preis und die dazugehörige Medaille zu erringen. Ich würde wohl nicht zu weit gehen, wenn ich sagte, daß damals der allgemeine Eindruck bestand, vor mir läge eine hervorragende Karriere.

Doch der eine große Stolperstein war mein Mangel an Kapital. Wie Sie ohne weiteres einsehen werden, ist ein Spezialist, der hoch hinaus will, gezwungen, in einer von einem Dutzend Straßen im Cavendish-Square-Viertel zu beginnen, die sämtlich enorme Mieten und Einrichtungskosten mit sich bringen. Zu diesen Anfangskosten hinzu kommt das, was er braucht, um sich ein paar Jahre über Wasser halten und sich eine präsentable Kutsche nebst Pferd leisten zu können. Dies zu tun stand keineswegs in meiner Macht, und ich konnte nur hoffen, durch Sparsamkeit in zehn Jahren genug auf die Seite legen zu können, um endlich mein Praxisschild aufzuhängen. Plötzlich jedoch eröffnete mir ein unerwarteter Zwischenfall ganz neue Aussichten.

Es war dies der Besuch eines Gentleman namens Blessington, der mir völlig fremd war. Er kam eines Morgens auf mein Zimmer und stürzte sich sogleich ins Geschäftliche.

›Sie sind derselbe Percy Trevelyan, der einen so hervorragenden Werdegang gehabt und kürzlich einen bedeutenden Preis gewonnen hat?‹ sagte er. Ich verbeugte mich.

›Antworten Sie mir frei heraus‹, fuhr er fort, ›Sie werden feststellen, daß das in Ihrem Interesse liegt. Sie haben alle

Fähigkeiten, die einen erfolgreichen Mann ausmachen. Haben Sie auch den nötigen Takt?‹

Ich konnte nicht umhin, über die Abruptheit der Frage zu lächeln.

›Ich denke doch, daß ich mein Teil habe‹, sagte ich.

›Schlechte Angewohnheiten? Nicht dem Trunke ergeben, eh?‹

›Also wirklich, Sir!‹ rief ich.

›Ganz recht! Es ist schon recht! Aber ich mußte fragen. Warum praktizieren Sie nicht, bei all diesen Qualitäten?‹

Ich zuckte die Achseln.

›Na, na!‹ sagte er in seiner geschäftigen Art. ›Es ist die alte Geschichte. Mehr im Kopf als in der Tasche, eh? Was würden Sie sagen, wenn ich Ihnen in der Brook Street zu einem Start verhülfe?‹

Ich starrte ihn voller Erstaunen an.

›Oh, ich tu's um meinet-, nicht um Ihretwillen‹, rief er. ›Ich werde ganz offen zu Ihnen sein, und wenn es Ihnen paßt, wird es mir sehr gut passen. Ich habe ein paar tausend zum Investieren, seh'n Sie, und ich denke, die stecke ich in Sie.‹

›Aber warum?‹ stieß ich hervor.

›Nun ja, es ist genau wie jede andere Spekulation, und sicherer als die meisten.‹

›Was hätte ich zu tun?‹

›Ich werd's Ihnen sagen. Ich miete das Haus, richte es ein, bezahle die Hausmädchen und verwalte das Ganze. Alles, was Sie zu tun haben, ist, im Sprechzimmer Ihren Stuhl abzuwetzen. Ich gebe Ihnen Taschengeld und alles. Dann übergeben Sie mir drei Viertel von dem, was Sie verdienen, und behalten das restliche Viertel für sich.‹

Dies war der seltsame Vorschlag, Mr. Holmes, mit dem dieser Blessington an mich herantrat. Ich will Sie nicht damit langweilen, wie wir feilschten und verhandelten. Es endete damit, daß ich an Mariä Verkündigung in das Haus einzog und ziemlich genau nach den Bedingungen, wie er sie vorgeschlagen hatte, mit meiner Praxis begann. Er selbst ließ sich in der Eigenschaft eines Dauerpatienten bei mir im Hause nieder. Sein Herz war schwach, wie es scheint, und er bedurfte ständiger ärztlicher Überwachung. Er verwandelte die beiden besten Räume im ersten Stock in ein Wohn- und Schlafzimmer für sich. Er war ein Mensch von eigenartigen Gewohnheiten, der menschliche Gesellschaft mied und sehr selten ausging. Sein Leben war unregelmäßig, doch in einer Hinsicht war er die Regelmäßigkeit selbst. Jeden Abend zur selben Stunde trat er ins Sprechzimmer, prüfte die Bücher, legte für jede Guinee, die ich verdient hatte, fünf Shillings drei Pence hin und brachte den Rest in den Tresor in seinem Zimmer.

Ich darf mit voller Überzeugung sagen, daß er niemals Anlaß hatte, seine Spekulation zu bedauern. Von Anfang an war es ein Erfolg. Ein paar gute Fälle und die Reputation, die ich mir im Hospital erworben hatte, brachten mich rasch nach vorn, und im Laufe der letzten ein, zwei Jahre habe ich ihn zum reichen Mann gemacht.

So viel, Mr. Holmes, zu meiner Vergangenheit und meinen Beziehungen zu Mr. Blessington. Nun bleibt mir nur noch, Ihnen zu erzählen, was für Ereignisse mich heute abend zu Ihnen führen.

Vor einigen Wochen kam Mr. Blessington zu mir herunter, in einem Zustand beträchtlicher Unruhe, wie mir schien. Er sprach von irgendeinem Einbruch, der, wie er sagte, im West End begangen worden war, und er schien, so erinnere ich mich, ganz unverhältnismäßig darüber erregt und erklärte, wir sollten, ehe noch der Tag verstrichen sei, stärkere Riegel an unseren Fenstern und Türen anbringen. Eine Woche lang war er unausgesetzt in einem eigenartigen Zustand der Ruhelosigkeit, lugte ständig aus den Fenstern und hörte auf mit den kurzen Spaziergängen, die gewöhnlich seinem Dinner vorausgegangen waren. Aufgrund seines Verhaltens kam mir der Einfall, er schwebe in tödlicher Angst vor irgend etwas oder irgend jemandem, aber als ich ihn danach fragte, wurde er derart ausfallend, daß ich gezwungen war, das Thema fallen zu lassen. Allmählich, wie die Zeit verging, schienen sich seine

Ängste zu legen, und er hatte seine früheren Gewohnheiten wiederaufgenommen, als ein frisches Ereignis ihn in den mitleiderregenden Zustand von Entkräftung versetzte, in dem er nun darniederliegt.

Was geschah, war folgendes. Vor zwei Tagen erhielt ich den Brief, den ich Ihnen jetzt vorlese. Er trägt weder Adresse noch Datum.

›Ein russischer Edelmann, der mittlerweile in England ansässig ist‹, lautet er, ›würde sich gern des beruflichen Beistandes von Dr. Percy Trevelyan bedienen. Er ist seit einigen Jahren das Opfer kataleptischer Anfälle, für die, wie wohlbekannt ist, Dr. Trevelyan eine Autorität ist. Er schlägt vor, gegen Viertel nach sechs morgen abend vorzusprechen, falls Dr. Trevelyan es einrichten kann, zu Hause zu sein.‹

Dieser Brief interessierte mich zutiefst, denn die Hauptschwierigkeit beim Studium der Katalepsie ist die Seltenheit der Erkrankung. Sie dürfen also glauben, daß ich in meinem Sprechzimmer war, als der Hausbursche zur vereinbarten Zeit den Patienten hereinführte.

Er war ein älterer Mann, dünn, gesetzt und unauffällig – keineswegs die Vorstellung, die man sich von einem russischen Adligen macht. Weit mehr beeindruckte mich die Erscheinung seines Begleiters. Dieser war ein hochgewachsener junger Mann, erstaunlich gutaussehend, mit einem dunklen, wilden Gesicht und den Gliedmaßen und der Brust eines Herkules. Er hatte die Hand unter des anderen Arm, als sie eintraten, und half ihm mit einer Zartheit zu einem Stuhl, die man aufgrund seines Äußeren kaum erwartet hätte.

›Sie werden mein Eindringen entschuldigen, Doktor‹, sagte er zu mir in einem Englisch mit leichtem Lispeln. ›Das ist mein Vater, und seine Gesundheit ist für mich eine Sache von höchst überwältigender Bedeutung.‹

Ich war gerührt von seiner Sohnessorge. ›Vielleicht möchten Sie bei der Konsultation dabei sein?‹ sagte ich.

›Um keinen Preis‹, rief er mit einer Geste des Entsetzens. ›Es ist schmerzlicher für mich, als ich ausdrücken kann. Sähe ich meinen Vater während eines dieser schrecklichen Anfälle, so bin ich überzeugt, daß ich es nicht überleben würde. Mein eigenes Nervensystem ist außerordentlich empfindlich. Mit Ihrer Erlaubnis halte ich mich im Wartezimmer auf, während Sie sich mit meines Vaters Fall befassen.‹

Dem stimmte ich natürlich zu, und der junge Mann zog sich zurück. Der Patient und ich stürzten uns sodann in eine Diskussion seines Falles, über den ich erschöpfende Notizen anfertigte. Seine Intelligenz war nicht gerade beachtlich, und seine Antworten waren häufig unklar, was ich der beschränkten Vertrautheit mit unserer Sprache zuschrieb. Plötzlich jedoch, während ich schrieb, gab er auf meine Fragen überhaupt keine Antwort mehr, und als ich mich ihm zuwandte, sah ich zu meiner Bestürzung, daß er bolzengerade auf seinem Stuhl saß und mich mit völlig leerem und starrem Gesicht ansah. Er befand sich wieder im Würgegriff seiner mysteriösen Krankheit.

Mein erstes Gefühl war, wie ich gerade sagte, eines des Mitleides und Entsetzens. Mein zweites, fürchte ich, war eher eines beruflicher Befriedigung. Ich machte Notizen vom Puls und der Temperatur meines Patienten, prüfte die Starrheit seiner Muskeln und untersuchte seine Reflexe. Es war nichts auffällig Anomales an einem dieser Werte, die vielmehr mit meinen früheren Erfahrungen übereinstimmten. Ich hatte in solchen Fällen mit der Inhalation von Amylnitrit gute Ergebnisse erzielt, und der vorliegende schien eine vortreffliche Gelegenheit zu sein, dessen Vorzüge zu erproben. Die Flasche befand sich unten in meinem Laboratorium, und so ließ ich meinen Patienten auf dem Stuhl sitzend zurück und lief hinunter, um sie zu holen. Es dauerte ein Weilchen, sie zu finden – fünf Minuten, sagen wir einmal –, und dann kam ich zurück. Stellen Sie sich meine Verblüffung vor, als ich das Zimmer leer und den Patienten verschwunden fand.

Natürlich lief ich als erstes ins Wartezimmer. Der Sohn war gleichfalls verschwunden. Die Eingangstür war zu, aber nicht abgeschlossen worden. Mein Hausbursche, der die Patienten einläßt, ist ein neuer Junge und keineswegs lebhaft. Er wartet unten und kommt nach oben gelaufen, um die Patienten hinauszubegleiten, wenn ich die Sprechzimmerglocke läute. Er hatte nichts gehört, und die Affaire blieb ein völliges Rätsel. Mr. Blessington kam kurz darauf von seinem Spaziergang zurück, aber ich erzählte ihm nichts von der Sache, denn um die Wahrheit zu sagen, ich bin in letzter Zeit dazu übergegangen, mit ihm so wenig Verkehr wie möglich zu halten.

Nun denn, ich hätte nicht gedacht, daß ich von dem Russen und seinem Sohn noch einmal etwas sehen würde, und so können Sie sich meine Verblüffung vorstellen, als die beiden heute abend genau zur selben Stunde in mein Sprechzimmer marschiert kamen wie tags zuvor.

›Ich denke, ich muß Sie für meinen abrupten Weggang gestern vielmals um Entschuldigung bitten, Doktor‹, sagte mein Patient.

›Ich muß gestehen, daß ich deswegen sehr überrascht war‹, sagte ich.

›Nun, es verhält sich so‹, bemerkte er, ›wenn ich mich von diesen Attacken erhole, bin ich immer völlig benebelt, was das betrifft, was vorausgegangen ist. Ich kam in einem, wie es mir vorkam, fremden Zimmer zu mir und begab mich in einer Art Betäubung auf die Straße hinaus, als Sie abwesend waren.‹

›Und ich‹, sagte der Sohn, ›dachte natürlich, da ich meinen Vater durch die Tür des Wartezimmers kommen sah, die Konsultation sei vorbei. Erst als wir zu Hause angekommen waren, begann mir die wirkliche Lage der Dinge klarzuwerden.‹

›Nun‹, sagte ich lachend, ›es ist ja kein Schaden angerichtet worden, außer daß Sie mich schrecklich verwirrt haben; wenn also Sie, Sir, freundlicherweise ins Wartezimmer eintreten wollen, würde ich mich freuen, unsere Konsultation, die zu einem so abrupten Ende gebracht wurde, fortzusetzen.‹

Etwa eine halbe Stunde lang besprach ich mit dem alten Gentleman seine Symptome, und nachdem ich ihm ein Rezept ausgeschrieben hatte, sah ich ihn am Arm seines Sohnes weggehen.

Ich habe Ihnen erzählt, daß Mr. Blessington sich im allgemeinen zu dieser Tageszeit Bewegung zu machen pflegte. Er kam kurz darauf zurück und ging nach oben. Einen Augenblick später hörte ich ihn die Treppe herunterlaufen, und er kam in mein Sprechzimmer gestürzt wie ein Mann, der außer sich ist vor Panik.

›Wer ist in meinem Zimmer gewesen?‹ rief er.

›Niemand‹, sagte ich.

›Das ist eine Lüge!‹ schrie er. ›Kommen Sie nach oben und sehen Sie selbst.‹

Ich überging die Grobheit seiner Sprache, da er vor Angst halb von Sinnen zu sein schien. Als ich mit ihm nach oben ging, deutete er auf verschiedene Fußabdrücke auf dem hellen Teppich.

›Wollen Sie etwa behaupten, das wären meine?‹ rief er.

Sie waren gewiß sehr viel größer als jeder, den er hätte machen können, und offensichtlich ganz frisch. Es hat heute nachmittag stark geregnet, wie Sie wissen, und mit Ausnahme meiner Patienten war niemand dagewesen. Es mußte sich also so verhalten haben, daß der Mann im Wartezimmer, während ich mit dem anderen beschäftigt war, aus irgendeinem unerfindlichen Grund ins Zimmer meines Hauspatienten hinaufstieg. Nichts war angerührt oder weggenommen worden, doch da waren die Fußabdrücke, die das Eindringen als unumstößliche Tatsache bewiesen.

Mr. Blessington schien wegen der Sache aufgeregter, als ich es für möglich gehalten hätte, obwohl es natürlich ausreichte, um jedermanns Seelenfrieden zu stören. Tatsächlich saß er weinend in einem Sessel, und ich konnte ihn kaum dazu bringen, zusammenhängend zu reden. Es war sein Vorschlag, daß ich bei Ihnen vorsprechen sollte, und ich sah natürlich sofort dessen Angemessenheit, denn gewiß ist der Vorfall ein sehr eigenartiger, obgleich er seine Bedeutung völlig zu überschätzen scheint. Wenn Sie also in meinem Brougham mit mir kämen, könnten Sie ihn zumindest beruhigen, wenn ich auch kaum hoffen kann, daß Sie imstande sein werden, dieses bemerkenswerte Ereignis zu erklären.«

Sherlock Holmes hatte dieser langen Erzählung mit einer Aufmerksamkeit zugehört, die mir zeigte, wie heftig sein Interesse war. Sein Gesicht war so ungerührt wie immer, aber seine Lider waren schwerer über seine Augen gesunken, und sein Rauch hatte sich dichter von seiner Pfeife emporgekräuselt, wie um jede merkwürdige Episode in des Doktors Geschichte zu unterstreichen. Als unser Besucher zum Schluß gekommen war, sprang Holmes ohne ein Wort auf, reichte mir meinen Hut, nahm seinen vom Tisch und folgte Dr. Trevelyan zur Tür. Binnen einer Viertelstunde wurden wir vor der Tür der Arztpraxis in der Brook Street abgesetzt, eines jener nüchternen, glattfassadigen Häuser, die man mit einer Praxis im West End assoziiert. Ein kleiner Hausbursche ließ uns ein, und wir begannen sogleich, die breite, mit einem schönen Teppich belegte Treppe hinaufzusteigen.

Doch eine ungewöhnliche Störung brachte uns zum Stillstand. Oben im Treppenhaus wurde plötzlich das Licht ausgelöscht, und aus der Dunkelheit kam eine piepsige, zitternde Stimme.

»Ich habe eine Pistole«, rief sie; »ich gebe Ihnen mein Wort, daß ich schieße, wenn Sie irgend näher kommen.«

»Das wird langsam wirklich empörend, Mr. Blessington«, rief Dr. Trevelyan.

»Oh, Sie sind's also, Doktor?« sagte die Stimme mit einem schweren Seufzer der Erleichterung. »Aber diese anderen Gentlemen, sind sie, was sie zu sein vorgeben?«

Wir waren uns einer langen Musterung aus der Dunkelheit bewußt.

»Ja, ja, es ist in Ordnung«, sagte die Stimme schließlich. »Sie können heraufkommen, und es tut mir leid, wenn meine Vorsichtsmaßregeln Ihnen lästig waren.«

Er zündete das Gas im Treppenhaus wieder an, während er sprach, und wir sahen vor uns einen eigenartig aussehenden Mann, dessen Erscheinung ebenso wie seine Stimme von seinen zerrütteten Nerven Zeugnis ablegte. Er war sehr dick, jedoch offensichtlich einmal noch viel dicker gewesen, so daß in seinem Gesicht die Haut in schlaffen Säcken herunterhing, wie bei einem Bluthund. Er war von kränklicher Farbe, und sein dünnes, sandfarbenes Haar schien sich in der Intensität seiner Erregung zu sträuben. In der Hand hielt er eine Pistole, aber er steckte sie in die Tasche, als wir nähertraten.

»Guten Abend, Mr. Holmes«, sagte er; »ich bin Ihnen für Ihr Kommen gewiß sehr verpflichtet. Niemand hat Ihres Rates je dringender bedurft als ich. Ich nehme an, Dr. Trevelyan hat Ihnen von dem absolut wiederrechtlichen Eindringen in meine Räume erzählt?«

»Ganz recht«, sagte Holmes. »Wer sind diese beiden Männer, und warum möchten sie Sie belästigen?«

»Je nun«, sagte der niedergelassene Patient mit nervösem Gebaren, »das ist natürlich schwer zu sagen. Sie können kaum erwarten, daß ich das beantworte, Mr. Holmes.«

»Sie meinen, Sie wissen es nicht?«

»Kommen Sie hier herein, wenn ich bitten darf. Haben Sie doch die Freundlichkeit, hier einzutreten.«

Er führte uns in sein Schlafzimmer, das groß und bequem eingerichtet war.

»Sehen Sie das?« sagte er, indem er auf einen großen, schwarzen Kasten am Fußende seines Bettes deutete. »Ich bin nie ein sehr reicher Mann gewesen, Mr. Holmes – hab in meinem Leben nur eine Investition gemacht, wie Dr. Trevelyan Ihnen sagen würde. Aber ich glaube nicht an Bankiers. Ich würde nie einem Bankier vertrauen, Mr. Holmes. Unter uns, das wenige, was ich besitze, ist in diesem Kasten, und so können Sie verstehen, was es für mich bedeutet, wenn sich Unbekannte gewaltsam Zutritt zu meinen Räumen verschaffen.«

Holmes sah Blessington auf seine forschende Art an und schüttelte den Kopf.

»Ich kann Sie unmöglich beraten, wenn Sie versuchen, mich zu täuschen«, sagte er.

»Aber ich habe Ihnen alles erzählt.«

Holmes drehte sich mit einer Geste des Widerwillens auf dem Absatz um. »Gute Nacht, Dr. Trevelyan«, sagte er.

»Und kein Rat für mich?« rief Blessington mit brechender Stimme.

»Mein Rat an Sie, Sir, lautet, die Wahrheit zu sagen.«

Eine Minute später waren wir auf der Straße und gingen heimwärts. Wir hatten die Oxford Street überquert und waren halbwegs die Harley Street hinuntergegangen, ehe ich von meinem Gefährten ein Wort zu hören bekam.

»Tut mir leid, Sie auf einen solchen Metzgersgang hinausgescheucht zu haben, Watson«, sagte er schließlich. »Es ist im Grunde auch ein interessanter Fall.«

»Ich kann wenig damit anfangen«, bekannte ich.

»Nun, es ist ganz offensichtlich, daß es zwei Männer gibt – mehr, vielleicht, aber mindestens zwei –, die aus irgendeinem Grunde entschlossen sind, diesem Menschen Blessington ans Leder zu gehen. Ich hege keinen Zweifel, daß sowohl beim ersten als auch beim zweiten Mal der junge Mann in Blessingtons Zimmer eindrang, während sein Verbündeter durch eine raffinierte List den Doktor davon abhielt einzugreifen.«

»Und die Katalepsie?«

»Eine betrügerische Vorspiegelung, Watson, obgleich ich es kaum wagen würde, unserem Spezialisten gegenüber so etwas anzudeuten. Es ist ein sehr leicht zu imitierendes Leiden. Ich habe es selbst schon getan.«

»Und dann?«

»Durch den reinsten Zufall war Blessington beide Male außer Haus. Ihr Grund, eine so ungewöhnliche Zeit für eine Konsultation zu wählen, war offensichtlich der, daß sie sichergehen wollten, daß kein anderer Patient im Wartezimmer sein würde. Es ergab sich jedoch gerade, daß diese Stunde mit Blessingtons Gesundheitsspaziergang zusammenfiel, was zu zeigen scheint, daß sie mit seiner täglichen Routine nicht sehr gut vertraut waren. Wären sie nur hinter Beute her gewesen, hätten sie natürlich zumindest einen Versuch gemacht, danach zu suchen. Überdies kann ich es einem Mann von den

Augen ablesen, wenn es seine eigene Haut ist, um die er fürchtet. Es ist unvorstellbar, daß dieser Mensch sich zwei so rachsüchtige Feinde, wie jene es zu sein scheinen, gemacht haben kann, ohne davon zu wissen. Ich halte es daher für sicher, daß er weiß, wer diese Männer sind, und daß er Gründe hat, es zu verschweigen. Es ist durchaus möglich, daß der morgige Tag ihn in einer mitteilsameren Stimmung findet.«

»Gibt es nicht eine Alternative«, gab ich zu bedenken, »lächerlich unwahrscheinlich, zweifellos, aber immerhin doch vorstellbar? Könnte die ganze Geschichte von dem kataleptischen Russen und seinem Sohn nicht eine Erfindung von Dr. Trevelyan sein, der in eigenen Absichten in Blessingtons Räumen gewesen ist?«

Ich sah im Licht der Gaslaterne, daß Holmes ob dieser meiner brillanten abweichenden Meinung ein amüsiertes Lächeln aufsetzte.

»Mein lieber Freund«, sagte er, »das war eine der ersten Lösungen, die mir einfiel, aber ich war bald in der Lage, die Geschichte des Doktors zu erhärten. Dieser junge Mann hat auf dem Treppenteppich Fußspuren hinterlassen, aufgrund deren es sich für mich völlig erübrigte, die zu sehen, die er im Zimmer zurückgelassen hatte. Wenn ich Ihnen sage, daß seine Schuhe gerade Kappen hatten, statt spitz zulaufenden wie die Blessingtons, und daß sie gut eineindrittel Inches länger waren als die des Doktors, so werden Sie zustimmen, daß es an der Individualität der Spuren keinen Zweifel geben kann. Aber wir können jetzt darüber schlafen, denn es würde mich überraschen, wenn wir morgen früh nicht Weiteres aus der Brook Street hörten.«

Sherlock Holmes' Prophezeiung wurde bald erfüllt, und das auf dramatische Weise. Um halb acht am nächsten Morgen, im ersten trüben Schimmer des Tageslichts, fand ich ihn im Morgenrock neben meinem Bett stehen.

»Ein Brougham wartet auf uns, Watson«, sagte er.

»Was ist denn los?«

»Die Brook-Street-Geschichte.«

»Irgendwelche Neuigkeiten?«

»Tragische, aber zweideutige«, sagte er, indem er die Jalousie hochzog. »Sehen Sie sich das an – ein Blatt aus einem Notizbuch, auf dem mit Bleistift ›Um Gottes willen, kommen Sie sofort – P. T.‹ gekritzelt steht. Unser Freund, der Doktor, war in arger Bedrängnis, als er das schrieb. Kommen Sie, mein lieber Freund, denn das ist eine dringliche Aufforderung.«

In etwa einer Viertelstunde waren wir wieder beim Hause des Arztes. Er kam mit entsetztem Gesicht zu uns herausgelaufen.

»Oh, so eine Geschichte!« rief er, die Hände an den Schläfen.

»Was denn?«

»Blessington hat Selbstmord begangen!«

Holmes stieß einen Pfiff aus.

»Ja, er hat sich in der Nacht aufgehängt!«

Wir waren eingetreten, und der Doktor war uns in einen Raum, der augenscheinlich sein Wartezimmer war, vorausgegangen.

»Ich weiß wirklich kaum, was ich tue«, rief er. »Die Polizei ist schon oben. Es hat mich ganz schrecklich erschüttert.«

»Wann haben Sie es festgestellt?«

»Er läßt sich jeden Tag frühmorgens eine Tasse Tee hineinbringen. Als das Mädchen gegen sieben eintrat, da hing der unglückliche Mensch mitten im Zimmer. Er hatte seinen Strick an dem Haken befestigt, an dem die schwere Lampe gehangen hatte, und war von eben dem Kasten heruntergesprungen, den er uns gestern zeigte.«

Holmes stand einen Augenblick lang tief in Gedanken.

»Mit Ihrer Erlaubnis«, sagte er schließlich, »würde ich gern nach oben gehen und mir die Sache ansehen.« Gefolgt von dem Doktor stiegen wir beide hinauf.

Es war ein schrecklicher Anblick, der sich uns bot, als wir durch die Schlafzimmertür eintraten. Ich habe von dem Eindruck der Schlaffheit gesprochen, den dieser Blessington vermittelte. Wie er da am Haken baumelte, war dieser Eindruck so übersteigert und verstärkt, daß seine Erscheinung kaum mehr etwas Menschliches hatte. Der Hals war in die Länge gezogen wie der eines gerupften Huhns, was den Rest von ihm durch den Gegensatz um so fettleibiger und unnatürlicher wirken ließ. Er war nur mit seinem langen Nachtgewand bekleidet, unter dem seine geschwollenen Knöchel und plumpen Füße starr vorstanden. Neben ihm stand ein schneidig aussehender Polizeiinspektor, der sich in einem kleinen Buch etwas notierte.

»Ah, Mr. Holmes«, sagte er, als mein Freund eintrat. »Ich freue mich, Sie zu sehen.«

»Guten Morgen, Lanner«, antwortete Holmes. »Sie halten mich doch gewiß nicht für einen Eindringling. Haben Sie von den Ereignissen gehört, die zu dieser Affaire geführt haben?«

»Ja, ich habe einiges davon gehört.«

»Haben Sie sich schon eine Meinung gebildet?«

»Soweit ich sehen kann, ist der Mann vor Angst wahnsinnig worden. In dem Bett hat jemand gut geschlafen, wie Sie sehen. Sein Eindruck da ist tief genug. Gegen fünf Uhr morgens sind, wie Sie wissen, Selbstmorde am häufigsten. Das dürfte auch ungefähr die Zeit gewesen sein, zu der er sich erhängt hat. Es scheint eine wohlüberlegte Angelegenheit gewesen zu sein.«

»Ich möchte sagen, er ist seit etwa drei Stunden tot, nach der Starre der Muskeln zu urteilen«, sagte ich.

»Irgend etwas Besonderes im Zimmer bemerkt?« fragte Holmes.

»Habe auf dem Waschständer einen Schraubenzieher und ein paar Schrauben gefunden. Scheint in der Nacht auch schwer geraucht zu haben. Hier sind vier Zigarrenstummel, die ich aus dem Kamin gefischt habe.«

»Hm!« machte Holmes. »Haben Sie seine Zigarrenspitze?«

»Nein, ich habe keine gesehen.«

»Und sein Zigarrenetui?«

»Ja, es war in seiner Rocktasche.«

Holmes öffnete es und beroch die einzige Zigarre, die es enthielt.

»Oh, das ist eine Havanna, und diese anderen sind Zigarren von der besonderen Sorte, die von den Holländern aus ihren ostindischen Kolonien importiert werden. Sie sind gewöhnlich in Stroh eingewickelt, wissen Sie, und im Vergleich zu ihrer Länge dünner als jede andere Marke.« Er hob die vier Stummel auf und untersuchte sie mit seiner Taschenlupe.

»Zwei von diesen sind aus einer Spitze geraucht worden und zwei ohne«, sagte er. »Zwei sind mit einem nicht sehr scharfen Messer beschnitten worden, und bei zweien sind die Enden von einem ausgezeichneten Gebiß abgebissen worden. Das ist kein Selbstmord, Mr. Lanner. Es ist ein sehr gründlich geplanter und kaltblütiger Mord.«

»Unmöglich!« rief der Inspektor.

»Und warum?«

»Warum sollte jemand einen Menschen auf so umständliche Weise ermorden wie ihn zu erhängen?«

»Das eben müssen wir herausfinden.«

»Wie sind sie hereingekommen?«

»Durch die Eingangstür.«

»Sie war am Morgen verriegelt.«

»Dann wurde sie hinter ihnen verriegelt.«

»Woher wissen Sie das?«

»Ich habe ihre Spuren gesehen. Entschuldigen Sie mich einen Augenblick, und ich bin vielleicht in der Lage, Ihnen darüber weitere Informationen zu geben.«

Er ging zur Tür hinüber, drehte am Türgriff und untersuchte das Schloß auf seine methodische Weise. Dann zog er den Schlüssel, der innen steckte, heraus und inspizierte ihn gleichfalls. Das Bett, der Teppich, die Stühle, der Kaminsims, der Leichnam und das Seil wurden nacheinander untersucht, bis er sich schließlich befriedigt erklärte und mit meiner und des Inspektors Hilfe das elende Ding abschnitt und ehrerbietig mit einem Laken bedeckte.

»Wie steht's mit diesem Seil?« fragte er.

»Es ist davon abgeschnitten«, sagte Dr. Trevelyan, indem er eine große Rolle unter dem Bett hervorzog. »Er hatte eine krankhafte Furcht vor Feuer und hatte das immer neben sich liegen, damit er durchs Fenster entkommen könnte, falls die Treppe brannte.«

»Das muß denen einige Mühe erspart haben«, sagte Holmes gedankenvoll. »Ja, der Sachverhalt ist völlig klar, und es würde mich überraschen, wenn ich Ihnen bis heute nachmittag nicht auch die Gründe dafür nennen könnte. Ich werde diese Photographie von Blessington, die ich auf dem Kaminsims sehe, mitnehmen, da sie mir bei meinen Nachforschungen vielleicht nützlich sein kann.«

»Aber Sie haben uns nichts gesagt«, rief der Doktor.

»Oh, es kann keinen Zweifel geben, was die Abfolge der Ereignisse angeht«, sagte Holmes. »Sie waren zu dritt: der junge Mann, der alte Mann und ein dritter, auf dessen Identität ich keinen Hinweis habe. Die ersten beiden, so brauche ich wohl kaum zu bemerken, sind dieselben, die sich für den russischen Grafen und seinen Sohn ausgaben, und so können wir eine recht vollständige Beschreibung von ihnen weiterleiten. Sie wurden von einem Spießgesellen ins Haus eingelassen. Wenn ich Ihnen einen kleinen Rat geben dürfte, Inspektor, so wäre es der, den Hausburschen zu verhaften, der meines Wissens erst kürzlich in Ihre Dienste getreten ist, Doktor.«

»Der Satansbraten ist nicht aufzufinden«, sagte Dr. Trevelyan; »das Mädchen und die Köchin haben eben nach ihm gesucht.«

Holmes zuckte die Achseln.

»Er hat eine nicht unbedeutende Rolle in diesem Drama gespielt«, sagte er. »Nachdem die drei Männer die Treppe hinaufgestiegen waren, was sie auf Zehenspitzen taten, der ältere Mann als erster, der jüngere als zweiter, und der Unbekannte als letzter –«

»Mein lieber Holmes!« entfuhr es mir.

»Oh, es dürfte gar keine Frage sein, so wie die Fußspuren übereinandergelagert sind. Ich hatte den Vorteil, gestern abend zu erfahren, welche zu wem gehören. Sie stiegen dann zu Mr. Blessingtons Zimmer hinauf, dessen Tür sie verschlossen fanden. Mit Hilfe eines Drahtes drehten sie jedoch gewaltsam den Schlüssel herum. Selbst ohne Vergrößerungsglas werden Sie an den Kratzern am Schlüsselbart erkennen, wo der Druck ausgeübt wurde.

Beim Eintreten ins Zimmer müssen sie Mr. Blessington zuerst geknebelt haben. Er mag geschlafen haben oder vor Entsetzen so gelähmt gewesen sein, daß er unfähig war, aufzuschreien. Diese Wände sind dick, und es ist vorstellbar, daß sein Schrei, falls er dazu Zeit hatte, ungehört blieb.

Nachdem sie ihn gefesselt hatten, hat, wie mir klar ersichtlich ist, so etwas wie eine Beratung stattgefunden. Wahrscheinlich war es eine Art Gerichtsverhandlung. Es muß einige Zeit gedauert haben, denn dabei wurden diese Zigarren geraucht. Der ältere Mann saß in jenem Korbsessel: er war es, der die Zigarrenspitze benutzte. Der jüngere Mann saß dort drüben; er streifte seine Asche an der Kommode ab. Der dritte Bursche ging auf und ab. Blessington, denke ich, saß aufrecht im Bett, aber dessen kann ich nicht absolut sicher sein.

Nun, es endete damit, daß sie Blessington nahmen und ihn hängten. Die Sache war so vorbereitet, daß sie meiner Überzeugung nach so etwas wie einen Rollenkloben oder Flaschenzug mitbrachten, der als Galgen dienen sollte. Mit diesem Schraubenzieher und diesen Schrauben, stelle ich mir vor, wollten sie ihn befestigen. Als sie jedoch den Haken sahen, sparten sie sich natürlich die Mühe. Nach getaner Arbeit machten sie sich davon, und die Tür wurde von ihrem Spießgesellen hinter ihnen verriegelt.«

Wir alle hatten mit größtem Interesse diesem Überblick über die nächtlichen Geschehnisse gelauscht, die Holmes aus so subtilen und unscheinbaren Anzeichen deduziert hatte, daß wir ihm, selbst als er uns auf sie hingewiesen hatte, in seinen Gedankengängen kaum hatten folgen können. Der Inspektor eilte augenblicklich fort, um Nachforschungen über den Hausburschen anzustellen, während Holmes und ich zum Frühstück in die Baker Street zurückkehrten.

»Ich werde um drei zurück sein«, sagte er, als wir unsere Mahlzeit beendet hatten. »Sowohl der Inspektor als auch der Doktor werden mich zu dieser Stunde hier treffen, und ich hoffe, bis dahin jedweden dunklen Punkt, den der Fall noch aufweisen mag, geklärt zu haben.«

Unsere Besucher trafen zur vereinbarten Zeit ein, aber es wurde Viertel vor vier, ehe mein Freund erschien. An seinem Gesichtsausdruck jedoch erkannte ich, daß bei ihm alles gut verlaufen war.

»Irgendwelche Neuigkeiten, Inspektor?«

»Wir haben den Jungen, Sir.«

»Ausgezeichnet, und ich habe die Männer.«

»Sie haben sie!« riefen wir alle drei.

»Nun, zumindest habe ich ihre Identität. Dieser sogenannte Blessington ist, wie ich erwartete, in der Polizeidirektion wohlbekannt, desgleichen seine Gegner. Ihre Namen sind Biddle, Hayward und Moffat.«

»Die Bankräuberbande von Worthingdon«, rief der Inspektor.

»Genau«, sagte Holmes.

»Dann muß Blessington Sutton gewesen sein?«

»Exakt«, sagte Holmes.

»Das macht es natürlich kristallklar«, sagte der Inspektor.

Doch Trevelyan und ich sahen einander verwirrt an.

»Sie erinnern sich doch gewiß an die große Sache mit der Worthingdon-Bank«, sagte Holmes; »fünf Männer waren daran beteiligt, diese vier und ein fünfter namens Cartwright. Tobin, der Hausmeister, wurde ermordet, und die Diebe entkamen mit siebentausend Pfund. Das war 1875. Sie wurden alle fünf verhaftet, aber das Beweismaterial gegen sie war keineswegs schlüssig. Dieser Blessington oder Sutton, der der schlimmste von der Bande war, begann zu singen. Aufgrund seiner Aussage wurde Cartwright gehängt, und die anderen drei bekamen je fünfzehn Jahre. Als sie neulich, einige Jahre vor Verbüßung der vollen Strafe, herauskamen, machten sie sich daran, wie Sie erkennen, den Verräter aufzuspüren und den Tod ihres Kameraden an ihm zu rächen. Zweimal versuchten sie ihm ans Leder zu gehen und scheiterten; beim dritten Mal, sehen Sie, glückte es. Kann ich Ihnen sonst noch etwas erklären, Dr. Trevelyan?«

»Ich denke, Sie haben es alles bemerkenswert klar gemacht«, sagte der Doktor. »Zweifellos war der Tag, an dem er so verstört war, der, an dem er aus der Zeitung von ihrer Entlassung erfuhr.«

»Ganz recht. Sein Gerede von einem Einbruch war ein reiner Vorwand.«

»Aber warum konnte er Ihnen das nicht sagen?«

»Nun, mein lieber Sir, da er den rachsüchtigen Charakter seiner ehemaligen Komplizen kannte, versuchte er, seine Identität, so lange er konnte, vor jedermann geheimzuhalten. Sein Geheimnis war beschämend, und er brachte es nicht über sich, es zu enthüllen. Indes, wenn er auch ein Lump war, lebte er dennoch unter dem Schild des Britischen Rechts, und ich habe keinen Zweifel, Inspektor, daß Sie dafür sorgen werden, daß, wenn ihn der Schild auch nicht schützen konnte, das Schwert der Justiz ihn rächen wird.«

Solcherart waren die eigenartigen Umstände in Zusammenhang mit dem niedergelassenen Patienten und dem Arzt von der Brook Street. Seit dieser Nacht hat die Polizei nichts von den drei Mördern gesehen, und in Scotland Yard wird vermutet, daß sie unter den Passagieren des unglücklichen Dampfers *Norah Creina* waren, der vor einigen Jahren vor der portugiesischen Küste, einige Seemeilen nördlich von Oporto, mit Mann und Maus unterging. Das Verfahren gegen den Hausburschen brach aus Mangel an Beweisen zusammen, und eine umfassende Darstellung des »Brook-Street-Rätsels«, wie es genannt wurde, ist bis jetzt noch nie an die Öffentlichkeit gebracht worden.

DER GRIECHISCHE DOLMETSCHER

Während meiner langen und vertrauten Bekanntschaft mit Mr. Sherlock Holmes hatte ich ihn niemals seine Verwandten, und kaum je einmal seine Jugendzeit, erwähnen hören. Diese Zurückhaltung hatte den Eindruck des etwas Unmenschlichen, den er auf mich machte, noch verstärkt, so daß ich ihn bisweilen unwillkürlich als isoliertes Phänomen, als Hirn ohne Herz betrachtete, ebenso menschlichen Mitgefühls ermangelnd, wie er an Intelligenz hervorstach. Seine Aversion gegen Frauen wie seine Abneigung gegen neue Freundschaften waren für seinen emotionslosen Charakter nicht weniger bezeichnend als die völlige Unterdrückung jeglichen Hinweises auf seine Familie. Ich war zu der Überzeugung gelangt, er sei ein Waise ohne lebende Angehörige, doch eines Tages begann er mir zu meiner sehr großen Überraschung von seinem Bruder zu erzählen.

Es war nach dem Tee an einem Sommernachmittag, und das Gespräch, das, ausgehend vom Thema Golfclubs, auf ziellos sprunghafte Weise zu den Ursachen für die Veränderung der Schiefe der Ekliptik abgeschweift war, wandte sich schließlich dem Problem des Atavismus und der ererbten Anlagen zu. Der strittige Punkt war, inwieweit eine einzigartige Begabung eines Menschen auf seine Ahnen und inwieweit sie auf seine frühzeitige Schulung zurückzuführen sei.

»In Ihrem eigenen Fall«, sagte ich, »scheint aus allem, was Sie mir erzählt haben, deutlich zu werden, daß Ihre Beobachtungsgabe und Ihre besondere Fähigkeit des Deduzierens auf eigene systematische Schulung zurückzuführen sind.«

»Bis zu einem gewissen Grad«, antwortete er gedankenvoll. »Meine Vorfahren waren Landjunker, die ziemlich genau das Leben geführt zu haben scheinen, das ihrer Klasse zukommt. Aber nichtsdestoweniger liegt mir meine Neigung dazu im

Blut und mag von meiner Großmutter herrühren, die die Schwester von Vernet, dem französischen Künstler, war. Kunst im Blut nimmt oft die seltsamsten Formen an.«

»Aber woher wissen Sie, daß sie ererbt ist?«

»Weil mein Bruder Mycroft sie in größerem Maße besitzt als ich.«

Das war in der Tat eine Neuigkeit. Wenn es in England noch einen anderen Mann mit so einzigartigen Fähigkeiten gab, warum hatte dann weder die Polizei noch die Öffentlichkeit von ihm gehört? Ich stellte die Frage, wobei ich andeutete, die Bescheidenheit meines Gefährten veranlasse ihn, seinen Bruder als den Überlegenen darzustellen. Holmes lachte über meine Vermutung.

»Mein lieber Watson«, sagte er. »Ich kann nicht mit denen übereinstimmen, die Bescheidenheit zu den Tugenden rechnen. Für den Logiker sollten alle Dinge genau so gesehen werden, wie sie sind, und sich selbst zu unterschätzen ist ebenso ein Abweichen von der Wahrheit, wie seine eigenen Fähigkeiten zu übertreiben. Wenn ich daher sage, daß Mycroft die größere Beobachtungsgabe besitzt als ich, dürfen Sie glauben, daß ich die exakte und buchstäbliche Wahrheit sage.«

»Ist er jünger als Sie?«

»Sieben Jahre älter.«

»Wie kommt es, daß er unbekannt ist?«

»Oh, er ist in seinen eigenen Kreisen durchaus wohlbekannt.«

»Wo denn?«

»Nun, im Diogenes Club, zum Beispiel.«

Ich hatte noch nie von dieser Institution gehört, und mein Gesicht muß das deutlich gezeigt haben, denn Sherlock Holmes zog seine Uhr.

»Der Diogenes Club ist der merkwürdigste Club in London, und Mycroft einer der merkwürdigsten Menschen. Er ist dort immer von Viertel vor fünf bis zwanzig vor acht. Es ist jetzt sechs, und wenn Sie an diesem wunderschönen Nachmittag Lust auf einen Bummel haben, stelle ich Ihnen mit dem größten Vergnügen zwei Kuriositäten vor.«

Fünf Minuten später befanden wir uns auf der Straße und gingen Richtung Regent Circus.

»Sie fragen sich«, sagte mein Begleiter, »warum Mycroft sein Talent nicht an Detektivarbeit wendet. Er ist unfähig dazu.«

»Aber Sie sagten doch –«

»Ich sagte, er sei mir hinsichtlich Beobachtung und Deduktion überlegen. Wenn die Kunst des Detektivs mit dem logischen Denken von einem Sessel aus begänne und endete, wäre mein Bruder der größte Kriminalist, der je gelebt hat. Aber er hat keine Ambitionen und keine Energie. Er würde nicht einmal von seiner gewohnten Art abweichen, um seine eigenen Lösungen zu verifizieren, und es ist ihm lieber, man glaubt ihn im Unrecht, als daß er die Mühe auf sich nähme zu beweisen, daß er recht hat. Wieder und wieder habe ich ihm ein Problem vorgelegt und eine Erklärung bekommen, die sich hinterher als die richtige herausstellte. Und doch war er absolut unfähig, die praktischen Punkte herauszuarbeiten, die zu untersuchen sind, bevor man einen Fall vor einen Richter oder ein Gericht bringen kann.«

»Es ist also nicht sein Beruf?«

»Keineswegs. Was mir ein Mittel zu meinem Lebensunterhalt ist, ist ihm das bloße Hobby eines Dilettanten. Er hat eine außergewöhnliche Begabung für Zahlen und prüft die Bücher in einigen Ressorts der Regierung. Mycroft wohnt in der Pall Mall, und er geht jeden Morgen um die Ecke nach Whitehall, und jeden Abend zurück. Jahraus, jahrein macht er sich keine andere Bewegung, und man sieht ihn nirgendwo sonst, ausgenommen im Diogenes Club, der seinen Räumen genau gegenüber liegt.«

»Ich kann mich des Namens nicht entsinnen.«

»Sehr wahrscheinlich nicht. Es gibt in London viele Männer, wissen Sie, die, sei's aus Scheu, sei's aus Misanthropie, keinerlei Verlangen nach der Gesellschaft ihrer Mitmenschen haben. Doch sind sie bequemen Sesseln und den neuesten Zeitschriften nicht abhold. Um ihnen entgegenzukommen, wurde der Diogenes Club ins Leben gerufen, und er beherbergt heute die ungeselligsten und clubunfähigsten Männer der Stadt. Keinem Mitglied ist es gestattet, von einem anderen auch nur die geringste Notiz zu nehmen. Außer im Fremdenzimmer ist Reden unter keinen Umständen gestattet, und drei Verstöße ziehen, wenn sie dem Kommittee zur Kenntnis gebracht werden, den Ausschluß des Redenden nach sich. Mein Bruder war einer der Gründer, und ich selbst habe die Atmosphäre als sehr beruhigend empfunden.«

Wir hatten im Laufe der Unterhaltung die Pall Mall erreicht und gingen sie vom St. James's-Ende aus entlang. Ein kleines Stück vom Carlton entfernt blieb Sherlock Holmes vor einer Tür stehen, warnte mich davor zu sprechen und ging in die Halle voraus. Durch die Glastrennwand erhaschte ich einen Blick auf ein großes und luxuriöses Zimmer, in dem eine beträchtliche Anzahl von Männern umhersaßen und Zeitung lasen, ein jeder in seinem eigenen kleinen Winkel. Holmes führte mich in ein kleines Gemach, das auf die Pall Mall hinausging, ließ mich dann für eine Minute allein und kam mit einem Begleiter zurück, der, wie ich erkannte, nur sein Bruder sein konnte. Mycroft Holmes war viel größer und stämmiger als Sherlock. Sein Körper war absolut korpulent, doch sein Gesicht hatte, wiewohl massig, etwas von der Schärfe des Ausdrucks bewahrt, die an seinem Bruder so bemerkenswert war. Seine Augen, die von einem eigenartig hellen, wäßrigen Grau waren, schienen ständig jenen entrückten, nach innen gerichteten Blick beizubehalten, den ich in denen Sherlocks nur beobachtet hatte, wenn er angespannt und mit vollem Krafteinsatz an etwas arbeitete.

»Ich bin erfreut, Sie kennenzulernen, Sir«, sagte er, indem er eine breite, flache Hand wie eine Seehundsflosse ausstreckte. »Ich höre allenthalben von Sherlock, seit Sie sein Chronist geworden sind. Beiläufig, Sherlock, ich hatte erwartet, daß du vergangene Woche vorbeischaust, um mich wegen dieses Manor-House-Falles zu konsultieren. Ich dachte, du hättest ein wenig den Boden unter den Füßen verloren.«

»Nein, ich habe ihn gelöst.«

»Es war natürlich Adams?«

»Ja, es war Adams.«

»Ich war mir dessen von Anfang an sicher.« Die beiden Männer setzten sich im Erker des Clubs zusammen. »Für jeden, der die Species Mensch studieren will, ist dies der Ort dafür«, sagte Mycroft. »Sieh dir die wunderbaren Typen an! Sieh dir zum Beispiel die beiden Männer an, die gerade auf uns zukommen.«

»Den Billard-Markeur und den anderen?«

»Genau. Was hältst du von dem anderen?«

Die beiden Männer waren gegenüber dem Fenster stehengeblieben. Kreidespuren auf der Westentasche des einen waren die einzigen Anzeichen von Billard, die ich erkennen konnte. Der andere war ein sehr kleiner, dunkler Mensch mit zurückgeschobenem Hut und einigen Päckchen unterm Arm.

»Ein ehemaliger Soldat, wie ich feststelle«, sagte Sherlock.

»Und erst kürzlich verabschiedet«, bemerkte der Bruder.

»Hat in Indien gedient, wie ich sehe.«

»Als Unteroffizier.«

»Königliche Artillerie, nehme ich an«, sagte Sherlock.

»Und Witwer.«

»Aber mit einem Kind.«

»Kindern, mein lieber Junge, Kindern.«

»Na«, sagte ich lachend, »das ist ein bißchen zu viel.«

»Sicherlich«, antwortete Holmes, »ist es nicht schwer zu sagen, daß ein Mann mit dieser Haltung, diesem Ausdruck von Autorität und dieser sonnenverbrannten Haut Soldat ist, mehr als Gemeiner ist und noch nicht lange aus Indien zurück ist.«

»Daß er noch nicht lange aus dem Dienst ausgeschieden ist, zeigt sich daran, daß er immer noch seine ›Knobelbecher‹ trägt, wie sie genannt werden«, äußerte Mycroft.

»Er hat nicht den Kavalleristengang, trotzdem trug er den

Hut auf einer Seite, wie man an der helleren Haut auf dieser Seite der Stirn erkennt. Sein Gewicht spricht dagegen, daß er Sappeur ist. Er ist bei der Artillerie.«

»Dann zeigt natürlich seine Trauerkleidung, daß er jemanden sehr Teuren verloren hat. Da er seine Einkäufe selbst erledigt, sieht es so aus, als sei es seine Frau gewesen. Er hat Kindersachen gekauft, wie Sie erkennen. Da ist eine Rassel, die zeigt, daß eines von ihnen sehr klein ist. Die Frau ist wahrscheinlich im Wochenbett gestorben. Das Bilderbuch unter seinem Arm zeigt, daß es noch ein anderes Kind gibt, an das er denken muß.«

Ich begann zu verstehen, was mein Freund mit den noch schärfer ausgeprägten Fähigkeiten seines Bruders gemeint hatte. Er schaute zu mir herüber und lächelte. Mycroft nahm Schnupftabak aus einer Schildpattdose und wischte die verstreuten Körnchen mit einem großen, rotseidenen Taschentuch von seinem Rock.

»Übrigens, Sherlock«, sagte er, »man hat mir da etwas zur Beurteilung unterbreitet, was ganz nach deinem Geschmack sein dürfte – ein höchst eigenartiges Problem. Ich hatte wirklich nicht die Energie, es weiterzuverfolgen, außer auf sehr unvollkommene Weise, aber es verschaffte mir eine Basis für einige sehr vergnügliche Spekulationen. Wenn dir daran läge, die Tatsachen zu hören –«

»Mein lieber Mycroft, ich wäre entzückt.«

Der Bruder kritzelte eine Notiz auf ein Blatt seines Notizbuches, läutete die Glocke und händigte es dem Bedienten aus.

»Ich habe Mr. Melas gebeten, herüberzukommen«, sagte er. »Er bewohnt die Etage über mir, und ich bin flüchtig mit ihm bekannt, was ihn dazu veranlaßte, in seiner Verwirrung zu mir zu kommen. Mr. Melas ist seiner Herkunft nach Grieche, wie ich höre, und er ist ein bemerkenswerter Linguist. Er verdient sich seinen Lebensunterhalt teils als Dolmetscher vor Gericht, teils indem er als Führer für etwelche wohlhabenden Orientalen fungiert, die sich in den Hotels der Northumberland Avenue aufhalten. Ich denke, ich werde ihn sein eigenes, sehr bemerkenswertes Erlebnis in seinen eigenen Worten erzählen lassen.«

Ein paar Minuten später gesellte sich ein kurzer, gedrungener Mann zu uns, dessen olivfarbenes Gesicht und kohlschwarzes Haar seine südliche Herkunft verrieten, obgleich seine Sprache die eines gebildeten Engländers war. Er schüttelte Sherlock Holmes eifrig die Hand, und seine dunklen Augen funkelten vor Freude, als er vernahm, daß der Spezialist gespannt darauf war, seine Geschichte zu hören.

»Ich habe keine Hoffnung, daß die Polizei mir glaubt – auf mein Wort«, sagte er mit klagender Stimme. »Bloß weil sie noch nie von dergleichen gehört haben, meinen sie, es könne nicht sein. Aber ich weiß, daß ich nie mehr leichten Mutes sein kann, ehe ich weiß, was aus diesem armen Mann mit dem Heftpflaster im Gesicht geworden ist.«

»Ich bin ganz Ohr«, sagte Sherlock Holmes.

»Jetzt haben wir Mittwochnachmittag«, sagte Mr. Melas; »ja, dann war es Montagnacht – vor zwei Tagen erst, verstehen Sie –, als all das geschah. Ich bin Dolmetscher, wie Ihnen mein Nachbar hier vielleicht erzählt hat. Ich dolmetsche alle – oder fast alle – Sprachen, aber da ich gebürtiger Grieche bin und einen griechischen Namen trage, werde ich hauptsächlich mit dieser bestimmten Sprache in Verbindung gebracht. Seit vielen Jahren bin ich der wichtigste Griechischdolmetscher Londons, und mein Name ist in den Hotels sehr gut bekannt.

Es geschieht nicht eben selten, daß Ausländer, die in Schwierigkeiten geraten, oder Reisende, die spät ankommen und meine Dienste wünschen, zu seltsamen Stunden nach mir schicken. Ich war daher Montagnacht nicht überrascht, als ein Mr. Latimer, ein sehr elegant gekleideter junger Mann, auf meine Räume kam und mich bat, ihn in einer Droschke zu begleiten, die vor der Tür warte. Ein griechischer Freund habe ihn geschäftshalber aufgesucht, sagte er, und da er nur seine Muttersprache spreche, seien die Dienste eines Dolmetschers unerläßlich. Er gab mir zu verstehen, daß sein Haus etwas entfernt liege, in Kensington, und er schien in großer Eile zu sein, denn er nötigte mich hastig in die Droschke, als wir auf der Straße unten angelangt waren.

Ich sage in die Droschke, aber mir kamen bald Zweifel, ob es nicht eine Kutsche sei, in der ich mich befand. Sie war gewiß geräumiger als die gewöhnliche, vierrädrige Schande für London, und die Ausstattung, wiewohl abgewetzt, war von kostbarer Beschaffenheit. Mr. Latimer setzte sich mir gegenüber, und wir fuhren los, durch Charing Cross und die Shaftesbury Avenue hinauf. Wir waren auf der Oxford Street herausgekommen, und ich hatte zu bemerken gewagt, dies sei ein Umweg nach Kensington, als das ungewöhnliche Verhalten meines Begleiters meinen Worten Einhalt gebot.

Zunächst einmal zog er einen höchst fürchterlich aussehenden, mit Blei beschwerten Knüttel aus der Tasche und ließ ihn ein paarmal vor und zurück sausen, wie wenn er sein Gewicht und seine Stärke erproben wollte. Dann legte er ihn ohne ein Wort auf den Sitz neben sich. Kaum hatte er dies getan, zog er auf beiden Seiten die Fenster hoch, und ich stellte zu meiner Überraschung fest, daß sie mit Papier abgedeckt waren, was verhinderte, daß ich hinaussehen konnte.

›Tut mir leid, Sie Ihrer Aussicht zu berauben, Mr. Melas‹, sagte er. ›Tatsächlich habe ich nicht die Absicht, Sie sehen zu lassen, zu welchem Ort wir fahren. Es könnte möglicherweise ärgerlich für mich sein, wenn Sie wieder dorthin fänden.‹

Wie Sie sich vorstellen können, brachte mich, was mein Begleiter da sagte, völlig aus der Fassung. Er war ein kräftiger, breitschultriger junger Mensch, und ganz abgesehen von der Waffe hätte ich in einem Kampf mit ihm nicht die leiseste Chance gehabt.

›Das ist ein sehr ungewöhnliches Verhalten, Mr. Latimer‹, stammelte ich. ›Sie sind sich doch wohl im klaren, daß das, was Sie da tun, durchaus ungesetzlich ist.‹

›Wir nehmen uns einige Freiheiten heraus, kein Zweifel‹, sagte er, ›doch wir werden Sie dafür entschädigen. Aber ich muß Sie gleichwohl warnen, Mr. Melas. Wenn Sie zu irgendeiner Zeit heute nacht Alarm zu schlagen oder irgend etwas zu tun versuchen, was meinen Interessen zuwiderläuft, dann werden Sie schon merken, wie ernst die Sache ist. Ich bitte Sie, daran zu denken, daß niemand weiß, wo Sie sind, und daß Sie, ob Sie sich nun in dieser Kutsche oder in meinem Haus befinden, gleichermaßen in meiner Gewalt sind.‹

Seine Worte waren ruhig, aber er hatte eine schnarrende Art zu sprechen, die sehr bedrohlich war. Ich saß schweigend und fragte mich, was um alles in der Welt er für einen Grund haben könnte, mich auf diese ungewöhnliche Weise zu entführen. Was auch immer es sein mochte, es war vollkommen klar, daß Widerstand nicht den geringsten Sinn hatte und ich nur abwarten konnte, was weiter geschah.

Fast zwei Stunden lang fuhren wir, ohne daß ich den leisesten Anhaltspunkt gehabt hätte, wohin es ging. Bisweilen verriet das Rattern der Steine eine gepflasterte Chaussee, bisweilen ließ unsere sanfte, leise Fahrt auf Asphalt schließen, aber mit Ausnahme dieser Geräuschveränderungen gab es überhaupt nichts, was mich im entferntesten vermuten ließ, wo wir waren. Das Papier vor beiden Fenstern war lichtundurchlässig, und ein blauer Vorhang war über die vordere Glasscheibe gezogen. Es war Viertel nach sieben gewesen, als wir Pall Mall verließen, und meine Uhr zeigte mir zehn Minuten vor neun, als wir endlich zum Stillstand kamen. Mein Begleiter ließ das Fenster herunter, und ich erhaschte einen Blick auf einen niedrigen, gewölbten Eingang, über dem eine Lampe brannte. Als ich aus der Kutsche gedrängt wurde, sprang die Tür auf, und ich befand mich im Haus, mit einem vagen Eindruck von Rasen und Bäumen links und rechts von mir bei meinem Eintreten. Ob dies jedoch ein Privatgrundstück oder recht eigentlich auf dem Land war, wage ich nicht zu sagen.

Drinnen befand sich eine farbige Gaslampe, die so niedrig gestellt war, daß ich wenig erkennen konnte, außer daß die Halle von einiger Größe und mit Bildern behängt war. Im matten Licht konnte ich ausmachen, daß die Person, die geöffnet hatte, ein kleiner, gemein aussehender Mann mittleren Alters mit gekrümmten Schultern war. Als er sich uns zuwandte, zeigte mir das Glitzern des Lichts, daß er eine Brille trug.

›Ist das Mr. Melas, Harold?‹ sagte er.

›Ja.‹

›Gut gemacht! Gut gemacht! Sie sind uns hoffentlich nicht böse, Mr. Melas, aber ohne Sie konnten wir einfach nicht weiterkommen. Wenn Sie sich uns gegenüber fair verhalten, werden Sie's nicht bereuen; aber wenn Sie irgendwelche Tricks versuchen, gnade Ihnen Gott!‹

Er sprach auf abgehackte, nervöse Art und mit einigen kichernden Lachern dazwischen, doch irgendwie flößte er mir mehr Angst ein als der andere.

›Was wollen Sie von mir?‹ fragte ich.

›Nur, daß Sie einem griechischen Gentleman, der sich bei uns aufhält, ein paar Fragen stellen und uns die Antworten mitteilen. Aber sagen Sie nicht mehr, als Sie geheißen werden, denn sonst‹ – hier kam wieder das nervöse Kichern – ›wären Sie besser nie geboren worden.‹

Während er sprach, öffnete er eine Tür und ging in ein Zimmer voran, das sehr kostbar eingerichtet zu sein schien – doch wieder wurde das einzige Licht nur von einer halb heruntergedrehten Lampe gespendet. Das Gemach war recht groß, und die Art, wie meine Füße in den Teppich einsanken, als ich darüberschritt, verriet mir seine Kostbarkeit. Ich erhaschte einen Blick auf Sammetsessel, einen hohen Kaminsims aus weißem Marmor, und daneben etwas, was eine japanische Rüstung zu sein schien. Genau unter der Lampe stand ein Stuhl, und der ältere Mann bedeutete mir, mich darauf zu setzen. Der jüngere hatte uns verlassen, kehrte jedoch plötzlich durch eine andere Tür zurück, einen in eine Art wallenden Morgenmantel gehüllten Gentleman führend, der sich langsam auf uns zu bewegte. Als er in den matten Lichtkreis kam, so daß ich ihn genauer sehen konnte, fuhr ich bei seinem Anblick vor Entsetzen zusammen. Er war leichenblaß und schrecklich ausgemergelt, mit den hervortretenden, glänzenden Augen eines Mannes, dessen Mut größer ist als seine

Kraft. Aber was mich mehr als alle Anzeichen physischer Schwäche schockierte, war, daß sein Gesicht auf groteske Weise kreuz und quer mit Heftpflaster bedeckt und ein großer Streifen über seinen Mund geklebt war.

›Hast du die Tafel, Harold?‹ rief der ältere Mann, als dieses seltsame Wesen in einen Sessel mehr fiel als sich setzte.

›Hat er die Hände frei? Alsdann, gib ihm den Griffel. Sie sollen die Fragen stellen, Mr. Melas, und er wird die Antworten schreiben. Fragen Sie ihn zuerst einmal, ob er bereit ist, die Papiere zu unterzeichnen.‹

Die Augen des Mannes blitzten Feuer.

›Niemals‹, schrieb er auf griechisch auf die Tafel.

›Unter keinen Umständen?‹ fragte ich ihn auf Geheiß unseres Tyrannen.

›Nur, wenn sie vor meinen Augen getraut wird von einem griechischen Priester, den ich kenne.‹

Der Mann kicherte auf seine giftige Art.

›Sie wissen, was Sie dann erwartet?‹

›Was mit mir ist, kümmert mich nicht.‹

Dies sind Beispiele der Fragen und Antworten, die unsere seltsame, halb gesprochene, halb geschriebene Unterredung ausmachten. Wieder und wieder mußte ich ihn fragen, ob er nachgeben und das Dokument unterzeichnen würde. Wieder und wieder erhielt ich die gleiche, entrüstete Antwort. Doch bald kam mir eine gute Idee. Ich ging dazu über, jeder Frage eigene, kurze Sätze hinzuzufügen – harmlose zunächst, um zu erproben, ob einer unserer Zuhörer etwas davon merkte, und dann, als ich feststellte, daß sie nichts erkennen ließen, spielte ich ein gefährlicheres Spiel. Unser Gespräch verlief etwa folgendermaßen:

›Dieser Starrsinn nützt Ihnen nichts. *Wer sind Sie?*‹

›Das ist mir gleich. *Ich bin fremd in London.*‹

›Sie werden Ihr Schicksal selbst zu verantworten haben. *Wie lange sind Sie schon hier?*‹

›Sei's drum. *Drei Wochen.*‹

›Das Vermögen kann niemals Ihnen gehören. *Was quält Sie?*‹

›Es wird nicht an Schurken fallen. *Man läßt mich hungern.*‹

›Sie werden frei sein, wenn Sie unterzeichnen. *Was für ein Haus ist das?*‹

›Ich werde nie unterzeichnen. *Ich weiß es nicht.*‹

›Sie erweisen ihr damit keinen Dienst. *Wie heißen Sie?*‹

›Das will ich von ihr selbst hören. *Kratides.*‹

›Sie werden sie sehen, wenn Sie unterzeichnen. *Woher sind Sie?*‹

›Dann werde ich sie niemals sehen. *Aus Athen.*‹

Noch fünf Minuten, Mr. Holmes, und ich hätte vor ihrer Nase die ganze Geschichte herausgebracht. Schon meine nächste Frage hätte die Sache aufklären können, doch in diesem Moment öffnete sich die Tür, und eine Frau trat ins Zimmer. Ich konnte sie nicht deutlich genug sehen, um mehr zu erkennen, als daß sie groß und anmutig war, mit schwarzem Haar und gekleidet in eine Art wallendes, weißes Gewand.

›Harold!‹ sagte sie auf englisch mit starkem Akzent, ›ich konnte nicht länger weg bleiben. Es ist so einsam da oben, nur mit – oh, mein Gott, das ist ja Paul!‹

Die letzten Worte waren auf griechisch, und im gleichen Moment riß sich der Mann mit krampfhafter Anstrengung das Pflaster von den Lippen, schrie ›Sophia! Sophia!‹ und stürzte sich in die Arme der Frau. Ihre Umarmung währte jedoch nur einen Augenblick, denn der jüngere Mann packte die Frau und stieß sie aus dem Zimmer, während der ältere sein ausgemergeltes Opfer ohne weiteres überwältigte und es durch die andere Tür wegzerrte. Einen Moment lang war ich im Zimmer allein, und ich sprang auf, mit der vagen Idee, ich könnte mir irgendwie einen Hinweis verschaffen, was das für ein Haus war, in dem ich mich befand. Glücklicherweise jedoch unternahm ich nichts, denn aufblickend gewahrte ich, daß der ältere Mann, die Augen auf mich geheftet, in der Tür stand.

›Das reicht dann, Mr. Melas‹, sagte er. ›Sie sehen, daß wir Sie bei einer sehr privaten Angelegenheit ins Vertrauen gezogen haben. Wir hätten Sie nicht behelligt, wäre nicht unser Freund, der Griechisch spricht und diese Verhandlungen begonnen hat, gezwungen gewesen, in den Osten zurückzukehren. Es war ganz unumgänglich für uns, jemanden zu finden, der seine Stelle einnahm, und wir hatten das Glück, von Ihren Fähigkeiten zu hören.‹

Ich verbeugte mich.

›Da haben Sie fünf Sovereigns‹, sagte er, auf mich zugehend, ›die, so hoffe ich, als Honorar ausreichen dürften. Aber denken Sie daran‹, fügte er hinzu, indem er mich leicht auf die Brust tippte und kicherte, ›wenn Sie zu einer Menschenseele davon sprechen – zu einer einzigen Menschenseele, wohlgemerkt – nun, dann sei Gott Ihrer Seele gnädig!‹

Ich kann Ihnen den Ekel und das Entsetzen, die dieser unscheinbar aussehende Mann mir einflößte, nicht schildern. Ich konnte ihn jetzt besser sehen, da das Lampenlicht auf ihn schien. Seine Züge waren abgemagert und fahl, und sein kleiner Spitzbart war schütter und ungepflegt. Er schob ruckartig das Kinn vor, wenn er sprach, und seine Lippen und Augenlider zuckten unaufhörlich, wie bei einem Mann mit Veitstanz. Ich konnte nicht umhin zu denken, daß auch dieses seltsame, einprägsame kleine Lachen Symptom einer Nervenkrankheit war. Der Schrecken seines Gesichts lag jedoch in seinen Augen, stahlgrau und kalt glitzernd, mit einer heimtückischen, unerbittlichen Grausamkeit in ihren Tiefen.

›Wir erfahren es, wenn Sie darüber sprechen‹, sagte er. ›Wir wissen uns auf dem laufenden zu halten. Und nun wartet die Kutsche auf Sie, und mein Freund wird Sie begleiten.‹

Ich wurde durch die Halle und in das Fahrzeug gedrängt, wobei ich wieder diesen flüchtigen Eindruck von Bäumen und einem Garten erhaschte. Mr. Latimer folgte mir dicht auf den Fersen und nahm ohne ein Wort seinen Platz mir gegenüber ein. Schweigend, bei hochgezogenen Fenstern, fuhren wir erneut eine endlose Strecke, bis die Kutsche endlich kurz nach Mitternacht anhielt.

›Sie werden hier aussteigen, Mr. Melas‹, sagte mein Begleiter. ›Es tut mir leid, Sie so weit von zu Hause abzusetzen, aber es gibt keine andere Möglichkeit. Jeder Versuch Ihrerseits, der Kutsche zu folgen, würde Ihnen am Ende nur schaden.‹

Er öffnete die Tür, während er sprach, und ich hatte kaum Zeit, herauszuspringen, als der Kutscher auf das Pferd einhieb und die Kutsche davonratterte. Ich blickte mich erstaunt um. Ich befand mich auf einer Art Heide, gesprenkelt mit dunklen Gruppen von Stechginstersträuchern. Weit weg erstreckte sich eine Linie von Häusern, hier und da mit einem Licht in den oberen Fenstern. Auf der anderen Seite sah ich die roten Signallampen einer Eisenbahnstrecke.

Die Kutsche, die mich gebracht hatte, war schon außer Sicht. Ich stand da, starrte um mich und fragte mich, wo um alles in der Welt ich wohl sei, als ich jemanden in der Dunkelheit auf mich zukommen sah. Als er mich erreichte, erkannte ich, daß es ein Eisenbahndienstmann war.

›Können Sie mir sagen, wo wir hier sind?‹ fragte ich.

›Wandsworth Common‹, sagte er.

›Kann ich einen Zug in die Stadt bekommen?‹

›Wenn Sie ungefähr eine Meile weiterlaufen, bis Clapham Junction‹, sagte er, ›erreichen Sie gerade noch den letzten nach Victoria.‹

Das also war das Ende meines Abenteuers, Mr. Holmes. Ich weiß weder, wo ich war, noch mit wem ich gesprochen habe, noch sonst etwas außer dem, was ich Ihnen erzählt habe. Aber ich weiß, daß da etwas Übles gespielt wird, und ich möchte diesem Unglücklichen helfen, wenn ich kann. Ich habe die ganze Geschichte am nächsten Morgen Mr. Mycroft Holmes und sodann der Polizei erzählt.«

Wir alle saßen ein Weilchen schweigend da, nachdem wir dieser ungewöhnlichen Erzählung gelauscht hatten. Dann blickte Sherlock zu seinem Bruder hinüber.

»Irgendwelche Schritte?« fragte er.

Mycroft hob die *Daily News* auf, die auf einem Beistelltisch lag.

»›Jegliche Angabe über den Verbleib eines griechischen Gentlemans namens Paul Kratides, der aus Athen stammt und kein Englisch spricht, wird belohnt. Desgleichen Auskünfte über eine griechische Dame, deren Vorname Sophia lautet. X 2473.‹ Das stand in allen Tageszeitungen. Keine Antwort.«

»Wie steht es mit der Griechischen Gesandtschaft?«

»Ich habe nachgefragt. Sie wissen nichts.«

»Dann ein Telegramm an den Leiter der Athener Polizei.«

»Sherlock besitzt die ganze Energie der Familie«, sagte Mycroft, indem er sich an mich wandte. »Nun, übernimm du die Sache auf jeden Fall und gib mir Bescheid, wenn du irgend etwas erreichst.«

»Gewiß«, antwortete mein Freund und erhob sich von seinem Sessel. »Ich gebe dir und auch Mr. Melas Bescheid. Unterdessen, Mr. Melas, wäre ich gewiß auf der Hut, wenn ich Sie wäre, denn nach diesen Anzeigen wissen die natürlich, daß Sie sie verraten haben.«

Als wir gemeinsam heimwärts gingen, machte Holmes bei einem Telegraphenamt halt und gab verschiedene Telegramme auf.

»Sie sehen, Watson«, bemerkte er, »unser Abend war keineswegs vergeudet. Zu einigen meiner interessantesten Fälle bin ich auf diese Weise durch Mycroft gekommen. Das Problem, von dem wir gerade gehört haben, hat, obwohl es nur eine Erklärung zulassen kann, gleichwohl einige charakteristische Züge.«

»Sie haben Hoffnung, es zu lösen?«

»Nun, angesichts dessen, was wir alles wissen, wäre es in der Tat eigenartig, wenn es uns mißlänge, den Rest aufzudekken. Sie müssen sich selbst irgendeine Theorie gebildet haben, die die Tatsachen erklärt, die wir gehört haben.«

»Auf vage Art, ja.«

»Was also war Ihre Vorstellung?«

»Es schien mir offensichtlich, daß dieses griechische Mädchen von dem jungen Engländer namens Harold Latimer verschleppt worden ist.«

»Von wo verschleppt worden ist?«

»Aus Athen, vielleicht.«

Sherlock Holmes schüttelte den Kopf. »Dieser junge Mann sprach kein Wort Griechisch. Die Dame sprach recht gut Englisch. Schlußfolgerung: Sie war einige Zeit in England, aber er war nicht in Griechenland.«

»Nun, dann wollen wir annehmen, daß sie besuchsweise nach England gekommen ist und dieser Harold sie überredet hat, mit ihm zu fliehen.«

»Das ist wahrscheinlicher.«

»Dann kommt der Bruder – denn das, vermute ich, ist die verwandtschaftliche Beziehung – aus Griechenland hierher, um einzugreifen. Er begibt sich unklugerweise in die Gewalt des jungen Mannes und seines älteren Spießgesellen. Sie bemächtigen sich seiner und wenden ihm gegenüber Gewalt an, um ihn zu veranlassen, irgendwelche Papiere zu unterzeichnen, die ihnen das Vermögen des Mädchens – dessen Treuhänder er sein mag – übereignen würden. Er weigert sich. Um mit ihm zu verhandeln, brauchen sie einen Dolmetscher und verfallen auf diesen Mr. Melas, nachdem sie sich vorher eines anderen bedient haben. Dem Mädchen sagt man nichts vom Eintreffen ihres Bruders, und sie findet es durch den reinsten Zufall heraus.«

»Ausgezeichnet, Watson«, rief Holmes. »Ich glaube wirklich, Sie sind nicht weit von der Wahrheit entfernt. Sie sehen, wir halten alle Trümpfe und haben nur einen plötzlichen Akt der Gewalt von ihrer Seite zu fürchten. Wenn sie uns Zeit lassen, müssen wir sie fassen.«

»Aber wie können wir herausfinden, wo dieses Haus liegt?«

»Nun, wenn unsere Mutmaßung zutrifft und der Name des Mädchens Sophia Kratides lautet oder lautete, sollten wir keine Schwierigkeiten haben, sie aufzuspüren. Das muß unsere größte Hoffnung sein, denn der Bruder ist natürlich ein völlig Fremder. Es ist klar, daß einige Zeit verstrichen ist, seit dieser Harold diese Beziehungen mit dem Mädchen aufgenommen hat – einige Wochen auf jeden Fall –, da der Bruder in Griechenland ja Zeit gehabt hat, davon zu erfahren und herüberzukommen. Wenn sie die ganze Zeit am selben Ort gewohnt haben, ist es wahrscheinlich, daß wir eine Antwort auf Mycrofts Anzeige bekommen.«

Wir hatten während der Unterhaltung unser Haus in der Baker Street erreicht. Holmes stieg als erster die Treppe hinauf, und als er die Tür unseres Zimmers öffnete, zuckte er überrascht zusammen. Über seine Schulter blickend, war ich gleichermaßen erstaunt. Sein Bruder Mycroft saß rauchend im Lehnsessel.

»Komm rein, Sherlock! Kommen Sie rein, Sir«, sagte er milde und lächelte über unsere überraschten Gesichter. »Solche Energie erwartest du nicht von mir, nicht wahr, Sherlock? Aber irgendwie fesselt mich dieser Fall.«

»Wie bist du hierher gekommen?«

»Ich habe euch in einem Hansom überholt.«

»Hat es eine neue Entwicklung gegeben?«

»Ich bekam Antwort auf meine Anzeige.«

»Ah!«

»Ja; sie kam ein paar Minuten nach eurem Weggang.«

»Und welchen Inhalts?«

Mycroft Holmes zog einen Bogen Papier hervor.

»Hier ist sie«, sagte er, »geschrieben mit einer breiten Feder auf cremefarbenem geripptem Royalpapier von einem Mann mittleren Alters mit schwacher Konstitution. ›Sir‹, sagt er, ›in Beantwortung Ihrer Anzeige vom heutigen Tage erlaube ich mir, Sie davon zu unterrichten, daß ich die in Rede stehende junge Dame sehr gut kenne. Falls Sie bei mir vorsprechen wollten, könnte ich Ihnen einige Einzelheiten bezüglich ihrer schmerzlichen Geschichte mitteilen. Sie lebt gegenwärtig in The Myrtels, Beckenham. – Hochachtungsvoll J. Davenport.‹«

»Er schreibt aus Lower Brixton«, sagte Mycroft Holmes. »Meinst du nicht, wir könnten gleich zu ihm hinfahren, Sherlock, und diese Einzelheiten erfahren?«

»Mein lieber Mycroft, das Leben des Bruders ist wertvoller als die Geschichte der Schwester. Ich finde, wir sollten bei Scotland Yard Inspektor Gregson abholen und uns unverzüglich nach Beckenham aufmachen. Wir wissen, daß ein Mann zu Tode gequält wird, und jede Stunde kann entscheidend sein.«

»Am besten nehmen wir unterwegs auch Mr. Melas mit«, schlug ich vor; »wir brauchen vielleicht einen Dolmetscher.«

»Ausgezeichnet!« sagte Sherlock Holmes. »Schicken Sie den Jungen um eine Droschke, und wir brechen sofort auf.« Er öffnete die Tischschublade, während er sprach, und ich bemerkte, daß er seinen Revolver in die Tasche schob. »Ja«, sagte er als Antwort auf meinen Blick, »nach dem, was wir gehört haben, möchte ich meinen, daß wir es mit einer besonders gefährlichen Bande zu tun haben.«

Es war fast dunkel, als wir uns in der Pall Mall, in den Räumen von Mr. Melas einfanden. Ein Gentleman hatte nach ihm gefragt, und er war fortgegangen.

»Können Sie mir sagen, wohin?« fragte Mycroft Holmes.

»Ich weiß nicht, Sir«, antwortete die Frau, die die Tür geöffnet hatte. »Ich weiß nur, daß er mit einem Gentleman in einer Kutsche weggefahren ist.«

»Hat dieser Gentleman einen Namen angegeben?«

»Nein, Sir.«

»Es war kein großer, gutaussehender, dunkler junger Mann?«

»O nein, Sir; es war ein kleiner Gentleman, mit Brille, dünn im Gesicht, aber auf seine Art sehr vergnügt, denn er lachte die ganze Zeit, während er redete.«

»Kommt mit!« rief Sherlock Holmes abrupt. »Es wird ernst!« bemerkte er, als wir zu Scotland Yard fuhren. »Diese Männer haben Melas wieder in ihre Gewalt gebracht. Er ist nicht der Typ, der handgreiflich wird, wie sie dank ihrer Erfahrung neulich sehr wohl wissen. Dieser Schurke konnte ihn sofort einschüchtern durch seine bloße Nähe. Zweifellos wollen sie seine beruflichen Dienste; aber wenn sie sich seiner bedient haben, sind sie vielleicht geneigt, ihn für seinen Verrat, wie sie es auffassen, zu bestrafen.«

Wir hofften, mit dem Zug gleichzeitig oder sogar noch eher

als die Kutsche nach Beckenham zu gelangen. Als wir jedoch bei Scotland Yard eintrafen, dauerte es länger als eine Stunde, bis wir Inspektor Gregson überhaupt erreichen und die gesetzlichen Formalitäten erledigen konnten, die uns zum Eintritt ins Haus ermächtigen würden. Es war Viertel vor zehn, bis wir London Bridge erreichten, und halb elf, als wir vier am Bahnsteig von Beckenham ausstiegen. Eine Fahrt von einer halben Meile brachte uns zu The Myrtles – einem großen, dunklen Haus, das, von der Straße zurückgesetzt, auf seinem eigenen Grundstück stand. Hier schickten wir unseren Wagen weg und schritten gemeinsam die Auffahrt hinauf.

»Die Fenster sind alle dunkel«, bemerkte der Inspektor. »Das Haus scheint verlassen.«

»Unsere Vögel sind ausgeflogen, und das Nest ist leer«, sagte Holmes.

»Warum meinen Sie?«

»Eine schwer mit Gepäck beladene Kutsche ist im Laufe der vergangenen Stunde hinausgefahren.«

Der Inspektor lachte. »Ich habe die Radspuren im Licht der Torlampe gesehen, aber woher nehmen Sie das Gepäck?«

»Sie haben vielleicht beobachtet, daß die gleichen Radspuren auch in die andere Richtung verlaufen. Aber die nach draußen führenden waren sehr viel tiefer – und zwar um so viel, daß wir mit Gewißheit sagen können, daß ein sehr beträchtliches Gewicht auf der Kutsche lastete.«

»Das geht ein bißchen über meinen Horizont«, sagte der Inspektor mit einem Achselzucken. »Die Tür wird nicht leicht zu erbrechen sein. Aber wir werden es versuchen, wenn wir uns kein Gehör verschaffen können.«

Er hämmerte laut mit dem Türklopfer und zog die Glocke, doch ohne jeden Erfolg. Holmes hatte sich davongemacht, kam aber nach ein paar Minuten wieder.

»Ich habe ein Fenster offen«, sagte er.

»Es ist ein Segen, daß Sie auf der Seite der Polizei und nicht auf der Gegenseite stehen, Mr. Holmes«, bemerkte der Inspektor, als er sah, mit welcher Geschicklichkeit mein Freund den Riegel aufgedrückt hatte. »Nun ja, ich glaube, wir dürfen unter den gegebenen Umständen eintreten, ohne eine Aufforderung abzuwarten.«

Einer nach dem anderen stiegen wir in ein großes Gemach ein, welches augenscheinlich das war, in dem Mr. Melas sich befunden hatte. Der Inspektor hatte seine Laterne angezündet, und in ihrem Licht konnten wir die beiden Türen, den Vorhang, die Lampe und den japanischen Harnisch sehen, wie er sie beschrieben hatte. Auf dem Tisch standen zwei Gläser, eine leere Brandyflasche und die Überreste einer Mahlzeit.

»Was ist das?« fragte Holmes plötzlich.

Wir standen alle still und lauschten. Ein leiser, stöhnender Laut kam von irgendwoher über uns. Holmes stürzte zur Tür und in die Halle hinaus. Das gräßliche Geräusch kam aus einem der oberen Stockwerke. Er stürmte hinauf, den Inspektor und mich auf den Fersen, während sein Bruder Mycroft so rasch folgte, wie es seine Leibesfülle zuließ.

Drei Türen fanden wir uns gegenüber im zweiten Stock, und aus der mittleren drangen die unheimlichen Laute, bisweilen zu einem dumpfen Murmeln absinkend, dann wieder ansteigend zu einem schrillen Wimmern. Sie war verschlossen, aber der Schlüssel steckte außen. Holmes stieß die Tür auf und stürzte hinein, war jedoch, die Hand an der Kehle, im Nu wieder draußen.

»Es ist Holzkohle!« rief er. »Abwarten. Es wird sich verziehen.«

Hineinstarrend konnten wir erkennen, daß das einzige Licht im Zimmer von einer düsteren, blauen Flamme herrührte, die auf einem kleinen Messingdreifuß in der Mitte flackerte. Sie warf einen fahlen, unwirklichen Kreis auf den Boden, während wir im Schatten dahinter den undeutlichen Umriß zweier Gestalten sahen, die an der Wand kauerten. Der offenen Tür entströmte ein schrecklicher, giftiger Brodem, der uns keuchen und husten machte. Holmes eilte zum Treppenabsatz, um die frische Luft einzuatmen, dann stürmte er ins Zimmer, riß das

Fenster auf und schleuderte den Messing-Dreifuß in den Garten hinaus.

»In einer Minute können wir hinein«, keuchte er, als er wieder herausgestürzt kam. »Wo ist eine Kerze? Ich bezweifle, daß wir in dieser Atmosphäre ein Streichholz anzünden könnten. Halte das Licht an die Tür, und wir holen sie heraus, Mycroft. Jetzt!«

Mit einem Satz packten wir die vergifteten Männer und zerrten sie auf den Treppenabsatz hinaus. Beide hatten blaue Lippen und waren besinnungslos, mit aufgedunsenen Gesichtern, in denen das Blut stockte, und hervortretenden Augen. In der Tat waren ihre Züge so verzerrt, daß wir den einen, wäre nicht sein schwarzer Bart und seine untersetzte Gestalt gewesen, möglicherweise nicht wiedererkannt hätten als den griechischen Dolmetscher, der sich erst vor ein paar Stunden im Diogenes Club von uns getrennt hatte. Seine Hände und Füße waren fest zusammengebunden, und über einem Auge trug er das Mal eines heftigen Schlages. Der andere, in gleicher Weise gefesselt, war ein hochgewachsener Mann im letzten Stadium der Auszehrung, über dessen Gesicht sich in groteskem Muster einige Streifen Heftpflaster zogen. Er hatte aufgehört zu stöhnen, als wir ihn niederlegten, und ein Blick zeigte mir, daß zumindest für ihn unsere Hilfe zu spät gekommen war. Mr. Melas jedoch lebte noch, und nach weniger als einer Stunde und mit der Hilfe von Ammoniak und Brandy hatte ich die Genugtuung, ihn die Augen aufschlagen zu sehen und zu wissen, daß meine Hand ihn dem dunklen Tal entrissen hatte, wo alle Pfade sich treffen.

Es war eine simple Geschichte, die er zu erzählen hatte und die unsere eigenen Deduktionen nur bestätigte. Sein Besucher hatte beim Eintreten in seine Räume einen Totschläger aus dem Ärmel gezogen und ihm solche Angst vor dem augenblicklichen und unvermeidlichen Tod eingeflößt, daß er ihn zum zweiten Mal entführte. In der Tat war der Effekt, den dieser kichernde Schurke auf den unglücklichen Linguisten ausgeübt hatte, fast hypnotisch, denn er konnte nicht ohne zitternde Hände und bleiche Wangen von ihm sprechen. Er war geschwind nach Beckenham gebracht worden und hatte als Dolmetscher bei einer zweiten, noch dramatischeren Befragung gedient, während der die beiden Engländer ihrem Gefangenen den augenblicklichen Tod angedroht hatten, falls er ihren Forderungen nicht willfahre. Schließlich, als sie ihn gegen jede Drohung gefeit fanden, hatten sie ihn wieder in sein Gefängnis geworfen und Melas, nachdem sie ihm seinen Verrat vorgehalten hatten, der aus den Zeitungsannoncen hervorging, mit einem Stockhieb betäubt, und er konnte sich an nichts mehr erinnern, bis er uns über sich gebeugt gesehen hatte.

Und das war der eigenartige Fall des griechischen Dolmetschers; seine Aufklärung ist noch immer von Geheimnissen umwoben. Durch Rücksprache mit dem Gentleman, der auf die Anzeige geantwortet hatte, konnten wir herausfinden, daß die unglückliche junge Dame aus einer wohlhabenden griechischen Familie stammte und sich bei Freunden in England zu Besuch aufgehalten hatte. Dort war sie mit einem jungen Mann namens Harold Latimer bekannt geworden, der Einfluß auf sie gewann und sie schließlich dazu überredete, mit ihm zu fliehen. Über diesen Vorfall schockiert, hatten ihre Freunde sich damit begnügt, ihren Bruder in Athen zu informieren, und dann ihre Hände in Unschuld gewaschen. Der Bruder hatte sich bei seiner Ankunft in England unbedachterweise in die Gewalt Latimers und seines Spießgesellen begeben, dessen Name Wilson Kemp war – ein Mann mit dem übelsten Vorleben. Als diese beiden herausfanden, daß er ihnen durch seine Unkenntnis der Sprache hilflos ausgeliefert war, hatten sie ihn gefangen gehalten und durch Grausamkeit und Hunger zu zwingen versucht, sein eigenes und das Vermögen seiner Schwester abzutreten. Sie hatten ihn ohne Wissen des Mädchens im Hause eingesperrt, und das Pflaster über dem Gesicht hatte den Zweck, ein Widererkennen zu erschweren, falls sie je einen Blick auf ihn erhaschen sollte. Ihr weibliches Empfindungsvermögen jedoch hatte die Vermummung sofort durchschaut, als sie ihn beim ersten Besuch des Dolmetschers wiedersah. Das arme Mädchen war indes selbst eine Gefangene, denn es war niemand im Haus außer dem Mann, der als Kutscher tätig war, und seiner Frau, die beide Werkzeuge der Verschwörer waren. Als sie feststellten, daß ihr Geheimnis enthüllt und ihr Gefangener nicht zu bezwingen war, waren die beiden Schurken mit dem Mädchen binnen einer Frist von wenigen Stunden aus dem möblierten Haus, das sie gemietet hatten, geflohen, nachdem sie zuvor ihrer Ansicht nach Rache geübt hatten an dem Mann, der ihnen getrotzt, wie auch an dem, der sie verraten hatte.

Monate später erreichte uns aus Budapest ein merkwürdiger Zeitungsausschnitt. Er berichtete, wie zwei Engländer, die mit einer Frau gereist waren, ein tragisches Ende gefunden hatten. Sie waren beide erstochen worden, wie es scheint, und die ungarische Polizei war der Ansicht, sie hätten miteinander gestritten und sich gegenseitig tödliche Verletzungen beigebracht. Holmes jedoch, denke ich mir, ist anderer Auffassung und vertritt bis zum heutigen Tage die Meinung, es ließe sich, wenn man das griechische Mädchen fände, möglicherweise in Erfahrung bringen, wie das Unrecht an ihr und ihrem Bruder gerächt wurde.

DER FLOTTENVERTRAG

Der Juli, der unmittelbar auf meine Heirat folgte, bleibt mir in Erinnerung durch drei Fälle, bei denen ich das Privileg hatte, mit Sherlock Holmes zusammen zu sein und seine Methoden zu studieren. In meinen Aufzeichnungen finde ich sie unter den Titeln ›Das Abenteuer des zweiten Flecks‹, ›Das Abenteuer des Flottenvertrags‹ und ›Das Abenteuer des müden Kapitäns‹ niedergelegt. Im ersten freilich ging es um Belange von solcher Tragweite, und so viele der ersten Familien des Königreichs waren davon betroffen, daß eine Veröffentlichung auf viele Jahre hinaus unmöglich sein wird. Kein Fall indes, an dem Holmes je gearbeitet hat, illustriert den Wert seiner analytischen Methoden so deutlich oder hat die, die mit ihm zusammen waren, so tief beeindruckt. Ich bewahre immer noch eine fast wörtliche Niederschrift der Unterredung, in deren Verlauf er Monsieur Dubuque von der Pariser Polizei und Fritz von Waldbaum, dem berühmten Spezialisten aus Danzig, die beide ihre Energien auf Dinge verschwendet hatten, die sich als nebensächlich erwiesen, die wirklichen Tatsachen darlegte. Das neue Jahrhundert wird jedoch anbrechen müssen, ehe die Geschichte ruhigen Gewissens erzählt werden kann. So gehe ich denn zum zweiten Fall auf meiner Liste über, der zu einem bestimmten Zeitpunkt ebenfalls von nationaler Bedeutung zu sein versprach und von verschiedenen Ereignissen gekennzeichnet war, die ihm einen ganz eigenen Charakter verleihen.

Während meiner Schulzeit war ich eng mit einem Burschen namens Percy Phelps befreundet gewesen, der etwa mein Alter hatte, obgleich er zwei Klassen über mir war. Er war ein hochbegabter Junge und trug jeden Preis davon, den die Schule zu vergeben hatte, wobei er seine Großtaten mit dem Gewinn eines Stipendiums krönte, das ihn zur Fortsetzung seiner triumphalen Karriere nach Cambridge brachte. Er hatte, wie ich mich entsinne, überaus gute Verbindungen, und schon damals, als wir allesamt noch kleine Jungen waren, wußten wir, daß der Bruder seiner Mutter Lord Holdhurst, der große Politiker der Konservativen, war. Diese glänzende Verwandtschaft nützte ihm wenig in der Schule; es schien uns im Gegenteil pikant, ihn übers Spielfeld zu hetzen und ihm mit einem Wikket-Stump auf die Schienbeine zu schlagen. Doch das änderte sich, als er in die Welt hinaus trat. Ich hörte vage, daß seine Fähigkeiten und der Einfluß, über den er gebot, ihm eine gute Position im Foreign Office verschafft hatten, und dann entschwand er völlig meinem Gedächtnis, bis der folgende Brief seine Existenz in Erinnerung rief:

Briarbrae, Woking.

Mein lieber Watson – Ich habe keinen Zweifel, daß Sie sich an ›Kaulquappen‹-Phelps erinnern, der in der fünften Klasse war, als Sie noch die dritte besuchten. Möglicherweise haben Sie sogar gehört, daß ich dank dem Einfluß meines Onkels eine gute Stelle im Foreign Office erhielt und eine ehrenvolle Vertrauensstellung innehatte, bis ein schreckliches Unglück meine Karriere plötzlich zunichte machte.

Es hat keinen Sinn, Ihnen die Einzelheiten dieses fürchterlichen Ereignisses zu schreiben. Für den Fall, daß Sie meiner Bitte nachkommen, werde ich Sie Ihnen wahrscheinlich ohnehin erzählen müssen. Ich bin gerade erst von einem neunwöchigen Gehirnfieber genesen und immer noch überaus schwach. Meinen Sie, Sie könnten Ihren Freund Mr. Holmes dazu bringen, mich hier zu besuchen? Ich hätte gern seine Meinung zu dem Fall, obgleich die Behörden mir versichern, daß nichts mehr getan werden kann. Versuchen Sie doch, ihn herzubringen, und zwar so bald wie möglich. Jede Minute erscheint wie eine Stunde, solange ich in dieser schrecklichen Ungewißheit lebe. Versichern Sie ihm, daß, wenn ich ihn nicht eher um Rat fragte, es nicht deshalb geschah, weil ich seine Talente nicht zu würdigen wüßte, sondern weil ich bis jetzt von Sinnen war, seit der Schlag fiel. Nun bin ich wieder bei mir, obgleich ich aus Angst vor einem Rückfall nicht zu viel darüber nachzudenken wage. Ich bin immer noch so schwach, daß ich, wie Sie sehen, schreiben muß, indem ich diktiere. Versuchen Sie doch, ihn mit herzubringen.

Ihr alter Schulfreund
PERCY PHELPS.

Da war etwas, was mich anrührte, als ich diesen Brief las, etwas Bemitleidenswertes in dem wiederholten Flehen, Holmes mitzubringen. So bewegt war ich, daß ich es selbst dann versucht hätte, wenn es schwierig gewesen wäre; aber ich wußte natürlich, daß Holmes seine Kunst derart liebte, daß er so bereitwillig Hilfe leistete, wie sein Klient sie annehmen konnte. Meine Frau stimmte mit mir überein, daß kein Augenblick versäumt werden sollte, ihm die Sache vorzulegen, und so fand ich mich binnen einer Stunde nach der Frühstückszeit wieder einmal in den alten Räumen in der Baker Street.

Holmes saß an seinem Seitentisch, bekleidet mit seinem Morgenrock und in eine chemische Untersuchung vertieft. Eine große, gebogene Retorte brodelte wild in der bläulichen Flamme eines Bunsenbrenners, und die destillierten Tropfen kondensierten in ein Zweiliter-Maß. Mein Freund blickte kaum auf, als ich eintrat, und da ich sah, daß seine Untersuchung von Wichtigkeit sein mußte, setzte ich mich in einen Lehnstuhl und wartete. Er stippte in diese oder jene Flasche, saugte mit seiner Glaspipette aus jeder ein paar Tropfen und brachte schließlich ein Reagenzglas mit einer Lösung zum Tisch hinüber. In der rechten Hand hielt er einen Streifen Lackmus-Papier.

»Sie kommen in einer Krise, Watson«, sagte er. »Wenn dieses Papier blau bleibt, ist alles gut. Falls es rot wird, so bedeutet das ein Menschenleben.« Er stippte es in das Reagenzglas, und sofort rötete es sich zu einem dunklen, schmutzigen Karmesin. »Hm! Das dachte ich mir!« rief er. »Ich stehe Ihnen gleich zu Diensten, Watson. Sie finden Tabak im persischen Pantoffel.« Er setzte sich an seinen Schreibtisch und kritzelte verschiedene Telegramme herunter, die dem Hausburschen übergeben wurden. Dann warf er sich in den Sessel gegenüber und zog die Knie an, bis seine Finger seine langen, dünnen Schienbeine umklammerten.

»Ein ganz alltäglicher kleiner Mord«, sagte er. »Sie haben etwas Besseres, nehme ich an. Sie sind ja der Sturmvogel des Verbrechens, Watson. Was ist es?«

Ich reichte ihm den Brief, den er mit konzentriertester Aufmerksamkeit las.

»Er verrät uns nicht sehr viel, nicht wahr?« bemerkte er, als er ihn mir zurückgab.

»So gut wie nichts.«

»Und doch ist die Handschrift von Interesse.«

»Aber es ist nicht seine Handschrift.«

»Genau. Es ist die einer Frau.«

»Bestimmt die eines Mannes!« rief ich.

»Nein, die einer Frau; und einer Frau von rarem Charakter. Sehen Sie, es ist schon etwas, zu Beginn einer Untersuchung zu wissen, daß der Klient in enger Verbindung zu jemandem steht, der außergewöhnlich ist, im Guten oder Schlechten. Mein Interesse an dem Fall ist bereits geweckt. Wenn Sie bereit sind, machen wir uns sogleich nach Woking auf und besuchen diesen Diplomaten, dessen Lage so übel ist, und die Dame, der er seine Briefe diktiert.«

Wir erreichten zum Glück in Waterloo einen frühen Zug, und in etwas weniger als einer Stunde fanden wir uns inmitten der Tannenwälder und des Heidekrauts von Woking. Briarbrae erwies sich als großes, freistehendes Haus auf einem ausgedehnten Grundstück, nur ein paar Minuten zu Fuß vom Bahnhof. Nachdem wir unsere Karten abgegeben hatten, wurden wir in einen elegant eingerichteten Salon geführt, wo sich nach wenigen Minuten ein recht stämmiger Mann zu uns gesellte, der uns mit großer Gastfreundlichkeit empfing. Sein Alter mag näher bei vierzig als bei dreißig gelegen haben, aber seine Wangen waren so rosig und seine Augen so munter, daß er immer noch den Eindruck eines rundlichen und schalkhaften Jungen vermittelte.

»Ich bin so froh, daß Sie gekommen sind«, sagte er, indem er uns überschwenglich die Hand schüttelte. »Percy fragt schon den ganzen Vormittag nach Ihnen. Ach, der arme, alte Knabe, er klammert sich an jeden Strohhalm. Sein Vater und seine Mutter baten mich, Sie zu empfangen, denn die bloße Erwähnung des Themas ist ihnen sehr schmerzlich.«

»Wir haben bislang keine Einzelheiten erfahren«, bemerkte Holmes. »Wie ich sehe, sind Sie selbst kein Angehöriger der Familie.«

Unser Bekannter schaute überrascht, dann begann er mit einem Blick nach unten zu lachen.

»Natürlich, Sie haben das ›J. H.‹-Monogramm auf meinem Medaillon gesehen«, sagte er. »Einen Moment lang habe ich gedacht, Sie hätten etwas besonders Scharfsinniges fertiggebracht. Joseph Harrison ist mein Name, und da Percy meine Schwester Annie heiraten wird, werde ich zumindest ein angeheirateter Verwandter sein. Sie finden meine Schwester in seinem Zimmer, denn sie hat ihn die letzten beiden Monate voller Hingabe gepflegt. Wir sollten vielleicht besser gleich hineingehen, denn ich weiß, wie ungeduldig er ist.«

Das Gemach, in das wir geführt wurden, lag auf demselben Stockwerk wie der Salon. Es war teils als Wohn- und teils als Schlafraum eingerichtet, mit säuberlich arrangierten Blumen in allen Winkeln und Ecken. Ein junger Mann, sehr bleich und erschöpft, lag auf einem Sofa beim offenen Fenster, durch das der satte Duft des Gartens und die linde Sommerluft hereinwehten. Eine Frau saß neben ihm und erhob sich, als wir eintraten.

»Soll ich gehen, Percy?« fragte sie.

Er ergriff ihre Hand, um sie zurückzuhalten. »Wie geht es Ihnen, Watson?« sagte er herzlich. »Ich hätte Sie unter diesem

Schnurrbart nie erkannt, und ich glaube wohl, Sie wären auch nicht bereit, auf mich zu schwören. Das, nehme ich an, ist Ihr berühmter Freund Sherlock Holmes?«

Ich stellte ihn mit ein paar Worten vor, und wir setzten uns beide. Der stämmige junge Mann hatte uns verlassen, aber seine Schwester blieb noch, die Hand in der des Leidenden. Sie war eine eindrucksvoll aussehende Frau, zwar nicht ganz ebenmäßig – ein bißchen klein und fest –, aber mit einem wunderschönen, olivfarbenen Teint, großen, dunklen, italienischen Augen und einer Fülle tiefschwarzen Haars. Ihre kräftigen Farben ließen das weiße Gesicht ihres Gefährten im Kontrast um so erschöpfter und abgezehrter erscheinen.

»Ich will Ihre Zeit nicht vergeuden«, sagte er, indem er sich auf dem Sofa aufsetzte. »Ich werde mich ohne weitere Vorrede mitten in die Sache hineinstürzen. Ich war ein glücklicher und erfolgreicher Mann, Mr. Holmes, und im Begriff, mich zu verheiraten, als ein plötzliches und schreckliches Unglück alle meine Aussichten im Leben zunichte machte.

Ich war, wie Ihnen Watson vielleicht erzählt hat, im Foreign Office, und dank dem Einfluß meines Onkels, Lord Holdhurst, stieg ich rasch in eine verantwortungsvolle Position auf. Als mein Onkel Außenminister in der jetzigen Regierung wurde, übertrug er mir verschiedene vertrauliche Missionen, und da ich sie stets zu einem erfolgreichen Abschluß brachte, hatte er schließlich äußerstes Vertrauen in meine Fähigkeiten und meinen Takt.

Vor beinahe zehn Wochen – um genauer zu sein, am 23. Mai – rief er mich in sein Privatkabinett, und nachdem er mich zu meiner guten Arbeit beglückwünscht hatte, teilte er mir eine neue, vertrauliche Aufgabe mit, die ich ausführen sollte.

›Dies‹, sagte er und nahm eine graue Papierrolle aus seinem Sekretär, ›ist das Original jenes Geheimvertrages zwischen England und Italien, über den, wie ich bedauerlicherweise feststellen muß, schon einige Gerüchte in die öffentliche Presse gedrungen sind. Es ist ungeheuer wichtig, daß nichts weiter durchsickert. Die französische oder russische Botschaft würde eine immense Summe bezahlen, um den Inhalt dieser Papiere zu erfahren. Sie würden meinen Sekretär nicht verlassen, wäre es nicht absolut unabdingbar, sie abschreiben zu lassen. Hast du einen Schreibtisch in deinem Büro?‹

›Ja, Sir.‹

›Dann nimm den Vertrag und schließ ihn darin ein. Ich werde Anweisung geben, daß du dableiben kannst, wenn die anderen gehen, so daß du ihn in aller Ruhe abschreiben kannst, ohne Angst, beobachtet zu werden. Wenn du fertig bist, schließe sowohl das Original als auch die Abschrift wieder im Schreibtisch ein und gib sie morgen früh mir persönlich wieder.‹

Ich nahm die Papiere und –«

»Verzeihen Sie einen Augenblick«, sagte Holmes; »waren Sie während dieses Gesprächs allein?«

»Völlig.«

»In einem großen Raum?«

»Dreißig Fuß im Quadrat.«

»In der Mitte?«

»Ja, ungefähr.«

»Und Sie sprachen leise?«

»Die Stimme meines Onkels ist stets auffallend leise. Ich sprach so gut wie überhaupt nicht.«

»Danke«, sagte Holmes und schloß die Augen; »bitte fahren Sie fort.«

»Ich tat genau, was er angeordnet hatte, und wartete, bis die anderen Schreiber gegangen waren. Einer von ihnen in meinem Zimmer, Charles Gorot, hatte einen Arbeitsrückstand aufzuholen, und so ließ ich ihn da und ging zum Dinner aus. Als ich zurückkehrte, war er gegangen. Mir lag daran, meine Arbeit rasch zu erledigen, denn ich wußte, daß Joseph, der Mr. Harrison, den Sie gerade eben sahen, in der Stadt war und mit dem Elf-Uhr-Zug nach Woking fahren würde, und ich wollte ihn, wenn möglich, erreichen.

Als ich dazu kam, den Vertrag durchzusehen, erkannte ich

sofort, daß mein Onkel sich keiner Übertreibung schuldig gemacht hatte. Ohne in Einzelheiten zu gehen, darf ich sagen, daß er die Position Großbritanniens gegenüber der Tripelallianz definierte und die Politik andeutete, die unser Land für den Fall verfolgen würde, daß die französische Flotte im Mittelmeer ein völliges Übergewicht über die italienische erringen sollte. Die darin behandelten Fragen waren rein seestrategischer Natur. Darunter standen die Signaturen der hohen Würdenträger, die ihn unterfertigt hatten. Ich überflog ihn und machte mich dann an meine Aufgabe, das Abschreiben.

Es war ein langes Dokument, in französischer Sprache abgefaßt, und umfaßte sechsundzwanzig einzelne Artikel. Ich schrieb, so rasch ich konnte, aber um neun Uhr hatte ich erst neun Artikel geschafft, und es schien aussichtslos für mich zu versuchen, meinen Zug zu erreichen. Ich fühlte mich schläfrig und benommen, teils von meinem Dinner, teils von meinem langen Tagewerk. Eine Tasse Kaffee würde mir einen klaren Kopf machen. Es gibt einen Pförtner, der die ganze Nacht in einer kleinen Loge am Fuß der Treppe sitzt und die Gewohnheit hat, mit seiner Spirituslampe für alle Beamten, die vielleicht Überstunden machen, Kaffee zu bereiten. Ich läutete daher, um ihn zu rufen.

Zu meiner Überraschung war es eine Frau, die auf das Läuten reagierte, eine große, grobgesichtige, ältere Frau in einer Schürze. Sie erklärte, sie sei die Frau des Pförtners, die das Reinemachen besorge, und ich bestellte meinen Kaffee bei ihr.

Ich schrieb zwei weitere Artikel, und dann, da ich mich schläfriger denn je fühlte, stand ich auf und ging im Zimmer auf und ab, um mir die Beine zu vertreten. Mein Kaffee war noch nicht gekommen, und ich fragte mich, was wohl die Ursache der Verzögerung sein könnte. Ich öffnete die Tür und ging den Korridor entlang, um es festzustellen. Es gibt einen geraden, schwach beleuchteten Gang, der von dem Zimmer, in dem ich gearbeitet hatte, wegführt und dessen einzigen Ausgang bildet. Er endet in einer geschwungenen Treppe, an deren Fuß sich ein Gang mit der Pförtnerloge befindet. Auf halber Höhe dieser Treppe liegt ein kleiner Treppenabsatz, auf den im rechten Winkel ein weiterer Gang stößt. Dieser führt über eine zweite kleine Treppe zu einer Seitentür, die von Dienstboten benutzt wird, aber auch von Schreibern, als Abkürzung, wenn sie von der Charles Street kommen.

Hier ist eine grobe Skizze der Örtlichkeit.«

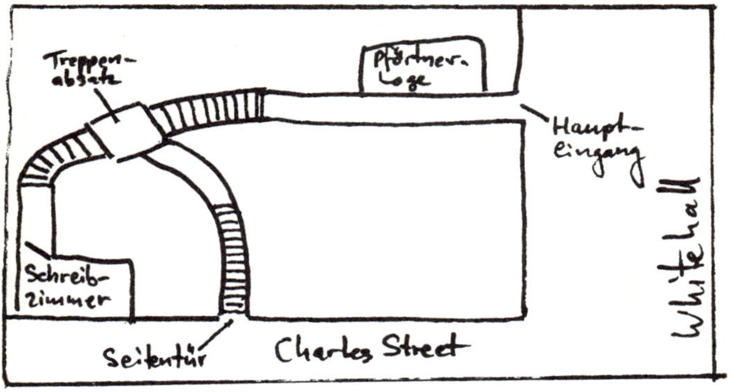

»Danke. Ich glaube, ich kann Ihnen recht gut folgen«, sagte Sherlock Holmes.

»Es ist von äußerster Wichtigkeit, daß Sie diesen Umstand beachten. Ich ging die Treppe hinunter in die Eingangshalle, wo ich den Pförtner in seinem Kabuff tief schlafend vorfand und der Kessel auf der Spirituslampe wild brodelte, denn das Wasser spritzte über den Boden. Ich hatte die Hand ausgestreckt und war im Begriff, den Mann zu schütteln, der immer noch selig schlief, als eine Klingel über seinem Kopf laut schrillte, und er aus dem Schlaf auffuhr.

›Mr. Phelps, Sir!‹ sagte er, mich verwirrt anblickend.

›Ich bin heruntergekommen, um nachzusehen, ob mein Kaffee fertig ist.‹

›Ich hatte den Kessel aufgesetzt, als ich einschlief, Sir.‹ Er blickte mich an und dann nach oben auf die noch vibrierende Klingel, mit immer größer werdender Verwunderung im Gesicht.

›Wenn Sie hier waren, Sir, wer hat dann die Klingel geläutet?‹ fragte er.

›Die Klingel!‹ sagte ich. ›Was für eine Klingel ist das?‹

›Es ist die Klingel des Zimmers, in dem Sie gearbeitet haben.‹

Eine kalte Hand schien sich um mein Herz zu schließen. Also war jemand in dem Zimmer, in dem mein kostbarer Vertrag auf dem Tisch lag. Ich rannte wie rasend die Treppe hinauf und den Gang entlang. Es war niemand im Korridor, Mr. Holmes. Es war niemand im Zimmer. Alles war genau, wie ich es zurückgelassen hatte, außer daß die meiner Obhut anvertrauten Papiere von dem Schreibtisch genommen worden waren, wo sie gelegen hatten. Die Kopie war da, das Original verschwunden.«

Holmes setzte sich in seinem Stuhl auf und rieb sich die Hände. Ich konnte sehen, daß das Problem ganz nach seinem Herzen war. »Bitte, was taten Sie dann?« murmelte er.

»Ich erkannte augenblicklich, daß der Dieb über die Treppe von der Seitentür gekommen sein mußte. Natürlich hätte ich ihm begegnen müssen, wenn er den anderen Weg genommen hätte.«

»Sie waren überzeugt, daß er nicht die ganze Zeit im Zimmer hätte versteckt sein können, oder in dem Korridor, den Sie gerade als schwach beleuchtet bezeichnet haben?«

»Das ist vollkommen unmöglich. Weder im Zimmer noch im Korridor könnte sich auch nur eine Ratte verstecken. Es gibt überhaupt keine Deckung.«

»Danke. Bitte fahren Sie fort.«

»Der Pförtner, der an meinem bleichen Gesicht gesehen hatte, daß etwas zu befürchten stand, war mir nach oben gefolgt. Nun stürzten wir beide den Korridor entlang und die steile Treppe hinunter, die auf die Charles Street führt. Die Tür am Fuße war zu, aber nicht abgeschlossen. Wir rissen sie auf und stürzten nach draußen. Ich entsinne mich deutlich, daß eben dann von einer nahegelegenen Kirche drei Glockenschläge kamen. Es war Viertel vor zehn.«

»Das ist von enormer Bedeutung«, sagte Holmes und machte sich auf seiner Hemdenmanschette eine Notiz.

»Die Nacht war sehr dunkel, und ein dünner, warmer Regen fiel. Es war niemand in der Charles Street, aber in Whitehall herrschte, wie üblich, im höchsten Grade lebhafter Verkehr. Wir eilten den Bürgersteig entlang, barhäuptig, wie wir waren, und an der entfernten Ecke sahen wir einen Polizisten stehen.

›Ein Raub ist begangen worden‹, keuchte ich. ›Ein Dokument von immensem Wert ist aus dem Foreign Office gestohlen worden. Ist hier jemand vorbeigekommen?‹

›Ich stehe hier seit einer Viertelstunde, Sir‹, sagte er; ›nur eine Person ist in dieser Zeit vorbeigekommen – eine Frau, groß und älter, mit einem gemusterten Wollschal.‹

›Ach, das ist bloß meine Frau‹, rief der Pförtner. ›Ist niemand sonst vorbeigekommen?‹

›Niemand.‹

›Dann muß der Dieb in die andere Richtung gelaufen sein‹, rief der Mensch und zerrte an meinem Ärmel.

Doch ich war nicht überzeugt, und die Versuche, die er anstellte, mich wegzuziehen, verstärkten meinen Verdacht.

›In welche Richtung ging die Frau?‹ rief ich.

›Ich weiß nicht, Sir. Ich sah sie vorbeigehen, aber ich hatte keinen besonderen Grund, sie im Auge zu behalten. Sie schien in Eile zu sein.‹

›Wie lange ist das her?‹

›Oh, nicht sehr viele Minuten.‹

›Innerhalb der letzten fünf?‹

›Nun, mehr als fünf können es nicht sein.‹

›Sie vergeuden nur Ihre Zeit, Sir, und jede Minute ist jetzt kostbar‹, rief der Pförtner. ›Nehmen Sie mein Wort darauf, daß meine Alte nichts damit zu schaffen hat, und kommen Sie mit zum anderen Ende der Straße. Nun, wenn Sie nicht wollen, ich tu's‹, und damit rannte er weg in die andere Richtung.

Aber ich war im Nu hinter ihm her und packte ihn am Ärmel.

›Wo wohnen Sie?‹ sagte ich.

›Ivy Lane Nr. 16, Brixton‹, antwortete er; ›aber lassen Sie sich nicht von einer falschen Fährte ablenken, Mr. Phelps. Kommen Sie mit zum anderen Ende der Straße, mal sehen, ob wir da etwas erfahren können.‹

Nichts war verloren, wenn ich seinem Rat folgte. Mit dem Polizisten eilten wir beide hin, doch nur um die Straße voller Verkehr und hin und herlaufender Leute zu finden, die nur allzu bedacht darauf waren, in einer so feuchten Nacht einen sicheren Ort zu erreichen. Es gab keinen Eckensteher, der uns sagen konnte, wer vorbeigekommen war.

Dann kehrten wir ins Amt zurück und durchsuchten ohne Ergebnis die Treppen und den Gang. Der Korridor, der zum Zimmer führt, ist mit einer Art cremefarbenem Linoleum ausgelegt, das einen Abdruck sehr leicht zeigt. Wir untersuchten es sehr sorgfältig, fanden aber keinen Umriß irgendeiner Fußspur.«

»Hatte es den ganzen Abend geregnet?«

»Seit etwa sieben.«

»Wie kommt es dann, daß die Frau, die etwa um neun ins Zimmer kam, mit ihren schmutzigen Schuhen keine Spuren hinterließ?«

»Ich freue mich, daß Sie die Frage anschneiden. Es fiel mir damals auch ein. Die Reinemachefrauen haben die Gewohnheit, in der Pförtnerloge die Schuhe aus- und Stoffpantoffeln anzuziehen.«

»Das ist ganz klar. Es gab also keine Spuren, obwohl die Nacht feucht war? Die Ereigniskette ist wirklich von außerordentlichem Interesse. Was taten Sie als nächstes?«

»Wir untersuchten auch das Zimmer. Es gab keine Möglichkeit einer Geheimtür, und die Fenster liegen gut dreißig Fuß über der Erde. Beide waren von innen verriegelt. Der Teppich schließt jede Möglichkeit einer Falltür aus, und die Decke ist von der gewöhnlichen, weißgekalkten Beschaffenheit. Ich würde mich mit meinem Leben dafür verbürgen, wer immer meine Papiere gestohlen hat, kann nur durch die Tür gekommen sein.«

»Wie steht es mit dem Kamin?«

»Keiner da. Es gibt einen Ofen. Die Klingelschnur hängt genau rechts von meinem Schreibtisch am Draht. Wer immer sie geläutet hat, muß dazu bis zu meinem Schreibtisch gekommen sein. Aber warum sollte irgendein Verbrecher die Klingel läuten wollen? Es ist ein ganz unlösbares Rätsel.«

»Gewiß war der Vorfall ungewöhnlich. Worin bestanden Ihre nächsten Schritte? Sie untersuchten das Zimmer, nehme ich an, um festzustellen, ob der Eindringling irgendwelche Spuren hinterlassen hatte – kein Zigarrenstummel, verlorener Handschuh, eine Haarnadel oder sonst eine Kleinigkeit?«

»Es gab nichts dergleichen.«

»Kein Geruch?«

»Nun, daran dachten wir gar nicht.«

»Ah, Tabakduft wäre für uns eine ganze Menge wert gewesen bei einer solchen Untersuchung.«

»Ich selbst rauche nie, deshalb glaube ich, ich hätte es bemerkt, wenn da irgendein Tabakgeruch gewesen wäre. Es gab absolut keinerlei Hinweis. Die einzige greifbare Tatsache ist, daß die Frau des Pförtners – Mrs. Tangey war der Name – aus dem Haus geeilt war. Er konnte keine Erklärung dafür liefern, außer daß es etwa die Zeit gewesen sei, zu der die Frau immer nach Hause ginge. Der Polizist und ich kamen überein, daß wir am besten die Frau ergreifen sollten, bevor sie sich der Papiere entledigen konnte, vorausgesetzt, sie hatte sie.

Der Alarm hatte mittlerweile Scotland Yard erreicht, und Mr. Forbes, der Detektiv, fand sich sogleich ein und übernahm mit großer Energie den Fall. Wir mieteten einen Hansom und waren in einer halben Stunde bei der Adresse, die man uns genannt hatte. Eine junge Frau, die sich als Mrs. Tangeys älteste Tochter erwies, öffnete die Tür. Ihre Mutter war noch nicht zurückgekehrt, und wir wurden ins vordere Zimmer geführt, um zu warten.

Etwa zehn Minuten später klopfte es an die Tür, und da machten wir den einzigen ernsten Fehler, den ich mir vorwerfe. Anstatt die Tür selbst zu öffnen, erlaubten wir dem Mädchen, es zu tun. Wir hörten sie sagen, ›Mutter, da sind zwei Männer im Haus, die dich sehen wollen‹, und einen Moment später hörten wir das Trappeln von Füßen, die durch den Flur eilten. Forbes riß die Tür auf, und wir beide rannten in das Hinterzimmer oder die Küche, aber die Frau hatte sie vor uns erreicht. Sie starrte uns aus trotzigen Augen an, dann plötzlich, als sie mich erkannte, trat ein Ausdruck völliger Verwunderung in ihr Gesicht.

›Nanu, das ist ja Mr. Phelps vom Amt!‹ rief sie.

›Na, na, für wen hielten Sie uns denn, als Sie vor uns davonliefen?‹ fragte mein Begleiter.

›Ich dachte, Sie seien die Pfänder‹, sagte sie. ›Wir hatten einigen Ärger mit einem Krämer.‹

›Das ist nicht überzeugend genug‹, antwortete Forbes. ›Wir haben Grund zu der Annahme, daß Sie ein wichtiges Papier aus dem Foreign Office an sich genommen haben und daß Sie hier hinein rannten, um es beiseite zu schaffen. Sie müssen mit uns zu Scotland Yard kommen, wo sie durchsucht werden.‹

Vergeblich begehrte sie auf und sträubte sich. Eine Kutsche wurde geholt, und wir fuhren zu dritt darin zurück. Wir hatten zuvor eine Untersuchung der Küche, und besonders des Küchenkamins, vorgenommen, um festzustellen, ob sie die Papiere in dem Augenblick, da sie allein war, hätte beseitigen können. Es gab jedoch keine Spuren von Asche oder Papierfetzen. Als wir bei Scotland Yard eintrafen, wurde sie sogleich der Visitatorin übergeben. Ich wartete in quälender Spannung, bis sie wiederkam und berichtete. Von den Papieren keine Spur.

Da überkam mich zum ersten Mal mit voller Wucht das Entsetzliche meiner Situation. Bis jetzt hatte ich gehandelt, und das Handeln hatte das Denken betäubt. Ich war so zuversichtlich gewesen, den Vertrag sofort wiederbeschaffen zu können, daß ich an die Konsequenzen des Mißlingens gar nicht zu denken gewagt hatte. Doch jetzt war nichts mehr auszurichten, und ich hatte Muße, mir meine Lage klarzumachen. Es war schrecklich! Watson hier könnte Ihnen erzählen, daß ich in der Schule ein nervöser, sensibler Junge war. Das ist nun mal meine Veranlagung. Ich dachte an meinen Onkel und seine Kollegen im Kabinett, an die Schande, die ich über ihn, über mich, über jeden, der mir verbunden war, gebracht hatte. Was machte das schon aus, daß ich das Opfer eines unglücklichen Zufalls geworden war? Wo diplomatische Interessen auf dem Spiele stehen, sind Zufälle nicht tragbar. Ich war ruiniert; schimpflich, hoffnungslos ruiniert. Ich weiß nicht, was ich tat. Ich glaube, ich muß eine Szene gemacht haben. Ich habe eine vage Erinnerung an eine Gruppe von Beamten, die sich um mich scharten und mich zu beruhigen versuchten. Einer von ihnen brachte mich zur Waterloo Station auf den Zug nach Woking. Ich glaube, er hätte mich bis nach Hause gebracht, wäre nicht Dr. Ferrier, der in meiner Nähe wohnt, mit eben diesem Zug gefahren. Der Doktor nahm mich gütigst in seine Obhut, und er tat gut daran, denn ich erlitt auf dem Bahnhof einen Anfall, und als wir zu Hause ankamen, war ich praktisch ein delirierender Irrer.

Sie können sich vorstellen, was hier loswar, als sie durch des Doktors Klingeln aus den Betten gerissen wurden und mich in diesem Zustand fanden. Der armen Annie hier und meiner Mutter brach es das Herz. Dr. Ferrier hatte auf dem Bahnhof von dem Detektiv gerade genug erfahren, um eine Ahnung von dem geben zu können, was vorgefallen war, und seine Geschichte machte es nicht besser. Es war allen klar, daß ich lange krank sein würde, und Joseph wurde ohne viel Federlesens aus diesem freundlichen Schlafzimmer ausquartiert, wo ein Krankenzimmer für mich eingerichtet wurde. Hier, Mr. Holmes, habe ich über neun Wochen gelegen, besinnungslos und im Gehirnfieber delirierend. Ohne Miss Harrison und ohne die Obhut des Arztes würde ich jetzt nicht mit Ihnen sprechen. Sie hat mich tagsüber gepflegt, und eine eingestellte Schwester hat des Nachts nach mir gesehen, denn in meinen

Wahnsinnsanfällen war ich zu allem fähig. Langsam ist mein Verstand wieder klar geworden, aber erst während der letzten drei Tage ist mein Gedächtnis ganz zurückgekehrt. Manchmal wünsche ich, das wäre nicht der Fall gewesen. Das erste, was ich tat, war, an Mr. Forbes zu telegraphieren, in dessen Händen der Fall lag. Er kam hierher und versicherte mir, daß, wiewohl man alles getan hat, nicht die Spur eines Hinweises entdeckt worden ist. Der Pförtner und seine Frau sind in jeder Beziehung unter die Lupe genommen worden, ohne daß die Sache sich erhellt hätte. Der Verdacht der Polizei richtete sich sodann auf den jungen Gorot, der, wie Sie sich vielleicht entsinnen, an jenem Abend im Büro Überstunden machte. Sein Zurückbleiben und sein französischer Name waren wirklich die beiden einzigen Umstände, die Verdacht erwecken könnten; aber tatsächlich begann ich erst mit der Arbeit, als er gegangen war, und seine Familie ist zwar hugenottischer Abstammung, aber nach Sympathie und Tradition so englisch wie Sie und ich. Nichts wurde entdeckt, was ihn in irgendeiner Hinsicht belastet hätte, und man ließ die Sache fallen. Ich wende mich an Sie, Mr. Holmes, als meine absolut letzte Hoffnung. Wenn Sie mich im Stich lassen, dann ist sowohl meine Ehre als auch meine Position auf immer verwirkt.«

Erschöpft von dieser langen Schilderung sank der Kranke in seine Kissen zurück, während ihm seine Pflegerin ein Anregungsmittel in ein Glas goß. Holmes saß schweigend da, den Kopf zurückgeworfen und die Augen geschlossen, in einer Haltung, die einem Uneingeweihten teilnahmslos erscheinen mochte, mir jedoch verriet, daß er völlig absorbiert war.

»Ihre Darstellung war so ausführlich«, sagte er endlich, »daß mir wirklich sehr wenige Fragen zu stellen bleiben. Es gibt jedoch eine von äußerster Wichtigkeit. Haben Sie irgend jemandem erzählt, daß Sie diese besondere Aufgabe zu erledigen hatten?«

»Niemandem.«

»Auch nicht Miss Harrison hier, zum Beispiel?«

»Nein. Ich bin zwischen dem Erhalten des Auftrags und seiner Ausführung nicht in Woking gewesen.«

»Und niemand von Ihrer Familie hat Sie zufällig besucht?«

»Niemand.«

»Kannte sich jemand von ihnen aus im Amt?«

»O ja; alle waren darin herumgeführt worden.«

»Nichtsdestoweniger sind diese Fragen natürlich irrelevant, wenn sie niemandem etwas von dem Vertrag gesagt haben.«

»Ich habe nichts gesagt.«

»Wissen Sie irgendetwas von dem Pförtner?«

»Nichts, außer daß er ein ehemaliger Soldat ist.«

»Welches Regiment?«

»Oh, ich habe gehört – die Coldstream Guards.«

»Danke. Ich habe keinen Zweifel, daß ich von Forbes Einzelheiten erfahren kann. Die Behörden sind ausgezeichnet im Zusammentragen von Tatsachen, obwohl sie sie nicht immer mit Gewinn verwenden. Wie wunderbar doch so eine Rose ist!«

Er ging an der Couch vorbei zum offenen Fenster und hielt den herabhängenden Stiel einer Moosrose hoch, auf die zarte Mischung von Karmesin und Grün herabschauend. Das war ein neuer Charakterzug für mich, denn ich hatte ihn nie zuvor Interesse für die Dinge der Natur bekunden sehen.

»Es gibt nichts, wo Deduktion so zwingend ist, wie in der Religion«, sagte er, sich mit dem Rücken an die Läden lehnend. »Sie kann vom logisch Denkenden wie eine exakte Wissenschaft aufgebaut werden. Unsere höchste Gewißheit für die Güte der Vorsehung scheint mir in den Blumen zu liegen. Alles andere, unsere Fähigkeiten, unsere Begierden, unsere Nahrung, sind von erster Notwendigkeit für unsere Existenz. Aber diese Rose ist eine Dreingabe. Ihr Duft und ihre Farbe sind eine Verschönerung des Lebens, keine Voraussetzung dafür. Nur die Güte schenkt Dreingaben, und so sage ich noch einmal, daß wir von den Blumen viel zu erhoffen haben.«

Percy Phelps und seine Pflegerin sahen Holmes während dieser Darlegung an, und ihre Überraschung und beträchtliche Enttäuschung stand ihnen ins Gesicht geschrieben. Er war mit der Moosrose zwischen den Fingern in Träumereien versunken. Sie hatten einige Minuten angedauert, ehe die junge Dame sie unterbrach.

»Sehen Sie irgendeine Aussicht, dieses Rätsel zu lösen, Mr. Holmes?« fragte sie mit einem Anflug von Strenge in der Stimme.

»Oh, das Rätsel!« antwortete er, mit einem Ruck in die Realitäten des Lebens zurückkehrend. »Nun ja, es wäre absurd zu leugnen, daß der Fall ein sehr abstruser und komplizierter ist; aber ich kann Ihnen versprechen, daß ich mir die Sache genauer ansehen und Ihnen alles mitteilen werde, was mir irgendwie auffällt.«

»Sehen Sie irgendeinen Anhaltspunkt?«

»Sie haben mir sieben geliefert, aber natürlich muß ich sie prüfen, bevor ich mich zu ihrem Wert äußern kann.«

»Verdächtigen Sie jemanden?«

»Ich verdächtige mich selbst –«

»Was?«

»Zu rasch zu Schlüssen zu gelangen.«

»Dann fahren Sie nach London und überprüfen Sie Ihre Schlüsse.«

»Ihr Rat ist ganz ausgezeichnet, Miss Harrison«, sagte Holmes, indem er sich erhob. »Ich glaube, Watson, wir können nichts Besseres tun. Machen Sie sich ja keine falschen Hoffnungen, Mr. Phelps. Die Affaire ist sehr verwickelt.«

»Ich werde fiebern, bis Sie wiederkommen«, rief der Diplomat.

»Nun, ich werde morgen wieder den gleichen Zug nehmen, obwohl es mehr als wahrscheinlich ist, daß mein Bericht negativ sein wird.«

»Gott segne Sie für das Versprechen, wiederzukommen«, rief unser Klient. »Es gibt mir neuen Lebensmut zu wissen, daß etwas getan wird. Übrigens, ich habe einen Brief von Lord Holdhurst bekommen.«

»Ha! Was hat er gesagt?«

»Er war frostig, aber nicht schroff. Meine schwere Krankheit hielt ihn wohl davon ab. Er wiederholte, daß die Angelegenheit von äußerster Wichtigkeit sei, und fügte hinzu, daß wegen meiner Zukunft keine Schritte – womit er natürlich meine Entlassung meint – unternommen würden, bis meine Gesundheit wiederhergestellt sei und ich Gelegenheit habe, mein Mißgeschick wiedergutzumachen.«

»Nun, das war vernünftig und besonnen«, sagte Holmes. »Kommen Sie, Watson, denn wir haben in der Stadt ein gutes Stück Arbeit vor uns.«

Mr. Joseph Harrison fuhr uns zum Bahnhof, und bald sausten wir in einem Portsmouth-Zug stadtwärts. Holmes war tief in Gedanken versunken und machte kaum den Mund auf, bis wir Clapham Junction passiert hatten.

»Es ist sehr anregend, in London einzufahren auf einer der Linien, die so weit oben verlaufen, daß man auf die Häuser herabschauen kann.«

Ich dachte, er scherze, denn der Ausblick war ausgesprochen düster und schmutzig, doch Holmes erklärte sich sogleich.

»Sehen Sie sich diese großen, verstreuten Gruppen von Gebäuden an, die sich über die Schieferdächer erheben wie Ziegelstein-Inseln in einer bleiernen See.«

»Die Elementarschulen.«

»Leuchttürme, mein Lieber! Signalfeuer der Zukunft! Kapseln, und in jeder hunderte von lichten, kleinen Samen, aus denen das weisere, bessere England der Zukunft entspringen wird. Ich nehme an, dieser Phelps trinkt nicht?«

»Das glaube ich eher nicht.«

»Ich auch nicht. Aber wir müssen jede Möglichkeit in Betracht ziehen. Dem armen Teufel steht das Wasser ja bis zum Halse, und es ist die Frage, ob wir ihn je werden an Land ziehen können. Was halten Sie von Miss Harrison?«

»Ein Mädchen von starkem Charakter.«

»Ja, aber sie ist ein guter Mensch, wenn ich mich nicht irre. Sie und ihr Bruder sind die einzigen Kinder eines Eisenhüttenbesitzers irgendwo in Northumberland. Phelps hat sich mit ihr verlobt, als er letzten Winter auf Reisen war, und sie kam mit ihrem Bruder als Begleitperson herunter, um seiner Familie vorgestellt zu werden. Dann hat es gekracht, und sie ist geblieben, um ihren Liebsten zu pflegen, während Bruder Joseph, da er's hübsch behaglich fand, gleichfalls blieb. Ich habe vereinzelte Nachforschungen angestellt, wie Sie sehen. Aber der heutige Tag muß den Nachforschungen gewidmet sein.«

»Meine Praxis –« begann ich.

»Oh, wenn Sie Ihre eigenen Fälle interessanter finden als meinen –« sagte Holmes mit einer gewissen Schärfe.

»Ich wollte sagen, daß meine Praxis ein, zwei Tage sehr gut ohne mich auskommen kann, da es die ruhigste Zeit des Jahres ist.«

»Ausgezeichnet«, sagte er, wieder bei guter Laune, »dann werden wir uns gemeinsam mit der Sache befassen. Ich denke, wir sollten zunächst einmal Forbes aufsuchen. Er kann uns wahrscheinlich alle nötigen Einzelheiten berichten, damit wir wissen, von welcher Seite man an den Fall herangehen muß.«

»Sie sagten, Sie hätten einen Anhaltspunkt.«

»Nun, wir haben mehrere, aber wir können ihren Wert nur durch weitere Nachforschungen überprüfen. Das am schwierigsten zu verfolgende Verbrechen ist das zwecklose. Nun ist dieses aber nicht zwecklos. Wer profitiert davon? Da ist der französische Gesandte, da ist der russische, da ist, wer immer es an einen der beiden verkaufen mag, und da ist Lord Holdhurst.«

»Lord Holdhurst!«

»Nun, es ist durchaus vorstellbar, daß ein Staatsmann sich in einer Lage befinden könnte, in der er die zufällige Vernichtung eines solchen Dokuments nicht bedauern würde.«

»Nicht ein Staatsmann mit dem ehrenvollen Ruf von Lord Holdhurst.«

»Es ist eine Möglichkeit, und wir können es uns nicht leisten, sie außer acht zu lassen. Wir werden den edlen Lord heute aufsuchen und feststellen, ob er uns etwas sagen kann.

Unterdessen habe ich schon Nachforschungen in Gang gebracht.«

»Schon?«

»Ja, ich habe vom Bahnhof Woking Telegramme an alle Abendzeitungen in London aufgegeben. Diese Annonce wird in jeder erscheinen.«

Er reichte mir ein aus seinem Notizbuch gerissenes Blatt. Darauf war mit Bleistift gekritzelt:

»£ 10 Belohnung. – Die Nummer der Droschke, die um Viertel vor zehn am Abend des 23. Mai an oder in der Nähe der Tür zum Foreign Office in der Charles Street einen Fahrgast absetzte. Antworten an Baker Street 221 B.«

»Sie sind überzeugt, daß der Dieb in einer Droschke kam?«

»Wenn nicht, schadet es auch nicht. Aber wenn Mr. Phelps mit seiner Feststellung recht hat, daß es weder im Zimmer noch auf den Korridoren ein Versteck gibt, dann muß die Person von draußen gekommen sein. Wenn sie an einem so regnerischen Abend von draußen kam und trotzdem keine Spur von Feuchtigkeit auf dem Linoleum hinterließ, das binnen weniger Minuten, nachdem sie darübergelaufen war, untersucht wurde, dann ist es überaus wahrscheinlich, daß sie in einer Droschke kam. Ja, ich glaube, wir dürfen ruhig eine Droschke deduzieren.«

»Es hört sich plausibel an.«

»Das ist einer der Anhaltspunkte, von denen ich sprach. Er mag uns zu etwas führen. Und dann ist da natürlich die Klingel – die das auffälligste Merkmal des Falles ist. Warum sollte die Klingel läuten? War es der Dieb, der es aus lauter Übermut getan hat? Oder war es jemand, der mit dem Dieb zusammen war und es tat, um das Verbrechen zu verhindern? Oder war es –?« Er versank wieder in den Zustand intensiven und stillen Nachdenkens, aber es schien mir, der ich mit jeder seiner Stimmungen vertraut war, als hätte ihm plötzlich eine neue Möglichkeit gedämmert.

Es war zwanzig nach drei, als wir unseren Bestimmungsbahnhof erreichten, und nach einem hastigen Imbiß am Buffet eilten wir sofort zu Scotland Yard weiter. Holmes hatte bereits an Forbes telegraphiert, der uns nun erwartete: ein kleiner, füchsischer Mann mit aufgewecktem, doch keineswegs liebenswürdigem Gesicht. Er war uns gegenüber entschieden frostig, besonders als er von unserem Anliegen hörte.

»Ich habe schon von Ihren Methoden gehört, Mr. Holmes«, sagte er schroff. »Sie sind nur zu bereit, alle Informationen, die die Polizei Ihnen zur Verfügung stellen kann, zu verwenden, und dann versuchen Sie, den Fall selbst abzuschließen und uns in Mißkredit zu bringen.«

»Im Gegenteil«, sagte Holmes; »bei meinen letzten dreiundfünfzig Fällen ist mein Name nur in vieren aufgetaucht, und neunundvierzig wurden der Polizei als Verdienst angerechnet. Ich werfe Ihnen nicht vor, daß Sie das nicht wissen, denn Sie sind jung und unerfahren; aber wenn Sie weiterkommen wollen in in Ihrem neuen Beruf, dann arbeiten Sie mit mir, und nicht gegen mich.«

»Ich wäre dankbar für den einen oder anderen Hinweis«, sagte der Detektiv, sein Verhalten ändernd. »Mit diesem Fall habe ich mir bislang bestimmt noch keine Verdienste erworben.«

»Welche Schritte haben Sie unternommen?«

»Tangey, der Pförtner, ist beschattet worden. Er schied mit gutem Leumund bei den Guards aus, und wir können nichts gegen ihn finden. Seine Frau ist freilich eine üble Person. Ich glaube, sie weiß mehr darüber, als es den Anschein hat.«

»Haben Sie sie beschattet?«

»Wir haben eine unserer Frauen auf sie angesetzt. Mrs. Tangey trinkt, und unsere Frau war zweimal bei ihr, als sie reichlich beschwipst war, aber sie konnte nichts aus ihr herausbekommen.«

»Ich hörte, sie haben Pfänder im Hause gehabt?«

»Ja, aber die wurden ausbezahlt.«

»Woher kam das Geld?«

»Das hatte seine Ordnung. Seine Pension war fällig; es hat keinerlei Anzeichen für plötzlichen Wohlstand gegeben.«

»Welche Erklärung hat sie dafür gegeben, daß sie gekommen ist, als Mr. Phelps nach seinem Kaffee geläutet hat?«

»Sie sagte, ihr Gatte sei müde gewesen und sie habe ihn entlasten wollen.«

»Nun, das würde gewiß dazu passen, daß man ihn ein wenig später auf seinem Stuhle schlafend vorfand. Es spricht nichts gegen die beiden, außer dem Charakter der Frau. Haben Sie sie gefragt, warum sie an jenem Abend wegeilte? Ihre Hast hat die Aufmerksamkeit des Polizei-Konstablers erregt.«

»Sie sei später dran gewesen als üblich und habe nach Hause kommen wollen.«

»Haben Sie sie darauf hingewiesen, daß Sie und Mr. Phelps, die Sie mindestens zwanzig Minuten nach ihr aufbrachen, vor ihr dort ankamen?«

»Sie erklärt das mit dem Unterschied zwischen einem Bus und einem Hansom.«

»Hat sie klargemacht, warum sie, als sie zu Hause ankam, nach hinten in die Küche lief?«

»Weil sie dort das Geld gehabt habe, um die Pfänder auszubezahlen.«

»Zumindest hat sie auf alles eine Antwort. Haben Sie sie gefragt, ob sie beim Weggehen in der Charles Street jemandem begegnete oder jemanden herumlungern sah?«

»Sie habe niemanden gesehen außer dem Konstabler.«

»Nun, Sie scheinen sie recht gründlich ins Kreuzverhör genommen zu haben. Was haben Sie außerdem unternommen?«

»Der Schreiber, Gorot, ist die ganzen neun Wochen beschattet worden, doch ohne Resultat. Wir haben nichts gegen ihn vorzubringen.«

»Sonst noch etwas?«

»Nun, wir haben nichts weiter in der Hand – keinerlei Anhaltspunkte irgendwelcher Art.«

»Haben Sie sich irgendeine Theorie darüber gebildet, wie diese Klingel läutete?«

»Nun, ich muß zugeben, daß mir das zu hoch ist. Es war ein kaltblütiger Bursche, wer immer es war, herzugehen und so Alarm zu schlagen.«

»Ja, es war merkwürdig, so etwas zu tun. Haben Sie vielen Dank für das, was Sie uns erzählt haben. Wenn ich Ihnen den Mann in die Hände liefern kann, werden Sie von mir hören. Kommen Sie, Watson!«

»Wohin gehen wir jetzt?« fragte ich, als wir das Büro verließen.

»Jetzt werden wir Lord Holdhurst befragen, den Kabinetts-Minister und künftigen Premier von England.«

Wir hatten das Glück, festzustellen, daß Lord Holdhurst sich noch in seinen Räumen in der Downing Street aufhielt, und als Holmes seine Karte abgab, wurden wir sogleich vorgelassen. Der Staatsmann empfing uns mit jener altväterischen Höflichkeit, die ihn auszeichnet, und ließ uns in den zwei luxuriösen Sesseln zu beiden Seiten des Kamins Platz nehmen. Auf dem kleinen Teppich zwischen uns stehend schien er mit seiner schlanken, hochgewachsenen Gestalt, seinem scharfgeschnittenen, gedankenvollen Gesicht und seinem vorzeitig graumelierten, gelockten Haar jenen nicht allzu häufigen Typus zu verkörpern, einen Edelmann, der wirklich edel ist.

»Ihr Name ist mir wohlvertraut, Mr. Holmes«, sagte er lächelnd. »Und natürlich kann ich nicht so tun, als wüßte ich nicht, was der Zweck ihres Besuches sein mag. Es hat nur ein Ereignis in diesen Amtsräumen gegeben, das Ihre Aufmerksamkeit erheischen könnte. In wessen Interesse handeln Sie, wenn ich fragen darf?«

»In dem von Mr. Percy Phelps«, antwortete Holmes.

»Ah, mein unglücklicher Neffe! Sie können verstehen, daß unsere Verwandtschaft es mir noch unmöglicher macht, ihn in irgendeiner Weise zu decken. Ich fürchte, der Vorfall wird zwangsläufig einen sehr nachteiligen Effekt auf seine Karriere haben.«

»Und wenn das Dokument gefunden wird?«

»Ah, das wäre natürlich etwas anderes.«

»Ich hätte ein, zwei Fragen, die ich Ihnen gern stellen würde, Lord Holdhurst.«

»Ich werde mich glücklich schätzen, Ihnen jede Auskunft zu geben, die in meiner Macht steht.«

»War es dieser Raum, in dem Sie Ihre Anweisungen bezüglich der Abschrift des Dokuments erteilten?«

»Ja.«

»Dann konnten Sie wohl kaum belauscht werden?«

»Das steht außer Frage.«

»Haben Sie je irgend jemandem gegenüber erwähnt, daß Sie die Absicht hatten, den Vertrag aus der Hand zu geben, um ihn abschreiben zu lassen?«

»Niemals.«

»Sie sind dessen sicher?«

»Absolut.«

»Nun, da Sie nichts gesagt haben und Mr. Phelps nichts gesagt hat und niemand sonst etwas von der Sache wußte, war die Anwesenheit des Diebes im Zimmer rein zufällig. Er sah seine Gelegenheit und ergriff sie.«

Der Staatsmann lächelte. »Das schlägt nicht in mein Fach«, sagte er.

Holmes überlegte einen Moment. »Es gibt noch einen weiteren, sehr wichtigen Punkt, den ich mit Ihnen besprechen möchte«, sagte er. »Sie befürchteten, wie ich hörte, daß sich sehr schwerwiegende Folgen ergeben könnten, wenn die Einzelheiten dieses Vertrags bekannt würden?«

Ein Schatten huschte über das ausdrucksvolle Gesicht des Staatsmannes. »Sehr schwerwiegende Folgen, in der Tat.«

»Und sind sie eingetreten?«

»Noch nicht.«

»Wenn der Vertrag, sagen wir, das französische oder russische Außenministerium erreicht hätte, dann würden Sie erwarten, davon zu hören?«

»Jawohl«, sagte Lord Holdhurst mit schiefem Gesicht.

»Da also beinahe zehn Wochen verstrichen sind und man

nichts gehört hat, ist es nicht unbillig, anzunehmen, daß der Vertrag sie aus irgendeinem Grunde nicht erreicht hat?«

Lord Holdhurst zuckte die Achseln.

»Wir können kaum erwarten, Mr. Holmes, daß der Dieb den Vertrag an sich genommen hat, um ihn zu rahmen und aufzuhängen.«

»Vielleicht wartet er auf einen besseren Preis?«

»Wenn er noch ein wenig länger wartet, wird er überhaupt keinen Preis erzielen. Der Vertrag wird in ein paar Monaten kein Geheimnis mehr sein.«

»Das ist höchst bedeutsam«, sagte Holmes. »Natürlich ist nicht auszuschließen, daß der Dieb eine plötzliche Krankheit erlitten hat –«

»Einen Anfall von Gehirnfieber, beispielsweise?« fragte der Staatsmann und warf ihm einen raschen Blick zu.

»Das habe ich nicht gesagt«, meinte Holmes gelassen. »Und nun, Lord Holdhurst, haben wir Ihre wertvolle Zeit schon zu lange in Anspruch genommen und werden Ihnen einen guten Tag wünschen.«

»Viel Erfolg bei Ihren Nachforschungen, sei der Verbrecher, wer er wolle«, antwortete der Staatsmann, als er uns mit einer Verbeugung hinausgeleitete.

»Er ist ein feiner Mensch«, sagte Holmes, als wir auf Whitehall hinaustraten. »Aber er hat Mühe, seine Position zu halten. Er ist alles andere als reich und hat viele Verpflichtungen. Sie haben natürlich bemerkt, daß seine Schuhe neu besohlt waren? Nun, Watson, werde ich Sie nicht länger von Ihrer legitimen Arbeit abhalten. Ich werde heute nichts mehr unternehmen, bis ich eine Antwort auf meine Droschken-Annonce erhalten habe. Aber ich wäre Ihnen äußerst verbunden, wenn Sie morgen mit dem gleichen Zug, den wir heute genommen haben, mit mir nach Woking kämen.«

Ich traf ihn demgemäß am nächsten Morgen, und wir fuhren gemeinsam nach Woking. Er habe keine Antwort auf seine Annonce erhalten, sagte er, und es sei kein neues Licht auf den Fall geworfen worden. Wenn er es wollte, hatte sein Gesicht die völlige Reglosigkeit eines Indianers, und ich konnte seinem Ausdruck nicht entnehmen, ob er mit dem Stand eines Falles zufrieden war oder nicht. Seine Konversation, so entsinne ich mich, drehte sich um das Maßsystem von Bertillon, und er gab seiner enthusiastischen Bewunderung für den französischen Gelehrten Ausdruck.

Wir fanden unseren Klienten immer noch in der Obhut seiner aufopferungsvollen Pflegerin, doch erheblich besser aussehend als zuvor. Er erhob sich vom Sofa und begrüßte uns ohne Mühe, als wir eintraten.

»Irgendwelche Neuigkeiten?« fragte er gespannt.

»Mein Bericht ist, wie ich erwartete, ein negativer«, sagte Holmes. »Ich habe Forbes aufgesucht, und ich habe Ihren Onkel aufgesucht, und ich habe die eine oder andere Reihe von Nachforschungen in Gang gesetzt, die vielleicht zu etwas führen.«

»Sie haben also die Hoffnung nicht aufgegeben?«

»Keineswegs.«

»Gott segne Sie für Ihre Worte!« rief Miss Harrison. »Wenn wir unseren Mut und unsere Geduld bewahren, muß die Wahrheit ans Licht kommen.«

»Wir haben Ihnen mehr zu erzählen als Sie uns«, sagte Phelps und setzte sich wieder auf die Couch.

»Ich hoffte, Sie würden etwas haben.«

»Ja, wir haben in der Nacht ein Abenteuer erlebt, und zwar eines, das gefährlich hätte ausgehen können.« Seine Miene wurde sehr ernst, während er sprach, und ein Ausdruck von so etwas wie Furcht trat plötzlich in seine Augen. »Wissen Sie«, sagte er, »daß ich allmählich glaube, daß ich unwissentlich Mittelpunkt irgendeiner ungeheuerlichen Verschwörung bin und man es auf mein Leben wie auf meine Ehre abgesehen hat?«

»Ah!« rief Holmes.

»Es klingt unglaublich, denn ich habe, soweit ich weiß, keinen Feind auf der Welt. Doch nach dem Erlebnis vergangene Nacht kann ich zu keinem anderen Schluß kommen.«

»Bitte lassen Sie hören.«

»Sie müssen wissen, daß letzte Nacht die allererste Nacht war, in der ich ohne Pflegerin im Zimmer schlief. Ich fühlte mich so viel besser, daß ich dachte, ich könnte ohne sie auskommen. Ich hatte jedoch ein Nachtlicht brennen. Nun denn, ungefähr um zwei Uhr morgens war ich in einen leichten Schlaf gesunken, als ich plötzlich von einem leisen Laut geweckt wurde. Es war wie das Geräusch, das eine Maus macht, wenn sie an einer Diele nagt, und ich lag eine Zeitlang lauschend da, unter dem Eindruck, das müsse die Ursache sein. Dann wurde es lauter, und plötzlich kam vom Fenster ein scharfes, metallisches Klicken. Ich setzte mich erstaunt auf. Es konnte keinen Zweifel geben, was die Geräusche jetzt bedeuteten. Die schwachen rührten daher, daß jemand ein Werkzeug durch den Schlitz zwischen den Fensterflügeln zwängte, und das zweite daher, daß der Verschluß aufgedrückt wurde.

Dann trat eine Pause von zehn Minuten ein, als warte die Person ab, ob das Geräusch mich geweckt hatte. Darauf hörte ich ein leichtes Quietschen, als das Fenster ganz langsam geöffnet wurde. Ich konnte es nicht länger ertragen, denn meine Nerven sind nicht mehr, was sie einmal waren. Ich sprang aus dem Bett und riß die Innenläden auf. Ein Mann kauerte am Fenster. Ich konnte wenig von ihm erkennen, denn er war wie der Blitz verschwunden. Er war in eine Art Umhang gehüllt, der den unteren Teil seines Gesichts verdeckte. Einer Sache nur bin ich sicher, nämlich daß er eine Waffe in der Hand hielt. Sie sah mir wie ein langes Messer aus. Ich habe es deutlich schimmern sehen, als er sich zur Flucht wandte.«

»Das ist höchst interessant«, sagte Holmes. »Bitte, was taten Sie dann?«

»Ich hätte ihn durchs offene Fenster verfolgt, wenn ich kräftiger gewesen wäre. Wie die Dinge lagen, läutete ich und weckte das Haus. Ich brauchte dazu eine kleine Weile, denn die Glocke läutet in der Küche, und die Dienstboten schlafen alle oben. Ich rief jedoch, und das brachte Joseph herunter, und er weckte die anderen. Joseph und der Stallknecht fanden

Spuren in dem Blumenbeet vor dem Fenster, aber das Wetter ist in letzter Zeit so trocken, daß es hoffnungslos war, der Spur übers Gras zu folgen. Es gibt jedoch an dem Holzzaun, der die Straße entlangläuft, eine Stelle, die, wie man mir sagt, so aussieht, als sei jemand drübergestiegen und habe dabei die oberste Latte angeknackst. Ich habe der hiesigen Polizei noch nichts gesagt, denn ich dachte, ich frage am besten erst mal Sie um Ihre Meinung.«

Diese Schilderung unseres Klienten schien auf Sherlock Holmes eine außergewöhnliche Wirkung zu haben. Er stand von seinem Stuhl auf und durchmaß das Zimmer in unbezähmbarer Erregung.

»Ein Unglück kommt selten allein«, sagte Phelps lächelnd, obgleich zu sehen war, daß sein Abenteuer ihn ein wenig mitgenommen hatte.

»Sie haben Ihr Teil allerdings gehabt«, sagte Holmes. »Meinen Sie, Sie könnten mit mir ums Haus gehen?«

»O ja, ich hätte gern ein wenig Sonne. Joseph wird auch mitkommen.«

»Und ich ebenfalls«, sagte Miss Harrison.

»Ich fürchte nein«, sagte Holmes und schüttelte den Kopf. »Ich denke, ich muß Sie bitten, genau da sitzen zu bleiben, wo Sie sind.«

Die junge Dame nahm mit unwilliger Miene wieder Platz. Ihr Bruder hatte sich jedoch zu uns gesellt, und wir machten uns alle vier gemeinsam auf. Wir gingen ums Haus herum über den Rasen vor das Fenster des jungen Diplomaten. Wie er gesagt hatte, befanden sich Spuren im Blumenbeet, aber sie waren hoffnungslos verwischt und undeutlich. Holmes beugte sich einen Moment darüber und erhob sich dann achselzuckend.

»Ich glaube nicht, daß jemand viel damit anfangen könnte«, sagte er. »Wir wollen ums Haus gehen und feststellen, warum der Einbrecher sich ausgerechnet dieses Zimmer ausgesucht hat. Ich hätte gedacht, jene größeren Fenster des Salons und des Speisezimmers wären viel einladender für ihn gewesen.«

»Sie sind von der Straße aus besser zu sehen«, äußerte Mr. Joseph Harrison.

»Ah, ja, natürlich. Da ist eine Tür, an die er sich hätte machen können. Wozu dient sie?«

»Es ist ein Seiteneingang für Lieferanten. Natürlich ist sie nachts geschlossen.«

»Haben Sie je einen derartigen Alarm gehabt?«

»Noch nie«, sagte unser Klient.

»Haben Sie Silbergeschirr im Haus, oder irgend etwas, was Einbrecher anziehen könnte?«

»Nichts von Wert.«

Holmes schlenderte mit den Händen in den Taschen und einem lässigen Gebaren, das ungewöhnlich an ihm war, ums Haus herum.

»Übrigens«, sagte er zu Joseph Harrison, »Sie haben eine Stelle gefunden, wie ich höre, wo dieser Mensch über den Zaun geklettert ist. Lassen Sie uns einen Blick darauf werfen.«

Der junge Mann führte uns zu einer Stelle, wo eine Zaunlatte oben angeknackst war. Ein kleiner Holzsplitter hing herab. Holmes riß ihn ab und untersuchte ihn eingehend.

»Meinen Sie, das ist letzte Nacht getan worden? Es sieht ziemlich alt aus, nicht wahr?«

»Nun ja, schon möglich.«

»Es gibt keine Spuren, daß irgend jemand auf der anderen Seite hinuntergesprungen wäre. Nein, ich glaube, hier werden wir keine Hilfe bekommen. Lassen Sie uns ins Schlafzimmer zurückgehen und über die Sache reden.«

Percy Phelps ging sehr langsam und stützte sich dabei auf den Arm seines künftigen Schwagers. Holmes ging rasch über den Rasen, und lange bevor die anderen herankamen, standen wir am offenen Fenster des Schlafzimmers.

»Miss Harrison«, sagte Holmes, und er sprach mit äußerstem Nachdruck, »Sie müssen den ganzen Tag bleiben, wo Sie sind. Lassen Sie sich durch nichts davon abhalten, den ganzen Tag zu bleiben, wo Sie sind. Es ist von höchst entscheidender Bedeutung.«

»Gewiß, wenn Sie es wünschen, Mr. Holmes«, sagte das Mädchen erstaunt.

»Wenn Sie zu Bett gehen, schließen Sie die Tür dieses Zimmers von außen ab und behalten Sie den Schlüssel. Versprechen Sie das.«

»Aber Percy?«

»Er wird mit uns nach London kommen.«

»Und ich soll hierbleiben?«

»Es geschieht um seinetwillen. Sie können ihm helfen! Rasch! Versprechen Sie's!«

Sie nickte zustimmend, gerade als die anderen beiden herankamen.

»Was sitzt du da im Zimmer und bläst Trübsal, Annie?« rief ihr Bruder. »Komm nach draußen in die Sonne!«

»Nein danke, Joseph. Ich habe etwas Kopfschmerzen, und dieses Zimmer ist herrlich kühl und lindernd.«

»Was schlagen Sie nun vor, Mr. Holmes?«

»Nun, bei der Untersuchung dieser weniger bedeutenden Sache dürfen wir unsere eigentliche Nachforschung nicht aus den Augen verlieren. Es wäre mir eine sehr große Hilfe, wenn Sie mit uns nach London kämen.«

»Sofort?«

»Nun, sobald Sie es einrichten können. Sagen wir, in einer Stunde.«

»Ich fühle mich durchaus kräftig genug, wenn ich irgend von Nutzen sein kann.«

»Von denkbar größtem.«

»Vielleicht wäre es dann gut, wenn ich heute nacht dort bleibe.«

»Das wollte ich gerade vorschlagen.«

»Wenn dann mein nächtlicher Freund mich neuerlich besuchen kommt, wird er den Vogel ausgeflogen finden. Wir sind alle in Ihren Händen, Mr. Holmes, und Sie müssen uns genau sagen, was wir zu tun haben. Vielleicht wäre es Ihnen lieb, wenn Joseph mit uns käme, um sich meiner anzunehmen?«

»Aber nein; mein Freund Watson ist Mediziner, wie Sie

wissen, und er wird sich Ihrer annehmen. Wir nehmen unseren Lunch hier ein, wenn Sie gestatten, und dann machen wir uns alle drei gemeinsam in die Stadt auf.«

Es wurde arrangiert, wie er es vorgeschlagen hatte, wobei Miss Harrison, gemäß Holmes' Vorschlag, es höflich ablehnte, das Schlafzimmer zu verlassen. Welches Ziel die Manöver meines Freundes hatten, konnte ich mir nicht vorstellen, es sei denn, er wollte die junge Dame von Phelps fernhalten, der, erfreut über seine wiederkehrende Gesundheit und die Aussicht auf aktives Handeln, mit uns im Speisezimmer lunchte. Holmes hatte jedoch eine noch verblüffendere Überraschung für uns, denn nachdem er uns zum Bahnhof begleitet und in unser Abteil gebracht hatte, kündigte er ruhig an, er habe nicht die Absicht, Woking zu verlassen.

»Es gibt da noch ein, zwei Punkte, die ich zu klären wünsche, bevor ich gehe«, sagte er. »Ihre Abwesenheit, Mr. Phelps, wird mir in mancher Hinsicht helfen. Watson, wenn Sie London erreichen, wäre ich Ihnen verbunden, wenn Sie mit unserem Freund hier sofort zur Baker Street gingen und bei ihm blieben, bis ich Sie wiedersehe. Es trifft sich gut, daß Sie alte Schulfreunde sind und gewiß viel zu bereden haben. Mr. Phelps kann heute nacht das Gästeschlafzimmer haben, und ich werde rechtzeitig zum Frühstück bei Ihnen sein, denn es gibt einen Zug, der mich um acht nach Waterloo bringt.«

»Aber was ist mit unseren Nachforschungen in London?« fragte Phelps kläglich.

»Die können wir morgen erledigen. Ich glaube, daß ich zur Zeit hier von unmittelbarerem Nutzen bin.«

»Sie könnten in Briarbrae ausrichten, daß ich hoffe, morgen abend zurück zu sein«, rief Phelps, während wir den Bahnsteig hinter uns zu lassen begannen.

»Ich rechne kaum damit, nach Briarbrae zurückzugehen«, antwortete Holmes und winkte uns fröhlich zu, während wir aus dem Bahnhof glitten.

Phelps und ich beredeten diese neue Entwicklung auf unserer Fahrt, aber keiner von uns konnte sich einen einleuchtenden Grund dafür vorstellen.

»Ich nehme an, er will irgendeinen Anhaltspunkt für den Einbruch letzte Nacht ausfindig machen, wenn es überhaupt ein Einbrecher war. Ich für meinen Teil glaube nicht, daß es ein gewöhnlicher Dieb war.«

»Welcher Ansicht sind Sie dann?«

»Auf mein Wort, Sie mögen es meinen schwachen Nerven zuschreiben oder nicht, aber ich glaube, um mich herum ist irgendeine finstere politische Intrige im Gange, und aus irgendeinem Grund, der sich meinem Verständnis entzieht, haben es die Verschwörer auf mein Leben abgesehen. Es hört sich überspannt und absurd an, doch bedenken Sie, was geschehen ist! Warum sollte ein Dieb durch ein Schlafzimmerfenster einbrechen, wo es keinerlei Hoffnung auf Beute geben konnte, und warum sollte er mit einem langen Messer in der Hand kommen?«

»Sind Sie sicher, daß es kein Brecheisen war?«

»O nein; es war ein Messer. Ich sah ganz deutlich das Blitzen der Klinge.«

»Aber warum um alles in der Welt sollte man Ihnen mit solcher Erbitterung nachstellen?«

»Ah! das ist die Frage.«

»Nun, wenn Holmes der gleichen Auffassung ist, würde das seine Handlungsweise erklären, nicht wahr? Mal angenommen, Ihre Theorie ist richtig: Wenn er den Mann faßt, der Sie gestern nacht bedroht hat, dann wird Holmes der Entdekkung, wer den Flottenvertrag genommen hat, ein gutes Stück näher gekommen sein. Es ist absurd, anzunehmen, daß Sie zwei Feinde haben: einen, der Sie beraubt, während der andere Ihr Leben bedroht.«

»Aber Mr. Holmes sagte, er gehe nicht nach Briarbrae.«

»Ich kenne ihn schon geraume Zeit«, sagte ich, »aber ich habe noch nie erlebt, daß er irgend etwas ohne sehr guten Grund getan hätte«, und damit schweifte unser Gespräch zu anderen Themen ab.

Doch es war ein beschwerlicher Tag für mich. Phelps war noch schwach nach seiner langen Krankheit, und sein Unglück machte ihn quengelig und nervös. Vergeblich versuchte ich, ihn für Afghanistan, für Indien und gesellschaftliche Fragen, für alles mögliche zu interessieren, um ihn aus seiner Verbohrtheit herauszureißen. Doch er kam immer wieder auf seinen verlorenen Vertrag zurück; überlegend, herumrätselnd, spekulierend, was Holmes wohl tat, welche Schritte Lord Holdhurst unternahm, was für Neuigkeiten wir am nächsten Morgen erfahren würden. Während der Abend sich dahinschleppte, wurde seine Aufregung ausgesprochen quälend.

»Sie setzen unbedingtes Vertrauen in Holmes?« fragte er.

»Ich habe ihn schon bemerkenswerte Dinge vollbringen sehen.«

»Aber in eine so dunkle Geschichte wie diese hat er bestimmt noch nie Licht gebracht?«

»O doch; ich habe erlebt, daß er Probleme löste, die noch weniger Anhaltspunkte boten als Ihres.«

»Aber keines, wo so bedeutende Interessen auf dem Spiele standen?«

»Das weiß ich nicht. Mit Bestimmtheit weiß ich allerdings, daß er im Namen dreier Herrscherhäuser Europas in sehr wichtigen Angelegenheiten tätig gewesen ist.«

»Sie kennen ihn doch gut, Watson. Er ist ein so unergründlicher Mensch, daß ich nie genau weiß, was ich von ihm halten soll. Meinen Sie, er hat Hoffnung? Meinen Sie, er erwartet, zum Erfolg zu kommen?«

»Er hat nichts gesagt.«

»Das ist ein schlechtes Zeichen.«

»Im Gegenteil, ich habe festgestellt, daß er es im allgemeinen sagt, wenn er eine Spur verloren hat. Wenn er dagegen eine Fährte aufgenommen hat und noch nicht absolut sicher weiß, daß es die richtige ist, ist er am schweigsamsten. Aber, mein lieber Freund, wir können der Sache nicht nützen, indem wir uns deswegen nervös machen, deshalb möchte ich Sie dringend bitten, zu Bett zu gehen, damit Sie für das, was uns morgen auch immer erwarten mag, ausgeruht sind.«

Ich konnte meinen Gefährten schließlich überzeugen, meinem Rat zu folgen, obgleich mir klar war, daß vor lauter Aufregung für ihn nicht viel Hoffnung auf Schlaf bestand. Ja, seine Stimmung war so ansteckend, daß ich selbst mich die halbe Nacht hin und her warf, über diesem seltsamen Problem brütend und hundert Theorien ersinnend, deren jede unwahrscheinlicher war als die vorangegangene. Warum war Holmes in Woking geblieben? Warum hatte er Miss Harrison gebeten, den ganzen Tag im Krankenzimmer zu bleiben? Warum war er so darauf bedacht gewesen, die Leute in Briarbrae nicht davon zu unterrichten, daß er beabsichtigte, in ihrer Nähe zu bleiben? Ich zermarterte mir das Hirn, bis ich über dem Bemühen, eine Erklärung für all diese Umstände zu finden, endlich einschlief.

Es war sieben Uhr, als ich erwachte, und ich begab mich sogleich in Phelps' Zimmer, wo ich ihn nach einer schlaflosen Nacht abgehärmt und erschöpft fand. Seine erste Frage war, ob Holmes schon eingetroffen sei.

»Er wird da sein, wann er es zugesagt hat«, sagte ich, »und keinen Augenblick früher oder später.«

Und meine Worte trafen zu, denn kurz nach acht sprengte ein Hansom vor die Tür, und unser Freund stieg aus. Am Fenster stehend sahen wir, daß seine linke Hand mit einer Bandage umwickelt und sein Gesicht sehr grimmig und bleich war. Er betrat das Haus, aber es verging ein Weilchen, ehe er nach oben kam.

»Er sieht aus wie ein geschlagener Mann«, rief Phelps.

Ich mußte ihm beipflichten. »Am Ende«, sagte ich, »liegt der Schlüssel zu der Sache wahrscheinlich doch hier in der Stadt.«

Phelps gab ein Stöhnen von sich.

»Ich weiß nicht, wie es kommt«, sagte er, »aber ich hatte mir von seiner Rückkehr so viel erhofft. Doch gestern war seine Hand bestimmt noch nicht so verbunden? Was kann denn passiert sein?«

»Sie sind doch nicht verletzt, Holmes?« fragte ich, als mein Freund das Zimmer betrat.

»Pah, es ist nur ein Kratzer, den ich meiner eigenen Unbeholfenheit verdanke«, antwortete er, indem er uns sein Guten Morgen zunickte. »Dieser Fall von Ihnen, Mr. Phelps, ist gewiß einer der verworrensten, die ich je untersucht habe.«

»Ich befürchtete, Sie würden sich damit übernehmen.«

»Es war eine höchst bemerkenswerte Erfahrung.«

»Der Verband läßt auf Abenteuer schließen«, sagte ich. »Möchten Sie uns nicht erzählen, was geschehen ist?«

»Nach dem Frühstück, mein lieber Watson. Denken Sie daran, daß ich heute morgen dreißig Meilen Surrey-Luft geatmet habe. Ich nehme an, es ist keine Antwort auf meine Kutscher-Annonce gekommen? Nun ja, wir können nicht erwarten, jedesmal einen Treffer zu haben.«

Der Tisch war vollständig gedeckt, und gerade als ich läuten wollte, trat Mrs. Hudson mit Tee und Kaffee ein. Ein paar Minuten später brachte sie die Gedecke, und wir alle setzten uns zu Tisch, Holmes heißhungrig, ich neugierig und Phelps in düsterer Niedergeschlagenheit.

»Mrs. Hudson hat sich dem Anlaß gewachsen gezeigt«, sagte Holmes, indem er von einem Hühnergericht mit Curry den Deckel abnahm. »Ihre Kochkunst ist etwas beschränkt, aber vom Frühstück hat sie eine ebenso gute Auffassung wie eine Schottin. Was haben Sie da, Watson?«

»Schinken und Eier«, antwortete ich.

»Gut! Was darf ich Ihnen geben, Mr. Phelps: Geflügel mit Curry, Eier, oder bedienen Sie sich selbst?«

»Danke, ich kann nichts essen«, sagte Phelps.

»Aber ich bitte Sie! Versuchen Sie das Gericht vor Ihnen.«

»Danke, aber ich möchte wirklich lieber nicht.«

»Nun denn«, sagte Holmes mit schalkhaftem Zwinkern, »ich nehme an, Sie haben nichts dagegen, mir aufzulegen?«

Phelps hob den Deckel, stieß einen Schrei aus und saß stieren Blicks da, mit einem Gesicht so weiß wie der Teller, auf den er schaute. Mitten darin lag eine kleine Rolle blaugrauen Papiers. Er griff danach, verschlang sie mit den Augen und tanzte dann wie von Sinnen im Zimmer herum, sie an sich drückend und vor Freude jauchzend. Dann fiel er in einen Lehnsessel, so schlaff und erschöpft von seinen Gefühlswallungen, daß wir ihm Brandy einflößen mußten, damit er nicht ohnmächtig wurde.

»Na, na!« sagte Holmes begütigend und klopfte ihm auf die Schulter. »Es war dumm, Sie damit so zu überrumpeln; aber Watson hier wird Ihnen sagen, daß ich einem Hauch von Dramatik nie widerstehen kann.«

Phelps ergriff seine Hand und küßte sie. »Gott segne Sie!« rief er; »Sie haben meine Ehre gerettet.«

»Nun ja, auch meine eigene stand auf dem Spiel, wissen Sie«, sagte Holmes. »Ich versichere Ihnen, es ist mir ebenso verhaßt, an einem Fall zu scheitern, wie es Ihnen sein kann, bei einem Auftrag einen Schnitzer zu machen.«

Phelps verstaute das kostbare Dokument in der innersten Tasche seines Rocks.

»Ich habe nicht das Herz, Sie noch länger von Ihrem Frühstück abzuhalten, und doch brenne ich darauf zu erfahren, wie Sie ihn bekamen und wo er war.«

Holmes stürzte eine Tasse Kaffee hinunter und wandte seine Aufmerksamkeit dem Schinken mit Eiern zu. Dann stand er auf, entzündete seine Pfeife und machte es sich in seinem Sessel bequem.

»Ich werde Ihnen zuerst erzählen, was ich tat, und hinterher, wie ich dazu kam, es zu tun«, sagte er. »Nachdem ich mich auf dem Bahnhof von Ihnen getrennt hatte, machte ich einen bezaubernden Spaziergang durch die bewundernswerte Surrey-Landschaft zu einem hübschen kleinen Dorf namens Ripley, wo ich meinen Tee nahm und vorsichtshalber meine Flasche füllte und eine Tüte Sandwiches in die Tasche steckte. Dort blieb ich bis zum Abend, worauf ich mich wieder nach Woking aufmachte und mich kurz nach Sonnenuntergang auf der Landstraße außerhalb von Briarbrae befand.

Nun, ich wartete, bis die Straße frei war – sie ist zu keiner Zeit sehr belebt, nehme ich an –, und dann kletterte ich über den Zaun auf das Grundstück.«

»Bestimmt war das Tor offen?« entfuhr es Phelps.

»Ja; aber ich habe einen absonderlichen Geschmack in diesen Dingen. Ich suchte mir die Stelle aus, wo die drei Tannenbäume stehen, und in ihrem Schutz gelangte ich hinüber, ohne daß jemand im Haus die geringste Chance hatte, mich sehen zu können. Ich kauerte mich zwischen die Büsche auf der anderen Seite und kroch von einem zum anderen – der schimpfliche Zustand meiner Hosenknie sei Zeuge – bis ich das Rhododendrongesträuch genau gegenüber ihrem Schlafzimmerfenster erreicht hatte. Dort hockte ich mich hin und wartete die Entwicklungen ab.

Das Rouleau in Ihrem Zimmer war nicht heruntergelassen, und ich konnte darin Miss Harrison lesend am Tisch sitzen sehen. Es war Viertel nach zehn, als sie ihr Buch zuklappte, die Läden schloß und sich zurückzog. Ich hörte sie die Tür schließen und war ganz sicher, daß sie den Schlüssel im Schloß gedreht hatte.«

»Den Schlüssel?« entfuhr es Phelps.

»Ja, ich hatte Miss Harrison Anweisung gegeben, die Tür von außen zu verschließen und den Schlüssel mitzunehmen, wenn sie zu Bett ginge. Sie führte jede meiner Anordnungen buchstabengetreu aus, und gewiß hätten Sie ohne ihre Mitarbeit dieses Papier nicht in Ihrer Rocktasche. Dann ging sie weg, die Lichter verloschen, und ich blieb, im Rhododendronbusch hockend, übrig.

Die Nacht war schön, doch es war trotzdem eine sehr ermüdende Vigilie. Natürlich hat sie auch etwas von der Erregung an sich, wie sie der Sportsmann verspürt, wenn er neben dem Wasserlauf liegt und auf Großwild lauert. Sie dauerte freilich sehr lange – fast so lange, Watson, wie damals, als Sie und ich in jenem lebensgefährlichen Zimmer warteten, als wir uns mit dem kleinen Problem des Gesprenkelten Bandes befaßten. Eine Kirchenglocke drüben in Woking schlug die die Viertelstunden, und ich dachte mehr als einmal, sie sei stehengeblieben. Endlich jedoch, etwa um zwei Uhr morgens, hörte ich das leise Geräusch eines Riegels, der zurückgeschoben wird, und das Knirschen eines Schlüssels. Kurz darauf wurde die Dienstbotentür geöffnet, und Mr. Joseph Harrison trat ins Mondlicht hinaus.«

»Joseph!« entfuhr es Phelps.

»Er war barhäuptig, doch er hatte einen schwarzen Umhang über die Schulter geworfen, so daß er im Nu sein Gesicht verhüllen konnte, falls es Alarm geben würde. Er ging auf Zehenspitzen im Schatten der Mauer, und als er das Fenster erreichte, zwängte er ein Messer mit langer Klinge zwischen die Flügel und drückte den Verschluß auf. Dann riß er das Fenster auf, steckte sein Messer in den Schlitz zwischen den Läden, stemmte den Querriegel nach oben und schwang sie auf.

Von der Stelle, wo ich lag, hatte ich einen vollständigen Überblick über das Innere des Zimmers und jede seiner Bewegungen. Er entzündete die beiden Kerzen, die auf dem Kaminsims stehen, und schlug sodann in der Nähe der Tür die Ecke des Teppichs zurück. Gleich darauf bückte er sich und hob ein viereckiges Dielenstück ab, wie man es gewöhnlich einsetzt, damit die Klempner an die Verbindungen der Gasrohre herankommen. Dieses hier verkleidet das T-Stück, von dem das Rohr abzweigt, das die darunterliegende Küche versorgt. Aus diesem Versteck zog er die kleine Papierrolle da, setzte das Stück wieder ein, brachte den Teppich wieder in Ordnung, blies die Kerzen aus und lief mir, der ich vor dem Fenster auf ihn wartete, geradewegs in die Arme.

Nun, er ist doch erheblich bösartiger, als ich ihm zugetraut hatte, dieser Master Joseph. Er stürzte sich mit seinem Messer auf mich, und ich mußte ihn zweimal niederwerfen und bekam einen Schnitt über die Knöchel, ehe ich die Oberhand über ihn gewann. Mordlust lag in dem einzigen Auge, mit dem er sehen konnte, als wir fertig waren, aber er nahm Vernunft an und gab die Papiere her. Als ich sie hatte, ließ ich meinen Mann laufen, aber ich telegraphierte Forbes heute morgen alle

Einzelheiten. Wenn er schnell genug ist, seinen Vogel zu fangen, gut und schön! Doch wenn er, was ich scharfsinnigerweise vermute, das Nest leer findet, ehe er dorthin gelangt, dann um so besser für die Regierung. Ich denke mir, daß Lord Holdhurst zum einen und Percy Phelps zum anderen es sehr viel lieber sähen, wenn die Affaire nie bis vor ein Polizeigericht käme.«

»Mein Gott!« keuchte unser Klient. »Wollen Sie damit sagen, daß während jener zehn langen Wochen der Marter die gestohlenen Papiere die ganze Zeit mit mir im selben Zimmer waren?«

»So war es.«

»Und Joseph! Joseph ein Schurke und Dieb!«

»Hm! Ich fürchte, Josephs Charakter ist erheblich durchtriebener und gefährlicher, als man aus seinem Äußeren schließen könnte. Dem, was ich heute morgen von ihm hörte, entnehme ich, daß er beim Herumpfuschen mit Aktien schwer verloren hat und bereit ist, alles auf der Welt zu tun, um sein Geschick zu wenden. Da er ein absolut selbstsüchtiger Mann ist, ließ er sich weder vom Glück seiner Schwester noch von Ihrem guten Ruf abhalten, die Gelegenheit beim Schopf zu packen.«

Percy Phelps sank in seinem Stuhl zurück. »Mir schwirrt der Kopf«, sagte er; »Ihre Worte haben mich benommen gemacht.«

»Die Hauptschwierigkeit in Ihrem Fall«, bemerkte Holmes in seiner lehrhaften Art, »lag darin, daß es zu viele Spuren gab. Das Entscheidende wurde von Belanglosem überlagert und verborgen. Aus all den Tatsachen, die man uns vorlegte, mußten wir nur die herauslesen, die wir für wesentlich erachteten, und sie dann in der richtigen Reihenfolge zusammensetzen, um so diese sehr bemerkenswerte Ereigniskette zu rekonstruieren. Ich hatte schon aus dem Grund begonnen, Joseph zu verdächtigen, weil Sie beabsichtigt hatten, an jenem Abend mit ihm nach Hause zu fahren, und es deshalb durchaus wahrscheinlich war, daß er – da er das Foreign

Office gut kannte – Sie unterwegs abholen würde. Als ich hörte, daß jemand so erpicht darauf war, in das Schlafzimmer zu gelangen, in dem niemand außer Joseph etwas versteckt haben konnte – Sie erzählten uns in Ihrem Bericht, wie Sie Joseph ausquartiert hatten, als Sie mit dem Doktor ankamen –, wurden alle meine Vermutungen zu Gewißheiten, besonders da der Versuch in der ersten Nacht unternommen wurde, in der die Krankenschwester abwesend war, was zeigte, daß der Eindringling mit den Verhältnissen im Hause gut vertraut war.«

»Wie blind ich gewesen bin!«

»Die Tatsachen des Falles, soweit ich sie ermittelt habe, sind folgende: Dieser Joseph Harrison betrat das Amt durch die Tür in der Charles Street und ging, da er den Weg kannte, schnurstracks in Ihr Zimmer, unmittelbar nachdem Sie es verlassen hatten. Da er dort niemanden antraf, läutete er prompt, und in dem Augenblick, als er das tat, fiel sein Blick auf das Papier auf dem Tisch. Ein Blick zeigte ihm, daß der Zufall ihm ein Staatsdokument von immensem Wert zugespielt hatte, und wie der Blitz hatte er es in die Tasche gesteckt und war verschwunden. Ein paar Minuten verstrichen, wie Sie sich entsinnen, ehe der schläfrige Pförtner Ihre Aufmerksamkeit auf die Klingel lenkte, und sie reichten gerade aus, dem Dieb Zeit für seine Flucht zu geben.

Er fuhr mit dem ersten Zug nach Woking, und nachdem er seine Beute überprüft und sich vergewissert hatte, daß sie wirklich von immensem Wert war, versteckte er sie an einer Stelle, die er für sehr sicher hielt, um sie nach ein, zwei Tagen wieder hervorzuholen und zur französischen Gesandtschaft zu bringen, oder wo auch immer er dafür einen hohen Preis erwarten konnte. Dann kam Ihre plötzliche Rückkehr. Ohne jede Vorwarnung wurde er kurzerhand aus seinem Zimmer ausquartiert, und danach waren ständig mindestens zwei von Ihnen dort, die ihn daran hinderten, seinen Schatz wiederzuerlangen. Die Situation muß für ihn zum Verrücktwerden gewesen sein. Doch endlich meinte er, seine Chance zu sehen. Er versuchte, sich hineinzuschleichen, doch Ihre Schlaflosigkeit machte ihm einen Strich durch die Rechnung. Sie entsinnen sich vielleicht, daß Sie an jenem Abend nicht Ihren üblichen Arzneitrank einnahmen.«

»Ich entsinne mich.«

»Ich nehme an, er hatte Schritte unternommen, um diesen Trank wirksam zu machen, und sich ganz darauf verlassen, daß Sie besinnungslos wären. Mir war natürlich klar, daß er den Versuch wiederholen würde, sobald dies gefahrlos geschehen konnte. Daß Sie das Zimmer verließen, gab ihm eine Chance. Ich hieß Miss Harrison den ganzen Tag darin bleiben, damit er uns nicht zuvorkäme. Nun, da ich ihm die Vorstellung eingegeben hatte, die Luft sei rein, hielt ich Wache, wie ich es geschildert habe. Ich wußte bereits, daß sich die Papiere wahrscheinlich im Zimmer befanden, aber ich trug kein Verlangen danach, auf ihrer Suche sämtliche Dielen und Verkleidungen abzureißen. Deshalb überließ ich es ihm, sie aus dem Versteck zu holen, und ersparte mir so unendlich viel Mühe. Gibt es sonst noch einen Punkt, den ich klarmachen kann?«

»Warum hat er beim ersten Mal das Fenster zu öffnen versucht«, fragte ich, »wo er doch durch die Tür hätte eintreten können?«

»Auf dem Weg zur Tür hätte er sieben Schlafzimmer passieren müssen. Andererseits konnte er mit Leichtigkeit auf den Rasen hinausgelangen. Noch etwas?«

»Sie meinen doch nicht«, fragte Phelps, »daß er irgendeine mörderische Absicht hatte? Das Messer war nur als Werkzeug gedacht.«

»Mag sein«, antwortete Holmes achselzuckend. »Ich kann mit Gewißheit nur sagen, daß Mr. Joseph Harrison ein Gentleman ist, auf dessen Milde ich ausgesprochen ungern vertrauen würde.«

DAS LETZTE PROBLEM

Mein Herz ist schwer, nun da ich zur Feder greife, um ein letztes Mal die einzigartigen Gaben, die meinen Freund Mr. Sherlock Holmes auszeichneten, in Worten festzuhalten. In unzusammenhängender und, wie ich zutiefst empfinde, gänzlich unzulänglicher Form habe ich mich bemüht, einen Bericht von meinen seltsamen Erfahrungen im Umgang mit ihm zu geben, von dem Zufall, der uns zu Zeiten der ›Studie in Scharlachrot‹ erstmals zusammenführte, bis hin zu seinem Eingreifen in die Angelegenheit des Flottenvertrages – einem Eingreifen, das unstreitig eine ernstliche internationale Komplikation verhinderte. Ursprünglich war es meine Absicht, hier aufzuhören und nichts von dem Ereignis zu sagen, das in meinem Leben eine Leere hinterließ, die auszufüllen eine Spanne von zwei Jahren wenig vermocht hat. Unter dem Druck der kürzlich erschienenen Leserbriefe, in denen Colonel James Moriarty das Andenken seines Bruders verteidigt, bleibt mir jedoch keine andere Wahl, als der Öffentlichkeit die Tatsachen genau so vorzulegen, wie sie sich ereigneten. Ich allein kenne die absolute Wahrheit, und ich bin überzeugt, daß die Zeit gekommen ist, da ihre Unterdrückung keinem sinnvollen Zweck mehr dient. Soweit ich weiß, sind in der öffentlichen Presse nur drei Darstellungen erschienen, die im *Journal de Genève* vom 6. Mai 1891, die Reuter-Meldung in den englischen Zeitungen vom 7. Mai und schließlich die kürzlich veröffentlichten Briefe, auf die ich bereits hingewiesen habe. Die ersten beiden Darstellungen waren äußerst gedrängt, während letztere, wie ich nun zeigen werde, die Tatsachen völlig verdreht. Es ist an mir, zum ersten Mal zu erzählen, was sich zwischen Professor Moriarty und Mr. Sherlock Holmes wirklich zugetragen hat.

Man mag sich erinnern, daß sich nach meiner Heirat und

meiner darauffolgenden Niederlassung in einer Privatpraxis das sehr enge Verhältnis von Holmes und mir in gewissem Grade änderte. Er kam nach wie vor von Zeit zu Zeit zu mir, wenn er einen Begleiter bei seinen Nachforschungen wünschte, aber diese Anlässe wurden immer seltener, und ich stelle fest, daß es im Jahre 1890 nur drei Fälle gab, von denen ich irgendwelche Aufzeichnungen bewahre. Im Winter dieses Jahres und im Frühjahr 1891 ersah ich aus den Zeitungen, daß er von der französischen Regierung in einer Sache von höchster Bedeutung engagiert worden war, und ich erhielt zwei in Narbonne und Nîmes aufgegebene Briefe von Holmes, denen ich entnahm, daß sein Aufenthalt in Frankreich wahrscheinlich von längerer Dauer sein würde. Ich war daher einigermaßen überrascht, als ich ihn am Abend des 24. April in mein Sprechzimmer treten sah. Mir fiel auf, daß er noch bleicher und dünner als gewöhnlich aussah.

»Ja, ich bin wohl etwas freizügig mit meinen Kräften umgesprungen«, bemerkte er, eher in Beantwortung meines Blicks als meiner Worte; »man hat mir in letzter Zeit ein wenig zugesetzt. Haben Sie etwas dagegen, wenn ich Ihre Läden schließe?«

Das einzige Licht im Zimmer kam von der Lampe auf dem Tisch, an dem ich gelesen hatte. Holmes schob sich an der Wand entlang, warf die Läden zu und verriegelte sie sorgsam.

»Sie haben vor etwas Angst?« fragte ich.

»Nun ja, das habe ich.«

»Wovor?«

»Vor Luftgewehren.«

»Mein lieber Holmes, was wollen Sie damit sagen?«

»Ich glaube, Sie kennen mich gut genug, Watson, um zu wissen, daß ich keineswegs ein ängstlicher Mensch bin. Andererseits zeugt es eher von Dummheit als Mut, eine unmittelbar drohende Gefahr nicht wahrhaben zu wollen. Dürfte ich Sie um ein Streichholz bitten?« Er sog den Rauch seiner Zigarette ein, als tue ihm seine beruhigende Wirkung wohl.

»Ich muß mich dafür entschuldigen, daß ich noch so spät

vorspreche«, sagte er, »und ich muß Sie des weiteren bitten, mir unkonventionellerweise zu gestatten, Ihr Haus gleich zu verlassen, indem ich hinten über die Gartenmauer klettere.«

»Aber was hat das alles zu bedeuten?« fragte ich.

Er streckte die Hand aus, und ich sah im Licht der Lampe, daß zwei seiner Knöchel aufgeschlagen waren und bluteten.

»Es ist kein luftiges Nichts, wie Sie sehen«, sagte er lächelnd. »Im Gegenteil, es ist fest genug, daß sich ein Mann die Hand daran brechen kann. Ist Mrs. Watson zu Hause?«

»Sie ist verreist.«

»Ach wirklich! Sie sind allein?«

»Völlig.«

»Da kann ich Ihnen um so leichter den Vorschlag machen, mit mir eine Woche auf den Kontinent zu fahren.«

»Wohin?«

»Oh, irgendwohin. Das ist mir gleich.«

All das hatte etwas sehr Seltsames. Es war nicht Holmes' Art, planlos Ferien zu machen, und etwas an seinem bleichen, erschöpften Gesicht verriet mir, daß seine Nerven unter höchster Spannung standen. Er sah die Frage in meinen Augen, legte die Fingerspitzen zusammen, stützte die Ellbogen auf die Knie und erklärte die Situation.

»Sie haben vermutlich noch nie von Professor Moriarty gehört?« sagte er.

»Niemals.«

»Genau das ist ja das Geniale und Erstaunliche an der Sache!« rief er. »Ganz London ist von ihm durchdrungen, und niemand hat je von dem Mann gehört. Das ist es, was ihm in den Annalen des Verbrechens eine absolute Spitzenposition garantiert. Ich sage Ihnen in vollem Ernst, Watson: Sollte es mir gelingen, diesen Mann zu schlagen, die Gesellschaft von ihm zu befreien, dann könnte ich mich mit dem Gefühl, den Höhepunkt meiner Karriere erreicht zu haben, einer friedlicheren Lebensbeschäftigung zuwenden. Unter uns, die jüngsten Fälle, in denen ich der Königlichen Familie von Skandinavien und der Französischen Republik behilflich war, haben mich in eine solche Position gebracht, daß ich fortan ein ruhiges Leben, wie es mir am meisten zusagt, führen und meine Aufmerksamkeit meinen chemischen Forschungen widmen könnte. Aber ich könnte nicht ruhen, Watson, ich könnte nicht untätig in meinem Stuhl sitzen, wenn ich wüßte, daß ein Mann wie Professor Moriarty unbehelligt durch die Straßen Londons geht.«

»Was hat er denn getan?«

»Seine Karriere ist außergewöhnlich. Er stammt aus gutem Haus, genoß eine ausgezeichnete Erziehung und hat von Natur aus eine phänomenale mathematische Begabung. Im Alter von einundzwanzig verfaßte er eine Abhandlung über den binomischen Lehrsatz, die in Europa Aufsehen erregte. Kraft ihrer erhielt er den mathematischen Lehrstuhl an einer unserer kleineren Universitäten und hatte allem Anschein nach eine höchst brillante Karriere vor sich. Aber der Mann hatte ererbte Neigungen der diabolischsten Art. Ein Hang zum Verbrechen lag ihm im Blut, der von seinen außerordentlichen geistigen Fähigkeiten nicht etwa geläutert, sondern noch verstärkt und unendlich viel gefährlicher gemacht wurde. Dunkle Gerüchte ballten sich um ihn in der Universitätsstadt, und schließlich war er gezwungen, von seinem Lehrstuhl zurückzutreten und nach London zu kommen, wo er sich als militärischer Ausbilder niederließ. So viel ist allenthalben bekannt, doch was ich Ihnen jetzt erzähle, habe ich selbst entdeckt.

Wie Sie wissen, Watson, gibt es niemanden, der die höheren Verbrecherkreise von London so gut kennt wie ich. Seit Jahren schon bin ich mir einer Macht hinter dem einzelnen Übeltäter bewußt, einer verborgenen, organisierenden Macht, die sich fortwährend dem Gesetz in den Weg stellt und den Missetäter mit ihrem Schilde deckt. Wieder und wieder habe ich in Fällen der unterschiedlichsten Art – Fälschungen, Raubüberfälle, Morde – die Gegenwart dieser Kraft gespürt, und ich habe ihr Wirken in vielen der unaufgeklärten Verbrechen deduziert, bei denen man mich nicht persönlich konsultiert hat. Jahrelang habe ich mich abgemüht, den Schleier, der sie verhüllte, zu durchdringen, und endlich kam der Zeitpunkt, da ich meinen Faden zu fassen kriegte und ihm folgte, bis er mich, nach tausend listenreichen Windungen, zu Ex-Professor Moriarty, der mathematischen Berühmtheit, führte.

Er ist der Napoleon des Verbrechens, Watson. Er ist der Organisator der Hälfte all dessen, was in dieser großen Stadt an Bösem geschieht, und von nahezu allem, was ungeklärt bleibt. Er ist ein Genie, ein Philosoph, ein abstrakter Denker. Er hat einen Verstand von erstem Rang. Er sitzt reglos wie eine Spinne im Zentrum ihres Netzes, aber dieses Netz hat tausend Fäden, und er kennt jedes Zittern genau. Selbst tut er wenig. Er plant nur. Aber seine Agenten sind zahlreich und glänzend organisiert. Wenn ein Verbrechen begangen werden, sagen wir, ein Papier entwendet, ein Haus ausgeraubt, ein Mensch beseitigt werden soll – so wird das dem Professor mitgeteilt, die Sache wird organisiert und ausgeführt. Der Agent mag gefaßt werden. In diesem Fall wird Geld für seine Kaution oder Verteidigung aufgebracht. Doch die zentrale Macht, die sich des Agenten bedient, wird nie gefaßt – ja, nicht einmal verdächtigt. Das war die Organisation, Watson, deren Existenz ich deduziert und deren Entlarvung und Zerschlagung ich meine ganze Energie gewidmet habe.

Aber der Professor war von so schlau ersonnenen Sicherungen umgeben, daß es, was auch immer ich tat, unmöglich schien, Beweismaterial in die Hand zu bekommen, das ihn vor einem Gericht überführen könnte. Sie kennen meine Fähigkeiten, mein lieber Watson, und doch mußte ich mir nach Ablauf von drei Monaten eingestehen, endlich auf einen Widersacher gestoßen zu sein, der mir geistig ebenbürtig war. Mein Entsetzen über seine Verbrechen verlor sich in meiner Bewunderung für sein Geschick. Doch endlich machte er einen Fehltritt – nur einen winzig kleinen Fehltritt –, aber das war mehr, als er sich leisten konnte, da ich ihm so dicht auf den Fersen war. Ich bekam meine Chance, und von diesem Punkt ausgehend habe ich mein Netz um ihn geknüpft, und nun ist es bereit, sich zusammenzuziehen. In drei Tagen, das heißt nächsten Montag, wird die Sache zum Klappen kommen und der Professor mit allen Hauptmitgliedern seiner Bande der Polizei in die Hände fallen. Dann wird es den größten Kriminalprozeß des Jahrhunderts geben, die Aufklärung von über vierzig mysteriösen Fällen und zum Schluß für die ganze Bande den Strang – doch ein einziger voreiliger Schritt von uns, verstehen Sie, und sie können selbst noch im letzten Moment unseren Händen entschlüpfen.

Hätte ich dies nun ohne Wissen von Professor Moriarty tun können, wäre alles gut gegangen. Doch dafür war er zu gerissen. Er sah jeden Schritt, den ich unternahm, um meine Schlingen um ihn zu legen. Wieder und wieder versuchte er sich zu entwinden, doch jedesmal kam ich ihm zuvor. Ich sage Ihnen, mein Freund, wenn ein detaillierter Bericht dieses stummen Wettkampfes verfaßt werden könnte, würde er seinen Platz als das brillanteste Beispiel für Ausfall- und Parade-Taktiken in der Geschichte der Detektivarbeit einnehmen. Niemals habe ich mich zu solcher Höhe aufgeschwungen, und niemals hat mir ein Gegner so hart zugesetzt. Er führte seine Stöße tief, doch unterlief ich ihn knapp. Heute morgen wurden die letzten Schritte unternommen, und es bedurfte nur noch dreier Tage, um die Geschichte zu beenden. Ich saß in meinem Zimmer und überdachte die Angelegenheit, als die Tür aufging und Professor Moriarty vor mir stand.

Meine Nerven sind recht stabil, Watson, aber ich muß bekennen, daß ich zusammengezuckt bin, als ich eben den Mann, den meine Gedanken ständig umkreisten, auf meiner Schwelle stehen sah. Sein Äußeres war mir durchaus vertraut. Er ist überaus groß und dünn, seine Stirn wölbt sich wie eine weiße Kuppel über seinen tief eingesunkenen Augen. Er ist glattrasiert, bleich und wirkt asketisch: er hat in seinen Zügen nach wie vor etwas von dem Professor bewahrt. Seine Schultern sind vom vielen Studium gekrümmt, sein Kopf ist weit nach vorn gestreckt und pendelt fortwährend auf merkwürdig reptilische Weise langsam hin und her. Er starrte mich mit großer Neugier in seinen zusammengekniffenen Augen an.

›Ihre Stirnpartie ist weniger entwickelt, als ich erwartet hätte‹, sagte er endlich. ›Es ist eine gefährliche Angewohnheit, in der Tasche des Morgenmantels an geladenen Feuerwaffen rumzuspielen.‹

Tatsache ist, daß ich bei seinem Eintreten sofort die äußerste Gefahr erkannt hatte, in der ich schwebte. Der einzig denkbare Ausweg für ihn lag darin, mich zum Schweigen zu bringen. Im Nu hatte ich den Revolver aus der Schublade in meine Tasche gleiten lassen und hielt ihn durch den Stoff auf Moriarty gerichtet. Auf seine Bemerkung hin zog ich die Waffe und legte sie schußbereit auf den Tisch. Er lächelte und blinzelte immer noch, doch an seinen Augen war etwas, das mich sehr froh machte, daß ich bewaffnet war.

›Sie kennen mich offenbar nicht‹, sagte er.

›Im Gegenteil‹, antwortete ich, ›ich denke, es ist ganz offensichtlich, daß ich Sie kenne. Ich kann fünf Minuten für Sie erübrigen, wenn Sie etwas zu sagen haben.‹

›Alles, was ich zu sagen habe, ist Ihnen schon in den Sinn gekommen‹, sagte er.

›Dann ist Ihnen meine Antwort vielleicht auch schon in den Sinn gekommen‹, erwiderte ich.

›Sie halten stand?‹

›Absolut.‹

Er fuhr mit der Hand in die Tasche, und ich hob den Revolver vom Tisch. Doch er zog lediglich ein Notizbuch hervor, in das er einige Daten gekritzelt hatte.

›Am 4. Januar haben Sie meinen Weg gekreuzt‹, sagte er. ›Am 23. haben Sie mich belästigt; Mitte Februar bin ich von Ihnen ernstlich gestört worden; Ende März war ich in meinen Plänen völlig behindert; und nun, da der April sich neigt, sehe ich mich durch Ihre ständigen Verfolgungen in eine Lage gebracht, wo ich eindeutig Gefahr laufe, meine Freiheit zu verlieren. So kann das unmöglich weitergehen.‹

›Haben Sie irgendeinen Vorschlag zu machen?‹ fragte ich.

›Sie müssen das aufgeben, Mr. Holmes‹, sagte er mit hin- und herpendelndem Gesicht. ›Das müssen Sie wirklich, wissen Sie.‹

›Nach Montag‹, sagte ich.

›Na, na!‹ sagte er. ›Ich bin ganz sicher, daß ein Mann von Ihrer Intelligenz einsehen wird, daß diese Affaire nur einen Ausgang haben kann. Es ist unabdingbar, daß Sie sich zurückziehen. Sie haben die Dinge auf eine Weise gehandhabt, daß uns nur noch ein einziger Ausweg bleibt. Es war mir ein intellektueller Hochgenuß, zu verfolgen, wie Sie diese Sache angepackt haben, und ich kann Ihnen ohne zu heucheln sagen, wie schmerzlich es für mich wäre, wenn ich zum Äußersten gezwungen würde. Sie lächeln, Sir, aber ich versichere Ihnen, dem ist so.‹

›Gefahr gehört zu meinem Beruf‹, bemerkte ich.

›Es geht hier nicht um Gefahr‹, sagte er. ›Es geht um unausweichliche Vernichtung. Sie stehen nicht nur einer Einzelperson, sondern einer mächtigen Organisation im Wege, deren ganzes Ausmaß Sie, bei all Ihrer Klugheit, nicht haben erfassen können. Gehen Sie uns aus dem Weg, Mr. Holmes, oder Sie werden zertreten.‹

›Ich fürchte‹, sagte ich, mich erhebend, ›daß ich über dem Vergnügen an diesem Gespräch Geschäfte von Bedeutung vernachlässige, die anderswo meiner harren.‹

Er erhob sich gleichfalls und sah mich schweigend, mit traurigem Kopfschütteln, an.

›Je nun‹, sagte er endlich. ›Eigentlich schade, aber ich habe getan, was ich konnte. Ich kenne jeden Zug Ihres Spiels. Sie können vor Montag nichts tun. Es ist ein Duell zwischen Ihnen und mir gewesen, Mr. Holmes. Sie hoffen, mich auf die Anklagebank zu bringen. Ich sage Ihnen, daß ich niemals auf der Anklagebank sitzen werde. Sie hoffen, mich zu schlagen. Ich sage Ihnen, Sie werden mich nie schlagen. Sollten Sie geschickt genug sein, mich zu vernichten, so seien Sie gewiß, daß Ihnen Gleiches widerfahren wird.‹

›Sie haben mir einige Komplimente gemacht, Mr. Moriarty‹, sagte ich. ›Lassen Sie mich Ihnen eines dafür zurückgeben: Könnte ich der ersteren Möglichkeit sicher sein, würde ich im Interesse der Allgemeinheit die letztere freudig auf mich nehmen.‹

›Ich kann Ihnen die eine versprechen, nicht aber die andere‹, schnarrte er, und damit wandte er mir den gekrümmten Rücken zu und ging pendelnd und blinzelnd aus dem Zimmer.

Das war meine eigenartige Unterredung mit Professor Moriarty. Ich gebe zu, daß sie auf mein Gemüt eine unangenehme Wirkung hatte. Seine sanfte, präzise Sprechweise hinterläßt einen Eindruck von Ernsthaftigkeit, wie ihn leere Drohungen nie erzielen. Natürlich werden Sie sagen: ›Warum treffen Sie keine polizeilichen Maßnahmen gegen ihn?‹ Der Grund ist, daß ich völlig überzeugt bin, daß er durch seine Agenten zuschlagen wird. Ich habe den besten Beweis dafür.«

»Sie sind bereits angegriffen worden?«

»Mein lieber Watson, Professor Moriarty ist kein Mann, der lange fackelt. Ich ging gegen Mittag aus, um in der Oxford Street ein Geschäft zu erledigen. Als ich an die Ecke Bentinck Street–Welbeck Street kam, sauste ein zweispänniges Fuhrwerk um die Kurve und hatte mich blitzschnell erreicht. Ich sprang auf den Bürgersteig und rettete mich um den Bruchteil einer Sekunde. Der Wagen kam aus der Marylebone Lane herangeschossen und war im Nu verschwunden. Ich blieb danach auf dem Trottoir, Watson, doch als ich die Vere Street entlangging, kam vom Dach eines der Häuser ein Ziegelstein herunter und zersplitterte zu meinen Füßen. Ich rief die Polizei und ließ die Stelle untersuchen. Auf dem Dach waren Schieferplatten und Ziegelsteine gestapelt für irgendwelche Reparaturen, und sie wollten mich glauben machen, der Wind habe einen runtergepustet. Natürlich wußte ich es besser, aber ich konnte nichts beweisen. Danach nahm ich eine Droschke und erreichte die Räume meines Bruders in der Pall Mall, wo ich den Tag verbrachte. Nun bin ich zu Ihnen gekommen, und unterwegs hat mich ein Rüpel mit einem Knüttel attackiert. Ich hab ihn niedergeschlagen, und die Polizei hat ihn in Gewahrsam; aber ich kann Ihnen mit der absolutesten Gewißheit sagen, daß man niemals irgendeine Verbindung zwischen dem Gentleman, an dessen Vorderzähnen ich mir die Knöchel aufgeschlagen habe, und dem unauffälligen Mathematiklehrer aufspüren wird, der, möchte ich behaupten, gerade zehn Meilen entfernt auf einer Tafel Rechenaufgaben löst. Es wird Sie nicht mehr verwundern, Watson, daß ich beim Betreten Ihrer Räume zuerst die Läden geschlossen und Sie um die Erlaubnis gebeten habe, Ihr Haus durch einen etwas weniger augenfälligen Ausgang als die Vordertür verlassen zu dürfen.«

Ich hatte oft den Mut meines Freundes bewundert, doch niemals mehr als jetzt, da er ruhig dasaß und eine Reihe von Vorfällen aufzählte, die sich zu einem Tag des Schreckens zusammengefügt haben mußten.

»Werden Sie die Nacht hier verbringen?« sagte ich.

»Nein, mein Freund; Sie müßten sonst vielleicht feststellen, daß ich ein gefährlicher Gast bin. Ich habe meine Pläne geschmiedet, und alles wird gutgehen. Die Sache hat sich jetzt so weit entwickelt, daß sie, was die Verhaftung betrifft, auch ohne meine Hilfe vorwärtsmachen können, während für eine Überführung meine Anwesenheit vonnöten ist. Es liegt daher auf der Hand, daß ich nichts Besseres tun kann, als mich die wenigen Tage davonzumachen, die noch bleiben, bis die Polizei freie Hand hat. Es wäre mir mithin ein großes Vergnügen, wenn Sie mit mir auf den Kontinent kommen könnten.«

»Die Praxis ist ruhig«, sagte ich, »und ich habe einen entgegenkommenden Nachbarn. Ich würde mich freuen, mitzukommen.«

»Und morgen früh aufzubrechen?«

»Wenn nötig.«

»O ja, es ist überaus nötig. Dann sind das Ihre Instruktionen, und ich bitte Sie, mein lieber Watson, ihnen buchstabengetreu zu folgen, denn jetzt spielen Sie mit mir eine Doppelpartie gegen den geschicktesten Schurken und das mächtigste Verbrechersyndikat Europas. Nun hören Sie zu! Sie werden jegliches Gepäck, das Sie mitzunehmen beabsichtigen, heute nacht durch einen vertrauenswürdigen Boten unadressiert nach Victoria befördern lassen. Morgen werden Sie nach einem Hansom schicken und Ihren Mann anweisen, weder den ersten noch den zweiten zu nehmen, der sich anbieten mag. In diesen Hansom werden Sie einsteigen und zum Strand-Ende der Lowther Arcade fahren, wobei Sie dem Kutscher die Adresse auf einem Stück Papier aushändigen, mit der Aufforderung, es nicht wegzuwerfen. Halten Sie Ihr Fahrgeld bereit und sausen Sie, sobald Ihre Droschke hält, durch die Arcade, wobei Sie es so einrichten müssen, daß Sie um Viertel nach neun auf der anderen Seite rauskommen. Sie werden einen kleinen Brougham dicht am Rinnstein warten sehen, der von einem Menschen in einem schweren, schwarzen Mantel mit rot abgesteptem Kragen gefahren wird. Da steigen Sie ein, und Sie werden Victoria rechtzeitig für den Zug nach dem Kontinent erreichen.«

»Wo werde ich Sie treffen?«

»Auf dem Bahnhof. Das zweite Erster-Klasse-Abteil von vorn wird für uns reserviert sein.«

»Das Abteil ist also unser Treffpunkt.«

»Ja.«

Vergebens bat ich Holmes, für den Abend zu bleiben. Mir war klar, daß er Unglück über das Haus zu bringen fürchtete, in dem er weilte, und daß dies der Grund war, der ihn zum Gehen drängte. Mit ein paar hastigen Worten zu unseren Plänen für den folgenden Tag stand er auf und kam mit mir in den Garten hinaus, kletterte über die Mauer, hinter der die Mortimer Street liegt, und pfiff sofort nach einem Hansom, in dem ich ihn wegfahren hörte.

Am Morgen befolgte ich Holmes' Anordnungen buchstabengetreu. Ein Hansom wurde unter solchen Vorkehrungen beschafft, die verhindern würden, daß es einer war, den man für uns bereitgestellt hatte, und ich fuhr unmittelbar nach dem Frühstück zur Lowther Arcade, die ich mit höchster Geschwindigkeit durcheilte. Ein Brougham wartete mit einem sehr massigen, in einen dunklen Umhang gehüllten Fahrer, der, sobald ich eingestiegen war, das Pferd antrieb und zur Victoria Station davonratterte. Als ich dort ausstieg, wendete er die Kutsche und sauste von dannen, ohne auch nur einen Blick in meine Richtung zu werfen.

So weit war alles bewunderungswürdig verlaufen. Mein Gepäck erwartete mich, und ich hatte keine Schwierigkeiten, das Abteil zu finden, das Holmes angegeben hatte, um so weniger, als es das einzige im Zug war, das das »Besetzt«-Schild trug. Nur eines machte mir Sorgen: das Nichterscheinen von Holmes. Die Bahnhofsuhr zeigte nur noch sieben Minuten bis zu der Zeit, da wir abfahren sollten. Vergeblich hielt ich unter den Gruppen von Reisenden und Abschiednehmenden Ausschau nach der wendigen Gestalt meines Freundes. Es war nichts von ihm zu sehen. Ich verbrachte ein paar Minuten damit, einem ehrwürdigen italienischen Priester beizustehen, der in seinem gebrochenen Englisch einem Dienstmann verständlich zu machen versuchte, daß sein Gepäck nach Paris aufgegeben werden sollte. Dann, nachdem ich mich noch einmal umgesehen hatte, kehrte ich in mein Abteil zurück, wo ich feststellte, daß mir der Schaffner trotz des Schildes meinen gebrechlichen italienischen Freund als Reisegefährten zugeteilt hatte. Es war sinnlos für mich, ihm klarmachen zu wollen, daß seine Anwesenheit nicht Rechtens war, denn mein Italienisch war noch begrenzter als sein Englisch, und so zuckte ich resigniert die Achseln und hielt weiterhin bang nach meinem Freund Ausschau. Ein Schauer der Angst hatte mich überkommen, als ich daran dachte, daß sein Ausbleiben bedeuten mochte, daß während der Nacht ihm etwas zugestoßen war. Schon waren alle Türen zugeschlagen worden und der Pfiff ertönt, als –

»Mein lieber Watson«, sagte eine Stimme, »Sie haben nicht einmal geruht, guten Morgen zu sagen.«

Ich drehte mich in fassungsloser Verblüffung um. Der betagte Geistliche hatte mir das Gesicht zugewandt. Für einen Augenblick glätteten sich die Runzeln, die Nase hob sich vom Kinn, die Unterlippe zog sich zurück, der Brabbelmund verstummte, die matten Augen gewannen ihr Feuer wieder, die zusammengesunkene Gestalt streckte sich. Im nächsten Moment sackte alles zusammen, und Holmes war so rasch verschwunden, wie er gekommen war.

»Lieber Himmel!« rief ich. »Haben Sie mich erschreckt!«

»Noch ist jede Vorsichtsmaßnahme vonnöten«, flüsterte er. »Ich habe Grund zu der Annahme, daß sie uns hart auf den Fersen sind. Ah, da ist Moriarty selbst.«

Der Zug hatte sich bereits in Bewegung gesetzt, während Holmes sprach. Zurückblickend sah ich einen hochgewachsenen Mann, der sich ungestüm durch die Menge drängte und winkte, als wollte er den Zug anhalten lassen. Es war jedoch zu spät, denn wir gewannen rasch an Geschwindigkeit und hatten schon einen Moment später den Bahnhof hinter uns gelassen.

»Trotz all unserer Vorsichtsmaßnahmen haben wir es, wie Sie sehen, äußerst knapp geschafft«, sagte Holmes lachend. Er stand auf, legte den schwarzen Talar und Hut ab, die seine Verkleidung gebildet hatten, und verstaute sie in einer Reisetasche.

»Haben Sie die Morgenzeitung gelesen, Watson?«

»Nein.«

»Sie haben also nichts von der Baker Street gelesen?«

»Baker Street?«

»Sie haben letzte Nacht Feuer an unsere Räume gelegt. Es wurde kein großer Schaden angerichtet.«

»Gütiger Himmel, Holmes! Das ist ja nicht auszuhalten.«

»Sie müssen meine Spur gänzlich verloren haben, nachdem ihr Knüppel-Mann verhaftet wurde. Ansonsten hätten sie nicht annehmen können, ich sei in meine Räume zurückgekehrt. Allem Anschein nach haben sie aber vorsichtshalber Sie beobachtet, und das hat Moriarty nach Victoria gebracht. Sie haben beim Herkommen nicht möglicherweise einen Fehler gemacht?«

»Ich tat genau, was Sie mir aufgetragen hatten.«

»Fanden Sie Ihren Brougham?«

»Ja, er wartete schon.«

»Haben Sie Ihren Kutscher erkannt?«

»Nein.«

»Es war mein Bruder Mycroft. Es ist von Vorteil, in einem

solchen Fall, wenn man herumkommen kann, ohne einen Mietling ins Vertrauen zu ziehen. Doch wir müssen planen, was wir nun wegen Moriarty unternehmen.«

»Da dies ein Schnellzug ist und er auch noch Anschluß an das Schiff hat, möchte ich meinen, daß wir ihn sehr erfolgreich abgeschüttelt haben.«

»Mein lieber Watson, Sie haben offenbar nicht ganz verstanden, was ich meinte damit, daß man bei diesem Mann durchaus das gleiche intellektuelle Niveau wie bei mir voraussetzen könne. Sie glauben doch nicht, ich als Verfolger ließe mich von einem so geringfügigen Hindernis aufhalten. Warum also sollten Sie so gering von ihm denken?«

»Was wird er tun?«

»Was ich tun würde.«

»Und das wäre?«

»Einen Sonderzug mieten.«

»Aber der käme doch zu spät.«

»Keineswegs. Dieser Zug hält in Canterbury; und beim Schiff gibt es immer mindestens eine Viertelstunde Verzögerung. Dort wird er uns einholen.«

»Man könnte meinen, wir wären die Verbrecher. Wir können ihn bei seiner Ankunft verhaften lassen.«

»Das hieße, die Arbeit von drei Monaten zunichte machen. Wir würden den großen Fisch fangen, doch die kleineren würden nach rechts und links aus dem Netz flitzen. Am Montag werden wir sie alle haben. Nein, eine Verhaftung kommt nicht in Betracht.«

»Was dann?«

»Wir werden in Canterbury aussteigen.«

»Und dann?«

»Nun, dann müssen wir quer durchs Land nach Newhaven und von dort nach Dieppe übersetzen. Moriarty wird wieder tun, was ich tun würde. Er wird nach Paris weiterfahren, unser Gepäck ausfindig machen und zwei Tage beim Depot warten. Unterdessen werden wir uns ein paar Stofftaschen leisten, in den Ländern, die wie bereisen, das Handwerk fördern und uns via Luxemburg und Basel mit Muße in die Schweiz verfügen.«

Ich bin ein zu erfahrener Reisender, als daß mir der Verlust meines Gepäcks ernsthaft zu schaffen machen könnte, doch ich gebe zu, daß mich die Vorstellung ärgerte, vor einem Mann Haken schlagen und mich verstecken zu müssen, dessen Sündenregister schwarz war vor unaussprechlichen Infamien. Es war jedoch klar, daß Holmes die bessere Übersicht hatte. Wir stiegen deshalb in Canterbury aus, nur um festzustellen, daß wir auf einen Zug nach Newhaven eine Stunde würden warten müssen. Ich sah immer noch recht wehmütig dem rasch mit meiner Garderobe entschwindenden Gepäckwagen nach, als Holmes mich am Ärmel zupfte und die Geleise entlang deutete.

»Sehen Sie, da kommt er schon«, sagte er.

Weit weg über den Wäldern von Kent stieg eine dünne Rauchwolke auf. Eine Minute später konnte man einen Wagen nebst Lokomotive in die weite Kurve sausen sehen, die zum Bahnhof führt. Wir hatten kaum Zeit, uns hinter einen Stapel Gepäck zu ducken, als er, einen Schwall heißer Luft in unsere Gesichter schleudernd, ratternd und schnaubend vorbeiraste.

»Da fährt er hin«, sagte Holmes, während wir dem Wagen nachblickten, wie er rumpelnd über die Weichen schwankte. »Die Intelligenz unseres Freundes hat, wie Sie sehen, doch ihre Grenzen. Es wäre ein *coup de maître* gewesen, hätte er deduziert, was ich deduzieren würde, und entsprechend gehandelt.«

»Und was hätte er getan, wenn er uns eingeholt hätte?«

»Es kann nicht den geringsten Zweifel daran geben, daß er einen Mordanschlag auf mich unternommen hätte. Das ist jedoch ein Spiel, bei dem zwei mitspielen können. Und im Augenblick stellt sich die drängende Frage, ob wir hier einen verfrühten Lunch zu uns nehmen oder das Risiko eingehen zu verhungern, ehe wir das Buffet in Newhaven erreichen.«

Wir kamen an jenem Abend bis Brüssel, verbrachten dort zwei Tage und fuhren am dritten nach Straßburg weiter. Montag morgen hatte Holmes der Londoner Polizei telegraphiert, und am Nachmittag fanden wir in unserem Hotel eine Antwort vor. Holmes riß sie auf und schleuderte sie dann mit einer bitteren Verwünschung in den Kamin.

»Ich hätte es wissen müssen«, stöhnte er. »Er ist entkommen.«

»Moriarty!«

»Sie haben die ganze Bande festgenommen, mit Ausnahme von ihm. Er ist ihnen entwischt. Natürlich, nachdem ich London verlassen hatte, gab es niemanden mehr, der mit ihm fertig geworden wäre. Aber ich war doch der Meinung, ich hätte ihnen das Wild in die Arme getrieben. Ich glaube, Sie kehren besser nach England zurück, Watson.«

»Warum?«

»Weil ich jetzt zu einem gefährlichen Begleiter geworden bin. Das Gewerbe dieses Mannes ist dahin. Er ist verloren, wenn er nach London zurückkehrt. Wenn ich seinen Charakter richtig deute, wird er seine gesamten Energien daran wenden, sich an mir zu rächen. Er hat das während unserer kurzen Unterredung angedeutet, und ich glaube, er meinte es ernst. Ich möchte Ihnen jedenfalls empfehlen, zu Ihrer Praxis zurückzukehren.«

Das war nicht die Art Empfehlung, die bei einem alten Soldaten und alten Freund wie mir verfangen mochte. Wir saßen im *salle-à-manger* in Straßburg und erörterten die Frage eine halbe Stunde lang, doch am gleichen Abend hatten wir unsere Reise fortgesetzt und waren schon seit Stunden unterwegs nach Genf.

Eine bezaubernde Woche lang wanderten wir das Rhone-Tal hinauf, dann, bei Leuk abzweigend, über den noch tief verschneiten Gemmi-Paß und gelangten so, über Interlaken, nach Meiringen. Es war eine wunderschöne Wanderung, das liebliche Grün des Frühlings zu Füßen, das jungfräuliche Weiß des Winters zu Häupten; aber es war mir klar, daß Holmes keinen Moment lang den Schatten vergaß, der über ihm lag. Ob in den heimeligen Alpendörfern oder auf den einsamen Bergpässen – die Art, wie er seine scharfen Blicke schweifen ließ und das Gesicht eines jeden, der uns entgegenkam, einer scharfen Musterung unterzog, rief mir immer wieder ins Bewußtsein, daß er vollauf überzeugt war, wir könnten, wohin wir auch gehen mochten, der Gefahr nicht entgehen, die uns auf den Fersen blieb.

Einmal, entsinne ich mich, als wir den Gemmi überquerten und am Ufer des melancholischen Daubensees entlanggingen, kam ein großer Felsbrocken, der sich aus dem Kamm gelöst hatte, herabgepoltert und donnerte hinter uns in den See. Im Nu war Holmes auf den Kamm gestürmt und reckte, auf einer hochragenden Zinne stehend, den Hals nach allen Richtungen. Es verschlug nichts, daß unser Führer ihm erklärte, Steinschlag sei an dieser Stelle im Frühling ein alltägliches Risiko. Er sagte nichts, doch er lächelte mir mit der Miene eines Mannes zu, der eintreffen sieht, was er erwartet hat.

Und doch war er bei all seiner Wachsamkeit nie deprimiert. Im Gegenteil, ich entsinne mich nicht, ihn je in so sprudelnder Laune gesehen zu haben. Wieder und wieder kam er darauf zurück, daß er, falls er sicher sein könnte, die Gesellschaft von Professor Moriarty befreit zu haben, seine eigene Karriere frohen Mutes zum Abschluß bringen wollte.

»Ich glaube, ich darf zu behaupten wagen, Watson, daß ich nicht ganz vergeblich gelebt habe«, bemerkte er. »Wenn meine Akte heute abend geschlossen würde, so könnte ich sie dennoch mit Gleichmut betrachten. Die Londoner Luft ist dank meiner Gegenwart milder geworden. Nach über tausend Fällen bin ich mir nicht bewußt, meine Fähigkeiten je auf der falschen Seite eingesetzt zu haben. In letzter Zeit reizt es mich mehr und mehr, die Probleme zu untersuchen, vor welche die Natur uns stellt, statt der oberflächlicheren, für die der künstliche Zustand unserer Gesellschaft verantwortlich ist. Ihre Memoiren werden sich dem Ende zuneigen, Watson, an dem Tage, da ich meine Karriere kröne mit der Ergreifung oder Auslöschung des gefährlichsten und fähigsten Verbrechers in ganz Europa.«

Das wenige, was mir noch zu erzählen bleibt, soll kurz und

genau sein. Es ist ein Thema, bei dem ich ungern verweilen möchte, und doch bin ich mir bewußt, daß mir die Pflicht zufällt, kein Detail auszulassen.

Am 3. Mai erreichten wir das kleine Dorf Meiringen, wo wir im ›Englischen Hof‹ abstiegen, der damals von Peter Steiler dem Älteren geführt wurde. Unser Wirt war ein intelligenter Mann und sprach ausgezeichnet Englisch, da er drei Jahre lang als Ober im Grosvenor Hotel in London Dienst getan hatte. Auf seinen Rat hin machten wir uns am Nachmittag des 4. auf in die Berge, in der Absicht, die Nacht in dem Weiler Rosenlaui zu verbringen. Man hatte uns indes dringend eingeschärft, am Reichenbachfall, der etwa auf halbem Wege bergan liegt, unter keinen Umständen vorbeizugehen, sondern den kleinen Umweg zu machen und ihn uns anzusehen.

Es ist in der Tat ein furchterregender Ort. Der vom geschmolzenen Schnee geschwollene Wildbach stürzt in einen gewaltigen Abgrund, aus dem Gischt aufwallt wie Rauch aus einem brennenden Haus. Der Schacht, in den der Fluß sich wirft, ist eine ungeheure, von glänzendem, kohlschwarzem Fels gesäumte Kluft, die in einen schäumenden, brodelnden Kessel von unermeßlicher Tiefe mündet, der überläuft und den Strom über seinen gezackten Rand weiterschleudert. Der unablässig hinabdonnernde grüne Wasserschwall und der unablässig heraufstiebende dichte, wabernde Gischtvorhang machen mit ihrem immerwährendem Wirbeln und Tosen einen Menschen völlig schwindlig. Wir standen nahe am Rand und starrten hinab auf den Schimmer des weit unter uns an den schwarzen Felsen sich brechenden Wassers und lauschten dem halb menschlichen Brüllen, das mit dem Gischt aus dem Abgrund heraufstob.

Der Pfad ist halbwegs um den Fall herum in den Felsen gehauen worden, um einen vollständigen Überblick zu gewähren, doch er endet unvermittelt, und der Wanderer muß zurückkehren, wie er gekommen ist. Wir hatten uns umgewandt, um dies zu tun, als wir einen jungen Schweizer mit einem Brief in der Hand auf uns zulaufen sahen. Der Brief trug den Absender des Hotels, das wir gerade verlassen hatten, und war vom Wirt an mich adressiert. Wie es schien, war ganz wenige Minuten nach unserem Aufbruch eine englische Dame eingetroffen, die sich im letzten Stadium der Schwindsucht befand. Sie hatte in Davos-Platz überwintert und war eben unterwegs gewesen, um ihre Freunde in Luzern zu besuchen, als sie einen plötzlichen Blutsturz erlitt. Man war der Meinung, daß sie kaum noch ein paar Stunden zu leben habe und es ihr ein großer Trost wäre, einen englischen Arzt zu sehen, und ob ich nicht zurückkehren könnte, etc., etc. Der gute Steiler versicherte mir in einem Postskriptum, ich würde ihm damit einen sehr großen Gefallen erweisen, da die Dame sich entschieden weigere, einen Schweizer Arzt zu sehen, und er werde das Gefühl nicht los, eine große Verantwortung zu tragen.

Der Appell ließ sich nicht ignorieren. Es war unmöglich, die Bitte einer Landsmännin abzuschlagen, die in einem fremden Land im Sterben lag. Doch ich hatte meine Bedenken, Holmes allein zu lassen. Wir kamen jedoch schließlich überein, daß er den jungen Schweizer Boten als Führer und Begleiter bei sich behalten sollte, während ich nach Meiringen zurückkehrte. Mein Freund würde ein Weilchen beim Wasserfall bleiben, sagte er, und dann langsam bergauf nach Rosenlaui wandern, wo ich am Abend wieder zu ihm stoßen sollte. Als ich mich fortwandte, sah ich Holmes mit dem Rücken an einen Felsen gelehnt und mit verschränkten Armen dastehen und auf die schäumenden Wassermassen hinabschauen. Es war das letzte, was ich auf dieser Welt je von ihm sehen sollte.

Als ich dem Fuße des Abstiegs nahe war, blickte ich zurück. Es war von diesem Standort aus unmöglich, den Wasserfall zu sehen, aber ich konnte den gekrümmten Pfad erkennen, der sich über die Schulter des Berges windet und zu ihm hinführt. Ihn entlang lief, wie ich mich erinnere, sehr rasch ein Mann. Deutlich hob sich seine schwarze Gestalt von dem Grün des Hintergrundes ab. Er und die Energie, mit der er ging, fielen mir auf, doch er entschwand meinem Gedächtnis wieder, während ich, meinem Auftrage folgend, weitereilte.

Es mochte ein wenig mehr als eine Stunde vergangen sein, ehe ich Meiringen erreichte. Der alte Steiler stand auf der Veranda seines Hotels.

»Nun«, sagte ich, als ich herangeeilt kam, »ich hoffe doch, ihr Zustand hat sich nicht verschlechtert?«

Erstaunen huschte über sein Gesicht, und beim ersten Zukken seiner Augenbrauen wurde mein Herz in der Brust zu Blei.

»Sie haben das nicht geschrieben?« sagte ich, indem ich den Brief aus der Tasche zog. »Es gibt keine kranke Engländerin im Hotel?«

»Gewiß nicht«, rief er. »Aber das ist ja der Briefkopf des Hotels! Ha! Den muß dieser hochgewachsene Engländer geschrieben haben, der hereinkam, nachdem sie gegangen waren. Er sagte –«

Doch ich wartete keine von des Wirtes Erklärungen ab. Schon lief ich zitternd vor Angst die Dorfstraße hinab und stürzte dem Pfad zu, den ich vor kurzem erst herabgestiegen war. Ich hatte eine Stunde gebraucht, um herunterzukommen. Trotz all meiner Anstrengungen waren zwei weitere vergangen, ehe ich mich wieder am Reichenbachfall befand. Dort lehnte Holmes' Bergstock immer noch an dem Felsen, wo ich ihn verlassen hatte. Doch von ihm war nichts zu sehen, und mein Rufen war vergeblich. Die einzige Antwort war meine eigene Stimme, die in rollendem Echo von den Felswänden um mich her widerhallte.

Beim Anblick dieses Bergstocks wurde mir kalt und elend. Holmes war also nicht nach Rosenlaui gegangen. Er war auf jenem drei Fuß breiten Pfad geblieben, schieren Fels auf der einen und schieren Abgrund auf der anderen Seite, bis sein Feind ihn eingeholt hatte. Der junge Schweizer war ebenfalls verschwunden. Er hatte wahrscheinlich im Sold von Moriarty gestanden und die beiden Männer allein gelassen. Und dann, was war dann geschehen? Wer sollte uns sagen, was dann geschehen war?

Ich stand ein, zwei Minuten still, um mich zu fassen, denn

ich war vom Entsetzen gelähmt. Dann begann ich an Holmes' eigene Methoden zu denken und zu versuchen, sie bei der Deutung dieser Tragödie anzuwenden. Es war, ach!, nur allzu leicht. Während unseres Gesprächs waren wir nicht bis zum Ende des Pfades gegangen, und der Bergstock bezeichnete die Stelle, wo wir gestanden hatten. Die schwärzliche Erde wird vom unablässigen Gischtgestöber ständig feucht und weich gehalten, und ein Vogel würde seinen Abdruck auf ihr hinterlassen. Zwei Linien von Fußspuren zeichneten sich deutlich auf dem entfernten Ende des Pfades ab, beide führten sie von mir weg. Es kehrten keine zurück. Ein paar Yards vor dem Ende war die Erde aufgewühlt zu einem einzigen Morast, und die Brombeersträucher und das Farnkraut, die die Kluft säumten, waren verdreckt und zerrauft. Ich legte mich auf den Bauch und spähte über den Rand, ganz von aufspritzendem Gischt umhüllt. Es war dunkler geworden, seit ich gegangen war, und ich konnte nur da und dort das Glitzern von Feuchtigkeit auf den schwarzen Felsen und weit unten am Grunde des Schachts das Schimmern des zerstiebenden Wassers erkennen. Ich schrie; doch nur das nämliche, halb menschliche Brüllen des Wasserfalls schlug an meine Ohren zurück.

Doch es war mir bestimmt, am Ende noch ein letztes Grußwort von meinem Freund und Kameraden zu erhalten. Ich habe gesagt, daß sein Bergstock stehen gelassen worden war, an einen Felsen gelehnt, der in den Pfad hineinragte. Oben von diesem Klotz blitzte mir etwas entgegen, ich griff danach und stellte fest, daß es sein silbernes Zigarettenetui war, das er bei sich zu tragen pflegte. Als ich es aufhob, flatterte ein kleines Papierviereck, das darunter gelegen hatte, zu Boden. Ich faltete es auseinander und stellte fest, daß es drei aus seinem Notizbuch gerissene und und an mich adressierte Blätter waren. Es war charakteristisch für den Mann, daß die Anschrift so präzise und die Schrift so ruhig und klar war, als hätte er beim Schreiben in seinem Arbeitszimmer gesessen:

Mein lieber Watson, ich schreibe diese wenigen Zeilen dank der Zuvorkommenheit von Mr. Moriarty, der solange warten will, bis ich ihm zur Verfügung stehe für die endgültige Bereinigung der zwischen uns offengebliebenen Fragen. Er hat mir einen Überblick über die Methoden gegeben, dank denen er der englischen Polizei entging und stets über unsere Bewegungen unterrichtet blieb. Sie bestätigen in der Tat die sehr hohe Meinung, die ich mir von seinen Fähigkeiten gebildet hatte. Zu wissen, daß ich die Gesellschaft von allen weiteren Auswirkungen seiner Gegenwart befreien kann, ist mir eine Freude, obgleich ich befürchte, daß der Preis dafür meinen Freunden, und besonders Ihnen, mein lieber Watson, Schmerz bereiten wird. Ich hatte Ihnen indes bereits erklärt, daß meine Karriere ohnehin einen Wendepunkt erreicht hat und kein anderer möglicher Abschluß angemessener sein könnte als dieser. In der Tat war ich, wenn ich Ihnen ein volles Geständnis ablegen darf, durchaus überzeugt, daß der Brief aus Meiringen ein Schwindel war, und ich ließ Sie davongehen zu Ihrem Krankenbesuch in der Gewißheit, daß eine Entwicklung dieser Art folgen würde. Sagen Sie Inspektor Patterson, daß die Papiere, die er zur Überführung der Bande benötigt, in Brieffach M. sind, in einem blauen Umschlag mit der Aufschrift ›Moriarty‹. Ich habe alle Verfügungen über mein Vermögen getroffen, ehe ich England verließ, und sie meinem Bruder Mycroft ausgehändigt. Bitte richten Sie Mrs. Watson meine Grüße aus, und seien Sie versichert, lieber Freund, ich bleibe

stets der Ihre
SHERLOCK HOLMES

Ein paar Worte mögen genügen, das wenige, was noch bleibt, zu erzählen. Eine Untersuchung durch Experten läßt wenig Zweifel, daß ein Handgemenge zwischen den beiden Männern damit endete – wie es in einer solchen Situation auch kaum anders enden konnte –, daß sie hinuntertaumelten, einer den anderen umklammert haltend. Jeder Versuch, ihre Leichname zu bergen, war absolut hoffnungslos, und dort, tief unten in jenem schrecklichen Kessel voll wirbelndem Wasser und brodelndem Schaum, werden sie für alle Zeiten ruhen: der gefährlichste Verbrecher einer Generation und ihr vornehmster Streiter für das Recht. Der junge Schweizer wurde nie gefunden, und es kann keinen Zweifel daran geben, daß er einer der zahlreichen Agenten war, die in Moriartys Diensten standen. Was die Bande anbelangt, so wird der Öffentlichkeit noch in Erinnerung sein, wie vollständig das Beweismaterial war, das Holmes zur Entlarvung ihrer Organisation zusammengetragen hatte, und wie schwer noch die Hand des Toten auf ihnen lastete. Über ihren schrecklichen Führer kamen während des Verfahrens nur wenige Einzelheiten zutage, und wenn ich nun gezwungen war, eine deutliche Aussage zu seiner Karriere zu machen, so ist das jenen unverständigen Fürsprechern zuzuschreiben, die sich bemüßigt fühlten, sein Andenken aufzupolieren durch Angriffe auf den Mann, der für mich eines bleiben wird: der beste und weiseste Mensch, den ich je gekannt habe.

Editorische Notiz

Die vorliegende Übersetzung folgt den englischen Standardnachdrucken der 1894 erschienen Originalausgabe *The Memoirs of Sherlock Holmes*. Sie ist vollständig und möglichst wortgetreu. Ausnahmen werden in den Anmerkungen besonders erwähnt.

Wie man sich vorstellen kann, ist es unmöglich, eine Geschichte wie *Silberstern* zu übersetzen ohne hippologisches und rennsporttechnisches Fachwissen. Der Verlag dankt deshalb Frau Marie-Louise Bodmer-Preiswerk, Schwyz, und Frau Sibylle Farner von der Zentralbibliothek Zürich, ganz besonders aber dem großen Pferdekenner, Dr. Gaston Delaquis, Münchenbuchsee, der nicht nur alle Fragen zu beantworten wußte, sondern darüber hinaus noch unbezahlbare Ratschläge gab.

In seiner Autobiographie *Memories and Adventures* (1924) schreibt Doyle, daß er *Silberstern* geschrieben habe, obwohl er sich mit Pferden nicht besonders gut auskenne, worauf in einer Sportzeitung ein exzellenter Verriß erschienen sei, dessen Autor auch erwähne, welche Strafen die Beteiligten zu gewärtigen hätten. »Die Hälfte wäre ins Gefängnis gekommen, die anderen für immer vom Rennplatz verbannt worden. Aber was Details betrifft, bin ich nie ängstlich gewesen, und manchmal muß man einfach gebieterisch sein.« Da der Verlag, was Details betrifft, etwas ängstlicher ist als der Autor, wurden wieder zahlreiche Anmerkungen zusammengetragen, wobei *die* unerschöpfliche Quelle nach wie vor *The Annotated Sherlock Holmes* ist, herausgegeben von William S. Baring-Gould.

Anmerkungen

Silberstern

Silver Blaze. ›The Strand Magazine‹, Dezember 1892

Seite 12

»bei gleichem Gewicht« – gemeint ist der Gewichtsausgleich bei Handicap-Rennen, mit dem die Gewinnaussichten der Pferde einander angeglichen werden.

»Furlong« – 201,168 m. »Yard« – 0,9144 m

Seite 20
»gerichtliche Leichenschau« – engl. *inquest*, ist eine Art Voruntersuchung durch eine vom sog. *Coroner* geleitete Jury, die bei Todesfällen mit unklarer Ursache durch Befragung von Zeugen und durch Erhebung ärztlicher Gutachten ermittelt und entscheidet, ob der Todesfall Gegenstand eines ordentlichen Gerichtsverfahrens wird.
»A.D.P.-Bruyèrepfeife«: A.D.P. steht für Alfred Dunhill Pipe.

Seite 21
»fünf Sovereigns in Gold« – Der Sovereign (Sov.) war eine Standardmünze mit dem Wert von 1 £. Mehr über das Geld bei Sherlock Holmes findet sich in den Anmerkungen von Gisbert Haefs zu *Die Abenteuer des Sherlock Holmes* (Zürich: Haffmans 1984).
»Zweiundzwanzig Guineen« – Eine Guinea war 21 Shillings wert, 1 Pfund deren 20. Wenn wir nun, um den DM-Wert von 1984 zu erhalten, mit dem von Gisbert Haefs vorgeschlagenen Faktor von 100 multiplizieren, hat allein das Kostüm von Madame Darbyshire DM 2300 gekostet, was in der Tat »ziemlich üppig« ist.

Seite 26
»Half-crown« – Silbermünze im Wert von 2 Shillings und Sixpence.

Seite 31
»Einsatz 50 Sovs. pro Starter« – Für jedes angemeldete Pferd muß der Besitzer 50 sovs. einlegen.
»halb Reugeld« – Im Original ein kryptisches *h ft*, das für *half forfeit* steht. Es bedeutet, »daß der halbe Einsatz zu bezahlen sei, wenn ein angemeldetes Pferd nicht zum Start kommt« (Victor Silberer, *Turf-Lexicon*, 1884).

Seite 32
»Fünf zu vier gegen Silberstern . . . auf das Feld!« – »*Gegen das Feld* wettet man, wenn man sich ein bestimmtes Pferd oder deren zwei wählt und dem Gegner die Chancen aller übrigen überläßt. *Auf das Feld* wettet man, wenn man den Gegner ein Pferd oder deren zwei wählen läßt und sich dagegen alle übrigen behält« *(Turf-Lexicon)*.

Seite 36
»bei geschickter Ausführung« – im Original *subcutaneously*. Da die Sehnen ja alle *unter* der Haut (subkutan) verlaufen, hat Gaston Delaquis bestimmt recht, wenn er meint, daß Holmes wohl sagen wollte, daß sich der unvermeidliche Einschnitt in der Haut mit den Haaren des Pferds kaschieren läßt.

Das gelbe Gesicht

The Yellow Face. ›The Strand Magazine‹, Februar 1893

Seite 39
»die Affaire des zweiten Flecks« – in *Die Rückkehr des Sherlock Holmes* (Zürich: Haffmans 1985).

Seite 44
»Gelbfieber« – im tropischen Afrika und in Amerika verbreitete akute Viruskrankheit, die von der Gelbfiebermücke übertragen wird.

Seite 45
»Norbury« – zu Holmes' und Watsons Zeit ein kleines Dorf in der Nähe von London mit einer Bahnstation und einem Golfklub. Heute zum Bezirk Croydon gehörig.
»Jack« ist wohl der Kosename, den Mrs. Munro ihrem Mann gab, der offiziell »Grant« hieß.

Seite 50
»Crystal Palace« – Diese Metall-Glas-Konstruktion wurde von John Paxton für die Weltausstellung von 1851 im Hyde Park aufgestellt. Nach dem Ende der Ausstellung wurde der Pavillon in Sydenham wiederaufgebaut, wo ihn Grant Munro auf seinem Spaziergang bequem erreichen konnte. (Siehe auch die Karte im *Sherlock Holmes Companion I*, p. 76/77.)

Der Angestellte des Börsenmaklers

The Stockbroker's Clerk. ›The Strand Magazine‹, März 1893

Seite 63
»Kurz nach meiner Heirat« – mit Mary Morstan nämlich, die Watson während des Abenteuers vom *Zeichen der Vier* kennengelernt hatte.

Seite 67
»am Schlage« – im Original »my innings«, ein Ausdruck aus dem für Nicht-Engländer rätselhaften Cricket-Spiel.

Die ›Gloria Scott‹

The ›Gloria Scott‹. ›The Strand Magazine‹, April 1893

Seite 87
»Friedensrichter« – engl. *Justice of the Peace*, ist in England und Amerika ein Einzelrichter für die Rechtsprechung in Straf- und Zivilsachen niederer Ordnung.

Seite 89
»Broads« – breite, seenartige Erweiterung von Flüssen, besonders häufig in der Gegend von Norfolk, was allerdings im *Osten* von England liegt und nicht im Norden, wie Holmes sagt.

Seite 93
»Acht-Knoten-Tramp« – nicht an feste Schiffahrtslinien und -zeiten gebundenes Frachtschiff, das nicht schneller als acht Knoten fahren kann.

Seite 100
»Bark« – Segelschiff, bei dem der letzte Mast mit längsschiff stehendem Segel (Gaffelsegel), die vorderen mit querstehenden Segeln (Rahsegel) getakelt sind.

Seite 105
»den Golf« – von Biskaya.

Seite 111
»Terai« – ein sumpfiges Tiefland in Indien, nördlich des Ganges, am Fuß des Himalaja.

Das Musgrave-Ritual

The Musgrave Ritual. ›The Strand Magazine‹, Mai 1893

Seite 113
»Stechschloßpistole« – Stechschloß oder Stecher nennt man eine Abzugsvorrichtung bei Schußwaffen, die bei geringster Berührung den Schuß auslöst.
»V.R.« – Victoria Regina. Gemeint ist Victoria Alexandrina (1819–1901), seit 1837 Königin von England.

Seite 114
»irgendwo in diesen zusammenhanglosen Memoiren« – genau gesagt im zweiten Kapitel von *Eine Studie in Scharlachrot* (Zürich: Haffmans 1984).

Seite 127
»Normannische Eroberung« – 1066 unter Wilhelm dem Eroberer.

Seite 132
»persönliche Gleichung« – »nach F. W. Bessel (1822) die individuell verschiedene, im Mittel aber für ein und dieselbe Person konstante Reaktionsgeschwindigkeit, deren Feststellung es erlaubt, die Beobachtungen einer Person mit denen einer anderen zu vergleichen« (Brockhaus Enzyklopädie, 1972).

Seite 134
»Münzen aus der Zeit Charles' I.« – Karl I. (1600–1649) war von 1625–1649 englischer König. 1629–1640 regierte er ohne Parlament. Im Bürgerkrieg (1642–1648) zwischen Krone und Parlament besiegte das Parlamentsheer unter Oliver Cromwell das schottische Heer unter Karl I. bei Preston. Auf Betreiben Cromwells wurde dem König der Prozeß gemacht, in dem er zum Tode verurteilt und 1649 hingerichtet wurde. Gleichzeitig wurde die Monarchie abgeschafft, und es folgte ein republikanisches Interregnum (Commonwealth) von 1649–1660.

Seite 135
»Kavalier« – so hießen die Anhänger der Krone, im Gegensatz zu den »Rundköpfen« auf seiten des Parlaments.
»Charles II.« – Karl II. (1630–1685), der älteste Sohn von Karl I., war seit 1646 am Hofe Ludwigs XIV. aufgewachsen. Als er nach der Hinrichtung seines Vaters in Schottland landete und nach England vorstieß, wurde er von Cromwells Truppen geschlagen. Nach Cromwells Tod (1658) stellte General Monk die Monarchie wieder her, und Karl II. bestieg 1660 den Thron.

Die Junker von Reigate

The Reigate Squires. ›The Strand Magazine‹, Juni 1893

Seite 139
»Popes ›Homer‹« – Der klassizistische englische Dichter Alexander Pope (1688–1744) übersetzte sowohl Homers *Ilias* (1720) als auch die *Odyssee* (1725/26).

Seite 146
»Queen-Anne-Haus« – Während der Regierungszeit von Queen Anne (1702–1714), der letzten Stuart-Königin, bevorzugte man in England einen unauffälligen Baustil unter der Verwendung von Backstein.
»Malplaquet« – ein französisches Dorf an der Grenze zu Belgien. Hier fand im September 1709 die blutigste Schlacht im Spanischen Erbfolgekrieg statt, die mit einem Sieg der Alliierten gegen Ludwig XIV. endete.

Der Verwachsene

The Crooked Mann. ›The Strand Magazine‹, Juli 1893

Seite 163
»Aldershot« – Stadt im Nordosten der südenglischen Grafschaft Hampshire. Bevor dort 1855 der größte Truppenübungsplatz Englands eingerichtet wurde, ein bloßes Dorf.

Seite 164
»Sepoy-Aufstand« – 1857/58 erhoben sich die einheimischen Soldaten des anglo-indischen Heers, die Sepoys, gegen die kolonialistische Politik der Ostindischen Kompanie, die mehr und mehr indische Fürstentümer annektiert und 1835 das höhere britische Schulwesen eingeführt hatte, unter Vernachlässigung der indischen Volksbildung und -sprachen. Nach beidseitigen Massakern wurde 1858 die Ostindische Kompanie aufgelöst und Indien zum britischen Vize-Königreich erklärt.
»Colour-Sergeant« – ein Sergeant, der für die Standarte eines Bataillons oder Regiments verantwortlich ist; etwa *Oberfeldwebel.*

Seite 176
»Florin« – Silbermünze im Wert von 2 Shillings.

Seite 179
»eine Kompanie Sikhs« – Sikhs (von altind. *sisya* = Schüler) sind Anhänger einer indischen religiösen Reformbewegung, deren Hauptheiligtum Amritsar im Pandschab ist. Sie wurden 1849 von der Ostindischen Kompanie unterworfen, ihr Gebiet gelangte unter direkte britische Verwaltung. Beim Sepoy-Aufstand kämpften sie auf britischer Seite.

Seite 181
»Mungo« – die indische Variante der Mangusten (südostasiatische Schleichkatzen). Der berühmteste Mungo der Literatur ist nach wie vor Rikki-Tikki-Tavi in Rudyard Kiplings *Dschungelbüchern.* Die Beschreibung seines Kampfes mit den zwei Kobras gilt nach wie vor als treffend.

Seite 183
»im Ersten oder Zweiten Buch Samuel« – die von Holmes angesprochene Geschichte findet sich 2 Samuel 11: David begehrt Bathseba, die Frau von Uria. Er sorgt dafür, daß Uria bei der Belagerung der Ammoniterstadt Rabba von den eigenen Truppen im Stich gelassen wird und den Tod findet. Nach Ablauf der Trauerzeit wird Bathseba Davids Frau. Noch mehr darüber in *Der Rabe* Nr. 10, Zürich 1985.

Der niedergelassene Patient

The Resident Patient. ›The Strand Magazine‹, August 1893

Seite 185
»Eine Studie in Scharlachrot« – Dieser erste Sherlock-Holmes-Roman erschien 1887 zunächst in *Beeton's Christmas Annual*, die Buchausgabe folgte 1888. Der Roman schildert unter anderem die erste Begegnung

von Holmes und Watson. Wenn Watson von der *Gloria-Scott*-Episode als der »späteren« spricht, so meint er damit das Datum der Publikation seiner Aufzeichnung (April 1893).

Seite 186
»Brougham« – vierrädrige Kutsche, benannt nach dem englischen Staatsmann Henry B. (1779–1868).

Seite 205
»Norah Creina« – *Creina* ist ein gälisches Kosewort, und in der von Watson verwendeten Kombination kommt es vor in einem Gedicht von Thomas Moore, *Lesbia Hath a Beaming Eye*: »Beauty lies in many eyes; but love in yours, / my Nora creina.«

Der griechische Dolmetscher

The Greek Interpreter. ›The Strand Magazine‹, September 1893

Seite 207
»Schiefe der Ekliptik« – der Winkel zwischen der Ebene der Erdbahn um die Sonne und dem Äquator; er verringert sich seit ca. 4000 Jahren um ca. 50 Bogensekunden pro Jahrhundert.

Seite 208
»Vernet« – Emile Jean Horace Vernet (1789–1863) war berühmt für seine realistischen Militär- und Kriegsbilder.

Seite 223
»Beckenham« – Ort in der Grafschaft Kent.
»Lower Brixton« – Mittelstandsviertel im Südosten von London.

Der Flottenvertrag

The Naval Treaty. ›The Strand Magazine‹, Oktober/November 1893

Seite 232
»Wicket-Stump« – Das ›Tor‹ beim Kricket heißt Wicket; der ›Bowler‹ wirft den Ball darauf, und der ›Batsman‹ verteidigt es. Es besteht aus drei ›stumps‹ genannten, senkrecht in den Boden gesteckten Stäben, auf denen waagrecht zwei kleinere Stäbe, die ›bails‹, liegen.

Seite 238
»Tripelallianz« – zwischen Deutschland, Österreich-Ungarn und Italien (1882). Frankreich war damals die zweit-, Rußland die drittgrößte Seemacht nach Großbritannien.
»Spirituslampe« – Laut der ebenso unerschöpflichen wie unersetzlichen

Encyclopedia Sherlockiana eine Lampe mit einem Aufsatz, der das Erhitzen von Flüssigkeiten ermöglicht.

Seite 257
»Maßsystem von Bertillon« – Alphonse Bertillon (1853–1914), ein französischer Kriminalexperte, entwickelte 1879 ein System zur Identifikation von Verbrechern (Bertillonage). Die individuelle Kennzeichnung *(signalement)* umfaßte 11 verschiedene Maße des menschlichen Körpers sowie zahlreiche beschreibende Merkmale, die nach einem bestimmten Schlüssel auf Karteikarten festgehalten wurden. Sein System wurde durch die Identifikation von Fingerabdrücken überholt.

Seite 268
»Problem des Gesprenkelten Bandes« – in *Die Abenteuer des Sherlock Holmes*, Seite 203.

Das letzte Problem

The Final Problem. ›The Strand Magazine‹, Dezember 1893

Seite 274
»Luftgewehr« – Das erste bekannte Luftgewehr wurde 1530 von einem gewissen Güter in Nürnberg entwickelt. Im 17. Jahrhundert gab es ein Modell von solcher Kraft, daß die Kugeln zweieinhalb Zentimeter dicke Bretter durchschlugen. Daß Holmes Grund hat, sich zu fürchten, wird deutlich in *Das leere Haus* in *Die Rückkehr des Sherlock Holmes.*

Seite 276
»binomischer Lehrsatz« – von Newton entwickelter Lehrsatz zur Entwicklung der Potenz eines Binoms (mathematischer Ausdruck aus zwei Gliedern). Die zweite Potenz des Binoms $(a+b)$ beispielsweise ist $a^2+2ab+b^2$.

Seite 283
»Strand-Ende der Lowther Arcade« – Die Lowther Arcade, ein Warenhaus, verband die Strand mit der Charing Cross Road.

Seite 290
»der Reichenbachfall« – 1893 war Doyle mit seiner an Tuberkulose erkrankten Frau in die Schweiz gereist zur Kur. Dabei besuchte er auch den berühmten Reichenbachfall, der eigentlich aus drei Fällen mit dazwischenliegenden Kesseln besteht. Nun wußte Doyle, wie er seinen lästig gewordenen Helden loswerden konnte, und im Dezember vermerkte er in seinem Tagebuch: »Killed Holmes.«